MIRA®

Der Preis dieses Bandes versteht sich einschließlich
der gesetzlichen Mehrwertsteuer.

Umwelthinweis:
Dieses Buch wurde auf chlor- und säurefreiem Papier gedruckt.

Der Liebesdienst

Die anzüglichen Blicke der Männer in der Bar machen der Privatdetektivin Celia nichts aus – im Gegenteil: Sie gehören zu ihrem Job als Lockvogel. Doch nicht nur potentielle Verdächtige verfallen ihrem Sex-Appeal. Auch ihr Kollege Alec Sharpe wird schwach. Nach einem leidenschaftlichen Kuss macht er ihr ein verlockendes Angebot: sein Know-how gegen eine heiße Nacht ...

Blind-Date um Mitternacht

Von dem Minirock, den Highheels und dem knappen, frechen T-Shirt verspricht Josie sich vor allem eins: Sie will den vermeintlichen Langeweiler Bob, den ihre Schwester für sie ausgesucht hat, abschrecken. Doch Überraschung: Er ist alles andere als prüde! Nie war Josie für einen Anlass passender angezogen. Plötzlich sieht sie nicht nur sexy aus – sie fühlt sich auch so ...

Lori Foster

Frauen mögen's sexy

MIRA®

MIRA® TASCHENBUCH
Band 25145
1. Auflage: Juli 2005

MIRA® TASCHENBÜCHER
erscheinen in der Cora Verlag GmbH & Co. KG,
Axel-Springer-Platz 1, 20350 Hamburg
Deutsche Taschenbucherstausgabe

Titel der nordamerikanischen Originalausgaben:
Wanton / Tantalizing

erschienen bei: Silhouette Books, Toronto
Published by arrangement with
Harlequin Enterprises II B.V., Amsterdam

Konzeption/Reihengestaltung: fredeboldpartner.network, Köln
Umschlaggestaltung: pecher und soiron, Köln
Titelabbildung: by Corbis Images, Düsseldorf
Autorenfoto: © by Harlequin Enterprise S.A., Schweiz
Satz: D.I.E. Grafikpartner, Köln
Druck und Bindearbeiten: Ebner & Spiegel, Ulm
Printed in Germany
ISBN 3-89941-184-6

www.mira-taschenbuch.de

Lori Foster

Der Liebesdienst

Roman

Aus dem Amerikanischen von
Annette Hahn

MIRA®

1. KAPITEL

Celia biss sich auf die Unterlippe. In ihrem engen hautfarbenen Kleid kam sie sich nackt und mit all der Schminke im Gesicht schrecklich angemalt vor. Sie war sich ihrer bloßen Arme und des tiefen Dekolletees nur allzu deutlich bewusst. Trotz der surrenden Klimaanlage stieg ihr die Röte in die Wangen.

Mehrere Augenpaare blickten ihr nach, während sie durch den abgedunkelten Raum direkt auf die Bar zusteuerte. Sie wollte nicht zu genau hinsehen, war sich aber sicher, dass dieser Mistkerl Jacobs auch irgendwo saß. Sie kannte seine Beschreibung auswendig und wusste, dass dies sein bevorzugtes Jagdrevier war. Hoffentlich würde er anbeißen und auch auf sie Jagd machen.

Bedächtig schob sie sich auf einen Barhocker, um Jacobs' Aufmerksamkeit zu erregen. Das Herz klopfte ihr bis zum Hals. Zwar konnte sie ihre Furcht nicht leugnen, gleichzeitig jedoch genoss sie die Aufregung. Es war lächerlich einfach gewesen, ihr altes „normales" Leben hinter sich zu lassen, auch wenn ihre Freunde und Verwandten immer noch Mühe hatten, sich damit abzufinden. Sie rechneten jeden Tag damit, dass Celia im braven Kostüm und mit streng hochgestecktem Haar im Büro auftauchen und um Wiedereinstellung betteln würde. Nun, da konnten sie lange warten.

Es spielte keine Rolle, dass ihr niemand eine Aktion wie diese hier zutraute. Sie musste sich selbst beweisen, dass sie weder zu behütet noch zu zartbesaitet war, die Sache durchzuziehen und einer fremden Frau aus einer verfahrenen Situation zu helfen.

Sie lächelte dem Barkeeper, der ihre Bestellung entgegennahm, aufreizend zu. In einem kurzen Gespräch deutete sie an, dass sie allein stehend und neu in der Stadt sei und weder Verwandte noch Freunde in der Gegend habe. Er erkundigte sich, wie lange sie wohl in der Stadt bliebe, ob sie Arbeit habe. Dann warnte er sie, vorsichtig zu sein, und sie hätte beinahe losgelacht. Er arbeitete mit Jacobs zusammen, da war sie ganz sicher.

Während sie an ihrem Drink nippte, sah sie ihm nach, wie er nach hinten verschwand. Der kühle Luftzug eines Deckenventilators strich über ihren nackten Schenkel, wo der Seitenschlitz ihres Kleides sich geteilt hatte. Seit ihr Exverlobter wegen Verbrechen eingesperrt worden war, die zu schrecklich waren, um darüber nachzudenken, hatte sie alles Mögliche getan, um ihr sexuelles Verlangen zu vergessen und ihre sinnliche Ausstrahlung zu verbergen.

Und dennoch saß sie jetzt hier und war fest entschlossen, alles zu tun, um mit ihrem Körper die Aufmerksamkeit eines Mannes zu erregen.

Verstohlen blickte sie an der langen Theke entlang zu dem kleinen runden Tisch im hinteren Halbdunkel der Bar. Der Mann, der dort saß, blond und sehr gut aussehend, entsprach haargenau der Beschreibung, die sie erhalten hatte. Tatsächlich wirkte Jacobs ebenso elegant, stilvoll und strahlend wie Celias Exverlobter – ein Aussehen, das sie mittlerweile als schmierig und dubios interpretierte.

Als sie merkte, wie sein durchdringender Blick von ihren offenen, ungebändigten Locken bis zu ihren hochhackigen Sandaletten wanderte, musste sie sich mit aller Macht zusammenreißen, um nicht auffällig zu reagieren. Sie wandte den Kopf und schob sich ihre langen blonden Haare über die halb nackten Schultern.

Wenige Sekunden später begann ihr Puls zu rasen, denn sie spürte, dass ein Mann sich ihr näherte. Sie drehte sich nicht um, doch sie konnte seine Ausstrahlung spüren und den Duft seines Aftershaves wahrnehmen. Hurra, Jacobs hatte angebissen. Ihre Handflächen wurden feucht vor Nervosität, und als der Mann leicht ihren Körper streifte, während er sich auf den Hocker neben ihr setzte, fühlte sie zu ihrer Überraschung ein leichtes Prickeln auf der Haut. Sie bemühte sich, ruhig weiterzuatmen, während sie seinen begehrlichen Blick wie eine Berührung auf ihrem Körper spürte.

Nachdem sie im Geist den vorbereiteten Text wiederholt hatte, drehte sie sich nun mit strahlendem Lächeln und leicht nach vorn geneigt langsam zu ihm herum, um ihm den bestmöglichen Ausblick auf ihr Dekolletee zu ermöglichen. Dann ließ sie ihren Blick nach oben wandern, sah in sein Gesicht – und wurde starr vor Entsetzen.

„Oh, nein!"

„Hallo, Celia." Der Mann sprach mit vertraut tiefer Stimme, doch sein Lächeln war keineswegs freundlich und verursachte ihr eine Gänsehaut. „Machen Sie den Mund zu, Süße, sonst werden Sie noch Ihre Tarnung verraten. Und ich habe heute Abend keine besondere Lust, mich hier rausboxen zu müssen. Andererseits, wenn ich Sie in diesem Kleid so angucke, ist ein kleiner Boxkampf jetzt vielleicht genau das, was ich brauche."

Sie biss sich auf die Lippen. Die Augen, die sie musterten, waren weder blau noch bewundernd, noch gehörten sie dem Mann, hinter dem sie her war – der saß nämlich immer noch in einiger Entfernung und beobachtete sie nun neugierig. Die Augen ihres Tresennachbarn waren ihr nur allzu vertraut: kalt und schwarz und im Augenblick voller Wut.

Celia zwang sich zu einem Lächeln. „Was wollen Sie denn hier, Alec?" flüsterte sie und bemühte sich, es wie lockeres Bargeplauder aussehen zu lassen. Sie musste ihre Tarnung aufrechterhalten, und Alec wusste das genau.

Anstatt zu antworten, schob er sich eine Hand voll Erdnüsse in den Mund. Sein schwarzes Haar, das sich an den Spitzen lockte, trug er heute offen, sodass es auf seine breiten Schultern fiel und den Schein der getönten Barbeleuchtung reflektierte. Dieselben Reflexe blitzten auch in seinen Augen auf – Augen, die schon so manchen Mann zu stillschweigendem Rückzug bewogen hatten.

Seine scharfen, harten Gesichtszüge waren wie aus Stein gemeißelt und gaben exakt seine Stimmung wieder.

Alle Gäste der Bar schienen Celia und Alec erwartungsvoll anzustarren, doch Alec war diese Reaktion gewöhnt. Von ihm ging etwas Bedrohliches aus; er trug seinen kleinen goldenen Ohrring und die Tätowierung ohne jede Affektiertheit. Sein reguläres Outfit – Jeans, abgewetzte Stiefel und schwarzes T-Shirt – passte nicht gerade in diese schicke Bar, aber Celia bezweifelte, dass irgendjemand es wagen würde, ihn zum Gehen aufzufordern.

Nur sie würde es riskieren. „Hören Sie, Alec ...“

Sein düsterer Blick wanderte über ihren Körper und erstickte ihren Protest. Bei ihren kleinen, dank des Wonderbra wirkungsvoll im Ausschnitt zusammengepressten Brüsten machte er Halt. Nervös rutschte sie auf dem Hocker hin und her.

Alec ließ den Blick über ihren Bauch und die kaum bedeckten Schenkel wandern. Sie hätte ihn am liebsten geohrfeigt, weil er sie so aus dem Konzept brachte, aber dieser Impuls war für sie nichts Neues, denn Alec verwirrte und verärgerte sie mehr als jeder andere Mann, den sie kannte. Aber das Schlimmste war, dass er sie allein durch seine Anwesenheit an ihre so mühsam unterdrückten Sehnsüchte erinnerte, und das war ihr absolut zuwider. Sie wollte ihn nicht begehren – nicht, wenn sie sich im Grunde ein wenig vor ihm fürchtete, weil ihn eine Aura von ungezähmter Wildheit und ursprünglicher Männlichkeit umgab.

„Antworten Sie mir, Alec.“

Er lächelte eisig. „Ich schätze, ich bin hier, um Ihren süßen kleinen Hintern zu retten, obwohl es, ehrlich gesagt, nicht das ist, was ich mir beim Anblick desselben als Erstes wünsche.“

Hitze stieg in ihr auf. Was, um alles in der Welt, wollte er damit sagen? Sie wusste nicht genau, ob es sich um die Androhung physischer Gewalt handelte, was sie leicht ignorieren konnte, oder um ein sinnliches Versprechen, das sie in Unruhe versetzte.

Alec machte immer wieder derart anzügliche Andeutungen, die unerwünschte Gefühle in ihr wachriefen. Ihre bisher einzige Beziehung zu einem Mann hatte ein unglückliches Ende genommen, und Celia hatte sich geschworen, ihre Sehnsucht nach erfüllender Sexualität in Zukunft lieber zu missachten. Damals hatte sie ihre Vernunft einfach ausgeschaltet, doch von nun an würde sie nie mehr die Menschen in Gefahr bringen, die sie liebte. Stattdessen wollte sie dazu beitragen, Frauen vor miesen Kerlen wie ihrem Exverlobten zu beschützen.

Als sie und Alec sich das erste Mal begegneten, hatte er sein Interesse an einer Affäre und sein Desinteresse an einer Heirat deutlich gemacht. Celia war weder auf das eine noch das andere erpicht gewesen, also tat sie ihr Bestes, seine Annäherungsversuche zu missachten – keine einfache Sache angesichts der Tatsache, dass Alec kein leicht zu ignorierender Typ war. Doch dann hatte Celia den Familienbetrieb verlassen und war in die Detektei ihres Bruders eingestiegen, in der auch Alec arbeitete, der sich sofort zu ihrem Bodyguard ernannt hatte und jeden ihrer Schritte mit Argusaugen bewachte. Nun war nichts mehr so wie vorher. Vor allem nicht, seit er vor einigen Wochen ihretwegen angeschossen worden war.

Celia zuckte schuldbewusst zusammen. „Dürfen Sie eigentlich schon wieder herumlaufen? Ist Ihr Bein schon wieder in Ordnung?"

Er kniff die Augen zusammen, sodass seine Pupillen unter den langen schwarzen Wimpern kaum noch zu sehen waren. „Stimmt, das ist unsere erste Begegnung, seit diese Kugel in mein Bein schlug. Haben Sie sich Sorgen um mich gemacht, Süße?"

Ihre Nackenhaare sträubten sich. Alec nutzte schonungslos jede Gelegenheit, um auf ihre Unzulänglichkeiten hinzuweisen. Sie schüttelte den Kopf und ließ den Blick durch die Bar schweifen. „Nicht im Geringsten. Ihre Haut ist zäh wie Leder, und Dane sagte, es sei nur eine Fleischwunde gewesen."

„Trotzdem sind Sie mir aus dem Weg gegangen.“

„Seien Sie nicht albern. Ich hatte einfach viel zu tun.“

Alec umfasste ihr Kinn, drehte ihren Kopf zu sich und sah sie ernst an. Allein die Berührung ließ Celia erschauern. „Die Kugel war für Sie bestimmt“, sagte er rau. „Wenn ich nicht gewesen wäre, wären Sie jetzt tot. Ich dachte, Sie hätten Ihre Lektion daraus gelernt, aber anscheinend sind Sie doch nicht so klug, wie ich ursprünglich angenommen hatte, denn sonst würden Sie wohl kaum hier sitzen.“

Diese Beleidigung konnte sie ihm nicht durchgehen lassen. Sie wollte sich losreißen, dachte dann aber an ihre Zuschauer. Wenn sie jetzt mit Alec herumstritt, wäre ihre Tarnung dahin. Denn das hatte Dane ihr als Erstes beigebracht: dass die Tarnung die wichtigste Sicherheitsvorkehrung war. Wenn sie sich nicht entsprechend verhielt, würde sie nicht nur sich selbst, sondern auch den Klienten und andere Detektive in Gefahr bringen – in diesem Fall Alec.

Also lehnte sie sich vor und hörte, wie er verblüfft die Luft einsog, als ihre Lippen wenige Millimeter vor seinen verharrten. Sie erschrak selbst über ihre Kühnheit, aber sie hatte endgültig genug davon, dass er ständig in die Rolle ihres Aufpassers schlüpfte und ihr nachspionierte. Die Schusswunde war doch hauptsächlich sein eigener Fehler gewesen! Hätte er sie nicht durch sein unerwartetes Auftauchen abgelenkt, hätte sie die Gefahr bestimmt rechtzeitig erkannt.

Sie spürte die Wärme seines Körpers, atmete seinen männlichen Duft ein und spürte seinen Atem über ihre geöffneten Lippen streichen. Während sie geradewegs in seine dunklen Augen starrte, merkte sie, wie ihre Nervosität einem Gefühl weiblicher Überlegenheit wich. Es war beinahe so, wie würde sie allein durch ihren Blick ein wildes Tier bezwingen – ein erhebendes und gleichzeitig verblüffendes Erlebnis.

„Ich bin schlau genug zu wissen, dass Sie nicht darüber zu bestimmen haben, was ich tue oder nicht, Alec Sharpe", flüsterte sie. „Warum also tun Sie nicht so, als seien Sie nicht weiter an mir interessiert, und verziehen sich dahin, wo Sie hergekommen sind, damit ich meinen Job erledigen kann?"

Doch anstatt sich verärgert zurückzuziehen, wie sie es erwartet hätte, legte er seine Hand fest um ihren Nacken. Sie nahm sein selbstzufriedenes Grinsen wahr, ehe er leicht den Kopf neigte. Celia riss erschrocken die Augen auf, als sie seine Absicht durchschaute. Und schon lagen seine warmen, festen Lippen auf ihrem Mund.

Plötzlich schien die Zeit stillzustehen. Celia hörte weder das Stimmengemurmel der anderen Gäste, noch spürte sie den Hocker unter sich oder den kühlen Luftzug der Klimaanlage. Sie vergaß, warum sie hergekommen war. Nichts drang in ihr Bewusstsein außer Alec und dem, was er sie fühlen ließ.

Du meine Güte, konnte der Mann küssen!

Neckend biss er leicht in ihre Unterlippe, und als Celia nach Luft schnappte, drang er zielstrebig mit der Zunge vor, um ihren Mund zu erkunden. Überrascht und erregt stöhnte sie auf, während er den Kuss vertiefte. Es schien eine Ewigkeit zu dauern, ehe Alec sich behutsam zurückzog. Celia war so perplex, dass sie sich einen Moment Zeit ließ, bis sie die Hände von seinen Schultern wegzog. Ihre erste Empfindung war Enttäuschung über das Ende seines Kusses und dann heiße Scham.

Celia war schon lange nicht mehr geküsst worden, schon gar nicht auf solche Weise, und hatte dementsprechend heftig darauf reagiert. Sie kniff die Augen fest zusammen und versuchte die Wahrheit zu leugnen, doch es gelang ihr nicht. Sie hatte gehofft, die unselige Zeit mit ihrem Exverlobten hätte sie von ihrer allzu ausgeprägten Leidenschaft kuriert. Doch Alec – ein Mann, der sich nichts aus ihr machte, der sie fortwährend beleidigte und bei jeder Gelegenheit tyrannisierte – hatte sogar noch heftigere Gefühle in ihr wachgerufen als Raymond. Wie hatte sie nur so begeistert seinen Kuss erwidern und jeden Sinn für die Realität verlieren können? Wo, um alles in der Welt, war ihr Stolz geblieben?

Es dauerte einige Minuten, ehe sie ihre Fassung wiedererlangt hatte. Und dann half Alec ihr vom Hocker. Er hatte bereits gezahlt und hielt ihre Handtasche, während er Celia sanft, aber bestimmt zum Gehen drängte.

O nein! Sie hatte an diesem Abend doch noch gar nichts erreicht! Celia versteifte sich, doch Alec fasste sie um die Taille. Celia wollte sich ihm entziehen, doch er verstärkte den Druck seiner Finger und stellte sich leicht hinter sie, sodass sie seinen athletischen Körper an ihrem Rücken spürte. Alec war ganz eindeutig erregt, das fühlte sie, und wieder durchströmte es sie heiß.

Er beugte sich vor und berührte mit den Lippen ihr Ohr. Den Zuschauern musste es wie zärtliches Geturtel erscheinen, für Celia war es eine Bedrohung. „Sehen Sie sich ja nicht um, sonst verraten Sie sich. Jeder Mann hier wird glauben, ich hätte mit Ihnen gerade Vereinbarungen für die Nacht getroffen. Das war Ihr Ziel, und deshalb sind Sie im Moment sicher." Er hauchte einen überraschend zärtlichen Kuss auf ihre Schläfe und fügte hinzu: „Ich meine vor den Typen, auf die Sie es abgesehen haben."

Was bedeutete, dass sie sich immer noch mit ihm herumschlagen musste, und das konnte weitaus anstrengender werden als mit den Kerlen in der Bar. Aber Celia wusste, dass Alec Recht hatte. In dieser Nacht konnte sie im Hinblick auf ihren Fall nichts weiter unternehmen. Sie konnte nur morgen wiederkommen und hoffen, dass sie durch Alecs Verhalten noch glaubwürdiger wirkte. Mr. Jacob, der blonde, blauäugige Schurke, den sie hatte kennen lernen wollen, sollte in ihr eine Frau sehen, die leicht zu haben war.

Celia verscheuchte in Gedanken die Warnungen ihrer inneren Stimme, die behauptete, dass ihre Tarnung gar keine sei. Sich von Alec küssen zu lassen war ein Fehler gewesen, den sie nicht wiederholen würde. Sie war für keinen Mann eine leichte Beute – jedenfalls nicht mehr. Sie wollte einzig und allein ihre Arbeit tun. Irgendwie würde sie ihr Bedürfnis nach Intimität und sinnlicher Zärtlichkeit schon in den Griff kriegen und den Mann festnageln, der so rücksichtslos das Leben vieler junger Frauen zerstört hatte.

Mr. Jacobs schleppte allein stehende Frauen ab und erzählte ihnen, er wolle Models aus ihnen machen. Ein paar ihrer Fotos wurden tatsächlich sogar in kleineren Zeitschriften veröffentlicht. Aber das war nicht sein eigentliches Ziel. Und Celia wollte das beweisen. Sie hoffte nur, dass sie attraktiv genug wirkte, um seine Aufmerksamkeit zu erregen.

Jacobs zu überführen und der Polizei auszuliefern würde ihr ein ganz spezielles Vergnügen bereiten. Doch zuallererst wollte sie eine bestimmte Frau retten. Nein, sie durfte Hannah auf keinen Fall vergessen.

Während Alec sie zu seinem Transporter führte, überlegte Celia, was sie ihm sagen wollte. Es war eine schwüle Julinacht, und sie begann unter dem engen Kleid zu schwitzen. Er ging noch immer dicht hinter ihr, und sie wäre am liebsten fortgerannt. Alec Sharpe, der beste Detektiv ihres Bruders, hatte sie mit seinem Kuss verwirrt. Selbst jetzt, wo er sie losgelassen hatte, um die Beifahrertür zu öffnen, glaubte sie noch, seine warme Hand auf ihrer Taille zu spüren. Was für ein Wahnsinn, dachte sie. Ich will das nicht!

„Ich kann allein nach Hause fahren“, erklärte sie.

„Sie sind ohne Auto hier, und ich lasse Sie ganz bestimmt nicht in einen Bus steigen oder auf ein Taxi warten.“

Sie starrte ihn wütend an. „Sie haben mir keine Vorschriften zu machen.“

„Wollen Sie wetten, dass ich es trotzdem tue?“

Drei Sekunden lang fochten sie einen stummen Kampf aus, dann wurde Celia klar, dass sie ihm so nahe an der Bar keine Szene machen konnte.

Ihr Schweigen als Zustimmung deutend, öffnete Alec die Beifahrertür und hob Celia auf den Sitz. Nachdem Alec ihr die Handtasche auf den Schoß gelegt hatte, stieg er ebenfalls in den Wagen.

Verdammt nochmal! Seit Celia ihn das erste Mal gesehen hatte, wusste sie, dass er Ärger machen würde. Es war ihr egal, dass ihr Bruder Dane ihm mehr vertraute als jedem anderen Menschen, den er kannte, und dass ihre Schwägerin Angel ihn sogar als Babysitter für ihren süßen kleinen Sohn einspannte. Ebenso interessierte es Celia nicht, dass er seine Arbeit immer korrekt erledigte, ihr nie etwas getan und vor kurzem sogar eine für sie bestimmte Kugel abgefangen hatte.

Es zählte einzig und allein die Tatsache, dass er sie total verwirrte. Er hatte sie geküsst, und es hatte ihr gefallen. Die Absicht hinter diesem Kuss war allerdings nur gewesen, sie ohne weitere Diskussion aus der Bar zu schaffen. Er hatte den Kuss gegen sie eingesetzt, so wie ihr Exverlobter ihre Sexualität gegen sie verwendet hatte. Und das leider mit Erfolg.

Nein, sie konnte und wollte sich auf gar keinen Fall mit Alec einlassen. Die letzten anderthalb Jahre hatte sie ihren Hunger nach Zärtlichkeit und Liebe unterdrückt, und das würde sie auch weiterhin tun. Sobald sie im Motel wäre, würde sie Dane anrufen und ein Machtwort von ihm fordern. Am Anfang hatte sie das nicht tun wollen, weil sie nicht ihre persönlichen Beziehungen zum Chef ausspielen wollte. Aber jetzt wurde es kritisch.

Nach dem Drama mit Raymond hatte sie den Männern fürs Erste abgeschworen. Ihre Lust hatte sie für die Realität blind gemacht, und sie schämte sich deswegen noch immer. Inzwischen jedoch war sie älter und reifer und entschlossen, ein neues Leben zu führen und vergangene Fehler wieder gutzumachen.

Dane würde Alec zwingen müssen, sie in Ruhe zu lassen.

2. KAPITEL

„Legen Sie den Gurt an!"

Alec merkte, dass Celia sich nicht wohl in ihrer Haut fühlte, aber er war noch nicht bereit, sie zu besänftigen. Seine angedeutete Androhung, ihr den Hintern zu versohlen, war kein Scherz gewesen. Als er sie in dieser Bar den aufgedonnerten Vamp spielen sah – und noch dazu so überzeugend –, hätte er sie am liebsten sofort übers Knie gelegt. Aber er vermutete, dass er kaum an körperliche Züchtigung denken könnte, wenn er Celia Carter in solch verfänglicher Körperlage vor sich hätte. Er wusste, er könnte ihr nie wehtun. Verdammt, er hatte eine Kugel abgefangen, damit sie nicht verletzt wurde! Diese Frau machte ihn verrückt mit ihrem Sexappeal und ihrer Widerspenstigkeit.

Es war ihm nicht entgangen, dass sie ihm gegenüber immer all ihren Mut zusammennahm, und das faszinierte ihn. Ausgewachsene Männer machten seit seiner Teenagerzeit einen weiten Bogen um ihn, aber Celia hatte ihm von Anfang an tapfer die Stirn geboten, immer jedoch mit einem Anflug von Furcht in den sanften braunen Augen. Sie hatte mit ihm gestritten, ihn beschimpft, und doch dabei vor Nervosität gezittert. Dass sie sich trotz ihrer Angst gegen ihn behaupten wollte, zeugte von einer gehörigen Portion Mumm – und das imponierte ihm an einer Frau. Tatsächlich imponierte ihm Celia Carter ganz außerordentlich.

Was er allerdings nicht bewunderte, war ihre ungestüme Abenteuerlust, die Celia stets in gefährliche Situationen brachte. Warum sie unbedingt bei ihrem Bruder als Detektivin arbeiten wollte, konnte er sich noch immer nicht erklären. Ihr Exverlobter war ein Schweinehund ersten Grades gewesen – na und? Davon gab es genug auf der Welt, und man konnte Celia bestimmt nicht vorwerfen, dass sie zu naiv gewesen war, um Raymonds Tricks zu durchschauen. Alec hatte mit Dane bereits daran gearbeitet, Raymond wegen seiner zahlreichen Verbrechen festzunageln, unter anderem für den Mord an Celias und Danes Bruder. Damals waren sie nicht hundertprozentig sicher gewesen, dass Raymond der Schuldige war. Am Ende hatte Celia dann ihren Verdacht bestätigt, indem sie Raymond nachgeschlichen war und ihn mit einem Stemmeisen außer Gefecht setzte, während der Mistkerl Dane und Angel mit seiner Waffe in Schach hielt. Alle fanden, dass Celia sich damit gründlich rehabilitiert hatte.

Die Einzige, die das nicht so sah, war sie selbst.

Alec wusste, dass Raymond ihre Gefühle verletzt hatte, indem er versuchte, sie für seine Pläne auszunutzen. Sie zu benutzen war das Schlimmste, was ein Mann einer Frau antun konnte. Offensichtlich war ihr ganz elend zu Mute, weil sie ihm vertraut hatte. Insgeheim fragte Alec sich, was sie an Raymond gefunden hatte. Er hatte diesen Mann von Anfang an nicht gemocht, weil er verschlagen und durchtrieben war. Celia hingegen war ihren lautstarken gegenteiligen Behauptungen zum Trotz ein unschuldiges, gutgläubiges Mädchen.

Warum also begab sie sich jetzt tagein, tagaus freiwillig in Gefahr? Wollte sie dadurch ihre Integrität beweisen? Alec packte erneut die Wut, und er brummte mit rauer Stimme: „Sie gehen da nicht wieder rein, also können Sie Ihre Pläne getrost aufgeben."

Sie starrte ihn an. „Ich werde mit Dane reden. Sie sind nicht mein Boss, und ich will, dass Sie aufhören, sich so aufzuführen."

Er verspürte ein Gefühl tiefster Befriedigung. „Nun, in diesem Punkt irren Sie sich."

Sofort merkte er, wie ihr Misstrauen zurückkehrte. Er fühlte sich ihr so sehr verbunden, dass er immer zu wissen schien, was sie fühlte und dachte. Das nervte ihn ebenso sehr, wie es ihn reizte und noch entschlossener machte, sie zu bekommen. Zwischen ihnen bestand eine geheimnisvolle Verbindung, die Celia aufs Energischste leugnete. Doch das wollte er nicht länger dulden. Wenn sie erst nackt in seinen Armen lag, würde er schon dafür sorgen, dass sie nur noch an ihn und das Vergnügen dachte, dass er ihnen beiden bereitete. Dann gäbe es keinen Raum mehr für Zweifel oder Ablehnung.

„Was meinen Sie damit?"

Alec fuhr los und genoss einen Augenblick schweigend sein Wissen um das inzwischen berichtigte Machtverhältnis zwischen ihnen. Es hatte ihm nicht im Mindesten gefallen, dass Dane ihr oberster Boss war und er, Alec, damit keinerlei Einfluss darauf hatte, welche Aufträge Celia übernahm. Das hatte sich nun geändert, und wie es nach ihrem Auftritt in der Bar aussah, keinen Augenblick zu früh.

Glücklicherweise verbarg die Dunkelheit sein Lächeln, aber die Zufriedenheit schwang in seiner Stimme mit. „Jetzt, wo Angel wieder schwanger ist, hat Dane sich zu einem ausgedehnten Urlaub entschlossen. Er hat in der Karibik ein Haus gemietet, und die ganze Familie wird einen Monat dort bleiben. In dieser Zeit habe ich das Sagen." Und um allen Missverständnissen vorzubeugen, fügte er hinzu: „Sie sehen also, ich bin doch Ihr Boss, Miss Carter."

„Das werde ich nicht zulassen."

„Sie haben keine andere Wahl, Celia." Sie ballte die Hände und spannte sich an. Alec hätte sie am liebsten in seine Arme gezogen und getröstet – ein Impuls, den er seit fünfzehn Jahren keiner Frau gegenüber mehr empfunden hatte, und er fühlte sich nicht wohl dabei. Er zwang sich, hart zu bleiben. Es geschah schließlich zu ihrer eigenen Sicherheit, dass er sich einmischte.

„Jetzt hören Sie mal gut zu, Süße. Wenn ich mitkriege, dass Sie über diesen Fall auch nur nachdenken, schmeiße ich Sie augenblicklich raus. Von jetzt an werde ich Ihnen sagen, welche Aufträge Sie übernehmen. Und Sie können darauf wetten, dass Sie sich dabei nicht mehr als leichtes Mädchen auftakeln und mit Ihrem süßen kleinen Po in zwielichtigen Bars herumwackeln dürfen."

So, das wäre klargestellt, dachte er, doch als er den Wagen vor der nächsten Kurve verlangsamte, ließ Celia ihren Sicherheitsgurt aufschnappen und öffnete die Tür.

Fluchend trat Alec auf die Bremse und versuchte den Wagen in der Spur zu halten. Binnen weniger Sekunden blieb das Auto stehen. Alec sah rot und griff nach Celia. Die Vorstellung, sie übers Knie zu legen, wurde immer verlockender. Doch sie war bereits hinausgesprungen, unsicher auf ihren hohen Absätzen gelandet, auf den Allerwertesten gefallen und blitzschnell wieder aufgestanden. Hätte er den Wagen nicht so schnell zum Stehen gebracht, hätte sie sich vermutlich den Hals gebrochen.

Ein älteres Ehepaar unterbrach seinen Nachtspaziergang, um Celia anzustarren. Sie klopfte ihr Kleid ab, nickte den beiden kurz zu und humpelte den Fußweg entlang. Schnell zog Alec den Zündschlüssel ab, stieg aus und folgte ihr. Diese verdammte Nervensäge! Ihr Bruder war ein messerscharfer Denker, vernünftig und berechenbar. Nie handelte er impulsiv oder unbedacht. Er und Alec arbeiteten perfekt zusammen – zweckmäßig, methodisch, vernünftig. Wo, zum Teufel, hatte Celia nur ihre leichtsinnige, unvernünftige Art her?

Alec packte sie am Arm. Sie schwang ihre Handtasche, und er duckte sich. „Jetzt beruhigen Sie sich doch, bevor Sie sich noch selbst verletzen.“ Er umklammerte ihre beiden Arme, sodass sie sich nicht mehr rühren konnte, und stieß zwischen zusammengebissenen Zähnen hervor: „Benutzen Sie bitte nur dieses eine Mal Ihren Verstand, Celia.“

„Oh, das tue ich“, gab sie mit funkelnden Augen zurück. „Ich werde bis zur nächsten Ecke gehen, mir ein Taxi rufen und in Zukunft nichts mehr mit Ihnen zu tun haben. Sie wollen mich rausschmeißen? Ha! Ich kündige!“

Alec warf den immer noch wie angewurzelt dastehenden Spaziergängern einen finsteren Blick zu, woraufhin sie sich schnell verzogen. Er schob Celia in einen schmalen, dunklen Ladeneingang und zwang sich, dreimal tief durchzuatmen. Ihre Aussage, dass sie nichts mehr mit ihm zu tun haben wolle, war ihm wie ein Stich ins Herz gefahren. Verdammt nochmal, sie sollte ihn nicht aus ihrem Leben ausschließen!

„Sie sind unvernünftig“, sagte er schließlich betont ruhig.

Noch keiner hatte ihn je derart kühl abserviert, aber mit Celia war es von Anfang an so gewesen. Sie weckte mehr Gefühle in ihm als jeder andere Mensch. Sie konnte ihn mit einem Wort wütend machen, ihn mit ihren Gefühlsausbrüchen belustigen oder mit einem einzigen scheuen Blick so sehr erregen, dass es wehtat. Er war nicht sicher, wie er damit umgehen sollte, und das Gefühl der Hilflosigkeit hasste er über alles. Der einzige Ausweg wäre, endlich mit ihr zu schlafen – ihren Duft, ihren Körper, ihren Geschmack zu genießen. Er könnte leicht eine ganze Woche damit verbringen, und irgendwann würde er es auch tun. Doch zunächst musste er für ihre Sicherheit sorgen.

„Wollen Sie denn verletzt werden?“ Er hielt sie an den nackten Schultern gepackt und schüttelte sie leicht. Natürlich achtete er darauf, ihr nicht wehzutun, aber er wollte sie spüren lassen, wie ernst es ihm war. „Ist Ihnen klar, was letztes Mal passiert wäre, wenn ich die Kugel nicht abgefangen hätte?“

Sie senkte den Blick und starrte auf sein T-Shirt. Er verspürte das dringende Bedürfnis, ihr Haar zu küssen. Er spürte, wie sich alles in ihm anspannte, während er gegen die Gefühle ankämpfte, die sie in ihm auslöste. Der Drang, sie zu lieben, war übermächtig. Er wollte sie zu einem Teil von sich machen, damit sie ihn nicht mehr bekämpfte.

Noch einmal schüttelte er sie zaghaft. „Celia?“

„Das war ein Unfall“, flüsterte sie mit zitternder Stimme. „Ich dachte, der Kerl hätte einfach nur gegen seine Bewährungsauflagen verstoßen und wäre leicht wieder einzufangen.“ Sie sah Alec mit großen Augen an. „Dass Sie verletzt werden, wollte ich nicht.“

Er strich über die warme, weiche Haut ihrer Schultern. In der Magengegend spürte er ein leichtes Brennen. „Das ist genau das, wovon ich spreche. Ihnen fehlt die nötige Erfahrung für solche Fälle. Sie hatten diesen Kerl wegen eines geringfügigen Diebstahls drangekriegt, aber er kannte mächtigere und viel gefährlichere Typen, und Sie platzten mitten in deren Geschäfte, während Sie ihm ganz allein nachspionierten. Sie haben nicht auf einen Kollegen gewartet, so wie Sie es sollten, und Sie haben nicht die Polizei gerufen, als Sie es sollten."

Sie schluckte hart. „Tut Ihr Bein noch sehr weh?"

Das Bein war momentan seine geringste Sorge. Er dachte daran, sie anzulügen, falls seine Verletzung sie in irgendeiner Weise davon abhalten könnte, sich in Gefahr zu begeben. Doch er bezweifelte es. Sie war einfach zu stur und unvernünftig. „Nein. Es ist wieder okay."

„Sie sind einfach nicht kleinzukriegen, was?"

O doch, dachte er und umklammerte ihre Schultern, aber er würde sich lieber die Zunge abbeißen, als das zuzugeben.

„Ich wollte nur beweisen, dass ich es kann", flüsterte sie zaghaft, da sie seinen Ärger spürte.

Jetzt wurde er wirklich wütend. „Warum denn nur, um alles in der Welt?"

Sie holte tief Luft, und dadurch wurde Alecs Aufmerksamkeit auf ihre Brüste gelenkt. Er war nicht sicher, wie sie das anstellte, da er sich mit Damenunterwäsche nicht besonders gut auskannte, aber ihre kleinen Brüste quollen geradezu aus dem Ausschnitt ihres superengen Kleides. Er tat sein Möglichstes, um sie nicht anzustarren, aber sein Blick glitt unwillkürlich immer wieder zu ihrem Dekolletee.

„Das würden Sie nicht verstehen, Alec."

Wahrscheinlich nicht, weil er bereits vergessen hatte, worüber sie sprachen. Er dachte nur daran, den Ausschnitt ihres Kleides ein wenig tiefer zu ziehen, um die Spitzen ihrer Brüste zu sehen.

Waren sie hellrosa oder braunrot? Die Hose wurde ihm zu eng. Himmel, wenn bereits der Gedanke daran, ihre Brüste zu küssen, eine derartige Reaktion in ihm auslöste, wie würde es dann erst sein, mit ihr zu schlafen? Er schloss die Augen und schluckte. Doch so bekam er das Bild, das er hatte verdrängen wollen, nur noch deutlicher zu sehen: Celia, nackt und hingebungsvoll unter ihm liegend. Er stöhnte.

„Alec?"

Er zwang sich, die Augen wieder zu öffnen, bemerkte ihren beunruhigten Blick und runzelte die Stirn. Mit der Fingerspitze hob er ihr Kinn. „Was würde ich nicht verstehen, Süße? Erklären Sie es mir."

Sie fuhr sich mit der Zunge über die Lippen. „Ich musste etwas verändern. In meinem Leben habe ich schon so viele Fehler gemacht und vielen Menschen wehgetan."

Ihre Selbstanklage lenkte ihn von seinen lustvollen Gefühlen ab. Er wollte sie unterbrechen, ihr sagen, dass sie sich irrte, entschied dann aber, sie erst einmal ausreden zu lassen.

„Fast hätte ich Dane verloren, und Derek habe ich tatsächlich verloren, weil ich zu dumm war, Raymond zu durchschauen. Meine ganze Familie hat darunter gelitten und auch die Firma. Unschuldige Menschen wurden zu Opfern. Der einzige Weg, wie ich meine Selbstachtung zurückgewinnen kann, ist, jemand anderem zu helfen."

Alec strich ihr mit den Fingern über die Wange und schob eine blonde Strähne hinter ihr Ohr. Celia hatte weiches, natürlich gelocktes Haar. „Sich mit Raymond einzulassen, war ein Fehler, aber wir machen alle Fehler. Und die Vergangenheit können Sie nicht mehr ändern."

„Aber ich kann versuchen, sie wieder gutzumachen."

„Wem gegenüber? Dane wusste, worauf er sich einließ, und Derek konnten Sie nicht helfen. Als Derek starb, kannten Sie Raymond ja noch gar nicht."

Alec war klar, dass Celia mit der ganzen Sache noch lange nicht abgeschlossen hatte. Sie war nur ein Spielstein in Raymonds Komplott gegen ihre Familie gewesen, aber von den Überlebenden war sie emotional am meisten verletzt worden. Raymond hatte mit Industriespionage begonnen und sich schnell zu schwereren Verbrechen hochgearbeitet. Alec hatte mit aller Macht an sich halten müssen, um ihn der Polizei auszuliefern, anstatt seinen eigenen Gerechtigkeitssinn walten zu lassen.

Celia blickte zur Seite. „Ich komme mir vor, als hätte ich sie alle betrogen."

Sein Herz krampfte sich zusammen, und dieser Schmerz war so neu, dass er zusammenzuckte. Sanft zog er sie ein wenig näher zu sich, um den Schmerz zu betäuben. „Celia", flüsterte er, „Sie wissen, dass das Blödsinn ist. Dane liebt Sie und macht Sie für nichts verantwortlich. Und Angel betet Sie an. Sie sind ihre beste Freundin geworden und dazu die Patin des kleinen Grayson."

Celia legte ihm die Hände auf die Arme und lehnte die Stirn an seine Brust. „Ich kann nicht glauben, dass sie mir vergeben hat. Wegen mir konnte Raymond sie überhaupt erst bedrohen." Sie legte den Kopf in den Nacken, um ihn anzusehen. Ihr Bauch schmiegte sich an seinen Unterkörper. „Sie hätte verletzt werden können ..."

„Pst." Er legte ihr einen Finger auf die Lippen und widerstand dem Drang, sie erneut zu küssen. Seit dem ersten Kuss war er seine Erregung nicht mehr losgeworden. Sie hatte süß geschmeckt, nach Kirschen, aber jetzt war ihr Lipgloss verschwunden, und ihr ungeschminkter Mund wirkte noch einladender. „Sie tragen für Raymonds Vergehen keine Verantwortung, Celia. Und die Wahrheit ist, dass Sie Angel gerettet haben, als Sie so mutig auftauchten und wie ein Golfprofi das Stemmeisen schwangen."

Zaghaft erwiderte sie sein Lächeln. „Egal, was Sie sagen, Alec – ich weiß, dass ich mit verantwortlich bin. Und es widert mich geradezu an, dass ich mit diesem Verbrecher verlobt war und mit ihm geschlafen habe."

Alec erstarrte. Er wollte dieses Bild nicht vor Augen haben, aber er sah es trotzdem viel zu häufig vor sich. Die Vorstellung, dass Celia und Raymond Sex gehabt hatten, verursachte ihm Übelkeit und rief gnadenlose Wut in ihm hervor. Er ließ seine Hände sinken und trat einen Schritt zurück. Er wollte, dass es ihm egal war, mit wem sie geschlafen hatte, wenn sie nur mit ihm ins Bett ging, aber er wusste, seine Gefühle ließen sich nun mal nicht einfach abstellen wie eine Maschine.

„Indem Sie sich selbst umbringen lassen, ändern Sie überhaupt nichts. Meinen Sie, Dane hat das verdient, nachdem er mit Angel und dem Baby endlich sein Glück gefunden hat?"

Celia schlang die Arme um den Oberkörper. „Ich habe aus der Sache gelernt. Von nun an werde ich besonders vorsichtig sein. Aber als ich von diesem Fall hörte, wusste ich, dass ich etwas unternehmen musste."

„Verdammt nochmal, Celia!" fuhr er sie an, doch ihr störrischer Blick verriet ihm, dass sie sich von ihrem Vorhaben nicht abbringen lassen wollte.

Sie sah ihn mit funkelnden Augen an, das Kinn entschlossen vorgeschoben. „Sie haben den Fall einfach so abgelehnt, ohne Mrs. Barrington einen Grund zu nennen."

Nun wirkte Celia nicht mehr klein oder verletzlich, obwohl sie gut zwanzig Zentimeter kleiner war als er. Wenn sie ihrer Wut freien Lauf ließ, erinnerte sie ihn an eine Amazone.

Sie krallte ihre Finger in sein T-Shirt. „Wissen Sie, dass Mrs. Barrington denkt, ihre Tochter werde zur Prostitution gezwungen? Hannah glaubte, dass sie einer Model-Agentur beitritt, aber jetzt ..."

„Ersparen Sie mir das, Celia", erwiderte er voller Abscheu. „Ich habe die Akte gelesen und selbst mit der Mutter gesprochen. Die Tochter war ein verwöhntes Ding, das ihre liebende Familie zurückließ, um berühmt zu werden. Solche Geschichten habe ich schon oft gehört. Sie wird vermutlich alles tun, damit ihr Traum sich verwirklicht. Und Mrs. Barrington kann einfach nicht glauben, dass ihre Tochter sich so weit erniedrigt. Aber solche Dinge passieren. Diesmal gibt es niemanden zu retten, und Hannah würde Ihre Einmischung in ihr neues Leben sicher nicht besonders schätzen."

Celia hieb mit der Faust auf seinen Brustkorb. „Wollen Sie das denn nicht zumindest nachprüfen?"

„Ich sagte Ihnen doch, dass ich das getan habe." Er legte seine Hand auf ihre und hielt sie fest. „Bitte vertrauen Sie mir. Ich weiß mehr über diese Dinge, als Sie jemals wissen werden."

„Was soll das bedeuten?"

Verdammt! Er fuhr sich mit der Hand durchs Haar. Nein, er würde ihr nicht sagen, worauf seine Kenntnisse beruhten. Allein der Gedanke an diesen Punkt in seiner Vergangenheit bereitete ihm Kopfschmerzen. „Es war reine Zeitverschwendung, hierher zu kommen", erklärte er kühl. „Gehen wir. Wir werden an Ihrem Motel anhalten, damit Sie packen können, und dann nach Hause fahren."

Sie waren bereits halb am Wagen, als sie sich plötzlich gegen ihn stemmte. „Ich gehe nicht mit Ihnen, Alec."

Seine Geduld war am Ende. Er drehte sich zu Celia um und beugte sich drohend über sie. „Doch, das werden Sie. Und wenn ich Sie im Wagen festbinden muss – irgendwie bringe ich Sie nach Hause, und zwar sofort."

Celia zitterte vor Wut. „Also gut. Ich gehe jetzt mit Ihnen. Aber den Fall gebe ich nicht auf."

„Dann sind Sie gefeuert."

„Schön, ich kündige", konterte sie und schob sich auf den Sitz. Sie sah ihn nicht an, sondern starrte stur geradeaus.

Alec legte eine Hand auf das Armaturenbrett, die andere aufs Wagendach, und lehnte sich bedrohlich ins Wageninnere. „Meinen Sie, dass Mrs. Barrington weiterhin Ihre Spesen übernimmt, wenn ich sie darüber informiere, dass Sie nicht mehr bei uns angestellt sind?"

Celia war viel zu verärgert, um sich von seiner Einschüchterungstaktik beirren zu lassen. „Na schön. Tun Sie das nur, dann werde ich einfach umsonst weiterarbeiten. Aber ich werde herausfinden, ob Hannahs Mutter mit ihrem Verdacht Recht hat. Ich werde diesem Mädchen helfen. Und Sie, Alec Sharpe, können nichts tun, um mich aufzuhalten."

Er schlug die Beifahrertür zu, da er Angst hatte, er könnte das kleine Biest erwürgen, wenn er noch eine Sekunde länger in ihrer Nähe blieb. Sie wusste nur zu gut, wie sie ihn in Rage bringen konnte. Noch nie schien jemand so viel Spaß daran zu haben, ihn zu provozieren. Die meisten Menschen versuchten es nicht einmal, weil sie Angst hatten! Nur Celia verhielt sich anders. Er war das nicht gewohnt und wollte dem ein Ende machen. Er wollte Celia Carter in Sicherheit wissen.

Er wollte Celia Carter – Punkt.

Was für eine schrecklich verzwickte Situation! Er wusste, es wäre das Beste, sich einfach von Celia fern zu halten. Vom ersten Tag an hatte seine innere Stimme ihn gewarnt, dass Celia Carter ganz großen Ärger bedeutete. Die Narbe an seinem Bein war der beste Beweis dafür.

3. KAPITEL

Die Fahrt zu ihrem Motel legten sie zunächst schweigend zurück, bis Celia es nicht mehr aushielt. Alec war so still, dass sie beinahe einschlief. Sie war nicht einmal mehr ärgerlich auf ihn. Er konnte ja nichts dafür, dass er so war. Die despotische Arroganz war wohl einfach seine Natur. Außerdem glaubte sie ihm, dass er sich tatsächlich Sorgen machte und deshalb so wütend war. Offenbar gehörte er zu den Männern, die dachten, dass alle kleineren oder schwächeren Menschen ihren Schutz benötigten – und eigentlich war fast jeder kleiner und schwächer als Alec. Nicht, dass sie ihm erlauben wollte, sie herumzukommandieren, aber sie konnte zumindest verstehen, warum er es so beharrlich versuchte.

Was sie irritierte, war sein abrupter Rückzug gewesen, nachdem sie erwähnt hatte, dass sie mit Raymond geschlafen hatte. Offenbar verurteilte er sie dafür ebenso sehr wie sie sich selbst, doch das konnte sie ihm nicht verübeln. Sein Schweigen hatte ihr Zeit zum Nachdenken gegeben. Obwohl es ihr nicht gefiel, musste sie sich eingestehen, dass sie Alecs Hilfe brauchte.

Seufzend musterte sie sein markantes Profil. „Werden Sie nun die ganze Nacht lang schmollen?“

„Ja.“

Dass ein so großer, düsterer, Ehrfurcht gebietender Mann es zugab zu schmollen, amüsierte sie, und ihre Laune besserte sich schlagartig. Sie merkte, dass auch er mittlerweile entspannter war.

Celia lächelte ihn in der Hoffnung an, ihn etwas aufheitern zu können. „Ich habe zur Abwechslung mal eine ganz andere Frage an Sie.“

Er sah sie argwöhnisch an und zuckte mit den Schultern. „Schießen Sie los.“

„Woher wussten Sie, wo ich bin? Ich bin absichtlich mit dem Bus gefahren anstatt mit dem Auto, damit jeder den Wagen in meiner Auffahrt sieht und denkt, ich sei zu Hause." Sie sagte nicht, dass sie mit „jeder" hauptsächlich Alec meinte.

Zu ihrer großen Verwunderung bog er in diesem Moment bei ihrem Motel ab. „Ich bin Privatdetektiv. Das ist meine Arbeit."

Er drehte sich zu ihr um, legte einen Arm über den Beifahrersitz und berührte sie dabei fast. Sie saßen abgeschieden im Dunkeln des Wageninneren, das nur ab und zu von den Scheinwerfern der wenigen vorbeifahrenden Autos erhellt wurde. Celia atmete seinen Duft ein und spürte die Wärme seines kräftigen Körpers. Neben sich sah sie auf seinem Arm die Tätowierung. Es war zu dunkel, um das Bild genau zu erkennen, aber sie hatte es schon oft verstohlen betrachtet und sich nach der Bedeutung gefragt. Ein Mann wie Alec ließ sich nicht ohne Grund ein pfeildurchbohrtes Herz tätowieren. Sie hatte nur nie den Mut gehabt, ihn danach zu fragen.

Unruhig rutschte sie hin und her. „Aber wie haben Sie es herausbekommen?" wiederholte sie. „Wagen Sie nicht, mich anzulügen."

Er fuhr mit der Hand in ihr Haar und wickelte sich eine Locke um einen Finger, was in ihrem Magen einen Schmetterlingsschwarm aufzuscheuchen schien. „Ich war in Ihrem Haus und habe Ihre Reisepläne entdeckt."

Celia starrte ihn ungläubig an. „Sie haben was getan?"

Verstimmt zog er die Hand von ihrem Haar weg und öffnete die Fahrertür. Celia kletterte aus dem Wagen, ehe Alec ihre Seite erreichte, und stellte sich ihm in den Weg.

„Sie haben bei mir eingebrochen?" fragte sie entsetzt.

Ohne sie zu beachten, marschierte er zum Motel. Celia folgte ihm und hatte Mühe, mit ihm Schritt zu halten. „Ich habe nichts beschädigt." Er tat so, als ob dies ihre einzige Sorge wäre. Aber was war mit dem Eindringen in ihre Privatsphäre? Nach einem kurzen Blick auf Celia fügte er hinzu: „Sie brauchen eine Alarmanlage. Ich werde mich darum kümmern, sobald wir zurück sind."

Celia stolperte hinter ihm her. „Verdammt nochmal, Alec, so warten Sie doch!"

„Wir können in Ihren Zimmer reden, während Sie packen." Er zog sie neben sich, um sie zu stützen. „Haben Sie sich verletzt, als Sie aus dem Wagen sprangen?"

„Nein." Da Alec ihretwegen eine Schussverletzung hingenommen hatte, würde sie bestimmt nicht über einen läppischen verstauchten Knöchel klagen.

„Gut." Er zog sie weiter.

Celia kochte vor Wut. Sie hatte nicht die Absicht zu packen. Tatsächlich hoffte sie immer noch, Alec überreden zu können, dass er ihr half. Sie konnte und wollte Hannah jetzt nicht im Stich lassen. Wenn sie dieses zwanzigjährige Mädchen aufgab, würde sie sich nie wieder selbst ins Gesicht sehen können. Aber sie war clever genug zu wissen, dass ihre Chancen, Hannah zu retten, mit Alec um einiges besser standen.

Als sie das Stockwerk erreichten, auf dem sich ihr Zimmer befand, drehte Alec sich um und streckte die Hand aus. Widerwillig kramte Celia den Schlüssel aus ihrer Tasche und gab ihn Alec. Sie musste sich wohl oder übel kooperativ zeigen, wenn sie ihn zum Mitmachen bewegen wollte. Trotzdem fragte sie, immer noch schockiert: „Ich kann es einfach nicht fassen! Wie würde es Ihnen gefallen, wenn ich bei Ihnen einbräche?"

Er stieß die Tür auf und tastete nach dem Lichtschalter. Mit heiserer Stimme erwiderte er: „Wann immer Sie mich besuchen kommen wollen, Süße, lassen Sie es mich wissen. Sie sind jederzeit herzlich eingeladen."

Celia ärgerte sich, da sie wieder eine sexuelle Anspielung herauszuhören glaubte. Dann ging das Licht an, und Alec sah sich in ihrem Zimmer um.

Sein entsetzter Blick war zur Abwechslung einmal komisch

und nicht Furcht einflößend. „Was ist denn das, um alles in der Welt?"

Celia schwieg verlegen. Sie hatte ganz vergessen, in was für einem chaotischen Zustand sie ihr Zimmer hinterlassen hatte.

Alec drehte sich langsam zu ihr um und hob fragend eine Augenbraue. „Was haben Sie hier denn veranstaltet?"

„Ich habe trainiert", erwiderte sie leise. Die persönlichen Ziele, die sie sich gesetzt hatte, waren nun mal ... persönlich. Sie wollte nicht, dass irgendjemand davon erfuhr.

Skeptisch betrachtet Alec die Übungsmatte auf dem Boden, die Gewichtsmanschetten für Arme und Beine, die Hanteln, das Sprungseil und schließlich die montierbare Turnstange im Rahmen der Badezimmertür. Bisher hatte sie erst zwei volle Klimmzüge daran geschafft. „Sie halten sich wohl für das weibliche Gegenstück zu Arnold Schwarzenegger, was?"

Celia wurde rot und folgte ihm widerstrebend in den Raum. Direkt hinter der Tür blieb sie stehen. „Ich versuche nur, in Form zu bleiben. Sonst werde ich zu rund."

Ihre Blicke trafen sich. Bedächtig griff er um sie herum und schob mit der flachen Hand die Tür zu. Mit der anderen Hand stützte er sich neben ihrem Kopf an der Wand ab, sodass sie zwischen seinen Armen gefangen war. „Du kleine Verrückte", murmelte er und beugte sich über sie. „Ich mag dich gerade rund."

Sie befahl sich, wegzulaufen. Doch ihr Körper reagierte nicht.

Als Alec ihren Mund mit den Lippen berührte, war sie wie elektrisiert. Erschrocken holte sie Luft und gab ihm dabei Gelegenheit, mit der Zunge zwischen ihre geöffneten Lippen vorzudringen. Sie konnte ihr lustvolles Stöhnen nicht unterdrücken und verriet ihm dadurch, wie sehr sie seine Kühnheit genoss.

Zärtlich spielte er mit ihrer Zunge, neckte und reizte Celia. Sie liebte es, wie er küsste.

„Alec ..."

„Pst, Liebes." Und dann küsste er sie leidenschaftlich, bis sie die Arme um seinen Nacken legte und sich weich an ihn schmiegte. Er war so stark und muskulös! Es gefiel ihr, seinen Duft einzuatmen und sich seinen Lippen auszuliefern, die sie glutvoll liebkosten, während er sich mit den Hüften eng an sie drängte.

Nach einer Weile gab er ihren Mund frei und begann, ihren Hals zu küssen.

„Ich will das nicht", flüsterte Celia, obwohl sie vor Entzücken erschauerte. Schon lange war sie nicht mehr auf diese Weise berührt worden, und sie begehrte Alec so sehr, dass sie bereitwillig auf alles einging, was er mit ihr anstellte.

„Doch, du willst es", erwiderte Alec rau.

Er streifte einen ihrer schmalen Träger von der Schulter, während er ihr Dekolletee mit heißen Küssen bedeckte. Sie spürte kühle Luft auf ihrer Brust, dann seine warme, raue Hand, als er in ihren BH griff, und stöhnte erneut.

Alec lehnte seine Stirn gegen ihre und schloss die Augen, während er sanft ihre Brust streichelte. Celia spürte, dass sein Herz ebenso wild schlug wie ihres.

„Celia?" Er setzte sein Liebkosungen fort, doch sein angestrengter Tonfall verriet, dass es ihn große Willenskraft kostete, sich zu beherrschen. Er presste Celia ganz fest an sich, damit sie spürte, wie erregt er war.

Tränen der Hilflosigkeit stiegen ihr in die Augen. Sie war nicht mehr weit davon entfernt, alle Vernunft über Bord zu werfen und nachzugeben. Allein die Art, wie Alec ihre Brüste berührte und mit dem Daumen über die harten Knospen strich, brachte sie an den Rand der Ekstase.

Und das störte sie ungemein.

Warum musste es so sein? Warum war sie so leicht zu verführen? Sie wollte von ihrem Verstand beherrscht werden, von ihrem Stolz, ihrer Vernunft und Intelligenz, nicht von animalischer Lust. Alec hatte ihr deutlich zu verstehen gegeben, dass er keine dauerhafte Beziehung mit ihr wollte, sondern nur Sex.

Und ihr Körper reagierte, als würde es sie nicht im Mindesten stören.

Der Schluchzer kam absolut überraschend und beschämte sie noch mehr. Alec erstarrte und verharrte einen Moment reglos, ehe er seine Hand zurückzog und Celia fest in den Arm nahm. Sie wusste gar nicht, wie ihr geschah. Plötzlich wurde sie von ihren Gefühlen überwältigt, und obwohl sie sich keinesfalls an seiner Schulter ausweinen wollte, ließ er ihr wieder einmal keine andere Wahl. Sie versuchte, sich von ihm loszureißen, doch er hielt sie so fest, dass sie sich kaum einen Zentimeter von ihm entfernen konnte.

„Ganz ruhig." Sanft drückte er ihren Kopf an seine Schulter und strich ihr mit der anderen Hand tröstend über den Rücken.

Eine halbe Minute kämpfte sie mit sich selbst, dann gab sie ihren Widerstand auf. Es tat so gut, im Arm gehalten und getröstet zu werden. Nach mehreren Schluchzern brachte sie schniefend hervor: „Ich will nicht, dass ich dich will."

Er rieb seine Wange an ihrem Haar und erwiderte leise: „Das habe ich mir inzwischen auch zusammengereimt."

„Ich meine nicht nur dich, sondern überhaupt jeden."

„Willst du mir sagen, warum?"

„Nein."

„Celia." Alec seufzte und versuchte, ihr ins Gesicht zu sehen, doch sie presste den Kopf an sein T-Shirt. Sie wusste, dass ihr Make-up verschmiert war, doch ihre Tränen ließen sich nicht aufhalten. „Ich bin sehr erregt, wenn du weißt, was ich meine, und das wird sich so schnell nicht ändern", fuhr er fort. „Findest du nicht, es wäre nett, wenn du mir die Sache erklären würdest? Ich möchte dich wirklich verstehen."

Sie schüttelte den Kopf.

„Ich weiß, dass du mich wolltest. Ich meine, so, wie du mich geküsst hast. Und die Spitzen deiner Brüste waren ..."

Seufzend nickte sie.

„Warum willst du es dann nicht, Liebes? Wir sind beide erwachsen. Und ich werde dir nicht wehtun, falls es das ist, wovor du Angst hast.“

Empört erwiderte sie: „Ich habe keine Angst vor dir.“

„Doch, das hast du.“

„Na ja, manchmal vielleicht.“ Sie schniefte noch einmal und tupfte sich ihre Augen mit seinem T-Shirt ab, sah ihn aber nicht an. „Du versuchst immer, mich einzuschüchtern.“

Er streichelte ihr Haar. Sie war noch immer aufgewühlt, fühlte sich aber gleichzeitig auch schläfrig. Sie war erschöpft und kam sich zu ihrer eigenen Überraschung bei Alec herrlich sicher und geborgen vor. Seit der Erkenntnis, dass ihr Verlobter ein mieser Verbrecher war, der sie eiskalt dazu benutzt hatte, ihrer Familie zu schaden, hatte sie nicht viel geweint. Diesen Luxus hatte sie sich selbst verwehrt. Das Weinen gerade eben hatte ihr gut getan. Sie atmete tief durch und bekam einen Schluckauf.

Alec küsste sie auf die Schläfe. „Celia, warum willst du nicht mit mir schlafen?“

So, wie er das sagte, hätte sie ihn am liebsten aufs Bett geworfen und auf der Stelle verführt. Sie erbebte, und er verstärkte seinen Griff. Schließlich sagte sie, da sie keinen anderen Ausweg sah: „Ich bin nicht so wie andere Frauen.“ Als ihr einfiel, dass Alec jetzt auf einige recht absurde Gedanken kommen könnte, fügte sie schnell hinzu: „Ich meinte damit nicht, dass ... Ich bin nicht körperlich anders. Na ja, das heißt ...“

„Nun mal raus mit der Sprache, Schätzchen. Was immer es ist, wir werden damit fertig.“

Sie verzog das Gesicht. O ja, sie hatte keinen Zweifel, dass er damit fertig werden würde, ebenso wie Raymond. Der hatte sie immer wieder wegen ihrer Schwäche aufgezogen. Nachdem er geschnappt worden war, hatte er sich einen Spaß daraus gemacht, ihr zu erzählen, wie leicht es war, sie herumzukriegen. Tja, sie würde nie wieder schnell schwach werden, obwohl Standhaftigkeit Alec Sharpe gegenüber harte Arbeit bedeutete.

Vollkommen irritiert über ihre Gefühle und Gedanken, sah sie keinen anderen Ausweg, als sich von Alec loszureißen und ins Badezimmer zu flüchten. In der Tür blieb sie stehen. Ohne sich umzudrehen, sagte sie: „Ich habe sexuelle Probleme. Und ich will, dass du jetzt gehst." Sie schlug die Tür hinter sich zu, verriegelte die Tür von innen und lehnte sich schluchzend dagegen.

So, jetzt kannte er die Wahrheit. Wahrscheinlich würde er angewidert abreisen und nie wieder etwas von ihr wissen wollen, und ihre Chancen, Hannah zu retten, wären vollkommen dahin. Wie wollte sie jemandem helfen, wenn sie nicht einmal sich selbst helfen konnte?

Plötzlich hämmerte es gegen die Tür, und sie machte einen erschrockenen Satz vorwärts.

„Verdammt nochmal, Celia, mach die Tür auf!"

Sie drehte sich um. Er war wütend?

Wieder schlug er so hart gegen die Tür, dass sie zu splittern drohte. „Ich zählte jetzt bis zwei, und dann breche ich die Tür auf!"

Celia erstarrte vor Schreck.

„Eins!"

Viel Zeit zum Nachdenken blieb ihr nicht. Aber im Grunde gab es ja auch nur eine Lösung. Sie entriegelte die Tür und griff nach dem Türknopf.

4. KAPITEL

Alec wollte gerade „zwei“ rufen, da ging die Tür auf. Er stemmte die Hände in die Hüften und wartete darauf, dass Celia aus dem Bad kam. Was dachte sie sich nur? Dass sie ihm so eine Aussage vor die Füße knallen und ihn dann einfach rauswerfen konnte? O nein, nicht mit ihm!

Er konnte sich vorstellen, dass Raymond etwas mit ihrer seltsamen Enthüllung zu tun hatte, und bedauerte seine noble Entscheidung, ihn den Mühlen der Justiz zu überlassen.

„Schwing deinen Hintern da raus, Celia!“

Zögernd öffnete sie die Tür. Ihr Gesicht war vollkommen verheult und verschmiert. Sofort wurde er wieder weich. Verdammt, er würde sich lieber verprügeln lassen, als sie weinen zu sehen! Er presste einen Moment lang die Kiefer zusammen, während er gegen das Bedürfnis ankämpfte, sie einfach hochzuheben, aufs Bett zu werfen und ihr ausgiebig zu beweisen, dass sie nicht ein einziges sexuelles Problem hatte. Doch ihrem Gesichtsausdruck nach zu urteilen war ihr im Moment nicht nach einem Liebesmarathon zu Mute. Sie brauchte einen vernünftigen und verständnisvollen Zuhörer und keinen leidenschaftlichen Liebhaber.

Schon seit langem hatte er nicht mehr ein so starkes Verlangen nach einer Frau verspürt. Doch er wollte keine andere als Celia. Und wenn es sein musste, würde er eben warten – zumindest noch ein bisschen.

Er atmete tief durch. „Ich möchte, dass du eine Dusche nimmst und dich umziehst.“ Na bitte, das hatte doch ganz ruhig geklungen.

Sie nickte verdächtig folgsam.

„Wenn du fertig bist“, fuhr er fort und beäugte sie misstrauisch, „werden wir reden.“

„Ich dachte, du wolltest sofort abfahren.“

„Später. Im Moment sieh einfach zu, dass du es dir bequem machst. Wo sind deine Kleider?"

„In meinem Koffer im Wandschrank."

Sie wartete geduldig, bis er ihr eine Jeans und ein T-Shirt reichte.

„Einen Slip brauche ich auch."

Er fand einen schwarzen Slip und legte ihn ihr auf den Arm. Schniefend und ohne ein weiteres Wort verschwand sie wieder im Bad.

Sobald die Tür ins Schloss fiel, fuhr Alec sich mit beiden Händen durch die Haare. Verstehe einer die Frauen! Erst wehrte Celia sich mit Händen und Füßen gegen ihn, dann gehorchte sie ihm wie ein folgsames Kind. Sie brachte ihn ständig aus der Fassung, aber wahrscheinlich machte sie das absichtlich, um ihn zu irritieren.

Er hörte das Wasser rauschen, stellte sich Celia nackt vor und schlug mit der Faust auf seinen Oberschenkel. Um sich vom Gedanken an nackte, feuchte, weibliche Haut abzulenken, rief er den Zimmerservice und bestellte Sandwiches, ein Kännchen Kaffee und Kuchen. Während er auf die Lieferung wartete, rief er Dane an.

Beim zweiten Klingeln wurde abgehoben.

„Hallo?"

Alec hörte ein helles Lachen im Hintergrund. Er hätte sich denken können, dass Dane gerade beschäftigt war, und verdrehte die Augen. In seiner momentanen Situation war Danes eheliches Glück schwer zu ertragen. „Ich habe deine Schwester gefunden."

Er hörte ein Rauschen in der Leitung, die nächsten Worte waren gedämpft. „Eine Sekunde, Schatz. Es ist Alec." Dann wurde in den Hörer gesprochen: „Gute Arbeit. Ich habe nicht eine Sekunde daran gezweifelt, dass du sie finden würdest. Aber jetzt bin ich ... beschäftigt."

„Sie sah aus wie ein Flittchen und trieb sich in einer Bar herum, um Jacobs aufzureißen."

Dane stieß ein kurzes, hässliches Wort aus.

„Genau das habe ich auch gedacht. Ich habe sie da rausgezerrt, aber sie ist wild entschlossen, wieder hinzugehen. Sie denkt tatsächlich, sie könnte Hannah Barrington retten." Alec konnte seinen Unmut nicht verbergen.

Dane erwiderte ruhig: „Ich bin froh, dass sie sich darum kümmern will, egal, wie du die Sache siehst. Aber ich will nicht, dass sie weiterhin den Lockvogel spielt."

„Ich habe gedroht, sie zu entlassen, wenn sie nicht aufgibt."

Dane fluchte erneut.

„Ich kann sie hier nicht allein zurücklassen, damit sie sich mit Jacobs anlegt – und wenn ich sie an den Haaren nach Hause schleifen muss!"

„Warum machst du dir solche Sorgen, wenn du überzeugt bist, dass Hannah im Grunde kein Problem hat?"

Alec verstummte, als er merkte, dass er sich selbst in die Ecke manövriert hatte. Nicht einmal Dane kannte den wahren Grund für seine ablehnende Haltung, doch vermutlich machte er sich seinen eigenen Reim darauf. „Wahrscheinlich amüsiert Hannah sich einfach nur prächtig. Aber deine verdammte Schwester zieht das Unheil nur so an."

„Celia ist nicht so zerbrechlich, wie du denkst." Alec hörte eine Stimme im Hintergrund, dann sagte Dane: „Angel möchte dich sprechen."

„Nein! Verdammt, Dane, wag es ja nicht ..."

„Hallo, Alec."

Alec seufzte. Wenn er Dane das nächste Mal sah, würde er ihn erwürgen. „Hallo. Wie geht's dir?"

„Es würde mir bedeutend besser gehen, wenn ich wüsste, dass du Celia nicht ständig tyrannisierst."

„Also, ich ..."

„Ich hab dich wirklich gern, Alec. Und Grayson vergöttert dich. Aber wenn du nicht aufhörst, Celia herumzukommandieren, wird sie dich umbringen."

„Tja, ich ..."

„Nicht nur das, ich glaube sogar, du könntest ein wenig mehr Verständnis zeigen. Sie versucht, ein neues Leben zu beginnen, und du hilfst ihr nicht im Geringsten. Du gibst ihr nur immer wieder zu verstehen, dass sie es nicht schaffen wird."

„Äh ..."

„Du spielst dich auf wie ihr Vater und großer Bruder und Ehemann in einem!"

Alec hielt den Hörer auf Armeslänge von sich und machte ein entsetztes Gesicht. Was Celia betraf, fühlte er sich nicht im Mindesten blutsverwandt, und der Teufel sollte ihn holen, wenn er noch einmal heiratete. Er hatte seine Lektion gründlich gelernt.

Als er den Hörer vorsichtig wieder ans Ohr hob, war Angel immer noch mitten in ihrer Schimpftirade. Im Badezimmer wurde das Wasser abgestellt, und Alec unterbrach sie: „Ich muss aufhören. Bestell Dane, er soll sich keine Sorgen machen. Ich werde mich um alles kümmern."

„Warte!"

Alec seufzte entnervt. „Was ist denn noch?"

Angel ignorierte seinen genervten Tonfall. „Wirst du bleiben und Celia helfen, oder nicht? Dane sagt immer, du bist der Beste. Ich bin überzeugt, du kannst für ihre Sicherheit sorgen."

Er fühlte sich bei seiner Ehre gepackt und erwiderte brummig: „Ich will aber nicht mit ihr hier bleiben und mich um ihre Sicherheit kümmern. Das ist reine Zeitverschwendung."

„Celia scheint das nicht zu denken."

Ihre sanfte Art weckte sein Schuldbewusstsein. War er Celia gegenüber wirklich so gefühllos? War dieser Fall wirklich so gefährlich, dass er sie da heraushalten musste, oder ließ er sich viel zu sehr von seinen eigenen Vorbehalten leiten? Wahrscheinlich beides.

„Alec, hörst du mir noch zu?"

„Ja."

„Wenn du nicht bei Celia bleibst, kann ich unmöglich mit Dane wegfahren und sie allein lassen. Sie braucht jemanden, der sie versteht und unterstützt."

Alec fragte sich, ob Verständnis und Unterstützung Celia wohl ein wenig nachgiebiger machen und das Wort „nein" aus ihrem Wortschatz verbannen würden.

Danes Stimme aus dem Hintergrund unterbrach seine Gedanken. „Er wird bleiben."

Es war wohl unvermeidlich. Seufzend bestätigte Alec: „Also gut, ich bleibe."

„Fein." Angel ließ ihm eine Sekunde, um sich innerlich auf das Folgende vorzubereiten. „Wir lieben dich, Alec."

Er hörte Dane im Hintergrund leise lachen, und spürte, wie ihm die Röte ins Gesicht stieg. Er hasste es, wenn Angel so sentimental wurde, und Dane wusste das sehr wohl, was wiederum sicher der Grund war, weshalb er ihre Gefühlsbekundungen auch noch billigte.

Alec versuchte, nicht allzu verärgert oder verlegen zu wirken. „Tja dann, gute Nacht." Er legte schnell auf, als Celia die Badezimmertür öffnete und ins Zimmer trat.

Sie trug ausgeblichene enge Jeans und ein weiches, dünnes T-Shirt, das sich an ihre kleinen Brüste schmiegte. Herausgeputzt sah sie wirklich toll aus, aber Alec fand sie jetzt fast noch attraktiver.

Das Erste, was er verblüfft wahrnahm, war das Fehlen eines BHs. Dann blickte er auf ihre nackten Füße, ihr leicht gerötetes Gesicht und die zurückgekämmten, noch nassen Haare, und schluckte schwer. Bruder, Vater, Ehemann – zum Teufel! Er wollte ihr Liebhaber sein.

Langsam und ohne den Blick von ihr zu wenden stand er auf. „Ich habe Essen bestellt. Es wird gleich hier sein."

Sie nickte, sah ihm aber nicht in die Augen. Als sie das Kleid auf die Kommode legte und die hochhackigen Schuhe auf den Boden stellte, merkte er, dass sie leicht humpelte.

„Hast du dich verletzt?"

„Nein."

Er trat näher. Warum muss ich sie immer triezen, um die Wahrheit zu erfahren? dachte er. Irgendwie genoss er die Wortgefechte mit ihr allerdings auch, was er aber bestimmt nie zugeben würde. Mit Celia zu streiten war in mancher Hinsicht schöner als Sex. Es erregte ihn mehr. Aber eigentlich erregte ihn alles, was mit Celia zu tun hatte.

Er nahm ihr Kinn zwischen Daumen und Zeigefinger, sodass sie ihn ansehen musste. „Lüg mich niemals an, Celia. Du humpelst. Hast du dich verletzt, als du aus meinem Wagen gesprungen bist?"

Ihre Wimpern waren vom Duschen noch nass. Sie blinzelte und errötete leicht. „Meine Füße tun weh. Ich bin es nicht mehr gewohnt, so lange auf hohen Absätzen zu laufen."

Sanft strich er ihr mit dem Daumen über das Kinn. Ihre Haut war so weich ... Er hatte den Wunsch, sie überall zu berühren, sich nackt an ihr zu reiben, ihren biegsamen, schlanken Körper unter sich zu spüren. Er schluckte. „Komm, ich massiere dir die Füße."

Doch sie blinzelte nur nervös. „Ich möchte dir einen Deal vorschlagen."

Irritiert hob er eine Augenbraue. Eigentlich hatte er ihr sagen wollen, dass er bleiben und ihr mit diesem blöden Barrington-Fall helfen würde, aber jetzt wurde er neugierig. Er schob sie aufs Bett, kniete sich vor sie und begann einen ihrer kleinen Füße zu massieren. „Und was ist das für ein Deal?"

„Wenn ich in diesem Fall weiterkommen will, brauche ich deine Hilfe."

„Das stimmt."

„Ich ... ich werde alles tun, was du willst, wenn du mir hilfst, Hannah zu retten."

Er unterbrach die Fußmassage und sah sie schweigend an.

„Ich weiß, du traust mir diese Arbeit nicht zu", erklärte sie nervös. „Ständig mäkelst du an mir herum und sagst, ich soll in unser Familienunternehmen zurückkehren." Sie hielt kurz inne. „Also gut, ich werde es tun."

„Wirklich?" presste er zwischen zusammengebissenen Zähnen hervor.

„Ja, ich werde zurückgehen. Aber nur, wenn du mir vorher hilfst, Hannah zu finden."

Allmählich ließ seine Anspannung nach. Sie bot ihm nicht ihren Körper an, wie er zuerst angenommen hatte, sondern wollte in ihren alten, sicheren Job zurückkehren. Schuldbewusst dachte er an Angels Worte: „Sie braucht jemanden, der sie versteht und unterstützt." Er ließ ihren Fuß los und legte seine Hände auf ihre Knie. Was immer Celia brauchte, er wollte es ihr geben.

Erschrocken riss sie die Augen auf, doch er war bereits dicht vor ihr, drückte sie behutsam aufs Bett und legte sich zwischen ihre leicht gespreizten Beine. Mit geschlossenen Augen genoss er das Gefühl ihrer Nähe und Wärme und quälte sich selbst, indem er sich an ihren Schoß presste.

„Alec?" wisperte sie.

„Was ist, wenn die Rückkehr in deinen alten Job nicht das ist, was ich am meisten will, Celia?" Sein Herz raste. „Was dann?"

Celia zögerte, dann sah sie ihn an. „Ich kann Hannah nicht im Stich lassen."

Das Blut rauschte in seinen Ohren. Alles, woran er denken konnte, war, dass sie offenbar einwilligte, mit ihm zu schlafen.

Erwartungsvoll beugte er sich vor, um sie zu küssen – da klopfte es plötzlich an der Tür.

„Zimmerservice!"

Sofort wand Celia sich unter ihm fort, rutschte vom Bett und verschanzte sich erneut im Badezimmer.

Alec ließ sich resigniert aufs Bett fallen. An diesem Abend lief einfach nichts wie geplant!

Bedächtig biss Celia in ihr Sandwich. Sie hatte eigentlich keinen Hunger, wo doch nichts zwischen ihnen geklärt war. Sie kam sich wie eine Idiotin vor, weil sie schon wieder ins Bad geflüchtet war. Aber zumindest hatte Alec diesmal nicht angedroht, die Tür einzutreten, sondern nur gefragt, ob sie etwas essen wolle. Da war sie gelassen herausspaziert, als wäre nichts gewesen. Idiotisch! Wenn sie ihn überreden wollte, ihr zu helfen, musste sie sich zusammenreißen.

Die schnarrende Klimaanlage schaffte es nicht, dem Raum die stickige Hitze zu nehmen. Sie saßen an dem kleinen Tisch, der zwischen Bett und Zimmerecke gequetscht war. Alec behielt aus Gewohnheit die Tür im Blick. Er war immer in Bereitschaft. Celia hatte keine Zweifel, dass sie Hannah mit seiner Unterstützung vor einem schlimmen Schicksal bewahren konnte.

Sie räusperte sich, nahm einen großen Schluck Kaffee und sah Alec entschlossen an.

„Komm schon, Schätzchen, raus damit", meinte Alec grinsend. „Ich sehe doch, dass du mir was sagen willst."

Celia runzelte die Stirn. „Wie machst du das?"

„Deine Gedanken lesen?" Er zupfte an seinem Ohrring. „Ich weiß nicht – außer dass die Chemie zwischen uns einfach stimmt, ob du das nun zugeben willst oder nicht."

Sie senkte den Blick. „Eigentlich ist das ein Teil meines Problems."

„Deines sexuellen Problems?"

Sofort wurde sie rot, obwohl sie wusste, dass er sie absichtlich provozierte. Also hob sie den Kopf und sah ihm fest in die Augen. „Ja."

„Mir kam es nicht so vor, als ob du irgendwelche Schwierigkeiten hättest." Er blickte auf ihre Brüste, deren harte Spitzen sich deutlich unter ihrem T-Shirt abzeichneten. „Bei dir scheint doch alles ganz normal zu funktionieren."

Celia musste sich mit aller Macht zwingen, nicht wieder davonzurennen, weil sie sich so sehr schämte. „Das ist ja gerade ein Teil des Problems."

Er sah sie verständnislos an.

Zögernd fügte Celia hinzu: „Ich bin sehr leicht erregbar. Und manchmal leider auch durch den falschen Partner."

„Wie meinst du das?"

„Na ja, nachdem ich mich von Raymond habe benutzen lassen und so viele Menschen in Gefahr gebracht habe, wollte ich mich nie wieder mit einem Mann einlassen, dem es nur darum geht, mich ins Bett zu bekommen. Ich dachte, ich hätte meine Lektion gelernt und dass mein Stolz mich in Zukunft vor solchen Dummheiten bewahren würde. Aber ...", sie suchte nach den richtigen Worten, „... wenn du mich ansiehst, sind all meine Vorsätze vergessen."

„Du machst dir Vorwürfe, weil du mich begehrst?"

„Ja."

Alec stand abrupt auf, stemmte die Hände in die Hüften und ging ein paar Schritte.

„Alec, als wir uns das erste Mal sahen, hast du mir unmissverständlich erklärt, dass du keine Beziehung willst. Bei jeder unserer Begegnungen zeigst du mir, dass du mir nicht traust und mich nicht einmal besonders magst. Ich möchte nicht mit einem Mann schlafen, der mich nicht liebt."

Er fuhr herum und sah sie ungläubig an.

„Du willst nur Sex von mir, und sosehr mein Körper auch auf dich reagiert – mein Verstand sagt mir, es ist völlig falsch."

„Dein Verstand?" Alec kam auf sie zu.

Schnell erhob sie sich von ihrem Stuhl und stellte sich dahinter. „Hör auf, mich einzuschüchtern! Ich hasse das, vor allem, wenn ich nur versuche, dir die Wahrheit zu sagen."

„Und die Wahrheit ist, dass du diese blödsinnige Vorstellung hast, Sex ohne ewige Liebe sei schmutzig?"

Direkt vor ihr blieb er stehen, groß und bedrohlich. Celia schob den Stuhl beiseite und stieß angriffslustig mit dem Zeigefinger gegen seine Brust. „Sex ohne emotionale Bindung ist schmutzig. Es ist nichts weiter als eben nur Sex."

„Aber das kann doch sehr befriedigend sein."

„Nicht für mich!" Sie merkte, dass sie beide schrieen, und versuchte, sich zu beruhigen. Es musste ja nicht jeder im Motel über ihr Privatleben Bescheid wissen. „Es tut mir Leid, dass ich einen falschen Eindruck erweckt habe. Wenn du mich küsst, vergesse ich mich. Deshalb wäre ich dir sehr dankbar, wenn du mich nicht mehr anrühren würdest."

„Ach ja?"

„Ich muss einiges wieder gutmachen, Alec, weil ich Raymond gegenüber so blind war. Und das kam nur daher, weil ..."

„Ich will das nicht hören, verdammt!"

„... weil Sex mit ihm ...", sie musste sich zwingen weiterzusprechen, „... fantastisch war."

„Zum Teufel nochmal!" Alec packte sie an den Armen. „Celia ..."

Er wurde durch das Signal ihres Piepers unterbrochen. Alec erstarrte, und Celias Angst verflüchtigte sich. Alec würde ihr nie wehtun, das wusste sie.

Langsam ließ er sie los. Sie nahm den Pieper von der Kommode und las die Nummer des Anrufers ab.

„Wer war das?" Er hatte sich unter Kontrolle, doch das Funkeln in seinen Augen verriet, wie aufgewühlt er war.

Sie beobachtete ihn genau. „Mrs. Barrington."

Alec wandte sich ab, doch Celia stellte sich vor ihn, sodass er ihr zuhören musste. „Bitte, Alec, ich brauche bei diesem Fall deine Hilfe. Denk an die arme Hannah." Sie ignorierte sein verächtliches Schnauben. „Ich muss zurückrufen. Bleibst du bitte hier und hilfst mir?"

Er starrte gut eine Minute an die Zimmerdecke, ohne zu antworten. Schließlich blickte er zu Celia, und sie hatte ihn noch nie härter und entschlossener gesehen. Ihr Herz raste.

„Also gut, Celia, ich bleibe. Ich werde dir helfen, die kleine Hannah Barrington zu retten, ob sie es nun will oder nicht. Aber ich stelle eine Bedingung."

Trotz seiner zynischen, kühlen Haltung wurde Celia plötzlich warm, denn sie ahnte natürlich, was er als Gegenleistung von ihr forderte. Ihre Knie begannen zu zittern, doch sie straffte die Schultern und sah ihm mutig in die Augen. „Ich höre."

Seine dichten Wimpern verbargen seine Pupillen, als er den Blick auf ihren Mund senkte, dann auf ihre Brüste, dann noch tiefer. Seine Stimme klang rau. „Ich will dich. Ich entscheide das Wann und Wo. Und auch das Wie ..." Er blickte ihr wieder in die Augen. „Und da gibt es ein Menge Möglichkeiten. Du wirst Ja sagen. Bis Hannah sicher auf dem Heimweg ist, gehörst du mir."

Celia biss sich auf die Unterlippe, um nicht laut aufzustöhnen. Sie war beinahe erleichtert, weil Alec ihr die Entscheidung abnahm.

Er lächelte anzüglich. „O nein, Schätzchen", flüsterte er, „ich werde nicht zulassen, dass du die Märtyrerin spielst. Du kannst sicher sein, dass du jede Sekunde mit mir genießen wirst. Was immer du mit Raymond erlebt hast, wird daneben verblassen, und du wirst wissen, dass nichts, was sich zwischen uns im Bett abspielt, schmutzig ist." Er umrahmte ihr Gesicht mit den Händen. „Du kannst Mrs. Barrington anrufen und ihr sagen, dass sie sich keine Sorgen mehr machen muss, weil wir uns um die Sache kümmern." Er fuhr mit dem Daumen über ihre Unterlippe. „Und dann kannst du dich ausziehen und ins Bett legen."

Celia sog erschrocken die Luft ein.

„Oder du kannst mich zum Teufel schicken.“ Seine Augen blitzten. „Die Entscheidung liegt bei dir.“

Celia leckte sich über die trockenen Lippen. Er hatte sie noch nicht einmal richtig berührt, und schon war sie kurz davor, die Kontrolle über sich zu verlieren. Aber hatte sie überhaupt eine Wahl?

„Ich ... werde Mrs. Barrington anrufen.“

Einen Moment lang wirkte er beinahe bedrohlich in seiner Leidenschaft. Seine Hände legten sich fester um ihr Gesicht, und sie fürchtete, mit seiner Beherrschung wäre es jetzt vorbei. Doch dann löste er sich von ihr. „Ich muss ein paar Sachen aus dem Wagen holen. Heute Nacht kann ich bei dir bleiben, weil jeder das erwartet. Aber für morgen brauche ich ein eigenes Zimmer, falls irgendjemand so schlau ist, dich zu überprüfen.“

Celia beobachtete ihn schweigend.

„Na los, erledige deinen Anruf. Morgen früh werde ich mir überlegen, wie wir die Sache anstellen.“

Die Tür fiel hinter ihm ins Schloss. Er hatte kein Wort über die bevorstehende Nacht verloren, aber Celia wusste, was sie erwartete.

Sie holte zitternd Luft und bezwang Schuld- und Schamgefühle, indem sie sich immer wieder sagte, dass sie nur tat, was notwendig war. Dann griff sie nach dem Telefonhörer. Sie wollte fertig sein, wenn Alec zurückkam, denn sie wollte sich nicht vor ihm ausziehen müssen.

Sie würde bereits im Bett liegen, zugedeckt bis ans Kinn.

Der Rest war seine Sache.

5. KAPITEL

Alec fand mehrere Gründe, auf dem Parkplatz zu trödeln.

Zunächst einmal musste er sich wieder in den Griff bekommen. Er streckte eine Hand aus und sah entsetzt, wie sehr er zitterte – er, den normalerweise nichts aus der Ruhe brachte, und schon gar nicht eine Frau. Seit unzähligen Jahren war er in der Lage, bei Frauen Lust zu empfinden, ohne dass es auch nur im Mindesten sein Herz berührte.

Doch im Moment fühlte er sich sehr wohl berührt, dabei hatte er Celia noch nicht einmal angefasst. Wie würde es erst sein, wenn er sie in den Armen hielt und sie sich leidenschaftlich liebten?

Fluchend marschierte er vor seinem Wagen auf und ab. Sie hatte Angst vor ihm, und das konnte er leider auf die Schnelle nicht ändern. Trotzdem begehrte sie ihn – fast so sehr wie er sie. Den Kühlen und Gleichgültigen zu spielen war sein einziger Schutz.

Aber wenn sie mit diesen unschuldigen haselnussbraunen Augen zu ihm aufblickte, hatte er nur den Wunsch, sie zu beschützen. Sogar vor sich selbst ...

Er hätte Raymond umbringen sollen. Sie hatte gesagt, Sex mit ihm sei fantastisch gewesen. Diese Worte und ihr gequälter Blick dabei erfüllten ihn mit solcher Wut, dass er ganz besessen wurde von dem Wunsch, alles zu tun, um die Erinnerung an diesen Kerl für immer aus ihrem Kopf zu verbannen.

Nachdem er lange genug gewartet hatte, nahm er seine Tasche und kehrte zu ihrem Zimmer zurück. Er war total angespannt und so erregt, dass es fast körperlich schmerzte. Doch daran musste er sich wohl gewöhnen, solange Celia bei ihm war. Er hasste es, sie so zu brauchen. Er wollte von nichts und niemandem abhängig sein.

Er hatte schon halb erwartet, die Tür verschlossen vorzufinden, doch sie schwang widerstandslos auf, und Celia lag im Bett und starrte ihn mit großen Augen an.

Sie hatte die Bettdecke so weit hochgezogen, dass sogar ihr Kinn verdeckt war, und das wirkte beinahe wieder komisch. Er spürte eine seltsame Mischung aus Zärtlichkeit und wilder Lust, die ihn fast benommen machte. Es gefiel ihm, dass sie im Bett auf ihn wartete. Etwas Schöneres hätte er sich im Moment nicht vorstellen können.

Alec stellte die Reisetasche auf den Boden und legte seine Pistole auf den Nachtschrank. Celias Augen wurden noch größer.

„Du hast eine Waffe?"

„Alle Detektive haben eine, Celia", erwiderte er, erstaunt über ihre Frage.

„Ich nicht. Vielleicht sollte ich auch eine tragen."

„Lieber nicht. Außerdem ist es überflüssig, weil du nach dieser Geschichte nie mehr in so gefährliche Dinge verwickelt werden wirst."

Sie sah aus, als wollte sie protestieren, doch zu seiner Erleichterung hielt sie diesmal den Mund.

Mit festem Blick in ihre Augen löste Alec seine Gürtelschnalle. Celia blinzelte nervös, während sie seine Hände beobachtete, dann sah sie schnell wieder in sein Gesicht. Der Gürtel surrte durch die Schlaufen, und Alec legte ihn über die Stuhllehne.

„Alec?" Ihre Stimme verriet Angst, aber auch Erregung. „Was werden wir wegen Hannah unternehmen? Hast du schon einen Plan?"

Er zog sich das T-Shirt über den Kopf und hörte sie leise stöhnen. „Ich habe so einige Pläne, Schätzchen. Warum reden wir jetzt nicht lieber über meine Pläne für heute Nacht? Möchtest du irgendwelche Details wissen?"

„Nein ... ja ... nein!"

Er schmunzelte. „Wir sind wohl ein bisschen unentschlossen,

wie? Nun, ich denke, ich werde dir aber trotzdem erzählen, was ich mit dir vorhabe."

„Alec, ich finde ..."

„Du findest Sex ohne Liebe schmutzig, ich weiß."

Celia kniff einige Sekunden lang die Augen fest zusammen, dann riss sie sie wieder auf. Sie war schließlich kein Feigling. „Okay. Was hast du vor, Alec?"

Unter all den Decken war es sicher brütend heiß, denn die Klimaanlage konnte gegen die drückende Hitze nichts ausrichten. Alec schwitzte bereits, aber das lag natürlich auch an Celia, die sich nackt in greifbarer Nähe befand.

Er streifte die Stiefel ab und bückte sich, um die Socken auszuziehen. „Als Erstes werde ich dich mit meinem Körper vertraut machen."

„Oh ..."

Das Zittern in ihrer Stimme machte ihn ziemlich nervös. Er wusste, dass er ein starker Mann war, was die Körperkraft betraf, doch die nützte ihm jetzt wenig. Er konnte sich an keine Herausforderung erinnern, die er nicht angenommen hatte, und voller Selbstbewusstsein war er immer von seinem Sieg überzeugt gewesen. Aber er wusste nicht, ob er stark genug war, sein Vorhaben diese Nacht durchzustehen. Er hoffte es, denn Celia hatte dringend ein paar Lektionen in Sachen Sex und Selbstachtung nötig, und der Teufel sollte ihn holen, wenn er das einem anderen Mann überließ.

Lektion Nummer eins, die wichtigste von allen: dass er nicht Raymond war und sie nicht ausnutzen wollte. Es ihr zu sagen würde allerdings nicht ausreichen – ebenso wenig, wie mit ihr zu schlafen, wenn sie in dieser Hinsicht so unsicher war. Oh, sie würde sich ihm hingeben, da hatte er keinen Zweifel. Sie würde mit ihm schlafen und es sicher sehr genießen. Doch das genügte ihm nicht.

Er wollte, dass sie ihn wirklich begehrte und sich eingestand, dass es gut und richtig war, diesem Gefühl zu folgen. Sie sollte erkennen, dass Sex in manchen Fällen einfach stattfinden musste, und dass dies einer solcher Fälle war. Dafür musste sich niemand schämen.

Doch wenn er jetzt mit ihr schlief, würde sie sich schämen.

Verdammt! dachte er, wusste aber keinen Ausweg. Celia kämpfte gegen ihre eigene Natur an. Noch nie hatte er eine Frau erlebt, die so feurig reagierte wie Celia. Ihre Sinnlichkeit war ein Geschenk, dass er auskosten wollte und von dem er hoffte, dass auch sie es zu schätzen lernte. Deshalb wollte er sie behutsam dazu bringen, dass sie ihn und das, was sie beide zusammen erleben konnten, akzeptierte – solange die Chemie zwischen ihnen stimmte.

Er knöpfte die Hose auf und zog langsam und vorsichtig den Reißverschluss herunter, weil er erregt war wie nie zuvor. Der sehnsüchtige Seufzer, den Celia unwillkürlich ausstieß, verriet ihm, dass er irgendwann seine Belohnung bekäme.

„Mach die Augen auf, Celia."

Sie schlug die Hände vors Gesicht.

„Celia, sieh mich an", befahl er sanft.

Sie schüttelte den Kopf. „Alec, ich kann nicht. Ich ..."

„Du hast keine Wahl, Süße, denk daran." Er zog die Jeans mitsamt dem Slip aus. Ihr Laken war so weit heruntergerutscht, dass Celias nackte Schultern zu sehen waren. Am liebsten hätte er mit dem Küssen dort begonnen und sich Zentimeter für Zentimeter nach unten vorgearbeitet, bis er jeden verborgenen Winkel ihres Körpers erkundet hätte. Er holte tief Luft.

Als er direkt neben dem Bett stand, sagte er wieder: „Sieh mich an, Celia."

Sie biss sich fest auf die Unterlippe und öffnete langsam die Augen. Das Blut schoss ihr in die Wangen, und ihre Brüste hoben und senkten sich verführerisch bei jedem tiefen Atemzug.

Alec zwang sich, trotz seiner überwältigenden Begierde an

seinem Plan festzuhalten. „Sieht mein Körper für dich schmutzig aus, Celia?“

Den Blick auf seine Lenden geheftet, schüttelte sie den Kopf.

Dann griff er nach der Bettdecke, und nach kurzem Widerstand schloss Celia erneut die Augen und gab nach. Ganz langsam zog Alec ihr die Decke vom Körper und warf sie auf den Boden.

Celia verharrte vollkommen reglos, während Alec sie betrachtete. Ihre kleinen runden Brüste waren perfekt, die dunkelrosa Knospen hatten sich aufgerichtet, und er wünschte sich, an ihnen zu saugen, bis Celia vor Lust aufschrie. Er schluckte und setzte seine Betrachtung fort.

Ihre helle Haut war so zart, dass er sie mit seinen Bartstoppeln wund reiben würde, also ermahnte er sich innerlich zur Vorsicht. Ihr Bauchnabel wirkte wie ein verführerisches Grübchen in ihrem flachen Bauch, und die dunkelblonden Löckchen zwischen ihren Schenkeln bildeten ein scharf umrissenes Dreieck. Ohne nachzudenken, legte er seine Hand darauf.

Celia zuckte zusammen und gab einen kehligen Laut von sich.

Er verstärkte den Druck seiner Finger und schmiegte die Wange an ihren Bauch. „Ich kann deine Erregung spüren. Du willst es genauso sehr wie ich.“

„Alec ...“ brachte Celia keuchend hervor.

Da bemerkte er, dass sie bereits nach dieser kurzen Berührung und ein paar erregenden Worten dem Höhepunkt nahe war. Sie war einfach unglaublich! Alec erkannte seine eigene Stimme kaum, als er heiser flüsterte: „Ich sehe dich gern an, Celia. Und es ist verdammt nochmal nichts Schmutziges an dir.“

Als sie erneut einen erstickten Laut ausstieß, sah er in ihr Gesicht, und das half ihm, sich wieder in den Griff zu bekommen. Er legte die Hand auf ihre Wange und strich ihr dann sanft über den Mund, damit sie sich nicht mehr auf die Lippen biss. „Tu dir nicht selbst weh, Baby. Alles ist gut.“

Tränen glänzten in ihren Augen. „Ich bin so leicht zu erobern."

Alec legte sich neben sie, zog sie in die Arme und spürte trotz seiner Lust den unbändigen Wunsch, sie zu beschützen, ihr Sicherheit und Trost zu geben. Alles würde er tun, um sie vor Verletzungen zu bewahren.

„Du bist etwas Besonderes, Celia. Jeder Mann, für den du dich interessierst, kann sich glücklich schätzen." Dann ließ er seine Hand wieder über ihren Bauch nach unten gleiten. Er konnte sie nicht in diesem quälenden Schwebezustand lassen – nicht, wenn er wusste, was er tun musste, um ihre Sehnsucht zu stillen.

Celia spreizte bereitwillig die Schenkel und klammerte sich an ihm fest. „Bitte, Alec, küss mich!"

Hungrig senkte er die Lippen auf ihren Mund, während er ihre empfindlichste Stelle streichelte. Celia war bereit für ihn, und er fand schnell den richtigen Rhythmus, der sie in Verzücken versetzte. Sie wand sich in seinen Armen und steigerte bewusst ihre Erregung, indem sie ihre Brustspitzen an seinem Oberkörper rieb und mit seiner Zunge spielte. Celia war heiß und wild und sie war sein.

Nach nur zwei Minuten erbebte sie heftig in seinen Armen, und Alec musste all seine Willenskraft mobilisieren, um sich nicht auf sie zu legen und sie zu nehmen. Er wusste, wenn er jetzt die Kontrolle verlor, würde das kein bisschen dazu beitragen, dass sie Sex als etwas Positives betrachtete, vor dem man nicht davonlaufen musste.

In hemmungsloser Lust biss sie ihn in Lippen und Schulter und bohrte ihre Fingernägel in seinen Rücken. Die Schmerzen halfen ihm dabei, sein Verlangen zu zügeln. Dann sank sie erschöpft auf das Kissen zurück. Alec küsste ihre Stirn und schob ihr die Haare aus dem Gesicht.

„Das war ein ganz schön langer Höhepunkt."

Sie schwieg.

„Celia, wenn du jetzt die keusche Jungfrau spielst, leg ich dich übers Knie, das verspreche ich!“

Sie biss ihn leicht in den muskulösen Oberarm. „Vergiss nicht, dass deine Waffe ganz in meiner Nähe liegt. Ich werde nicht zögern, sie einzusetzen.“

Grinsend griff Alec nach der am Boden liegenden Bettdecke. „Du wirst schön neben mir schlafen, Süße, die ganze Nacht lang. Rühr dich ja keinen Zentimeter von der Stelle, hast du verstanden?“

Sie sah ihn verwundert an. „Schlafen? Aber was ist mit dir?“

Sanft küsste er sie auf die Nase. „Ich warte, bis du mich bittest, die Sache zum richtigen Ende zu bringen.“

Celia studierte sein Gesicht. „Na gut, ich ...“

Er legte ihr einen Finger auf den Mund. „Nicht jetzt, Celia. Nicht, wenn du noch ganz benommen von deinem hoffentlich ebenso intensiven wie langen Höhepunkt bist.“ Sie wurde rot, und er lächelte. „Du wirst wissen, wann du bereit bist und mich ohne alle Vorbehalte willst. Dann werde ich dich so oft lieben, bis wir beide vor Erschöpfung umfallen, das verspreche ich dir. Aber jetzt wird richtig geschlafen.“

Er knipste das Licht aus und zog Celia an sich. Ihr weicher, runder Po schmiegte sich an seine Lenden, und er biss die Zähne zusammen.

Nach einer Weile flüsterte sie: „Ich werde es dir nicht leicht machen, Alec.“

„Das ist ja nichts Neues, Süße.“

Als Celia erwachte, streifte ihre Nase einen festen, leicht behaarten Brustkorb. Lächelnd kuschelte sie sich dichter an den warmen männlichen Körper, doch eine Sekunde später fiel ihr ein, dass es Alec war und was er mit ihr gemacht hatte.

O nein! dachte sie und riss die Augen auf.

Alec, der tief und gleichmäßig atmete, sah so friedlich aus

wie nie zuvor, und Celia fand ihn ausgesprochen sexy. Ein Arm lag unter ihrem Nacken, der andere über seinem Kopf, sodass seine entblößte Seite verletzbar wirkte. Sein Kinn schimmerte dunkel vor Bartstoppeln, und sie wusste, dass er im wachen Zustand noch bedrohlicher wirken würde als sonst. Doch noch waren seine Augen mit den dichten dunklen Wimpern geschlossen. Ihn gut aussehend zu nennen, wäre die Untertreibung des Jahrhunderts.

Celia seufzte leise und spürte, wie ihr Herz einen Satz machte. Wenn sie die Wahl hätte, würde sie sich zufrieden an ihn schmiegen und weiterschlafen. Aber sie kannte Alec und wusste, dass sie ihm gegenüber immer auf der Hut sein musste. Er war der geborene Jäger und würde jedes Anzeichen von Schwäche zu seinem Vorteil nutzen.

Und ich habe letzte Nacht schon genug Schwäche gezeigt, dachte sie. Doch sie würde ihn nicht gewinnen lassen. Offenbar hoffte er, sie ausreichend einzuschüchtern, damit sie nach Hause fuhr und die arme Hannah im Stich ließ. Das würde zumindest erklären, warum er so aufreizend mit ihr gespielt hatte, ohne richtig mit ihr zu schlafen. Doch sie nahm sich fest vor, sich ihm niemals ganz hingeben. Raymond hatte ihren Stolz verletzt, aber Alec könnte ihn ganz zerstören.

Ihr Blick wanderte über seinen muskulösen, gebräunten Körper, und plötzlich erschrak sie. Auf seiner Schulter war ein blauer Fleck, ein sichtbares Zeichen ihrer ungezügelten Lust. Sie wollte aufstehen und ins Bad flüchten, doch plötzlich lag sie wieder flach auf dem Rücken. Alec war hellwach.

„Wo willst du hin?“ fragte er mit rauer, schläfriger Stimme, doch sein Blick signalisierte Wachsamkeit.

„Lass mich los, Alec.“

Er musterte sie nachdenklich, und sie wurde wütend. Mit aller Kraft stemmte sie sich gegen seinen Oberkörper und stieß zwischen zusammengebissenen Zähnen hervor: „Lass mich los!“

Doch ihr Widerstand hatte keine Wirkung auf ihn. „Du hast mich ausgiebig betrachtet. Warum die plötzliche Panik?“

Celia erstarrte. War er die ganze Zeit wach gewesen? „Ich bin nicht panisch.“

„Nein? Wie würdest du das sonst nennen?“ Ehe sie antworten konnte, fügte er mit leicht belegter Stimme hinzu: „Verdammt, siehst du sexy aus am Morgen!“ Und dann küsste er sie.

Celia versuchte, ihm zu widerstehen. Doch er schmeckte so verführerisch, und als seine Bartstoppeln sich an ihren Wangen rieben und seine Hände ihre Brüste umschlossen, konnte sie nicht anders, als sich ihm entgegenzurecken.

Da ließ er von ihr ab. Die Lippen dicht an ihrem Mund, fragte er: „Und jetzt erzählst du mir, was los ist.“

„Ich ... ich brauche einen Kaffee.“

„Sobald du’s mir gesagt hast.“

Dieser Sturkopf! Er würde nicht nachgeben, also musste sie es tun. Sie senkte die Lider, denn bei diesem Geständnis konnte sie ihm unmöglich in die Augen sehen. „Ich habe dich gebissen.“

Sie hörte ihn leise lachen und spürte dann wieder seine Hände auf ihren Brüsten. „Mehrmals sogar.“

„Nein, ich meine ...“ Erschrocken blickte sie zu ihm auf. Mehrmals? Du liebe Zeit, das wurde ja immer schlimmer! Sie holte tief Luft. „Du hast einen blauen Fleck auf der Schulter.“

Er blickte auf die besagte Stelle und zuckte mit den Schultern. „Na und?“

Celia biss sich auf die zitternde Unterlippe. „Es tut mir Leid.“

„Was tut dir Leid? Dass du so heißblütig bist? Es hat mir gefallen, okay? Dieser kleine Biss sagt mir, dass du dich genau so gefühlt hast, wie ich es wollte. Und wie du dich immer fühlen solltest, wenn du mit einem Mann zusammen bist.“

„Nein!“ protestierte sie, da sie es besser wusste. „Ich habe dich verletzt, Alec. Ich war nichts Besseres als ein ... Tier.“

Er sah sie kurz an, dann küsste er die weiche Haut unter ihrem Ohr. „Du hattest einen wunderbaren Höhepunkt, Schätzchen, und das hat mir gefallen. Wenn du dabei ein Tier warst, dann war ich es auch, denn dein kleiner Liebesbiss hat mich ungeheuer angeturnt, weil ich den Grund dafür kannte.“ Er küsste ihr Ohrläppchen und fuhr mit seiner warmen Zunge den Rand ihres Ohrs nach. Dann blickte er sie wieder an.

Sie dachte über seine Worte nach und wurde sich ihrer Naivität in puncto Sex bewusst. Zögernd fragte sie: „Machst du so etwas auch?“

„Was?“ Er lächelte. „Beißen?“

Der Blick aus seinen schwarzen Augen war voll Heiterkeit, Begierde und Zärtlichkeit. Dann senkte er die dichten schwarzen Wimpern und beugte sich langsam wieder über ihren Hals. Celia erschauerte, als sie erst seine Lippen, dann seine Zähne auf ihrer Schulter spürte. Er biss zu, aber es tat nicht weh. Ganz im Gegenteil, es war ausgesprochen angenehm, weil Alec gleichzeitig ihre Haut mit der Zunge kitzelte.

„Ich würde nie etwas tun, das dich verletzt.“

Sie schloss die Augen. „Alec ...“

Er schob die Bettdecke fort und machte es sich neben Celia bequem. Mit kleinen zärtlichen Bissen zog er eine Spur von ihrer Schulter bis hin zu einer Brustspitze, die er zunächst leicht mit dem Daumen massierte, bis sie hart wurde und sich aufrichtete. Alec wartete noch zwei Sekunden – dann biss er sanft zu.

Celia zuckte stöhnend zusammen und hätte sich wohl aufgebäumt, hätte Alec sie nicht mit beiden Händen festgehalten und die erotische Folter einfach fortgesetzt. Es war das erregendste Vorspiel, das sie je erlebt hatte.

Die süße Qual dauerte mehrere Minuten an, und als Celia schon dachte, er würde aufhören, widmete er sich der anderen Brust. Celia stöhnte protestierend auf, doch er machte ungerührt weiter. Ihr Widerstand erlahmte immer mehr. Eine eigenartige

Schwäche erfasste sie, und sie wollte sich nur noch fallen lassen und von neuem den sinnlichen Taumel erleben, den Alec ihr schenken konnte. Begierig, ihm noch näher zu sein, legte sie die Beine um seine Hüften und rieb sich an ihm. Alec, der ganz genau spürte, dass sie wieder die Spirale der Lust erklomm, schob die Hand unter ihren Rücken und bewegte sich mit ihr zusammen in einem langsamen, hypnotischen Rhythmus.

Nach Raymond hatte sie sich für sexuell erfahren gehalten, aber so etwas wie mit Alec hatte sie noch nicht erlebt. Entweder war er der einfallsreichste Liebhaber der Welt, oder sie musste ihre Einschätzung von Raymonds Fähigkeiten revidieren.

Doch eigentlich war ihr das jetzt egal, da sie merkte, dass sie kurz vor dem Höhepunkt war. Alec schien das ebenfalls zu fühlen. Er hob den Kopf und sah sie an.

Dann, ganz langsam, löste er sich von ihr und richtete sich halb auf. Sie hätte am liebsten vor Enttäuschung aufgeschrieen, doch er ließ ihr keine Gelegenheit dazu. Er umfasste ihre Hüften, beugte sich vor und drückte sein Gesicht auf ihren Bauch.

Celia war schockiert. Er ließ also nicht von ihr ab, sondern ... „Alec!"

Er drückte sie auf die Matratze und dämpfte so das Zucken ihres Körpers, während er ihren sensibelsten Punkt mit der Zunge streichelte. Bald konnte er ihre Empfindungen genau steuern, liebkoste sie mal schwächer, mal stärker und drehte hin und wieder den Kopf zur Seite, um leicht in die zarte Haut der Innenseite ihrer Schenkel zu beißen. Das alles trieb sie unaufhaltsam dem Höhepunkt entgegen.

„Jetzt komm", befahl Alec voll selbstbewusster Zuversicht.

Überwältigt von seinen raffinierten Zärtlichkeiten, bäumte Celia sich unter ihm auf und krallte ihre Finger in die Matratze, während sie wieder und wieder mit heiser Stimme seinen Namen rief.

In ihrem Kopf drehte sich alles, und es dauerte eine Weile, bis sie in die Wirklichkeit zurückfand. Plötzlich merkte sie, dass Alec das Bett verließ.

Zu erschöpft, um die Augen ganz zu öffnen, blinzelte sie. „Alec?“ flüsterte sie tonlos.

Er drehte sich um, hauchte ihr flüchtig einen Kuss auf den Mund und erklärte mit rauer Stimme: „Ich brauche jetzt eine eiskalte Dusche, Baby. Blieb einfach liegen und gib mir eine Minute Zeit. Dann gehen wir frühstücken – und reden.“

Er marschierte in atemberaubender Nacktheit ins Badezimmer und stieß die Tür zu. Eine Sekunde später hörte Celia das Wasser laufen.

Sie starrte auf die geschlossene Tür und sah im Geiste noch seinen sexy, muskulösen Körper vor sich. Himmel, einen solchen Höhenflug hatte sie im Bett noch nie erlebt, und sie wusste nicht, wie sie damit umgehen sollte. Warum verwöhnte Alec sie dauernd, ohne selbst etwas davon zu haben? Wollte er etwa den Eindruck erwecken, dass er sich nichts aus ihr machte? Sein Körper hatte vorhin genau das Gegenteil signalisiert.

Oder hatte es etwas mit dem zu tun, was er ihr letzte Nacht gesagt hatte? Diese lächerliche Geschichte, dass sie ihn bitten sollte? Tatsächlich dachte sie, sie hätte genau das getan. Sogar mehrere Male.

Sogar angefleht hatte sie ihn, oder etwa nicht?

6. KAPITEL

Celia hatte fast genau so viel gegessen wie er. Die kleine Lady hatte ganz schön Appetit. Alec lächelte. Daran war er wohl nicht unbeteiligt.

O Mann, er glaubte, sie immer noch zu schmecken – er könnte direkt süchtig danach werden. Aber eigentlich könnte er nach allem an Celia süchtig werden. Seine Selbstkontrolle war unglaublich gewesen. Woher er die Willenskraft genommen hatte, aus dem Bett aufzustehen, war die Eine-Million-Dollar-Frage. Doch er wusste die Antwort. Selbst jetzt konnte sie ihm kaum in die Augen sehen und wich jedes Mal seinem Blick aus, wenn er sie ansprach.

Sie schämte sich, und Alec hätte sie am liebsten wieder ins Bett gezerrt und sie ein für alle Mal von ihren Hemmungen befreit.

Es war ihm gar nicht aufgefallen, dass er düster vor sich hin starrte, bis Celia ihre Gabel auf den Teller knallte und ihn geradewegs ansah. „Was hast du eigentlich vor, Alec?"

Alec verschluckte sich fast, weil er plötzlich loslachen musste, und das war ihm schon lange nicht mehr passiert. Sein Alltag hatte nicht allzu viele fröhliche Momente. Nur wenige Menschen sprachen in so feindseligem Ton mit ihm, und noch weniger verlangten von ihm eine Antwort. Celia jedoch, obwohl zitternd vor Nervosität und Scham, brachte den Mut dazu auf. Er nippte an seinem Kaffee, um noch ein wenig Zeit zu gewinnen, dann sagte er ruhig: „Ich warte nur darauf, dass du ein paar Tatsachen akzeptierst."

„Was für Tatsachen? Dass du ein großartiger Liebhaber bist? Das werde ich nie herausfinden, wenn du ständig aus dem Bett springst!" fuhr sie ihn an, und er musste erneut ein Grinsen unterdrücken.

Doch er ließ sich nicht provozieren, denn er durchschaute,

dass sie sich in Forschheit flüchtete, um ihm nicht zu zeigen, wie verletzt sie war. Und das tat ihm Leid. „Ich bin gut genug, aber du machst mir sogar das Warten zum Vergnügen."

Sie wollte aufstehen, doch er hielt sie am Handgelenk fest. „Keine Szene, Schätzchen. Denk dran, dass du deine Tarnung aufrechterhalten musst, falls Jacobs hier irgendwelche Spione hat."

Widerstrebend setzte sie sich wieder.

„Immer mit der Ruhe", fuhr er fort. „Das war keine Beleidigung. Hör einfach zu. Ich will dich, Celia. Daran brauchst du nicht zu zweifeln, aber wie ich dir schon sagte, habe ich nicht die Absicht, dich in deinen verkorksten Ansichten über Sex zu bestärken."

Sie spielte mit ihrer Serviette. „Nach dem, was du letzte Nacht ... was wir letzte Nacht getan haben, hätten wir genauso gut ... du weißt schon."

Wieder nippte er, um Zeit zu gewinnen, an seinem Kaffee. Er musste sich seine Worte genau überlegen. „Fühlst du dich heute Morgen schmutzig, Celia?"

Nach ihrer Reaktion zu urteilen hätte er diese Frage lieber nicht stellen sollen. Celia ballte die Fäuste, und ihre Augen funkelten zornig.

„Geht es darum, Alec?" fragte sie mit mühsam gedämpfter Stimme. „Willst du meine eigenen Schwächen gegen mich ausspielen? Wenn du hoffst, dass ich den Fall aufgebe und nach Hause fahre, nur weil du die Macht dazu besitzt, mich ..."

Sie hielt abrupt inne, als er mit grimmigem Gesicht aufsprang und sie vom Stuhl zog. „Kein Wort mehr."

Sie riss sich von ihm los und marschierte zum Ausgang. Alec warf ein paar Geldscheine auf den Tisch und folgte ihr. Was er ihr sagen wollte, war ohnehin nicht für Publikum gedacht.

Ohne sich nach Alec umzudrehen, stapfte Celia über den Motel-Parkplatz zu der Außentreppe, die zu ihrem Zimmer führte. Das machte ihn noch wütender. Er packte sie grob um die Taille und schob Celia in Richtung seines Wagens. Als sie sich wehrte, verstärkte er seinen Griff.

„O nein, so leicht kommst du mir nicht davon. Wir haben heute einiges vor und werden ungeachtet deiner Launen an unserem Zeitplan festhalten. Du willst die kleine Hannah retten, also schön. Aber vorher müssen wir noch ein paar Dinge klären."

Am frühen Morgen war es bereits brütend heiß, aber in seiner Rage merkte Alec kaum etwas davon. Er setzte sich zu ihr in seinen Transporter, verriegelte die Türen und umklammerte das Lenkrad so fest er konnte. Jetzt die Beherrschung zu verlieren würde rein gar nichts nützen.

„Verdammt nochmal, ich würde dir nie wehtun, also hör auf, dich in die äußerste Ecke zu drücken!"

Daraufhin schoss sie vor und berührte fast seine Nase mit ihrer. „Ich habe keine Angst vor dir!"

Er holte tief Luft und schob langsam seinen Arm hinter ihren Rücken, damit sie sich ihm nicht entziehen konnte. „Dann sag mir endlich, was du denkst."

Sie versuchte nicht, sich ihm zu entwinden, und das war gut so, denn Alec fühlte sich viel zu wohl mit ihr im Arm. Er wollte sie nahe bei sich haben, und er sehnte sich nach ihrem Geständnis, dass auch sie diese Nähe genoss.

Sie legte eine Hand auf seine Brust. „Ich verstehe dich nicht, Alec. Ich weiß nicht, was du willst oder warum du plötzlich so wütend wirst."

Er lehnte seine Stirn gegen ihre und erlaubte sich, sie ein wenig näher an sich zu ziehen, sodass er ihre Brüste spüren konnte. „Es tut mir Leid."

Sie war mindestens ebenso überrascht wie er. Er konnte sich nicht erinnern, dass er sich seit seiner Kindheit bei jemandem entschuldigt hatte.

Zu ihrer weiteren Überraschung fuhr er fort: „Es gefällt mir nicht, wenn du mich mit Raymond vergleichst."

„Aber das tue ich nicht."

„O doch, das tust du die ganze Zeit." Er ließ sie los und starrte aus dem Fenster. „Raymond ist derjenige, der dich benutzt hat, nicht ich. Raymond hat auf übelste Weise mit deinen Gefühlen gespielt, nicht ich."

„Und du hältst das, was du letzte Nacht oder heute Morgen gemacht hast, nicht für ein Spiel?"

„Nein." Sein Kopf fuhr herum. „Wenn ich dich verwöhne, dann nur zu unser beider Vergnügen. Ich tue es nicht, um dich in irgendeiner Weise zu manipulieren."

Sie schnaubte. „Aber du hast doch kein Vergnügen dabei!"

Er sah sie fassungslos an. „Allein dich anzusehen ist ein Vergnügen. Wenn du glaubst, ich könnte deinen nackten Körper betrachten, dich zum Höhepunkt bringen und das nicht genießen, dann bist du nicht so erfahren, wie ich dachte."

Sie wurde wieder rot, aber ihre Augen blickten weicher. „Das meine ich nicht, Alec."

Er schlug mit der Faust aufs Lenkrad. „Ich will, dass du mir vertraust, das ist alles. Ich will, dass du einsiehst, dass das, was wir füreinander empfinden, gut ist."

Sie verschränkte die Arme. „So lange es eben dauert? So lange es dir gefällt?"

Es gefiel ihm nicht, wie sie das sagte. Es klang fast wie eine Herausforderung. Aber er würde sich nicht dazu drängen lassen, ihr etwas zu versprechen, was er nicht halten konnte. Er drehte den Zündschlüssel. „Nichts währt ewig. Aber wir könnten eine wunderbare Zeit miteinander haben."

„Was, wenn ich mehr will?" konterte sie. „Wenn ich dasselbe will, was Dane und Angel haben?"

Er schluckte beklommen. Beinahe hätte er gesagt: „Was ist, wenn ich dir das nicht geben kann?", aber er unterdrückte die Worte im letzten Augenblick. So viel von sich selbst zu verraten, würde nichts bringen.

Er fädelte sich in den morgendlichen Straßenverkehr ein und gab sich selbst Zeit zum Nachdenken.

„Alec?“

Jetzt klang sie wieder verunsichert, und das gefiel ihm nicht. „Ich weiß nicht. Bis Dane und Angel zusammenkamen, hätte ich gesagt, dass so etwas nicht möglich ist. Aber es scheint gut zu laufen.“ Er wusste, er hörte sich an wie ein Idiot, aber dieses Thema machte ihn extrem nervös.

Celia lachte auf. „Die zwei beten einander an.“

In der nächsten Kurve fragte er so nonchalant wie möglich: „Betest du mich denn an?“

Im Wagen herrschte Stille, und trotz der Klimaanlage spürte er Schweißperlen auf seiner Stirn. „Tja, das dachte ich mir. Warum dann all die Fragen über Liebe und eheliches Glück? Warum nehmen wir nicht das, was wir jetzt haben, und genießen es einfach?“

Sie wich der Frage aus, indem sie selbst eine stellte. „Wohin fahren wir?“

„Ich muss eine andere Unterkunft finden. Es kann sein, dass Jacobs dich beobachten lässt, und er sucht sich keine Frauen aus, die einen Beschützer haben.“

„Dann gibst du also endlich zu, dass ich Recht hatte? Dass Jacobs Frauen wie Hannah systematisch ausbeutet? Der Tag ist wirklich voller Überraschungen!“

Alec versteckte seine Belustigung hinter einem vorwurfsvollen Blick. „Ich habe meine Hausaufgaben gemacht, Schätzchen. Ich weiß, wozu Jacobs fähig ist. Ich bezweifle ja nur, dass du Hannah einen Gefallen tust. Wenn sie tatsächlich so unglücklich bei ihm ist, warum ruft sie dann nicht ihre Mutter an und geht wieder nach Hause?“

Celia schwieg, und Alec bedauerte, sie wieder in trübe Stimmung versetzt zu haben. Doch dann sah sie ihn mit funkelnden Augen an.

„Du hast keine Ahnung, was für ein Gefühl das für sie wäre,

Alec. Du bist stark und unabhängig und kannst auf dich selbst aufpassen. Ich kann mir nicht vorstellen, dass irgendjemand oder irgendetwas dich wirklich verletzen kann."

Es klang wie eine Beleidigung, so als wäre er zu abgestumpft, um sich in andere Menschen hineinzuversetzen. „Ich bin keineswegs unverwundbar, auch wenn du dir das einbildest."

„Auf mich wirkst du aber so. Für dich gibt es entweder nur Schwarz oder Weiß. Aber ich weiß noch ganz genau, wie beschämt ich war, als ich Raymonds Spiel durchschaute."

„Celia ..." Er wollte nicht wieder über ihren ehemaligen Verlobten sprechen.

Doch sie ließ ihm keine Wahl. „Hör mir einfach mal zu, Alec Sharpe! Mir war Raymond schon suspekt geworden, lange bevor ich herausfand, in was für dunkle Geschäfte er verwickelt war. Aber da rechnete bereits jeder damit, dass ich ihn heiraten würde, und meine Mutter fand ihn nett. Dane und du, ihr habt nicht ein einziges Mal Zweifel geäußert."

Alec blickte starr geradeaus. „Dane dachte, du wärst glücklich. Er wollte nichts tun, was dich verletzen könnte."

„Und was war deine Entschuldigung?"

Ohne sie anzusehen, erwiderte er: „Ich wusste, wenn ich dir zu nahe komme, würde ich die Finger nicht von dir lassen können. Ich wollte, dass Raymond verschwindet, damit er mir nicht mehr im Weg steht."

„Ich ... ich hatte keine Ahnung", stieß sie hervor.

„Blödsinn! Du hast die Anziehung zwischen uns vom ersten Augenblick an ebenso gespürt wie ich. Lüg dir doch nicht selbst etwas vor."

Sie kniff die Lippen zusammen, widersprach jedoch nicht. „Also gut, vielleicht habe ich es mal gemerkt. Aber du bist nicht leicht zu durchschauen, Alec, und ich hatte bereits genug mit mir selbst zu tun. Es war mir zu peinlich zuzugeben, was für einen schrecklichen Fehler ich mit Raymond begangen hatte. Dass ich ihn eigentlich gar nicht liebte und auch nicht heiraten wollte. Dass er mich gründlich getäuscht hatte."

„Du bist nicht die Einzige, die ihm auf den Leim gegangen ist."

„Du hast dich von ihm jedenfalls nicht täuschen lassen. Ich hatte von Anfang an den Eindruck, dass du ihn nicht leiden konntest, und Raymond hat das nie verstanden. Er hat manchmal von dir gesprochen und immer ganz ehrfurchtsvoll, beinahe ängstlich. Wenn ich deinen Namen erwähnte, flippte er richtig aus."

„Du hast mich ihm gegenüber erwähnt?"

„Ach, nun guck doch nicht so hintergründig!" Celia verdrehte die Augen. „Meistens habe ich mich darüber beklagt, was für ein abscheulicher Mensch du bist."

Alec lachte. Dann herrschte wieder Schweigen, und Alec sah sie an.

Celia knetete ihre Hände. Fast unhörbar sagte sie: „Immer wenn ich andeutete, wir sollten die Hochzeit verschieben, hat Raymond ..."

„Celia." Alec war nicht sicher, ob er das hören wollte.

„Hat er mit mir geschlafen."

Diese Vorstellung quälte ihn. Doch es war offensichtlich etwas, das sie loswerden wollte, und wenn es sie erleichterte, würde er zuhören. „Weiter."

„Alles, was er mir zeigte, was so neu und aufregend. Zuerst dachte ich, ich liebe ihn, und damit war es okay. Aber nach einiger Zeit begann ich die Art und Weise, wie er sein Wissen über mich gegen mich verwendete, zu hassen. Er hielt mir spöttisch vor, wie leicht ich zu haben wäre, und sagte, dass meine Familie bestimmt schockiert wäre, wenn wir nicht heiraten, weil ich mich aufgeführt hätte, als wäre ich ..." Sie stockte.

Alec nahm ihre Hände in seine. „Als wärst du was, mein Schatz?"

„Unersättlich."

Er drückte leicht zu und lächelte schwach. „Was bin denn ich, wenn ich an nichts anderes denken kann, als daran, über dich herzufallen? Wenn du mich hier auf der Stelle ernsthaft darum bitten würdest, würde ich anhalten und dir die Jeans runterreißen, bevor du auch nur Zeit zum Blinzeln hättest."

Sie sah ihn schockiert an und lachte dann. „He, du bist ein ganz schön gewandter Redner."

Alec lachte ebenfalls, obwohl er sie so sehr begehrte, dass er wirklich nicht wusste, wie lange er sich noch bezähmen könnte. „Was dich angeht, vergesse ich alle Gewandtheit. Ich spüre nur, dass ich dich will."

Celia atmete tief durch. „Du machst das wirklich gut."

Alec zuckte mit den Schultern. „Um auf Raymond zurückzukommen, so kann ich dir nur immer wieder sagen, dass er ein Mistkerl ist. Kein Mann, der dich hatte und es nicht zu schätzen wusste, ist es wert, dass du auch nur einen Gedanken an ihn verschwendest."

Nach dieser Erklärung bog er in den Parkplatz eines Motels ein und hielt an. Er drehte sich zu Celia, nahm sie in die Arme und küsste sie voller Leidenschaft.

Dann flüsterte er: „Wenn ich mit dir geschlafen habe, wirst du nicht mehr das Bedürfnis haben, an ihn zu denken. Das ist ein Versprechen."

Alecs Motel lag gut zwanzig Minuten mit dem Auto auf verkehrsreichen Straßen von ihrem entfernt, was ihm einige Sorgen bereitete, doch Celia versicherte ihm, das mache nichts.

Sein Zimmer war sogar noch schäbiger als ihres, und das Bad war zum Fürchten, aber Alec zuckte nicht mit der Wimper. Er verstaute seine Sachen, erledigte ein paar kurze Anrufe, und dann verbrachten sie die Zeit bis zum Nachmittag mit Einkäufen.

Zurück in ihrem Zimmer, packte sie ihr neues Handy, das

Pfefferspray und den Taschenalarm aus, eine kleines Gerät, das schrill losheulte, wenn man auf den Knopf drückte. Als Celia es zum Scherz ausprobierte, war Alec binnen zwei Sekunden an ihrer Seite und riss ihr das Ding aus der Hand.

Alec machte ihr keine Angst mehr. Tatsächlich fühlte sie sich bei ihm geborgen.

Sie hatte nicht den Eindruck, dass die Sicherheitsvorkehrungen dem mangelnden Vertrauen in ihre Fähigkeiten entsprangen, sondern eher der Sorge um die Frau, die ihm wichtig war. Seine Handynummer musste sie ihm immer wieder vorbeten, damit er sicher sein konnte, dass sie ihr im Notfall einfiel.

Und Celia ließ es sich gefallen. Sie hatte nicht mehr das Bedürfnis, ihm ständig Paroli zu bieten. Seltsam, wie sich ihre Einstellung seit der Autofahrt geändert hatte. Oh, sie wollte sich ihm immer noch nicht ganz und gar offenbaren. Aber sie begehrte ihn und wusste, dass er genauso empfand. Nur spürte er dabei weder Schuld noch Scham. Er hatte gesagt, mit ihr sei alles in Ordnung.

„Hallo, Miss Carter?“ Alec wedelte ihr mit der Hand vor dem Gesicht herum. „Wollen Sie die Sache jetzt mit mir durchgehen oder lieber weiterträumen?“

„Du hast meine ungeteilte Aufmerksamkeit.“

Er sah sie skeptisch an, ging dann aber ohne weiteren Kommentar zur Wand und verschränkte die Arme vor der Brust. „Hast du für heute Abend passende Klamotten?“

„Ja.“

„Zieh dich lieber nicht zu aufreizend an. Ich will nicht in eine Massenschlägerei verwickelt werden.“

Alec hielt sie offenbar für attraktiv genug, um für Aufregung zu sorgen, und das schmeichelte ihr. „Ich werde auf diskrete Weise sexy sein.“

Wieder ein skeptischer Blick, als hielte er so etwas für unmöglich. „Komm rechtzeitig. Ich werde ab etwa vier Uhr da sein, aber du solltest nicht vor sieben in der Bar aufkreuzen. Ich will nicht, dass irgendjemand unseretwegen Verdacht schöpft."

„Was soll ich sagen, wenn mich jemand nach dir fragt? Schließlich hat man uns gestern zusammen gehen sehen."

Er zuckte mit den Schultern. „Sag doch einfach, ich war lausig im Bett."

Celia musste husten. „Vielleicht sage ich, du hast mich gelangweilt."

„Was auch immer. Aber denk dran, dich überhaupt nicht um mich zu kümmern, egal, was ich tue."

„Wieso? Was hast du vor?"

„Flirten, den großen Aufreißer mimen."

Unsicher setzte sie sich auf die Bettkante. Alec baute sich vor ihr auf. „Du weißt ganz genau, dass ich keine andere will außer dir, Celia. Aber ich muss mich wie ein ganz normaler Barbesucher benehmen, also trinken und aufdringlich werden."

Celia schluckte. „Wirst du ...?"

„Mit einer anderen schlafen? Nein! Dafür bedeutet mir meine Gesundheit viel zu viel."

Darüber war sie zwar erleichtert, trotzdem sah sie der Sache mit gemischten Gefühlen entgegen. „Du solltest jetzt gehen, Alec. Ich muss duschen und ..."

Alec legte die Hände um ihre Wangen. „Ich hasse es, dich in diese Bar gehen zu lassen, und ich hasse es, was all die schmierigen Kerle dort über dich denken werden." Er küsste sie zärtlich. „Versprich mir, dass du besonders vorsichtig bist. Und geh mit niemandem irgendwohin, egal, was passiert. Wenn Jacobs wirklich weiß, wo Hannah ist, werden wir sie finden. Aber ich will nicht, dass dir etwas zustößt."

Sie war von seiner Zärtlichkeit ganz überwältigt und küsste ihn. „Ich verspreche es, wenn du auch vorsichtig bist. Lass dich ja nicht mit irgendeinem Flittchen ein, hörst du?"

„Ich hebe mich ganz für dich auf, Süße. Aber wenn du mich

noch lange warten lässt, schwöre ich dir, dass ich mich vergesse. Denk immer daran, okay?“

Damit verließ er das Zimmer, nicht ohne zu kontrollieren, ob die Tür tatsächlich ins Schloss gefallen war. Celia sank wieder aufs Bett. Immer daran denken? Es gab nichts anderes, was sie zurzeit dermaßen beschäftigte – außer der Sache mit Hannah.

7. KAPITEL

Laute Musik und Zigarettenqualm hüllten Celia ein, als sie die Bar betrat. Während sie einen Hocker am Tresen ansteuerte, spürte sie die Blicke von etwa ein Dutzend Männern auf ihrem Körper.

Dann entdeckte sie Alec.

Er stand mitten auf der Tanzfläche und hielt eine Frau mit langen blonden Haaren im Arm, die er ungeachtet des schnellen Rhythmus sanft hin und her wiegte. Eine Hand lag auf dem Po der Frau, und obwohl er Celia gewarnt hatte, war sie entsetzt.

Sie hätte ihn umbringen können.

Dann sah Alec sie an, winkte grinsend und führte die Frau von der Tanzfläche. Mit arrogantem Gesichtsausdruck blieb er vor Celia stehen, berührte herablassend mit dem Zeigefinger ihre Nase und beugte sich über ihr Ohr.

„Das ist ein Spiel, Celia, und du verdirbst es gleich." Nach einem kurzen Kuss auf ihre Wange ging er weiter, schob sich in eine Bank am anderen Ende der Bar und bestellte bei der Bedienung, mit der er gerade getanzt hatte, einen neuen Drink.

Nach kurzem irritierten Zögern warf Celia ihr Haar über die Schulter und rümpfte verächtlich die Nase. Dann nahm sie am Tresen Platz. Sie war immer noch so aufgebracht über Alecs Verhalten, dass sie beinahe den Barkeeper nicht gehört hätte, der sich mit besorgtem Blick nach ihrem Befinden erkundigte.

„Ach, seien Sie nicht albern." Sie setzte ihr strahlendstes Lächeln auf, während sie eine abfällige Handbewegung machte. „Es geht mir wunderbar."

Der Barkeeper musterte sie nachdenklich, während er ein Glas polierte. „Wenn Sie mich fragen, sind Sie ein bisschen deprimiert, Ihren Verehrer hier wiederzusehen."

Mit gespieltem Entsetzen erwiderte sie: „Meinen Verehrer? Sie meinen diesen abgehalfterten Schwachkopf? Na ja, ich war schon überrascht, ihn hier zu sehen, weil ich gehofft hatte, ihn für immer los zu sein." Sie lachte. „Die Einsamkeit treibt uns manchmal zu den blödsinnigsten Dingen, und dass ich mich mit dem Kerl eingelassen habe, war wirklich die Krönung."

Der Barkeeper grinste ebenfalls. „Es lief nicht wie geplant, hm?"

Celia lehnte sich verschwörerisch vor. „Er ist nicht der Hellste und viel zu ... na ja ... derb."

„Er sieht wirklich ziemlich primitiv aus. Er hat Ihnen doch nicht wehgetan, oder?"

„Nein, das meinte ich nicht. Es ist nur so, dass ich ihn kaum losgeworden bin. Er wollte gleich bei mir einziehen, und ich musste ihn rauswerfen."

Der Barkeeper tätschelte ihre Hand. „Sie haben das Richtige getan."

Plötzlich erklang neben ihr eine fremde Stimme, und Celia bekam eine Gänsehaut. „Wenn Sie wieder Probleme mit dem Kerl kriegen, lassen Sie es mich wissen."

Langsam drehte sie sich um, und tatsächlich war es Mr. Jacobs, der neben ihr Platz genommen hatte. Mit strahlendem Lächeln stellte der Barkeeper ihn vor.

„Das ist Mr. Jacobs, dem diese Bar gehört, und die Sicherheit unserer weiblichen Gäste liegt ihm sehr am Herzen."

„Ja, das tut es wirklich, Wally. Vor allem, wenn es sich um eine so reizende Dame handelt wie diese." Seine blassblauen Augen glitzerten, während er sie von oben bis unten musterte. Noch nie in ihrem Leben war Celia sich so schutzlos und entwürdigt vorgekommen. Sie schluckte hart und dachte an Alec, der nicht weit entfernt saß.

Sie blickte Jacobs durch ihre langen Wimpern hindurch an und flüsterte: „Das ist sehr nett von Ihnen, Mr. Jacobs."

„Bitte nennen Sie mich Marc. Und Sie sind ...?" Er nahm ihre Hand und streichelte in vertrauter Geste ihre Finger. Celia hätte sie am liebsten angewidert zurückgezogen, aber mehr noch als das wollte sie Hannah finden. Und irgendwie spürte sie, dass Alec sie genau beobachtete. Seine Nähe gab ihr Mut und Sicherheit.

„Also gut, Marc." Sie lächelte verführerisch. „Ich bin Celia ..." Sie zögerte. Sie wollte ihm nicht ihren richtigen Namen sagen für den Fall, dass er sie überprüfen ließ. Aber der einzige andere Nachname, der ihr einfiel, war Alecs. Sie erschrak über ihre eigene Kühnheit, als sie sich sagen hörte: „Celia Sharpe."

„Celia – was für ein schöner Name. Würden Sie an meinen Tisch kommen?"

„Oh, sehr gern, Marc. Vielen Dank."

Er hielt ihre Hand, während sie vom Hocker glitt. Ihr cremefarbenes Etuikleid, das vorn und hinten sehr tief ausgeschnitten war, schob sich beim Gehen wieder die Beine hinunter. Auch heute trug sie wieder den unvermeidlichen unbequemen Push-up-BH, dazu eine dezente Kette und Riemchensandaletten. Sie bemerkte, dass Jacobs verstohlen auf ihre Brüste starrte, und als sie sich an seinen Tisch setzte, ließ er seine Hand über ihre Taille und Hüfte gleiten.

Celia wurde es beinahe übel.

Kurze Zeit später brachte die Bedienung ihnen ihre Drinks.

„Also", meinte Jacobs und entblößte lächelnd seine strahlend weißen Zähne. „Sie sind neu in der Gegend, stimmt's? Was führt Sie her?"

„Nun ja, ich möchte in erster Linie etwas Aufregendes erleben. In meinem kleinen Heimatort wurde es allmählich stinklangweilig. Ich habe nahe bei meiner Großmutter gewohnt, aber sie ist jetzt gestorben, und es gab wirklich keinen Grund mehr für mich, zu bleiben."

Mitgefühl heuchelnd, fragte Jacobs: „Haben Sie denn keine anderen Verwandten?"

Celia schüttelte den Kopf. „Nein. Ich bin ganz allein, und das ist auch irgendwie gut so, finden Sie nicht? Man hat dann keine Verantwortung."

„So könnte man es tatsächlich sehen. Und sonst? Gibt es keinen Ehemann oder zumindest einen Verlobten? Man sollte meinen, eine hübsche junge Frau wie Sie wäre inzwischen von einem glücklichen Mann erobert worden."

„Ich hatte ein paar Freunde, aber das waren alles Langweiler. Sie wollten alle gleich heiraten und Kinder haben." Celia war bereits sechsundzwanzig, aber sie wurde gewöhnlich für jünger gehalten, und sie hoffte, das galt auch für heute Abend, sonst machte sie sich lächerlich. Nach einem kurzen Räuspern fuhr sie fort: „Dafür bin ich aber noch zu jung. Ich habe später immer noch jede Menge Zeit, häuslich zu werden."

Jacobs betrachtete sie eingehend, dann fragte er: „Sie sind wirklich noch sehr jung. Ungefähr zwanzig?"

Sie strahlte ihn an. „Einundzwanzig, volljährig und frei. Man sollte wirklich erst heiraten, wenn man dreißig ist oder so, stimmt's?"

Er lächelte gönnerhaft. „Genau. Also, Celia, erzählen Sie mir von den Sachen, die Sie vorher gern noch erleben würden."

Errötend schob sie sich die Haare über die Schultern und murmelte: „Sie werden mich für albern halten."

Er tätschelte ihre Wange. „Bestimmt nicht."

Sie holte tief Luft. „Na ja, meine Großmutter hat immer gesagt, ich wäre hübsch genug, um Model zu werden." Sie blinzelte Jacobs an. „Ich weiß, dass das nicht stimmt, aber trotzdem habe ich immer davon geträumt, mich eines Tages mal in einer Zeitschrift zu sehen. Oder vielleicht in einem Werbespot. Das wäre herrlich."

Jacobs spielte mit seinem Glas und ließ die bernsteinfarbene Flüssigkeit darin kreisen, als sei er tief in Gedanken, während er Celia anstarrte. Sein Blick war ganz anders als Alecs. Er machte sie zwar auch nervös, aber bei Alec fühlte sie sich lebendig und wie mit neuer Energie aufgeladen, während sie bei diesem Mann nur Furcht und äußerstes Unwohlsein verspürte.

Sie seufzte. „Ich weiß, das sind nur Träume. Aber ich dachte, ich könnte es zumindest versuchen, sonst würde ich mir das nie verzeihen. Allerdings geht mir jetzt das Geld aus, und ich habe keine Ahnung, wie ich einen Agenten kennen lernen könnte. Morgen werde ich mir erst einmal einen Job suchen, und dann wird gespart."

„Wo wollen Sie denn arbeiten?"

„Ach, wahrscheinlich in einem Restaurant. Ich habe gesehen, dass Bedienungen gesucht werden, und man kriegt sehr viel Trinkgeld."

„Oh, ich bezweifle nicht, dass Sie viel Trinkgeld bekommen würden, aber eine derartige Arbeit wäre ein Beleidigung für eine so reizende Frau wie Sie." Er nickte bedächtig, als wäre er gerade zu einem Entschluss gekommen. „Wären Sie schockiert, Celia, wenn ich Ihnen sagte, dass ich ein Agent für Models bin?"

Celia riss die Augen auf, so weit sie konnte. „Sie machen Spaß, oder?"

„Nein." Er lächelte wieder. „Celia, würden Sie für mich vor der Kamera posieren?"

Ihr Puls begann zu rasen, und sie verschluckte sich beinahe vor Aufregung. „Wie bitte?"

„Ich bin nicht nur Barbesitzer, sondern habe auch gute Verbindungen zur Modebranche. Ich bin tatsächlich ein ziemlich bekannter Agent und arbeite mit vielen Mädchen zusammen. Ich möchte sehen, ob Sie sich vorteilhaft präsentieren können. Wenn ja, glaube ich, dass ich Ihnen ein vernünftiges Angebot machen kann."

Da sie nicht die Absicht hatte, irgendwo allein mit diesem Mann hinzugehen, stand sie sofort auf, drehte hoffnungsvoll lächelnd eine Pirouette und warf sich in verschiedene provozierende Posen. Dann fragte sie mit gespieltem Eifer: „Soll ich mich auf den Tisch stellen? Ich tue das gern, denn ich möchte Ihnen unbedingt beweisen, was in mir steckt."

Jacobs lachte erfreut. „Das ist nicht nötig. Und außerdem glaube ich, Ihr Freund könnte etwas dagegen haben. Er macht einen ziemlich finsteren Eindruck."

Celia widerstand dem Drang, sich nach Alec umzusehen. „Welcher Freund?"

Jacobs deutete mit dem Kopf in Richtung des hinteren Teils der Bar. „Ihre kleine Show hat seine Aufmerksamkeit erregt, und irgendwie habe ich den Eindruck, er würde es gern nochmal bei Ihnen versuchen."

Erst jetzt sah sie in die angegebene Richtung. Sie erblickte Alec mit der blonden Bedienung auf dem Schoß, die eine Hand unter sein Hemd geschoben hatte und seinen Bauch streichelte. Offenbar übte Alec an ihr Mund-zu-Mund-Beatmung.

Ihren Abscheu musste Celia nicht spielen. „Ach, das ist ein ganz übler Macho. Glauben Sie mir, der kann mir gestohlen bleiben."

„Na fein. Ich wollte ja nur höflich nachfragen."

Celia setzte sich wieder. „Also, was haben Sie für einen Vorschlag?"

Jacobs lachte über ihren Enthusiasmus. „Heute Abend steigt bei mir eine Party, zu der viele wichtige Leute kommen werden. Ich würde Sie gern dazu mitnehmen."

Was für eine unglaubliche Chance! Vermutlich würde Hannah auch dort sein, und wenn Celia nur einen Moment allein mit ihr reden konnte, würde sie vielleicht mit ihr nach Hause kommen.

Jacobs unterbrach ihre Gedanken, indem er ihre Hand nahm. „Wir können in einer Stunde aufbrechen. Ich werde Sie persönlich begleiten."

Fieberhaft überlegte Celia, wie sie die Sache am geschicktesten einfädelte. „Ich wünschte, ich könnte das tun! Aber es ist einfach schrecklich."

Sein Griff wurde unangenehm fest. „Was ist los?“

Sie quetschte eine Träne hervor. „So kann ich unmöglich gehen“, erklärte sie und legte beide Hände auf ihre Brüste. „Dies ist nicht das richtige Outfit für so eine Party. Ich will doch einen tollen Eindruck machen, wenn ich wichtige Leute treffe, damit sie nicht meinen, ich sei ein Landei.“

Jacobs starrte auf ihre Hände, oder eher auf ihre Brüste darunter, und leckte sich die Lippen. „Sie haben natürlich Recht. Aber das ist kein Problem. Wir werden bei Ihrem Hotel vorbeifahren, und Sie können sich etwas anderes anziehen.“

Nicht in diesem Leben, dachte sie und machte ein verzweifeltes Gesicht. „Sie verstehen nicht. Ich bin tatsächlich ein Landei und habe nichts Anständiges zum Anziehen für heute Abend.“

Ein wenig irritiert sah Jacobs auf die Uhr, dann lächelte er wieder. „Die Besitzerin der Boutique ‚Arabesque‘ ist eine Freundin von mir. Ich werde sie anrufen und sagen, dass Sie kommen.“

„Aber ich kann es mir nicht leisten ...“

Er unterbrach ihren Protest, indem er kurzerhand seine Brieftasche zückte und Celia mehrere Geldscheine in die Hand drückte. „Kaufen Sie sich etwas Hübsches, Shirley wird Ihnen bei der Auswahl helfen. Dann nehmen Sie sich ein Taxi zu der Party. Wenn Sie ein paar Minuten zu spät kommen, haben Sie einen gelungenen Auftritt. Das wird gewisse Herrschaften nur noch neugieriger machen.“

Sie starrte auf das Geld. „Meinen Sie das wirklich?“

Schmunzelnd kritzelte Jacobs eine Adresse auf eine Serviette. „Absolut. Glauben Sie mir, Schätzchen, ich kann mir ein neues Outfit für Sie durchaus leisten, und nachdem Sie Ihre erste Foto-Session hatten, können Sie mir das Geld ja mit Zinsen zurückzahlen. Einverstanden?“

„Sie ... Sie glauben wirklich, ich habe eine Chance?“

„Ich glaube, die Sache ist bereits erledigt.“ Er reichte ihr die Serviette. „Lassen Sie sich vom Taxifahrer einfach zu dieser

Adresse bringen. Der Türsteher wird bezahlen. Seien Sie gegen zehn Uhr da, und bis dahin werde ich gebührend von Ihnen schwärmen. Sie werden wie eine Bombe einschlagen, da bin ich sicher."

Celia fühlte sich ein bisschen überrumpelt, weil alles so schnell und einfach gegangen war. „Das ist ja wie ein Traum." Eher wie ein Albtraum, fügte sie im Stillen hinzu. War Hannah ebenfalls so schnell in Jacobs' Fänge geraten, dass sie keine Zeit mehr zum Nachdenken gehabt hatte?

„Celia?" Er hob ihr Kinn mit dem Finger an und sah ihr direkt in die Augen. Es wirkte wie eine Warnung. „Enttäuschen Sie mich nicht."

Sie begann leicht zu zittern und erhob sich, um seiner Berührung zu entgehen. „Ich werde da sein. Und vielen Dank."

„Es ist mir ein Vergnügen."

Während sie zum Ausgang stöckelte, überlegte sie, wie sie Alec informieren und warnen könnte. Aber er sah sie nicht einmal an. Er saß mit geschlossenen Augen in seiner Ecke, die Bedienung auf dem Schoß, und ließ sich von ihr den Hals abknutschen. Als Celia beobachtete, wie er der Frau erneut die Hand auf den Po legte, marschierte sie hinaus und winkte ein Taxi herbei.

Es spielte keine Rolle, dass Alec alles nur als Spiel bezeichnete. Sie brauchte ihn jetzt, und er turtelte mit einer anderen Frau herum. Heiße Eifersucht stieg in Celia auf und machte alle Freude über ihre Fortschritte des heutigen Abends zunichte.

Anstatt sich über die restliche Nacht Gedanken zu machen, wollte sie einfach nur losschreien, auf Alec einschlagen und ihm das Versprechen abnehmen, dass er ... Die Erkenntnis warf sie völlig aus dem Gleichgewicht. Du lieber Himmel!

Sie hatte sich in Alec Sharpe verliebt.

Stöhnend ließ sie sich auf die Rückbank des Taxis sinken und schlug die Hände vors Gesicht. Von allen unglaublichen Dingen war ihr ausgerechnet das passiert! Und sie hatte den schrecklichen

Verdacht, dass es bereits geschehen war, als sie ihn das erste Mal sah. Sein Anblick erregte sie, sein Duft, sein Gang, seine Ungezähmtheit und sein Beschützerinstinkt ...

Schlimmer hätte es gar nicht kommen können.

Alec saß im Dunkeln und wartete. Jeder Muskel in seinem Körper war angespannt, und er dachte, er müsse jeden Moment explodieren, wenn nicht ...

Das Schloss knackte, und die Tür wurde langsam geöffnet. Alec verharrte reglos, war aber nur allzu bereit für einen Angriff, der ihm erlauben würde, etwas Dampf abzulassen. Und dann erkannte er ihren Duft. Er hätte Celia allein durch eine Berührung ihrer zarten Haut oder ihren betörenden Duft aus hundert Frauen herauspicken können.

Seine Anspannung verwandelte sich in Ärger. Sobald sie die Tür geschlossen und das Licht angemacht hatte, würde er ihr eine Standpauke halten. Doch als sie ihn erblickte, zuckte sie erschrocken zusammen und ging sofort in die Offensive.

„Alec! Du hast mich zu Tode erschreckt. Was tust du hier?"

Langsam kam er auf die Füße. Er hatte nicht vor, Erklärungen abzugeben, ehe nicht ein paar seiner Fragen beantwortet waren. „Wo, zum Teufel, bist du gewesen?" Er stand dicht und drohend vor ihr, berührte sie jedoch nicht.

Sie sah ihn mit funkelnden Augen an. „Wenn du nicht mit dieser Kellnerin herumgeknutscht hättest, hättest du mich vielleicht gehen sehen."

„Ich habe dich gesehen, verdammt nochmal!" Dachte sie wirklich, er hätte nicht jede ihrer Bewegungen genau registriert?

Sie war bis an die Wand zurückgewichen, wirkte aber keineswegs eingeschüchtert, sondern nur verärgert. „Warum hast du draußen nicht auf mich gewartet?" wollte er wissen.

„Weil ich nicht konnte." Sie schob das Kinn vor. „Ich musste ein Kleid für die Party heute Nacht kaufen."

„Eine Party? Vergiss es!“

Sie musterte sein Gesicht. „Du hast getrunken. Und du hast Lippenstiftspuren im Gesicht, verdammt! Außerdem riechst du wie ein französisches Freudenhaus.“

„Ich hatte einen Whisky. Und die Frau ist regelrecht über mich hergefallen, Celia. Solange ich mich nicht umziehen und duschen kann, müssen wir uns beide damit abfinden, dass ich nach ihr rieche.“

„Falsch. Ich muss mich mit gar nichts abfinden.“ Sie blickte auf ihren Wecker neben dem Bett. „Ich habe noch eine halbe Stunde, um mich umzuziehen und zur Party zu fahren. Hoffentlich ist es nicht zu weit entfernt.“

Alec stemmte beide Hände neben ihrem Kopf gegen die Wand und rang nach Beherrschung. „Du gehst auf keine Party mehr, Schätzchen.“

„O doch, das tue ich. Es ist die beste Gelegenheit, um Hannah zu finden. Ich muss da hin.“

„Nein.“

Entnervt stöhnte sie auf. „Ich habe keine Zeit für nutzlose Diskussionen, Alec.“ Dann fügte sie spitz hinzu: „Hast du dich vorhin gut amüsiert?“

Er legte eine Hand um ihren Hinterkopf und beugte sich vor. „Während Jacobs sich nach dir die Lippen leckte?“ Er kniff die Augen fest zusammen. „Du hast keine Ahnung, wie hart das für mich war.“

„Du sahst mir aber sehr abgelenkt aus.“

„Was ja wohl auch der Sinn der Sache war, verdammt!“

„Du hast es also nicht genossen, wie sie dich geküsst hat?“

Er drehte sich abrupt um, marschierte ein paar Schritte auf und ab und kehrte dann zu ihr zurück. Er nahm ihre Hand und zog sie zwischen seine Schenkel. „Das ist für dich reserviert. Der ganze Harem eines Scheichs könnte mich jetzt nicht reizen, weil ich dich will.“

Sie bewegte leicht ihre Finger und streichelte ihn. „Meinst du das ernst, Alec?"

„Ich habe dir von Anfang an gesagt, dass ich dich will. Wenn ich nur auf ein schnelles Abenteuer aus wäre, dann hätte ich das schon lange vor heute Abend erledigen können, noch dazu mit sehr viel weniger Ärger als mit dir."

Ihr Atem wurde schneller, und sie fuhr sich nervös mit der Zunge über die Lippen.

Alec stöhnte, und seine Wut verwandelte sich in heiße Begierde. Um die Gefühle abzublocken, mit denen er sich nicht konfrontieren wollte, beugte er sich vor und küsste Celia mit solcher Leidenschaft, dass sie die Party beinahe vergessen hätte.

Doch natürlich konnte sie das nicht.

Mit zitternder Stimme sagte sie: „Ich will dich auch, Alec. Wirklich." Sie schluckte, dann fuhr sie fort: „Aber ich muss zu Jacobs' Party."

Alec wandte sich ab, um sich wieder in den Griff zu bekommen. Er musste nachdenken, aber es blieb nicht viel Zeit. „Erzähl mir alles."

Sie tat es.

Alec musste zugeben, dass die Party die beste Möglichkeit war, mit ihrer Suche voranzukommen. „Also gut. Aber du gehst nicht allein. Nein, keine Panik, ich werde draußen bleiben, aber in der Nähe. Wenn du mich brauchst, ruf mich über dein Handy an – wir speichern die Nummer gleich noch – oder von irgendwo anders. Dann komme ich sofort zu dir. Und bitte sei vorsichtig, ja?"

Sie schlang die Arme um seinen Hals und drückte ihn. „Ich gebe es zwar nicht gern zu, aber ich bin froh, zu wissen, dass du da sein wirst."

Er schob die Hände unter ihr Kleid und streichelte ihren festen, kleinen Po. Er brauchte jetzt etwas, das ihm die lange Zeit überbrücken half, und sie zu berühren war immerhin ein schwacher Trost. „Hast du Angst?"

Sie schüttelte den Kopf. „Nein, ich muss es tun, Alec. Aber ich fühle mich besser, weil ich weiß, dass ich nicht allein bin."

Noch zwei Sekunden länger, und mit seiner Selbstbeherrschung wäre es vorbei. Er löste sich sanft aus Celias Umarmung und schob sie mit einem freundlichen Klaps auf den Po zum Bad. „Zieh dich um, bevor ich es mir anders überlege. Ich warte draußen in meinem Wagen, und wenn du ins Taxi steigst, werde ich unauffällig folgen, okay?"

„Was ist, wenn Jacobs mich beobachten lässt?"

„Sie werden mich nicht bemerken."

„So gut bist du?"

Er schmunzelte und antwortete mit bewusst verführerischer Stimme: „Ich verspreche dir, der Beste zu sein, den du jemals hattest." Er verließ das Zimmer, ehe sie etwas Passendes erwidern konnte. Hoffentlich hätte er bald Gelegenheit, seine Behauptung zu beweisen!

Die meisten Menschen hielten ihn für hinterhältig, gefährlich, unverwundbar und hart. Aber Celia hatte ihm von Anfang an Kontra gegeben, auch wenn sie manchmal recht eingeschüchtert wirkte. Zunächst hatten ihre Courage und ihr attraktives Aussehen ihn neugierig gemacht, doch allmählich war sie ihm immer mehr unter die Haut gegangen, und er hatte das beunruhigende Gefühl, dass sie die Mauer überwinden könnte, die er vor vielen Jahren um sein Herz errichtet hatte. Eine Weile hatte er geglaubt, wenn er mit ihr schlafen würde, würde er sie wieder vergessen und weiterleben können wie bisher.

Jetzt war er da nicht mehr so sicher.

8. KAPITEL

Ihr Gesicht schmerzte vom vielen Lächeln, und Celia sehnte sich danach, dem Partytrubel für eine Weile zu entfliehen. In einem Haus dieser Größe sollte das eigentlich nicht weiter schwierig sein, aber seit ihrer Ankunft war ihr nicht ein einziger Augenblick allein gegönnt worden.

Das festungsähnliche Gebäude war von einem hohen, schmiedeeisernen Zaun mit videoüberwachten, automatischen Toren umgeben. Vor mehreren Fenstern standen Wachmänner. Selbst wenn sie es gewollt hätte, hätte sie das Haus nicht verlassen können.

Das Outfit, das Shirley als perfekt bezeichnet hatte, war ihr im Geschäft nicht ganz so knapp vorgekommen wie hier, wo die hauptsächlich männlichen Gäste sie ungeniert anstarrten. Das enge schwarze bauchfreie Oberteil bedeckte gerade so eben ihre Brüste. Die leicht ausgestellte Seidenhose ließ ihre Beine länger erscheinen, vor allem, da sie Sandaletten mit Stilettoabsätzen trug. Dazu hatte Shirley ihr bis auf die Schulter hängende goldene Ohrringe gegeben und ein goldenes Bauchkettchen.

Wenn die Männer mit ihr sprachen, starrten sie entweder auf ihren Bauch oder ihren Ausschnitt oder beides. Zwei von ihnen besaßen die Frechheit, sie einfach an die Hand zu nehmen und herumzuwirbeln, damit sie sie von allen Seiten begutachten konnten. Manche berührten ihre nackte Haut wie selbstverständlich mit ihren Handrücken, und Celia drehte sich vor Scham fast der Magen um. Sie trank ein paar Gläser zu viel, um sich Mut zu machen.

Ein Gedanke kreiste ihr immer wieder im Kopf herum: Bei Alec fühlte sie sich niemals so. Seine Berührung erregte sie, und sie wusste, er könnte sie nur allzu leicht dazu bringen, ihn darum zu bitten, dass er mit ihr schlief. Aber das würde er nie tun, denn was er zu geben hatte, gab er aus freien Stücken und ohne Einschränkung. Er respektierte sie und sah ihre Lust als etwas Normales und Natürliches an.

An der Art, wie diese Männer sie anstarrten, war dagegen nichts normal oder natürlich.

„Amüsieren Sie sich, Celia?"

Sie täuschte Begeisterung vor. „O ja, Marc. Es sind so viele faszinierende Leute hier. Sehen Sie den Mann da drüben? Er ist Filmproduzent und hat gesagt, er würde mich gern wiedersehen. Ist das nicht toll?"

Marc Jacobs lächelte gütig. „Fantastisch, meine Liebe. Ich wusste, dass Sie Eindruck machen werden. Aber ich habe sogar noch bessere Neuigkeiten. Ein Kollege von mir würde gern unter vier Augen mit Ihnen sprechen."

Celia blieb vor Schreck fast das Herz stehen.

„Nein, Sie brauchen nicht nervös zu werden. Sie werden das schon machen." Jacobs nahm ihr das leere Weinglas aus der Hand und gab ihr ein gefülltes. Automatisch nippte Celia daran. „Sie sehen einfach zum Anbeißen aus, und es wundert mich nicht, dass Blair Giles sich für Sie interessiert. Er arbeitet mit mehreren großen Zeitschriften zusammen und hat Sie bestimmt schon für einige davon im Auge. Etwas Besseres kann Ihnen gar nicht passieren. Als Ihr Agent empfehle ich Ihnen, Ihr Bestes zu tun, um sich mit ihm anzufreunden."

Während Celia nervös überlegte, wie sie sich elegant aus der Affäre ziehen könnte, kamen zwei wunderschöne junge Frauen auf sie und Jacobs zu. Die eine hatte karamellfarbene Haut, schräge Katzenaugen und volle Lippen. Das Haar trug sie extrem kurz, aber es passte zu ihren hohen Wangenknochen und markanten Gesichtszügen.

Die andere hatte langes, glattes schwarzes Haar. Ihre Haut war sehr ebenmäßig und blass, und sie hatte grüne Augen mit sehr dichten Wimpern, die ihr Gesicht beherrschten. Sie war um etliche Zentimeter größer als Celia, mit gertenschlankem, beinahe magerem Körper. Beide Frauen lächelten, nippten an ihren Getränken und wirkten glücklich.

Jacobs legte seine Arme um die Frauen und stellte sie vor. „Celia, ich habe Jade und Hannah gebeten, Sie ein wenig herumzuführen. Sie kennen jeden Gast hier."

Celia biss sich auf die Zunge. Hannah! Das Mädchen trug exquisite Designerkleidung, strahlte übers ganze Gesicht und machte einen sorglosen Eindruck. Hatte Alec Recht gehabt? Vergeudete sie, Celia, nur ihre Zeit?

Mit einem gönnerhaften Klaps auf Jades und Hannahs Po verabschiedete sich Jacobs. Er sagte, er käme bald wieder, um Celia zu ihrem Gespräch mit Giles zu begleiten.

Sobald er fort war, rieb Jade sich das Hinterteil. „Verdammt, ich hasse das." Sie strahlte Celia an. „Du bist also neu hier? Ich hoffe, du bist nicht so naiv wie die übrigen Mädchen, die Marc so anschleppt." Jade sah aus wie fünfzehn, war aber sicher älter. Sie sah bittend zu Hannah. „Kannst du den Rundgang mit ihr machen? Ich würde mich gern ein Weilchen hinlegen. Meine Beine tun schrecklich weh, und jetzt, wo Marc weg ist, könnte das meine einzige Chance sein."

Hannah lächelte freundlich. „Klar." Sie hakte sich bei Celia unter. „Wir werden rumgehen und uns ein bisschen kennen lernen. Aber sieh dich vor, Jade. Wenn Marc dich erwischt, kriegst du Ärger."

Jade lächelte gequält. „Ach, ich dachte, ich setze mich in eine Besenkammer oder so." Winkend ließ sie die beiden stehen.

Celia hielt es für ratsam, keine Zeit zu verlieren. „Ich bin Celia Sharpe", stellte sie sich vor.

Hannah lächelte wieder. „Ich heiße einfach Hannah, genau wie Cher nur Cher genannt wird." Sie stellte Celias Glas auf einen Tisch. „Du hast sicher schon genug gehabt, oder?"

„Ich trinke sonst nicht viel", gestand Celia, „aber hier gibt einem ständig jemand ..."

„... ein neues Glas, ich weiß. Ich glaube, die Männer mögen es, wenn wir beschwipst sind. Kannst du dir vorstellen, warum?"

Celia hoffte, von Hannah ins Vertrauen gezogen zu werden. „Warum?"

Aber Hannah schüttelte nur lachend den Kopf. Celia hätte gern ihren Nachnamen gewusst, ahnte aber, dass sie die Richtige vor sich hatte, denn sie entsprach genau Mrs. Barringtons Beschreibung von ihrer Tochter.

„Was sollen wir machen, Hannah?"

„Tja, zuerst einmal uns unter die Leute mischen. Wenn dich einer anguckt, lächle, flirte mit ihm, schenk ihm ein ermutigendes Lächeln und sei entgegenkommend."

Vorsichtig fragte Celia: „Und das soll uns helfen, Model zu werden?"

Hannah stöhnte leise. „Du bist also doch noch ganz schön naiv. Schätzchen, bleib auf dem Teppich. Erwartest du wirklich eine große Karriere durch irgendjemanden von diesem Haufen?"

„Aber Marc hat gesagt ..."

„Was immer er sagen musste, um dich hierher zu locken. Marc mag schöne Frauen. Und er wird sich um dich kümmern, also mach dir keine Sorgen. Er wird dir tolle Kleider besorgen und eine nette Wohnung."

„Wie denn, wenn wir nicht arbeiten?"

Hannah sah sie mitleidig an. „Weißt du was?" Sie zog Celia in eine Nische hinter eine große Topfpflanze. „Ich sollte das nicht tun, und wehe, du verrätst mich, okay? Aber wenn du noch einen Funken Verstand hast, verschwindest du lieber sofort von hier."

„Das kann ich nicht. Marc hat ein Treffen für mich arrangiert, mit einem gewissen Blair Giles."

Hannah wurde blass. „Na, offensichtlich verschwendet er bei dir keine Zeit."

Celia umklammerte Hannahs Arm. „Hannah, was geht hier vor? Ich würde dir gern helfen, wenn ich kann."

Hannah sah sie an, als hätte Celia den Verstand verloren. „Wie willst du mir helfen? Du bist ja noch dümmer, als ich es war. Herrje, ich sollte dir lieber gar nichts erzählen. Wenn Marc das rausbekommt ... Komm mit! Wir mischen uns unter die Leute. Vergiss, was ich gesagt habe."

Celia hielt sie zurück. „Hannah ..." Sie biss sich auf die Lippen und entschied, mit der Wahrheit herauszurücken. Wer wusste, wann sie wieder die Gelegenheit bekam, allein mit Hannah zu reden? „Und wenn ich dir wirklich helfen könnte? Wenn ich dir sage, dass ich mit deiner Mutter gesprochen habe, die ganz krank ist vor Sorge um dich und dich unbedingt wieder nach Hause holen möchte?"

Hannah wurde kreidebleich und wich einen Schritt zurück. Hastig sah sie sich um, ob auch niemand etwas mitbekommen hatte. „Du bist verrückt. Vergiss, dass du mich gesehen hast, okay? Und verschwinde von hier, solange du es noch kannst." Sie drehte sich um und lief geradewegs Jacobs in die Arme.

Der packte sie fest an den Handgelenken. „Was machst du hier, Hannah? Warum siehst du so verstört aus?" Sein Blick wanderte zu Celia, die knallrot geworden war. „Celia, ist alles in Ordnung?"

Sie suchte blitzschnell nach einer einigermaßen glaubwürdigen Erklärung. „Ich ... na ja, es ist mir etwas peinlich, aber ich hatte gehofft, Hannah könnte mir helfen, ohne dass jemand etwas merkt."

Hannah sog erschrocken die Luft ein, und Jacobs starrte Celia misstrauisch an. „Wo liegt das Problem?"

„Ich kann's nicht sagen. Ich komme mir total dumm vor."

Jacobs verstärkte seinen Griff um Hannahs Handgelenke, und Hannah sah Celia mit flehendem Blick an.

„Sagen Sie es trotzdem", beharrte Jacobs. „Ich bestehe darauf."

Mit verlegen gesenktem Blick murmelte Celia: „Ich habe gerade meine Tage bekommen. Ja, ich weiß, es ist ein absolut schlechter Zeitpunkt. Aber ich hatte gehofft, Hannah könnte mir aushelfen ... Sie wissen schon. Mir geben, was ich brauche." Sie blinzelte schüchtern zu Jacobs auf und sah seinen amüsierten Gesichtsausdruck.

Er ließ Hannah los und streichelte ihre Arme. Celia war nun klar, wie viel Angst die junge Frau hatte und wie viel Macht Jacobs über sie besaß.

Dann lachte er. „Celia, wir sind doch alle erwachsen, und ich arbeite jeden Tag mit Frauen zusammen. Das ist wirklich kein Problem. Ich bin sicher, Hannah kann Ihnen helfen. Aber beeilen Sie sich. Blair wartet bereits auf Sie." Er sah Hannah warnend an. „Sorgst du dafür, dass sie dann gleich ins Arbeitszimmer kommt?"

Hannah lächelte und wirkte wieder völlig sorglos. Man hätte meinen können, der kleine Zwischenfall hätte nie stattgefunden. „Ja, wir zwei Frauen brauchen nur einen kleinen Augenblick, dann kommen wir. Ich will ja nicht, dass sie etwas Wichtiges versäumt."

Jacobs kniff ihr ins Kinn. „Gut, ich verlass mich auf dich." Dann küsste er sie besitzergreifend auf den Mund. Lächelnd erwiderte Hannah seinen Kuss.

Während er davoneilte, meinte Celia, vor Angst umfallen zu müssen. Sie sah, wie Hannahs Lächeln einem Ausdruck von Hass und Abscheu wich.

Celia musste sie hier rausschaffen, so schnell sie konnte. Und wenn das bedeutete, dass sie sich vor Blair Giles erniedrigen musste, dann würde sie es eben tun.

Mehr denn je war sie entschlossen, Hannah Barrington zu helfen.

Das Warten fiel Alec nicht leicht; er war mehr ein Mann der Tat. Doch das war nicht immer legal, und er bezweifelte, dass Celia oder Dane es gutheißen würden, wenn er das Gesetz selbst in die Hände nahm.

Das Telefon lag neben ihm im Wagen, und er wusste, sobald Celia ihn anrief, würde er in dieses Haus stürmen und sie rausholen.

Erinnerungen an alte Zeiten stiegen in ihm hoch, die er rasch beiseite schob. Mittlerweile war er ein anderer Mensch geworden, geistig und körperlich besser auf alles vorbereitet, was passieren könnte. Er würde dieselben Fehler nicht noch einmal begehen.

Celia würde nichts geschehen, dafür würde er schon sorgen.

Er kurbelte das Fenster hinunter und blickte durch seinen Feldstecher. An dem Tor, wo Celia abgesetzt worden war, stand ein dunkel gekleideter Wachmann, am Hauseingang ebenfalls. Ohne Zweifel waren an jeder Ecke solche gefährlich wirkenden Männer postiert, die nur zu ihren Walkie-Talkies greifen mussten, um sich miteinander zu verständigen. Alec bezweifelte ebenfalls nicht, dass er an ihnen vorbeikommen könnte, falls Celia ihn brauchte. Aber dann stünde es schlecht um die Wachmänner.

Am Westflügel des Gebäudes wurde plötzlich ein großes Fenster erhellt. Mit seinem Feldstecher konnte Alec sehen, dass sich Leute in dem Raum bewegten, aber er saß zu ungünstig, um Genaueres zu erkennen.

Lautlos verließ er seinen Wagen und versteckte sich zwischen ein paar Bäumen am Straßenrand. Da er schwarze Kleidung trug und sich sehr vorsichtig bewegte, würde ihn vom Haus aus niemand entdecken. Wieder blickte er durch seinen Feldstecher.

Zuerst erkannte er Jacobs, der mit lüsternem Lächeln an einem Schreibtisch lehnte, ein Glas in der Hand. Alec musste schlucken, denn noch bevor er sie sah, wusste er, dass sich auch Celia in dem Raum befand.

Lachend und mit erhobenen Armen vollführte sie eine schwungvolle Drehung. Ein weiterer Mann folgte ihr. Er war kräftig gebaut, wie eine Bulldogge, und starrte mit schiefem Grinsen auf Celia. Irgendetwas geschah, woraufhin der Mann lachte. Er griff nach Celia, drückte sie an seinen massigen Körper und gab ihr einen Kuss.

Alec ließ das Fernglas sinken. Sein Herz raste so sehr, dass ihm beinahe schwarz vor Augen wurde, und er musste tief durchatmen, um sich etwas zu beruhigen. Dass Celia mit Raymond zusammen gewesen war, war schon schlimm genug. Aber zumindest war das ein Mann gewesen, den sie sich selbst ausgesucht hatte. Die wilde, überwältigende Leidenschaft, die er jetzt empfand, erschütterte Alec zutiefst. Er war solche Gefühle nicht gewohnt, und sie wurden mit jedem Tag stärker. Fast war er es leid, sie ständig zu bekämpfen, aber die Schuldgefühle aus alten Zeiten steckten ihm noch in den Knochen und ließen ihn vorsichtig sein.

Er wischte sich den Schweiß von der Stirn und zwang sich, erneut das Fernglas auf das helle Fenster zu richten. Celia kicherte und flirtete, schaffte es jedoch, sich die nächsten zwanzig Minuten nicht anfassen zu lassen. Als sie schließlich den Kopf neigte und ein um Entschuldigung bittendes Gesicht machte, konnte Alec wieder einmal ihre Gedanken lesen.

Die Ärmste war völlig ausgelaugt von ihrem Spiel. Alec wollte sie sofort da rausholen, in den Arm nehmen und beschützen. Er hatte gehofft, heute Nacht mit ihr schlafen zu können, aber nun überlegte er es sich anders. Sie brauchte Ruhe und Frieden, um sich von der Anstrengung zu erholen. Alec kannte nur zu gut den Preis, den man zahlen musste, wenn man sich auf seine schlimmsten Albträume einließ.

Er hatte es oft genug selbst getan.

Celia versuchte, einen eleganten Abgang zu machen. Sie musste vorsichtig sein, um sich nicht zu verraten, und sie benahm sich wie ein Profi. Alec war stolz auf sie, schwor sich jedoch gleichzeitig, sie nie wieder in eine solch gefährliche Situation geraten zu lassen.

Er beobachtete den Raum, bis das Licht ausging. Dann schlich er geduckt zum Wagen zurück und glitt hinter das Steuer. Er würde nicht fahren, ehe sie das Haus verlassen hatte, und nach einer knappen halben Stunde, die ihm wie eine Woche vorkam, hielt ein Taxi vor dem Tor. Der Wachmann rief über eine Sprechanlage im Haus an, und wenige Minuten später begleitete Jacobs Celia den Weg hinunter.

Jacobs blickte ebenso wie Alec dem Taxi nach. Dann gab Jacobs einem anderen Mann ein Handsignal, woraufhin dieser zu einem Auto eilte und dem Taxi folgte. Alec presste die Lippen aufeinander. Jacobs wachte mit Argusaugen über seine neueste Eroberung, womit Alec nur zwei Möglichkeiten blieben. Entweder hielt er sich heute Nacht von Celia fern, um nicht entdeckt zu werden. Oder er musste vor ihr in ihrem Motelzimmer sein, damit Jacobs' Mann ihn nicht hineingehen sah.

Für Alec gab es da nichts zu überlegen.

Celia wusste, dass sie verfolgt wurde, und hoffte inständig, Alec möge vorsichtig sein. Hatte er den zweiten Wagen bemerkt? Sie hoffte es, da Dane ihn ja für den besten Detektiv der gesamten Branche hielt.

Sie könnte es nicht ertragen, wenn Alec verletzt würde. Sie musste mit ihm reden, aber wegen ihres Verfolgers war es unwahrscheinlich, dass er heute Nacht zu ihr kommen konnte. Von der Anstrengung und vom Alkohol brummte ihr der Schädel, und sie war vollkommen fertig. Der Taxifahrer war zum Glück nicht sehr gesprächig.

Da Jacobs die Fahrt bereits bezahlt hatte, sprang Celia sofort aus dem Wagen, als der Fahrer vor ihrem Motel anhielt. Auf keinen Fall wollte sie ihrem Verfolger über den Weg laufen. Mit zitternder Hand steckte sie den Schlüssel ins Schloss, und als die Tür aufging, sprang sie regelrecht ins Zimmer, knallte die Tür hinter sich zu und schloss ab.

„Celia."

Sie schrie auf. Doch im nächsten Moment merkte sie, dass es Alec war. Mit einem unterdrückten Schluchzen streckte sie die Hände nach ihm aus, und er nahm sie in die Arme und hielt sie liebevoll. „Ist schon gut, mein Schatz. Beruhige dich."

Schniefend erwiderte sie: „Jetzt hältst du mich bestimmt für eine Heulsuse, was?"

„Nein." Er küsste ihre Stirn. „Ich bin sogar schwer beeindruckt. Wie hast du es geschafft, so früh da wegzukommen?"

Sie kicherte beinahe hysterisch. „Ich habe Jacobs einfach vorgeschwindelt, ich hätte meine Tage."

„Wie gerissen von dir."

Celia lehnte sich zurück und umrahmte sein Gesicht mit den Händen. „Und wie hast du es geschafft, vor mir hier zu sein?"

„Ich bin gerast wie der Teufel und habe sämtliche rote Ampeln missachtet." Er drückte sie. „Sonst hätte ich bis morgen früh warten müssen, weil Jacobs dich verfolgen ließ."

„Ich weiß. Ich hatte schon Angst, du würdest erst morgen früh kommen."

Sie spürte, dass Alec sie ansah. Auf einmal herrschte spannungsgeladene Stille. Dann flüsterte er: „Auf gar keinen Fall."

„Alec ..." Plötzlich gaben ihre Beine nach, und Alec hob sie hoch und setzte sich mit ihr auf dem Schoß aufs Bett. Doch sie wehrte sich. „Ich muss duschen. Ich muss diese schrecklichen Kleider ausziehen. Ich muss ..."

„Ganz ruhig."

„Das verstehst du nicht." Sie versuchte sich loszureißen. „Ich fühle mich furchtbar schmutzig."

„Dann werden wir zusammen duschen", sagte Alec sanft und trug sie ins Badezimmer.

Sie wollte nicht, dass er sie so sah, und hätte ihm gern den Rücken zugedreht, doch er ließ es nicht zu. „Versteck dich nicht vor mir. Niemals."

„Aber ich komme mir so ..."

„Ich weiß. Ich verstehe das."

„Das kannst du nicht."

„Doch." Er beugte sich vor und zog ihr die Schuhe aus. „Du kommst dir schmutzig vor, weil du ihnen nahe warst und sie denken ließest, du wärst wie sie."

Celia klopfte das Herz bis zum Hals. „Ja."

Behutsam schob er ihr die Hose herunter. „Und jetzt willst du das alles wegwaschen. Glaub mir, ich habe das nur allzu oft selbst getan."

Sie nickte, froh über Alecs einfühlsame Worte.

„Hast du Hannah gefunden?" erkundigte er sich, während er ihr den Slip auszog.

„Oh, Alec, es war furchtbar! Wenn du sie mit eigenen Augen gesehen hättest, würdest du keine Sekunde daran zweifeln, dass sie gegen ihren Willen dort ist. Sie weiß nur nicht, wie sie da wieder herauskommen soll."

Alec zog ihr das winzige Oberteil über den Kopf. Sie trug keinen BH, aber Alec achtete nicht weiter auf ihre Nacktheit. Er strich ihr über das zerzauste Haar. „Ich glaube dir. Und du wirst Hannah helfen. Alles wird gut." Er gab ihr einen Kuss auf die Nase, ehe er das Oberteil zu den anderen Sachen warf.

„Alec ..."

Er griff nach dem Bauchkettchen und riss es ohne große Anstrengung auseinander. Celia starrte ihn nur an, während die Ohrringe auf ihre nackten Schultern baumelten. So mit Alec zusammen zu sein fühlte sich kein bisschen verkehrt an. Im Gegenteil, es war gut und richtig.

Sie sah ihm fest in die Augen und löste die Ohrringe, die Alec ebenfalls auf den Kleiderhaufen warf.

„Sie haben mich angefasst", flüsterte sie.

Alec streichelte zart ihren Bauch und ließ dann die Hände zu ihrem Rücken gleiten. Dann sah er sie an. „Und jetzt habe ich dich angefasst."

Ihre Unterlippe zitterte. „Oh, Alec ..."

„Merkst du das, mein Schatz?" Seine Worte waren noch sanfter als seine Berührung. „Wenn du wirklich so leicht zu haben wärst, wie du sagst, dann hätte ihre Aufmerksamkeit dich erregt. Ich weiß, dass jeder Mann auf der Party sich an deinem Anblick ergötzt hat, weil du schön und sexy bist. Aber es hat dich nicht angeturnt, oder? Du hast dich überhaupt nicht geschmeichelt gefühlt."

„Nein."

Aber Alec war noch nicht fertig. „Du dachtest, dass du Raymond liebst, also hast du dir erlaubt, bei ihm erregt zu sein."

Sie wollte fragen, was er wohl glaubte, was sie bei ihm empfand, sagte jedoch nichts.

Als hätte er ihre Gedanken gelesen, fuhr Alec fort: „Mir vertraust du und weißt, dass ich dich respektiere, deshalb musst du dich für dein Verlangen nach mir nicht schämen." Er strich ihr über das Haar und legte eine Hand um ihre Wange. „Du empfindest etwas für mich, nicht wahr?"

Es war keine Frage, sondern eher die Feststellung einer Tatsache, deren Richtigkeit er nicht bezweifelte. „Wenn nicht, würdest du dich nicht so wohl bei mir fühlen. Und das tust du ganz bestimmt, denn das haben wir ja erlebt, oder?"

Sie nickte, überwältigt von seiner einfachen, überzeugenden Erklärung.

Alec lächelte, und seine dunklen Augen blitzten. „Es wird noch schöner, Darling. Das verspreche ich."

Seine zärtlichen Berührungen vertrieben all ihre schlechten Gefühle. Zitternd schloss sie die Augen. „Ich bin ein bisschen beschwipst."

„Allerdings."

„Aber ich weiß genau, was ich tue, Alec."

„Keine Sorge, ich werde mich um dich kümmern."

„Wirklich? Oder willst du mich wieder verlassen?"

Diesmal wollte sie ihn nicht davonkommen lassen und schmiegte sich eng an ihn. Der Wein hatte sie mutig gemacht, und sie fühlte sich schrecklich verliebt, obwohl sie das niemals zugeben würde. Alec wollte ihre Liebe nicht, aber er wollte mit ihr schlafen, und sie brauchte ihn. Also waren seine Spielchen jetzt vorbei, ob es ihm gefiel oder nicht.

Mit tiefer Stimme imitierte sie eine Schlagersängerin: „Du hast das Feuer meiner Seele entfacht ..."

„Celia ..."

Doch sie sang weiter.

„Celia!" Lachend hob Alec sie hoch und wirbelte sie herum. „Du kannst aufhören mit deinem Ständchen."

Sie freute sich über sein so seltenes Lachen. Es tat weh, ihn so sehr zu lieben, aber gleichzeitig versetzte es sie in Euphorie. Sie küsste ihn. „Bist du bereit, dich meinen weiblichen Launen zu beugen? Denn ich will dich, Alec Sharpe. Heute Nacht."

Vorsichtig stellte er sie wieder auf die Füße, und mit einem schiefen, unendlich sexy Grinsen fing er an, sich auszuziehen.

Alec war vollkommen selbstbewusst in seiner Nacktheit. Ihn einfach nur anzusehen gab Celia ein gutes Gefühl. Er streckte ihr die Hand entgegen, und sie traten gemeinsam unter die Dusche.

9. KAPITEL

Alec glaubte zu träumen. Noch nie hatte eine Frau für ihn gesungen – falls man Celias leicht falsches, angeheitertes Trällern Singen nennen konnte. Musik hatte in seinem Leben nie eine große Rolle gespielt, und er hatte selbst noch nie gesungen. Vor allem keine Disko-Hits.

Ganz selten hörte er ein wenig Jazz. Vor fünfzehn Jahren hatte er einmal beim Nachhausekommen Marissa zu den Klängen einer Jazzband tanzen sehen. Er war hundemüde gewesen und verschwitzt nach einem langen Arbeitstag in der Sonne, und sie hatte ihn mit ihren wirbelnden Röcken und einem breiten Lächeln begrüßt, bereit, ihn im Bett die Lasten des Alltags vergessen zu lassen. Damals hatte es nicht viel mehr gebraucht, um ihn glücklich zu machen.

Doch das Lächeln und die Begrüßungen waren bald vorbei gewesen.

Später wurde Alec klar, dass es weniger die Musik als Marissas Fröhlichkeit gewesen war, was ihn angezogen hatte. Er hatte sich daran gelabt wie ein Verdurstender am Wasser. Seither hatte er nur noch selten das Bedürfnis, Musik zu hören. Außerdem bedeutete Musik für ihn Partys und Unbeschwertheit, und er war niemand, der sich in heiteren, ausgelassenen Menschenmengen wohl fühlte.

Celia offenbar schon. Doch das tat jetzt nichts zur Sache. Celia stand nackt vor ihm, und das Warten hatte ein Ende. Er begehrte sie so sehr, dass es schmerzte, und er hielt sich nur deshalb zurück, weil er dieses erste Mal zu einem schönen Erlebnis machen wollte, das sie niemals vergessen würde.

Sie wollte ihn ansehen, doch er drehte sie sanft herum, sodass ihr Rücken an seinem Körper ruhte und der warme Duschregen über ihre Brüste sprühte. Ihre Knospen richteten sich auf, und Alec fand sie so verführerisch, dass er sich vorkam wie ein gieriger Teenager, dessen Hormone schon beim bloßen Anblick einer attraktiven Frau verrückt spielten. „Ich möchte mich erst um dich kümmern, okay?“ flüsterte er.

„Alles, was du willst, Alec.“

Bei solchen Worten fiel ihm die Zurückhaltung natürlich besonders schwer! Dazu schmiegte sich ihr Körper perfekt an seinen – weich und warm, aber auch muskulös. Er dachte an ihre Trainingsutensilien und drückte sie fest an sich. „Entspann dich, damit ich dich einseifen kann“, sagte er.

„Mach zuerst deinen Pferdeschwanz auf. Ich möchte dein Haar sehen“, erwiderte sie und blickte über die Schulter.

Alec trug sein Haar lang, weil ihm modische Haarschnitte egal waren, und nicht, weil er damit eine bestimmte Lebensphilosophie verband. Bei der Arbeit hielt er es meist mit einem Gummiband zusammen, damit es ihm nicht im Weg war. Jetzt schüttelte er den Kopf, und es umrahmte sein Gesicht wie ein geheimnisvoller dunkler Schleier.

„Ich mag es am liebsten, wenn du es offen trägst“, fügte Celia hinzu. „Du siehst damit so verwegen aus, vor allem mit dem Ohrring.“

Alec musste schmunzeln. Sie standen nackt unter der Dusche, beide angespannt vor Erregung, und sprachen über seine Haare. „Und ich mag dich“, gab er neckend zurück. „Jetzt halt still, damit ich endlich anfangen kann.“

Er griff nach dem Duschgel und begann Celia mit beiden Händen einzuseifen – erst die Schultern, dann den Oberkörper, wobei er die sensiblen Brustknospen absichtlich ausließ, obwohl Celia immer wieder versuchte, seine Hände dort hinzulenken. Er hatte sie so lange begehrt und sich diesen Moment so unendlich oft vorgestellt, dass er jede Sekunde auskosten wollte. Und das konnte er nur, wenn er so lange wie irgend möglich die Kontrolle über sich behielt.

Nachdem er auch ihren Bauch eingeseift hatte, kam er zu ihren schlanken Schenkeln und flüsterte: „Spreiz deine Beine.“

Mit leisem Stöhnen gehorchte sie. Alec fuhr mit beiden Händen abwechselnd über ihren Venushügel, fühlte die winzigen Löckchen unter seinen Fingerspitzen und drang schließlich behutsam zu ihrer empfindlichsten Stelle vor. Celia seufzte und bog ihren Rücken durch, sodass ihr straffer Po sich an Alecs Lenden rieb. Ihr Atem beschleunigte sich, während ihre Nägel sich in seine Oberschenkel bohrten. Sie trieb dem Höhepunkt entgegen, und er steigerte ihre Lust, indem er seine Liebkosungen verstärkte.

„Bitte küss mich, Alec", hauchte sie.

Sie wollte den Gipfel nicht ohne ihn erreichen. Vermutlich hatte sie Angst, er könnte sich ihr wieder entziehen, so wie bei den letzten beiden Malen. Er drehte sie an den Schultern zu sich um, drückte sie an sich und küsste sie voller Leidenschaft. „Ich will aber, dass du jetzt kommst, weil ich dir nicht versprechen kann, dass ich es lange aushalte, wenn ich erst in dir bin", erklärte er.

Ihre Hand glitt abwärts, zwischen seine Beine.

Alec sog stöhnend die Luft ein. „Das hilft mir auch nicht weiter."

„Wir wollen doch fair sein, oder?" flüsterte sie und schaute ihn an. Ihr Make-up war weggewaschen, ihr nasses Haar lag dicht an ihrem Kopf und betonte ihre feinen Gesichtszüge. Ihre Lippen waren leicht geschwollen von seinen Küssen, ihre Wangen vor Verlangen gerötet. Sie war die begehrenswerteste Frau, die er kannte.

Sie lächelte. „Du siehst einfach toll aus, Alec, so schlank und muskulös und groß. Ich sollte dir das sicher nicht sagen, aber ich habe ständig das Bedürfnis, dich zu berühren."

Er lachte ein wenig verlegen. „Ich bin nicht gerade eine Schönheit, Celia." Er wusste, dass es vor allem seine bedrohliche Ausstrahlung war, was die Frauen an ihm faszinierte, nicht sein gutes Aussehen.

Celia küsste seinen Oberkörper, seinen Hals, und hielt die ganze Zeit den Beweis seiner Erregung fest umschlossen, ohne die Hand zu bewegen. Nur mühsam unterdrückte er den Impuls, sich an ihrer Hand zu reiben.

„Du bist wild und gefährlich und unendlich sexy. Keine Frau kann dir widerstehen. Ich habe mich immer schuldig gefühlt, weil ich dich so sehr begehre."

Mit einer schnellen Bewegung zog er ihre Hand fort und legte sie ihr auf den Rücken. Ihr heißer, nasser Körper presste sich an seinen. Als sie mit der anderen Hand nach ihm griff, packte er auch diese. „Hast du eine Ahnung, wie verrückt du mich machst?"

Celia wand sich in seinen Armen. „Alec, ich brauche dich. Jetzt."

Heiser stieß er hervor: „Fühlst du dich immer noch schmutzig?"

„Nein."

„Bist du sicher, dass du mich willst? Ein Mal wird mir nicht reichen, Darling. Es wird die ganze Nacht dauern, bis mein Verlangen gestillt ist."

Celia schmiegte die Wange an seine Brust. „Du kannst mich so oft haben, wie du willst."

Er ließ sie los und hatte sich in Sekundenschnelle fertig abgeduscht. Entschlossen drehte er das Wasser ab und riss den Duschvorhang auf. Celia griff lächelnd nach einem Badehandtuch.

„Zum Teufel damit!" Er hob sie hoch und trug sie, nass wie sie war, zum Bett.

Sie musste lachen, als er über ihre Trainingsgeräte stieg. „Alec, wir werden das Laken vollkommen durchnässen."

Doch Alec legte sie kommentarlos auf die zerknüllten Decken und ging noch einmal zurück ins Bad, um seine Brieftasche aus der Jeans zu holen und auf den Nachtschrank zu werfen. Dann legte er sich neben Celia, umfasste eine ihrer Brüste mit der Hand und beugte sich ohne Umschweife darüber. Celia stöhnte auf, als er mit den Lippen die feste rosa Knospe umschloss und fest daran saugte. Er wechselte zur anderen Brustspitze, indem er auf dem Weg dorthin die Wassertropfen von Celias weicher Haut ableckte. Sein Mund und seine Zunge berührten nach und nach jeden Zentimeter ihres Oberkörpers und immer wieder ihre wundervollen kleinen Brüste, von denen er gar nicht genug bekommen konnte.

Als er mit einer Hand über ihren Bauch glitt und mit zwei Fingern in die seidig-feuchte Tiefe zwischen ihren Schenkeln eindrang, schrie Celia leise auf. Er konnte sich kaum noch beherrschen. Geschickt liebkoste er sie und hörte sie immer heftiger stöhnen. Da rollte er sich leise fluchend auf die Seite und griff hastig nach seiner Brieftasche.

Celia kam auf die Knie und schlang von hinten die Arme um seine Taille, was es ihm noch schwerer machte, das Kondom zu finden. Als er es endlich übergestreift hatte, drehte er Celia auf den Rücken, fasste mit den Armen unter ihre Knie und spreizte ihr so die Beine.

Sie protestierte nicht. Sie hatte den Kopf in den Nacken gelegt, die Augen geschlossen, und ihr Atem ging schnell und heftig.

Ganz langsam lehnte Alec sich vor und drang ein ganz klein wenig in sie ein. Er stöhnte auf und hielt inne. „Celia!“

Sie öffnete die Augen, die vor Leidenschaft verdunkelt waren. Eine zarte Röte überzog ihre Wangen und ihre Brüste, und sie zitterte leicht.

„Sieh mich an, Darling.“

Ihre Blicke tauchten ineinander.

„Sag mir, dass du mich willst“, bat er rau.

Es durchzuckte sie heiß, und sie krallte die Finger ins Bettlaken. Ihr Körper war aufs Äußerste angespannt, und alles in ihr schrie nach Erfüllung, doch noch immer bewegte Alec sich ganz langsam. Er quälte sie beide, doch es war das Überwältigendste, was er in solch einer Situation je gespürt hatte.

„Ich will dich, Alec", keuchte sie, heiser vor Verlangen. „Ich will dich schon seit so langer Zeit." Sie strich sich selbst mit den Händen über ihre Brüste, als wollte sie dort einen Schmerz lindern, und um Alec war es geschehen. Zu sehen, wie sie sich selbst berührte, ließ ihn schlagartig alle Vorsätze vergessen, ihr Liebesspiel möglichst lange auszudehnen.

Mit einem kehligen Stöhnen drang er ganz in sie ein und legte sich auf sie. Celia schlang ihre Beine um seine Hüften, und Alec barg das Gesicht an ihrem Hals, um den süßen Duft ihrer Haut und ihrer Haare aufzunehmen. Es ist so gut, dachte er. Ich will, dass es nie wieder aufhört. Er schob eine Hand unter Celias Po und zog sie noch fester zu sich heran. In diesem Moment kam sie so heftig zum Höhepunkt, dass die Wucht ihrer Leidenschaft auch ihn mitriss.

Sie bäumte sich auf, kam seinen Stößen entgegen, und er spürte ihre Fingernägel auf seiner Haut. Er schrie auf und drang immer wieder kraftvoll in sie ein, bis er so erschöpft war, dass er kaum noch Luft holen konnte.

Benommen blieb er auf ihr liegen und versuchte, wieder in die Realität zurückzukehren. Es war unglaublich befriedigend, mit Celia zu schlafen. Dass es schön werden würde, hatte er gewusst, und dieses Wissen hatte ihn so manche schlaflose Nacht gekostet. Aber etwas wie das hier hatte er in seinen kühnsten Träumen nicht erwartet. Es ging weit über puren Sex hinaus, und gerade das verunsicherte ihn.

Celias Atem strich über sein Ohr, und sie streichelte seinen Rücken. Er wollte schreien, dass er ihre Zärtlichkeit nicht brauchte, nicht, nachdem sie ihn körperlich zufriedengestellt hatte. Aber die Worte kamen ihm nicht über die Lippen, denn es wäre eine Lüge gewesen.

Auf einmal spürte er, wie sie innehielt und seinen rechten Bizeps berührte.

„Alec, was hat diese Tätowierung zu bedeuten?" fragte sie leise.

Er schloss die Augen. Vielleicht dachte sie dann, dass er schlief, und ließ ihn in Ruhe.

Doch einen Augenblick später fragte sie nochmals: „Alec?“

Er seufzte resigniert und stützte sich auf den Ellenbogen. Celia sah so hübsch aus mit ihrem nassen, zerzausten Haar und ihren geröteten Wangen. Fast gegen seinen Willen beugte er sich vor und küsste sie – und hätte am liebsten nie aufgehört, sie zu küssen. Irritiert zog er sich schließlich zurück.

„Dazu hat meine Frau mich überredet. Das war vor fünfzehn Jahren.“

Celia wurde blass. „Du bist verheiratet?“

Er rollte sich auf den Rücken, verschränkte die Arme hinter dem Kopf und starrte an die Decke. Er hatte gewusst, wenn er mit Celia schlief, würde er ihr früher oder später von seiner Frau erzählen müssen. Nicht, dass Celia ein Anrecht auf seine gesamte Lebensgeschichte hatte – das hatte niemand. Aber Vertraulichkeiten im Bett führten eben zu weiteren Vertraulichkeiten. Und Celia war eine neugierige Frau und wühlte gern in Dingen herum, von denen sie lieber die Finger lassen sollte.

Ein Gedanke schoss ihm durch den Kopf: Die Wahrheit würde sie vermutlich abstoßen und wieder die nötige Distanz zwischen ihnen schaffen. Keine körperliche Distanz, denn er begehrte sie nach wie vor und hätte sie am liebsten gleich wieder geliebt. Aber er brauchte emotionale Distanz, und das allein war Grund genug, ihr mehr zu erzählen.

Er seufzte erneut, dann sagte er ohne merkliche Gefühlsregung: „Nicht mehr. Meine Frau ist tot.“

Halb erwartete er, dass Celia aus dem Bett sprang oder ihn verfluchte. Doch sie schwieg eine Weile, ehe sie sich umdrehte und an seine Seite schmiegte. Überrascht legte er einen Arm um sie und hoffte inständig, sie möge nicht anfangen zu weinen. Er hasste es, wenn sie das tat.

„Hast du sie geliebt?“

Alec erstarrte. Verdammt, er verabscheute Fragen wie diese. „Hör mal …“

„Du musst sie geliebt haben“, flüsterte Celia mit zärtlicher Stimme, „sonst hättest du dich nicht für sie tätowieren lassen.“ Mit einem Finger zog sie die Umrisse des Herzens nach. „Hier, wo die Farbe ein bisschen verschmiert ist, hast du da den Namen entfernen lassen?“

Der Name war verschwunden, die Erinnerung jedoch geblieben. Es war ein unnötiger Aufwand gewesen. „Ja.“

„Warum hast du nicht alles wegmachen lassen?“

Alec blickte auf Celias Körper, und ihre helle Haut an seiner dunklen zu sehen entfachte sofort sein Verlangen. Er wollte das Gespräch schnell beenden. „Es hat höllisch wehgetan, die Stelle mit dem Laserstrahl zu entfernen, also habe ich nur das Nötigste machen lassen und gedacht, zum Teufel mit dem Rest.“ Warnend fügte er hinzu: „Kein Mensch fragt mich darüber aus. Ich mag das nicht besonders!“

„Warum hast du ihren Namen entfernen lassen?“

Leicht verärgert blickte er zur Seite. „Warum reden wir nicht ein anderes Mal darüber?“

„Weil ich weiß, dass du das immer verhindern wirst. Bitte, Alec.“

Verdammt nochmal, er hasste ihre nette Art, Fragen zu stellen, wenn sie wirklich etwas wissen wollte, und gleichzeitig liebte er sie auch.

Sie ließ ihre Hand über seinen Bauch gleiten, umkreiste einige Male seinen Nabel, wanderte dann weiter nach unten und umschloss seine Männlichkeit mit der Hand.

Alec biss die Zähne zusammen. „Also gut. Ich ließ ihren Namen kurz nach ihrem Tod entfernen, weil …“ Es war sonst nie um Worte verlegen, und es gefiel ihm nicht, dass Celia ihn in diese Lage brachte. Er drehte sich zu ihr, packte ihre Hände und drückte sie über ihrem Kopf auf das Kissen. Halb über sie gebeugt, sagte er aufgebracht: „Du willst also all die schmutzigen Details wissen, ja?"

Celia sah ihn mit großen Augen an.

„Na schön."

Sie biss sich auf die Unterlippe. „Alec ..."

„Meine Frau war eine Frau, die es mit jedem trieb." Er sah Celia in die Augen. Sie wollte die ganze Geschichte wissen, nun sollte sie damit fertig werden. „Wie die meisten jungen Kerle habe ich beim ersten Mal Lust mit Liebe verwechselt."

Er musste über seine eigene Dummheit lachen. Und er wunderte sich, dass es gar nicht so schlimm war, mit Celia darüber zu sprechen. Er wollte es hinter sich bringen, damit er wieder mit ihr schlafen konnte. Und wieder und wieder, bis das Verlangen nachließ. Es behagte ihm nicht, dass er sie so sehr begehrte; immer wenn er eine Frau begehrt hatte, hatte es am Ende furchtbar wehgetan. Er war jetzt ein erwachsener Mann und hatte gelernt, das Leben als das zu nehmen, was es war, ohne große Illusionen. Vielleicht war es an der Zeit, dass Celia es ebenfalls lernte. Er ließ sie wieder los.

„Ich hatte keine besonders schöne Kindheit, nachdem meine Mutter an Krebs gestorben war. Mein Vater hatte uns verlassen, als ich noch sehr klein war, und so kam ich nach dem Tod meiner Mutter zu meinem Großvater. Der gute Mann hat sich wirklich alle Mühe mit mir gegeben, aber wir hatten nicht viel Geld, und ich war sowieso schon mächtig sauer auf die ganze Welt. Ich habe es ihm nicht leicht gemacht. Immer wenn ich es besonders schlimm trieb – und glaub mir, ich war ein wahrer Satansbraten –, hat er seinen Stock rausgeholt. Der alte Kauz hatte einen starken Schwung im Arm."

Celia stiegen die Tränen in die Augen, aber Alec schüttelte sie und sagte zwischen zusammengebissenen Zähnen: „Wein nicht um mich, Celia. Ich habe nie etwas bekommen, was ich nicht verdient habe. Außer vielleicht meine Frau."

Sie wollte etwas erwidern, aber er ließ sie nicht zu Wort kommen. Er wollte weder Trost noch Mitleid. Er wollte sie wieder ganz nah spüren, damit er alles andere vergessen konnte.

„Sie kam aus ähnlichen Verhältnissen wie ich, aber bei ihr war es ein Stiefvater, der sie schlug. Ich träumte davon, diesen Mistkerl mal ordentlich zu verprügeln. Und wenn er nicht irgendwann davongerannt wäre, hätte ich es vielleicht tatsächlich getan. Marissa feierte sein Verschwinden mit mir. Sie zog mich am Fluss ins Gebüsch und fiel über mich her. Es war das erste Mal, dass wir Sex miteinander hatten. Ich rebellierte gegen mein Leben, indem ich gegen alle möglichen Regeln verstieß und den Wilden spielte, aber Marissa rebellierte, indem sie jede Art von Liebe nahm, die sie kriegen konnte. Zuerst hat sie mir Leid getan, und dann, nachdem sie mich in die Geheimnisse des weiblichen Körpers eingeweiht hatte, war ich hoffnungslos verliebt. Sie war erfahren genug, um genau zu wissen, was sie tat, und ohne größere Anstrengung stellte sie mein ganzes Leben auf den Kopf. Ich machte sie zu meinem einzigen Lebensinhalt. Ich dachte, sie würde sich bestimmt ändern und dass irgendwann ich allein sie glücklich machten könnte." Er schnaubte verächtlich. „Aber wie sich herausstellte, war ich nur einer von vielen Idioten, die sich das einbildeten."

Celia starrte auf die Tätowierung und unterdrückte ein Schluchzen.

Alec wischte ihr die Tränen von den Wimpern und fuhr fort: „Sobald wir die High School verließen, machte ich Pläne für unsere Heirat. Ich suchte mir einen Job auf einer Baustelle, sparte Geld zusammen, und kurz bevor wir neunzehn wurden, brannten wir durch. Für mich, den dummen Jungen, der ich damals war, bedeutete diese Heirat wirklich ‚für immer'."

Celia studierte sein Gesicht. „Weil du sie geliebt hast."

Er lachte kurz. „Liebe? Das glaube ich nicht. Kein Neunzehnjähriger weiß, was er denkt oder fühlt, vor allem, wenn er seinen Verstand in der Hose trägt. Ich dachte, ich könnte etwas bei ihr bewirken, könnte sie retten. Aber sie hat mich schnell eines Besseren belehrt. Wie deine kleine Hannah sehnte sie sich nach Geld und Ruhm. Sie redete immer davon, dass wir wegziehen sollten, aber ich konnte uns gerade mit Mühe über Wasser halten und auf keinen Fall einen Umzug bezahlen. Eines Tages kam ich von einer Zwölfstundenschicht nach Hause und fand eine Nachricht vor, sie sei bei einer Freundin in Chicago. Am nächsten Tag erst merkte ich, dass sie unser Sparkonto geplündert hatte. Es war nicht viel, aber immerhin genug, um die anstehenden Rechnungen zu bezahlen. Ich hatte keine Ahnung, wo sie steckte, und brauchte eine Weile, um sie aufzuspüren. Als ich sie fand, war sie vollgepumpt mit Drogen und sagte mir mitten ins Gesicht, sie ziehe das Leben in der Großstadt allem vor, was ich ihr zu bieten hätte."

Mit der Erinnerung kamen auch die Gefühle der Hilflosigkeit und des Betrogenwerdens wieder hoch, die sich tief in seine Seele eingegraben hatten. „Sie lebte mit drei Leuten zusammen, zwei davon waren Männer."

„O nein. Was hast du da gemacht?"

„Ich habe die beiden Kerle mächtig verprügelt, obwohl ich keine Ahnung hatte, wer von ihnen ihr Liebhaber war. Vielleicht waren es auch beide, so unersättlich, wie sie war! Die Polizei kam, ich wurde verhaftet, und sie sagte, sie würde die Scheidung einreichen. Ich fühlte mich so elend, dass mir alles egal war, und schrie sie an, sie solle aus meinem Leben verschwinden."

Celia schlang ihre Arme fest um Alec. „Sie hatte Unrecht. Aber leider wusste sie es nicht besser."

„So wie deine Hannah?" Er wollte sich aus ihrem Griff befreien, doch sie ließ ihn nicht los.

„Nein!" Celia sah ihm ins Gesicht. Da er ihr nicht wehtun wollte, gab er seine Befreiungsversuche auf. „Hannah will Hilfe, Alec. Sie ist anders. Sie wurde nicht durch ihre Lebensumstände in Jacobs Arme getrieben, sondern durch ihr schlechtes Urteilsvermögen."

„Keine Sorge, Schätzchen. Nur weil ich nichts für meine Ehefrau tun konnte, bedeutet das nicht, dass ich die kleine Hannah im Stich lasse. Du und ich, wir haben eine Vereinbarung getroffen, und ich werde meinen Teil erfüllen. Ich frage mich nur, ob sie dir am Ende danken wird, das ist alles.“

Seine Worte hatten wohl kälter geklungen als beabsichtigt, denn sie zitterte leicht. „Alec, was ist mit deiner Frau passiert?“

Er bemühte sich erneut, möglichst emotionslos zu sprechen, denn er wollte weder Celias Mitleid noch ihr Verständnis. „Einen Monat, nachdem ich fortgegangen war, ohne auch nur zu versuchen, sie zur Rückkehr zu bewegen, ist sie auf einer Party ihrer neuen Freunde an einer Überdosis von Drogen gestorben. Sie hat ihre Scheidung nie bekommen, also riefen sie mich an, und als ich ihre Leiche identifizieren musste ...“

Seine Stimme erstarb, und er schloss die Augen. Wieder sah er Marissas zerstörten, abgemagerten und vorzeitig gealterten Körper vor sich. Ihr Leben in der Großstadt hatte seinen Preis gehabt. Und Alec hatte sich nie verziehen, dass er sich nicht intensiver bemüht hatte, sie zurückzuholen. Egal, was er Celia erzählte, egal, was für Entschuldigungen er sich überlegte, er wusste, er hatte seine Frau im Stich gelassen. Sicher, er hatte sie nie richtig geliebt, aber sie hatte ihm Leid getan. Er hatte ihr gegenüber eine Verantwortung getragen, die er schnell über Bord geworfen hatte, als sein Stolz verletzt wurde. An manchen Tagen fühlte er sich so schuldig, dass es ihn fast umbrachte.

Auch Hannah tat ihm irgendwie Leid, weil sie so leichtgläubig, naiv und verletzlich war. Aber er wollte nicht wieder in so eine Sache hineingezogen werden. Wenn Celia nicht darauf bestanden hätte ...

Ihm war nicht aufgefallen, dass er seine Arme um Celia geschlungen hatte, bis sie sich bewegte.

Sie gab ihm einen Kuss. „Es tut mir Leid, dass ich das alles in dir aufgewühlt habe.“

„Nachdem sie mit dem Geld verschwunden war, hatte ich überall Schulden, und dann starb sie, und ich konnte nicht mal ihr Begräbnis bezahlen. Mein Großvater hatte auch kein Geld, und ihrer Mutter war alles egal.“ Er schloss erneut die Augen. „So bekam sie ein Armenbegräbnis.“

„Alec.“ Celia küsste ihn, und während er begierig ihren Kuss erwiderte, wurde ihm bewusst, wie gut ihm das tat. Celia gab ihm Kraft – und gleichzeitig machte sie ihn schwach.

Er biss ihr leicht in den Hals, küsste ihre Schultern und saugte an den Spitzen ihrer Brüste. Überrascht durch seine drängende Zärtlichkeit, stöhnte sie auf. „Gib mir nur das, Celia. Das ist alles, was ich will. Nur das ...“

Als Antwort schlang sie ihre Beine um seine Hüften, und um seine Beherrschung war es geschehen.

Er glaubte nicht mehr an die Liebe. Was er für seine Frau empfunden hatte, war dem Versuch entsprungen, mit ihr zusammen einem erbärmlichen Leben zu entfliehen – ein Versuch, der kläglich gescheitert war. Seither hatte er niemanden mehr an sich herangelassen. Er hatte seinen Beruf und gehörte zu den Besten in seiner Branche. Jeder Job, den er übernahm, war für ihn nichts weiter als ein beliebiger Auftrag, den es möglichst effektiv zu erledigen galt und den er anschließend vergaß. Kein Fall und keine Frau hatten ihn je tiefer berührt.

Doch nun gab es Celia. Und die Wahrheit war, dass sie ihn bis ins Innerste berührte. Mit ihr zu schlafen war seine einzige Rettung; die Möglichkeit, auf körperlichem Weg den Gefühlsaufruhr zu ersticken, den sie verursachte. Und jetzt, wo er nicht mehr ganz so angespannt war, konnte er sich mehr Zeit lassen.

Alec tat all die Dinge mit Celia, die er sich immer vorgestellt hatte, und sie genoss jede Sekunde. Er liebte sie zärtlich, dann wieder beinahe grob und ungeduldig. Doch sie ging auf alles ein und folgte hemmungslos ihrer Lust. Erst in den frühen Morgenstunden kamen sie zur Ruhe und schliefen erschöpf ein.

Alec träumte von seiner Frau, und irgendwie waren ihr Gesicht und Celias eins.

Und so, wie er seine Frau enttäuscht hatte, so enttäuschte er Celia. Trotz ihrer verdrehten Ansichten wusste Alec, dass sie sich einem Mann nur dann so rückhaltlos hingab, wenn sie mehr für ihn empfand als pure Begierde.

Das Schlimmste, was geschehen konnte, war geschehen.

10. KAPITEL

Celia trainierte bereits eine ganze Weile und forderte sich dabei mehr als sonst, aber alles, woran sie denken konnte, war die letzte Nacht. Es war die wunderbarste, zugleich aber auch die erschütterndste Nacht ihres Lebens gewesen. Alec hatte in einer Weise mit ihr geschlafen, von der sie bisher nur geträumt hatte, ja, die sie vor kurzem sogar noch schockiert hätte, und es war etwas ganz Besonderes gewesen.

Gleichzeitig hatte er mit brutaler Offenheit seine Sicht der Welt dargelegt, und Celia passte einfach nicht in sein von Bitterkeit und Zynismus geprägtes Leben.

Sie war aufgewacht, als Alec früh am Morgen aus dem Bett stieg, hatte sich aber schlafend gestellt. Sie brauchte Zeit zum Nachdenken. Als er nach dem Waschen und Anziehen vorsichtig ans Bett trat, hielt sie die Augen geschlossen und atmete so ruhig und gleichmäßig wie möglich. Sie konnte ihm jetzt einfach noch nicht gegenübertreten, da sie unsicher war, wie sie mit dem Wissen um seine Vergangenheit umgehen sollte. Eigenartigerweise beschuldigte er niemanden, ihn enttäuscht zu haben – nur sich selbst. Dabei war er so sehr verletzt worden!

Er hatte ihre Wange gestreichelt, ihr übers Haar gestrichen, und wenige Sekunden später hörte sie das Klicken der Tür, die sich hinter ihm schloss. Sie wusste, dass er sich vorher vergewissert hatte, ob die Luft rein war. Heute Nacht war er ein Risiko eingegangen, aber selbst das würde er allein sich selbst anlasten, niemals ihr. Er hatte einen solch starken Drang, andere zu beschützen ...

Dann waren die Tränen gekommen. Die ganze Nacht lang hatte Celia sie unterdrückt, da sie wusste, wie sehr er solche Gefühlsausbrüche verabscheute.

Als sie aufstand, fand sie seine Nachricht, dass er am frühen Nachmittag wiederkommen würde. Zuerst war sie erleichtert, dass er nicht für immer verschwunden war, was sie nach ihrer bohrenden Fragerei schon befürchtet hatte. Dann fiel ihr ein, dass sie nichts von ihrer Verabredung mit Jacobs' Freund um zwei Uhr erzählt hatte. Wenn Alec erst später kam, würde er sich bestimmt schrecklich aufregen, wenn sie schon fort war. Er hatte einen fast schon krankhaften Beschützerinstinkt, tat alles, um sie vor Unheil zu bewahren – aber er liebte sie nicht.

Und würde es wohl auch nie tun.

Celia kniff die Augen zu, während sie noch eine Runde Situps machte, um sich abzulenken, doch ohne Erfolg.

Sie liebte Alec, aber er hatte die Liebe für immer aus seinem Leben verbannt. Dieser Tatsache musste sie ins Gesicht sehen. Ihr Bruder Dane hatte ihr bereits vor einiger Zeit erzählt, was für ein Einzelgänger Alec war. Auch Danes Frau Angel, die Alec hoch schätzte, machte ihn nervös, wenn sie „sentimental wurde", wie er es nannte. Er erledigte jeden Auftrag mit klarer, kalter Entschlossenheit und ohne jedes emotionale Engagement. Er wollte keine gefühlsmäßigen Verwicklungen.

Und das bezog sich auch auf Celia. Er hatte es ihr gesagt, und seine Art zu leben bewies es: Alec wollte Sex mit ihr, aber ohne jede Bindung. Was die Chemie zwischen ihnen anging, hatte er vollkommen Recht. Sie fühlte sich dennoch nicht benutzt, sondern eher geschmeichelt, aber gleichzeitig tat das mehr weh als alles andere.

Armer Alec! Auch wenn er es nicht zugab, so schmerzte ihn der Tod seiner Frau noch immer, und dass er sich schuldig fühlte, war offensichtlich.

Celia ging zu Badezimmertür, wo ihre Turnstange befestigt war, und zog sich ächzend hoch.

„Ich dachte, ich hätte dir letzte Nacht genug Training verschafft."

Beim vertrauten Klang der tiefen Stimme zuckte Celia zusammen und ließ die Stange los. Sie fuhr herum und sah Alec, die

Arme voller Päckchen und im unrasierten Gesicht ein amüsiertes Lächeln. Er sah wie immer umwerfend sexy aus.

„Alec, du wolltest doch erst am Nachmittag wieder hier sein."

Er zuckte mit den Schultern. „Ich habe alles schneller erledigen können, als ich dachte."

Celia zog nervös an ihrem T-Shirt. Es war alles, was sie außer ihrem Slip trug. Sie räusperte sich. „Im Grunde bin ich auch ganz froh, dass du schon hier bist."

„Ich auch." Den Blick auf das feuchte T-Shirt geheftet, das an ihren Brüsten klebte, kam er auf sie zu. „Ich dachte, du liegst todmüde im Bett, aber das hier ist vielleicht sogar besser."

„Alec." Celia hob abwehrend die Hände. Sie musste mit ihm reden, ihre Pläne mit Jacobs erzählen, aber er ignorierte ihren Widerstand und hob sie aufs Bett.

„Du riechst gut", murmelte er und küsste ihren Hals.

„Ich bin verschwitzt!"

„Ach was. Du riechst wie eine Frau. Das gefällt mir."

„Alec, bitte, ich muss mit dir reden."

„Ich mag es, wenn du so süß ‚bitte' sagst." Er küsste ihre Brüste durch den dünnen Baumwollstoff. „Es macht mich an."

Sie musste lachen, obwohl sie merkte, dass sie spontan auf seine Zärtlichkeiten reagierte. „Allmählich scheint mir, dich macht alles an."

„Alles an dir. Ob du's glaubst oder nicht, sonst habe ich mich immer eisern unter Kontrolle."

„Tatsächlich?" Was die Arbeit betraf, wusste sie, dass es stimmte, aber bei anderen Frauen? Der Gedanke gefiel ihr. Wenn sie schon nicht alles von ihm haben konnte, dann war sie wenigstens die Einzige, die überhaupt etwas bekam.

Alec begann, ihr T-Shirt hochzuschieben, und sie wusste, wenn sie erst nackt war, würden sie nicht mehr zum Reden kommen.

Sie griff ihm in die Haare, sodass er innehielt, und sagte: „Jacobs hat mich für heute zu einem Treffen bestellt."

Alec erstarrte. „Wann?"

„Um zwei."

Er setzte sich hin. „Und das sagst du mir erst jetzt?"

Celia setzte sich ebenfalls auf und zog das T-Shirt über die Knie. „Letzte Nacht hast du mir nicht gerade viel Gelegenheit gegeben, darüber zu sprechen."

Er beugte sich vor. „Und warum hast du mir dann heute Morgen nichts gesagt, anstatt die Schlafende zu spielen?"

„Du wusstest, dass ich wach war?"

Alec verdrehte die Augen und stand auf. „Also gut. Von nun an kommt zuerst das Geschäftliche. Zwar würde ich nichts lieber tun, als eine ganze Woche mit dir im Bett zu verbringen, aber das müssen wir eben bis nach dieser Geschichte mit Jacobs verschieben – falls du immer noch entschlossen bist, die Sache durchzuziehen."

Sie hob das Kinn. „Natürlich bin ich das."

„Das habe ich befürchtet."

„Du bist derjenige, der mich letzte Nacht abgelenkt hat!"

„Und ich werde dich heute Nacht wieder ablenken, und die darauf folgende Nacht auch. Aber von jetzt an sagst du mir immer sofort, was los ist. Was, wenn ich vorhin nicht einkaufen gewesen wäre? Dann würden wir jetzt ganz schön in der Klemme stecken."

Celia hatte keine Ahnung, was seine Einkäufe mit ihrem Treffen zu tun haben sollten, und sah ihn fragend an.

Er seufzte. „Ich will nicht, dass du nochmal in Jacobs' Nähe bist, ohne einen Minisender zu tragen. Das ist einfach zu riskant. Dich gestern Nacht aus der Entfernung zu beobachten, ohne hören zu können, was vor sich geht, hat mich bestimmt um zehn Jahr altern lassen. Wenn ich also irgendetwas Derartiges noch einmal zulassen soll ..."

Celia machte ein empörtes Gesicht.

„... dann nur, wenn du einen Sender trägst, sodass ich weiß, was abläuft."

Entrüstet sprang sie auf. Alec war wieder ganz der alte sture, autoritäre Macho, und sie würde sich das nicht gefallen lassen. „Ich dachte, wir hätten uns geeinigt, dass ich genau das tue, was ich für richtig halte, Alec Sharpe. Ich bin nicht dein Eigentum."

Alec stemmte völlig unbeeindruckt die Hände in die Hüften. „Wenn du das wärst, würde ich dich an die Leine legen."

Sie wäre beinahe explodiert, aber dann wurde ihr auf einmal etwas klar. Alec wollte, dass sie wütend wurde. Als er zur Tür hereinkam, hatte er sie eigentlich verführen wollen, doch dann hatte sie ihm von Jacobs erzählt, und sein Beschützerinstinkt war wieder erwacht. Alec fühlte sich trotz aller Distanziertheit von Natur aus für andere Menschen verantwortlich, und das vor allem, wenn der Betreffende kleiner, älter oder schwächer war als er selbst. Aber für sie, Celia, schien er außerdem ein ganz persönliches Interesse zu haben, vom ersten Tag an. Warum war ihr das bisher nie aufgefallen?

Weil sie viel zu sehr damit beschäftigt gewesen war, ihre Gefühle für ihn zu bekämpfen. Jetzt, wo sie sich nicht länger dagegen wehrte, sah sie die Dinge viel klarer. „Du führst dich auf wie ein Blödmann, Alec."

„Nur weil ich nicht will, dass dieser schmierige Kerl dich vergewaltigt?"

„Nein. Deine Bedenken kann ich akzeptieren, weil sie ehrlich sind."

Er schnitt eine Grimasse. „Oh, danke schön."

„Aber an deiner Einstellung musst du noch arbeiten." Sie zögerte, da sie nicht wusste, wie weit sie gehen konnte. Aber es war wichtig. Sie liebte ihn, und selbst wenn er ihre Gefühle niemals erwidern würde, sollte er doch akzeptieren, dass es so etwas wie Liebe gab und dass er durchaus ein Mann war, der Liebe verdiente. „Gestern Nacht warst du nicht so nervig. Du warst ... verständnisvoll.“

Er lachte. „Gestern Nacht warst du kurz vor dem Zusammenbrechen. Ich trete niemanden, der am Boden liegt, vor allem keine Frau, mit der ich ins Bett will.“

Ach herrje! dachte Celia. Spiel ruhig weiter den harten Kerl, wenn es dir Spaß macht. Celia schob ihr Kinn vor. „Ich dachte, du wärst nett und einfühlsam gewesen, weil du dir etwas aus mir machst.“

Alec trat auf sie zu. „Oh, das tue ich auch. Aber guck mich bitte nicht mit deinen großen unschuldigen Augen an und warte darauf, dass ich dir ewige Liebe schwöre, nur weil wir im Bett die Erde zum Beben gebracht haben.“

Flüsternd erwiderte sie: „Darauf habe ich nie gewartet.“

„Gut. Denn was wir haben, ist verdammt nochmal zu heiß, um es von vornherein mit falschen Erwartungen zu ersticken.“

„Sex?“

„Verdammt richtig. Sensationeller Sex, und das gilt für uns beide, denn ich trage am ganzen Körper Male von deinen Zähnen und Fingernägeln, um es zu beweisen.“

Beinahe hätte sie ihn geohrfeigt. Mit einem Schlag wich alle Energie aus ihrem Körper. Sie konnte nicht mit Alec diskutieren, wenn er so erpicht darauf war, diese schreckliche Kluft zwischen ihnen zu schaffen. Sie wandte sich ab, um ins Bad zu flüchten, doch Alec packte sie mit eisernem Griff um die Taille. Da Widerstand zwecklos war, wartete sie einfach ab, was er wollte, aber er presste sie nur fest an sich.

Sie spürte seine Unentschlossenheit, dann berührte er mit seinem Mund leicht ihre Schläfe und ihr Ohr. „Wo wolltest du denn hin, Baby?“

Celia verharrte reglos aus Angst, bei der nächsten Bewegung in Tränen auszubrechen. Doch ihr Stolz verlangte Stärke. „Ich muss duschen und mich fertig machen.“

„Noch nicht."

„Alec ..." Sie schloss die Augen. Wenn er jetzt etwas Verletzendes sagte, könnte sie ihm vielleicht nie vergeben.

Doch er hielt sie nur fest. „Wir müssen reden, und ich habe uns etwas zu essen mitgebracht."

„Ich habe keinen Hunger."

„Du wirst trotzdem essen."

Sie riss sich los. „Jetzt krieg das endlich in deinen Kopf, Alec Sharpe! Du bist nicht mein Aufpasser."

„Bin ich wohl", erwiderte er sanft, aber bestimmt. „Erinnerst du dich etwa nicht mehr an unsere kleine Abmachung? Ich bleibe hier und helfe dir mit Hannah, und du gibst mir alles, was ich will. Und in diesem Moment will ich, dass du nicht vor mir wegläufst."

Celia ballte die Hände. „Dann hör auf, mich zum Weglaufen zu bringen. Das ist nicht nötig, Alec, glaub mir. Ich weiß bereits genau, wo ich mit dir stehe. Und ich bin nicht so naiv, von ewiger Liebe zu träumen." Die Bitterkeit raubte ihr fast den Atem. „Jedenfalls nicht mit dir."

Ihre Worte schienen ihn zu irritieren. Er marschierte einige Male unentschlossen auf und ab, und Celia merkte, wie er angestrengt nachdachte, ehe er sie wieder ansah. „Das ist nur fair." Er musterte sie schweigend, dann schüttelte er den Kopf. „Und jetzt setz dich. Ich muss nämlich wirklich etwas mit dir besprechen."

Dieser verdammte sture Kerl! „Alec, das war kaum netter als ein Befehl für einen Hund."

Er lächelte. „Tut mir Leid. Würdest du dich bitte hinsetzen, damit ich dir den Minisender erklären kann, den du tragen wirst, wenn du das nächste Mal zu Jacobs oder einem seiner Freunde gehst?"

„Haben wir genug Zeit? Ich muss in ein paar Stunden bei Giles sein."

„Wo genau?" fragte er, während sie sich an den kleinen Tisch setzten.

„Ich glaube, es ist eine Art Studio. Er will eine Foto-Session mit mir machen."

„Und du hast einfach zugestimmt, ohne das vorher mit mir abzuklären?" brauste Alec auf.

„Was genau hätte ich denn sagen sollen? ‚Ach, entschuldigen Sie bitte, aber ich muss erst meinen Kumpel, den Detektiv, fragen, ob das in Ordnung geht'. Etwa so?"

„Ich bin verdammt nochmal nicht dein Kumpel, Celia!" fuhr er sie an und meinte dann ein wenig ruhiger: „Okay, fang an. Wer ist Jacobs' Freund, wohin gehst du, und wer wird alles dabei sein?"

Jetzt wurde es knifflig. Sie hatte nicht erwartet, dass Alec heute so schlechter Laune war. „Also, Blair Giles ist anscheinend Fotograf, aber während wir im Bad waren, erzählte Hannah mir, dass er ein ziemlich ekliger Typ ist. Jacobs benutzt ihn wohl, um die Mädchen auszusieben. Wenn eine bei ihm nicht mitmacht, lässt Jacobs sie als zu riskant fallen. Verstehst du jetzt? Ich musste mich darauf einlassen, sonst werde ich womöglich nicht mehr dazu kommen, mit Hannah zu reden."

„Das klingt ja, als hättet ihr zwei euch richtig nett unterhalten. Wenn die kleine Hannah wirklich gerettet werden will, warum hat sie das dann nicht gestern schon gesagt?"

Celia überlegte sich ihre Worte genau, da sie Alec überzeugen musste. „Wir haben zwar geredet, aber sie hatte zu viel Angst, sich mir anzuvertrauen." Sie erzählte von dem kurzen Zwischenfall mit Jacobs. „Sie war noch viel zu eingeschüchtert, um mir richtig zuzuhören, aber immerhin hat sie mich gewarnt."

„Vor Jacobs?"

„Ja, und vor Giles. Sie sagte, ich dürfe auf keinen Fall Angst zeigen. Es scheint ihm zu gefallen, wenn er Frauen einschüchtern und nervös machen kann."

Alecs Gesichtszüge wurden hart, und er sprang plötzlich auf. Drohend beugte er sich über sie. „Du gehst da nicht hin."

Celias Herz machte einen Satz. Er konnte zwar so tun, als sei zwischen ihnen alles rein sexuell, aber das Funkeln in seinen Augen sagte etwas anderes. Wie ein gebranntes Kind das Feuer scheut, so schreckte er vor Zärtlichkeit zurück – und vor Liebe. Celia wollte sich nicht einreden, sie könne seine Liebe gewinnen, nicht, wenn er sich so sehr dagegen wehrte. Aber trotzdem wollte sie ihm ihre Liebe schenken. Weil er es verdiente.

Sie strich ihm sanft übers Kinn. „Ich bin nicht Marissa, Alec."

Er fuhr zurück, sein Blick verfinsterte sich, und er wirkte beunruhigt. „Abgesehen von der Melodramatik – was soll das denn bedeuten?"

Celia stand auf und schlang ihre Arme um seine Taille. „Ich hatte keine tragische Kindheit. Ich bin weder naiv noch verzweifelt. Ich bin klug. Ich kann auf mich selbst aufpassen, Alec, und während ich bei Giles bin, habe ich dich, um mir zu helfen. Es wird alles gut gehen."

Eine Weile verharrte Alec reglos, und Celia spürte, wie er mit sich rang. Dann nahm er sie in die Arme und wiegte sie hin und her. „Ich weiß, dass du nicht dumm bist, Celia. Außerdem bist du schrecklich mutig. Aber das ist nicht deine Welt."

„Und deshalb hilfst du mir ja auch." Sie lächelte. „Zu einem bestimmten Preis, woran du mich vorhin ja ausdrücklich erinnert hast."

„Celia ..."

„Den ich ...", fuhr sie fort, „... gern bezahlen will, sobald ich heute Abend wieder zurückkomme."

Sein Blick wurde wieder sanft, und er sah auf ihre festen Brüste, die sich verführerisch unter dem schweißfeuchten T-Shirt abzeichneten. „Höre ich richtig? Du willst dich mir freiwillig ausliefern?"

„Äußerst freiwillig", flüsterte sie. Doch ehe die Spannung zu groß wurde, räusperte Celia sich und fragte: „Wo genau soll ich den Minisender tragen? Musst du mich verkabeln?"

Alec ließ sie los. „Nein, das ist nicht nötig. Außerdem wirst du für so etwas wieder viel zu leicht bekleidet sein. Ich habe einen Minisender aufgetrieben, den niemand bemerken wird, solange du nicht zu auffällig damit herumhantierst. Ich dachte, du könntest ihn vielleicht in deine Handtasche stecken. Die hast du doch immer bei dir, ja?"

„Natürlich."

Er griff nach einer Einkaufstüte und leerte den Inhalt auf den Tisch. Sandwiches, Knabberzeug, eine Schachtel Kondome – Celias Wangen begannen zu glühen – und ein ganz gewöhnlich aussehender Kugelschreiber fielen heraus. Er hielt ihr den Stift entgegen. „Hier, bitte."

„Was soll ich damit?"

„In die Tasche stecken. Das ist die Wanze."

„Du machst wohl Witze." Sie berührte die Schreiberspitze und bekam Tinte an ihre Finger. „Das ist doch ein ganz normaler Kugelschreiber."

„Nein, er sieht nur so aus, hat aber einen verborgenen Sender. Das Ding schnappt ein Flüstern in zwölf Meter Entfernung auf und überträgt es bis zu fünfhundert Meter weit, was bedeutet, dass ich nicht allzu nahe bei dir sein muss, was auch zu gefährlich wäre, aber immer noch nahe genug bin, um dir im Notfall sofort helfen zu können."

Als sie den Schreiber genauer untersuchen wollte, nahm Alec ihn weg. „Mach ihn lieber nicht kaputt, okay? Die Dinger sind nicht gerade billig." Er nahm ihre Handtasche. „Wenn du ihn hier oben einsteckst und deine Tasche offen lässt, sollten wir keine Probleme haben."

Sie war tief beeindruckt. „Wo hast du das bloß her?"

„In einer Stadt dieser Größe ist das kein Problem. Glaub mir, die Nachfrage ist groß genug. Es muss mindestens hundert offizielle Händler geben."

„Ich fasse es nicht."

„Celia, ich kann kaum den Block runterfahren, ohne mindestens ein Dutzend Abhöreinrichtungen zu orten, wenn ich darauf aus bin. Die Welt ist nicht so schön oder so sicher, wie du gerne glauben möchtest."

Sie ignorierte seine wiederholten Anspielung auf ihre Naivität. „Wie wissen wir dann, dass Jacobs in diesem Zimmer keine Wanze installiert hat?"

„Weil niemand hier drin war, sonst hätte ich es bemerkt. Ob du's glaubst oder nicht, ich passe auf."

Sie zuckte mit den Schultern. „Okay, Mr. Bond."

„Celia, du musst dich vorsehen, was du in Hannahs Gegenwart erzählst. Ich bezweifle zwar, dass Jacobs Geld dafür ausgibt, seine Mädchen mit Wanzen auszustatten, weil er sich viel zu sicher fühlt. Sei aber trotzdem vorsichtig, ja?"

Sie nickte. „Toll. Mir geht's jetzt schon viel besser", meinte sie sarkastisch.

Alec grinste. „Hey, werd ja nicht frech. Mir gefällt die ganze Sache nämlich immer noch nicht, und von jetzt an nimmst du keine Verabredung an, ohne mich vorher zu informieren, ist das klar?" Als sie protestieren wollte, legte er ihr einen Finger auf die Lippen. „Ich meine es ernst, Celia. Denk dir irgendeine Entschuldigung aus. Sag einfach, du wirst anrufen, sobald du einen freien Termin hast. Verstanden?"

Widerstrebend nickte sie. Nun, da sie ihn ein wenig besser verstand, machte ihr seine autoritäre Haltung weniger aus.

„Aber jetzt", sagte er dann und zog sie in seine Arme, „habe ich lange genug an mich gehalten. Dich hier halb nackt herumspazieren zu sehen, macht mich wahnsinnig." Er küsste ihr Ohrläppchen. „Ich brauche dich, Celia."

Ihre Haut begann zu prickeln, und in ihrem Bauch schienen plötzlich Schmetterlinge zu flattern. So, wie er es sagte, klang es nach viel mehr als Sex. Sie sah auf die Uhr. Sie würden sich beeilen müssen, aber ...

„Ich will dich auch, Alec. Du ahnst ja nicht, wie sehr."

Kaum hatte sie die Worte ausgesprochen, lag sie auch schon auf dem Bett. Es gab Dinge, für die man sich einfach Zeit nehmen musste ...

11. KAPITEL

Er hatte es gründlich vermasselt, das wusste er.

Alec hatte in einiger Entfernung vom hinteren Teil des Lagerhauses, in dem sich das ominöse Studio befand, Posten bezogen und schimpfte sich selbst einen Idioten. Er hatte Celia abgelenkt, ihre Konzentration gestört und sie dann mit Verspätung zu ihrer Verabredung gehen lassen, was sie nervös gemacht hatte. Ob sie seine letzten Warnungen und Ratschläge überhaupt noch richtig mitbekommen hatte, konnte er nicht sagen. Nachdem er sie eine Stunde lang im Bett behalten hatte, musste sie in aller Eile duschen und sich das Haar und Make-up richten. Vom Ergebnis war sie wenig begeistert gewesen.

Alec allerdings wusste, dass jeder Mann, der sie ansah, schwach werden würde. Mit dem leicht zerzausten Haar, den glänzenden Augen und den vom Küssen geschwollenen Lippen sah sie aus wie die Fleisch gewordene Sinnlichkeit, und darauf reagierte jeder Mann ganz instinktiv.

Und das brachte Alec noch mehr in Rage. Die ganze Geschichte hier war reichlich obskur. Das „Studio" war definitiv nur Fassade, hinter der hochtrabenden Bezeichnung verbarg sich ein heruntergekommenes Lagerhaus in einer verwahrlosten Gegend, wo man kaum jemals einen Streifenwagen der Polizei sah.

Der geteerte Parkplatz, auf dem Alec sich versteckt hielt, war in der Mittagshitze glühend heiß. Der Schweiß rann ihm über die Schläfen und den Rücken hinunter, doch er achtete nicht weiter darauf und konzentrierte sich ganz auf Celia.

Er hörte schwache Hintergrundgeräusche, als sie begrüßt wurde, dann das Klappern ihrer hohen Absätze, als sie einen langen Gang hinunterging, gefolgt vom Öffnen und Schließen von Türen.

Dann erklang eine männliche Stimme. „Ah, Miss Sharpe, Sie kommen gerade rechtzeitig."

Alec zog erstaunt die Brauen hoch. Miss Sharpe? Sie hatte seinen Nachnamen angegeben? Er musste grinsen, rief sich aber sofort wieder zur Ordnung, denn er wollte jedes Wort mitbekommen. Dieser Mann war anscheinend nicht Blair Giles. Die Stimme klang jung und etwas flirtend. Alec konnte sich gut vorstellen, dass jeder junge Mann von Celia in ihrer fast durchsichtigen Bluse, dem kurzen Rock, mit ihren schönen Beinen und den gefährlich hohen Schuhen begeistert war.

Er hörte erneutes Türenklappen, leise Stimmen, und der junge Mann war entlassen.

„Celia, wie schön, Sie wiederzusehen."

„Hallo, Mr. Giles."

Sie klang nervös, und Alec hätte sich selbst ohrfeigen können, weil er ihr Selbstbewusstsein nicht mehr gestärkt hatte. Er hatte nur an sein eigenes Vergnügen gedacht und die Realität ausgeblendet. Schlimm genug, dass er die ganze Nacht bei ihr geblieben war und ihre Beziehung der Entdeckung ausgesetzt hatte!

„Was halten Sie von meinem Studio?"

„Es ist nicht ganz so, wie ich es erwartet hatte."

„Aber es ist perfekt. Viel Raum, Betonboden und hohe Wände sind der ideale Hintergrund für Foto-Sessions. Meine Beleuchtung kann ich hier optimal einsetzen. Ich habe einige meiner besten Arbeiten hier geschaffen."

„Dann fühle ich mich ja wirklich geehrt, dass ich hierher kommen durfte."

„Ist mir ein Vergnügen." Es war still, dann hörte Alec ein leises Rascheln. „Celia, bitte nicht. Sie müssen nicht rot werden. Nur wenige Beziehungen sind so intim wie die zwischen Model und Fotograf, also sollten Sie sich daran gewöhnen, dass ich Sie berühre."

Berühren? Alec sah rot und hätte am liebsten sofort eingegriffen. Noch mehr von diesem Stress, und ihm bliebe glatt das Herz stehen. Doch Celias sanfte, neckende Stimme beruhigte ihn wieder ein bisschen.

„Ich bin nur so aufgeregt, hier zu sein. Ich meine, wenn ich mir vorstelle, vielleicht wirklich in eine Zeitschrift zu kommen!"

„Oh, Sie werden bestimmt auf einer Doppelseite erscheinen, dafür möchte ich fast garantieren. Sie müssen mir nur gestatten, dass ich meine Arbeit bestmöglich ausführen kann, was bedeutet, dass Sie sich entspannen. Warum fangen wir nicht mit ein paar einfachen Aufnahmen an, bevor Sie sich umziehen?"

Zwei Sekunden Stille. Dann: „Umziehen?"

„Natürlich." Alec hörte, wie ein Stuhl über den Boden gezogen wurde. „Bitte sehr. Setzen Sie sich vor diesen Hintergrund, während ich die Beleuchtung einstelle."

„Oh, das blendet aber. Ich kann kaum etwas sehen."

„Machen Sie sich deswegen keine Sorgen. Hauptsache, dass ich gut sehe. Stellen Sie jetzt das Bein dorthin ... ja ... und das andere da. Und nicht die Knie zusammennehmen! Sie müssen völlig entspannt wirken. Nehmen Sie das Kinn hoch und lächeln Sie."

„So?"

„Kommen Sie, Celia! Das können Sie doch besser." Das Klicken einer Kamera ertönte. „Ich möchte, dass Sie ganz verführerisch aussehen. Stellen Sie sich vor, Sie warten nackt im Bett auf Ihren Liebhaber."

Celia lachte geziert. „Aber ich habe keinen Liebhaber."

„Ja, gut so – und den Kopf neigen." Wieder machte es Klick. „Sie haben keinen Liebhaber? Das ist aber jammerschade für so eine sexy Frau wie Sie. Heißt das, Sie sind noch frei?"

„Meine Augen tränen."

„Schließen Sie sie ruhig für eine Minute." Giles klang schmierig und berechnend. „Würden Sie mir bitte antworten?"

„Was? Oh, ja, ich bin noch frei. Ich will mich doch noch nicht an irgendeinen besitzergreifenden Macho binden. Dafür gibt es noch viel zu viel, das ich erleben möchte."

„Nun, wenn das so ist, könnten Sie mich vielleicht heute Abend auf eine Party begleiten. Sie haben gestern wirklich Eindruck gemacht, und es gibt noch einige andere Leute, denen Marc Sie vorstellen möchte."

„Noch eine Party? Hier ist ja ganz schön viel los!"

„Stimmt, es wird nie langweilig. Also, was sagen Sie? Würden Sie gern noch mehr einflussreiche Leute kennen lernen?"

Alec ahnte bereits, wie ihre Antwort ausfallen würde. Sie würde all seine Warnungen in den Wind schlagen und zusagen.

„Das wäre toll."

„Na, wunderbar."

„Wird jemand da sein, den ich schon kenne? Etwa Hannah und Jade?"

Alec stöhnte. Sie durfte nicht zu wissbegierig klingen oder sich zu sehr für eine Person interessieren.

„Natürlich! Hannah gehört zu Marcs Lieblingen. Er nimmt sie überall mit hin. Bei Jade bin ich mir nicht sicher, aber ich werde ihn fragen." Es erklang Papiergeraschel. „Hier ist die Adresse. Seien Sie um sechs Uhr da und tragen Sie wieder ein sexy Outfit. Das von gestern wäre perfekt."

„Schon wieder? Aber ..."

„Sie haben wundervoll darin ausgesehen, und Sie können es ruhig noch einmal anziehen. Niemandem wird das auffallen, das verspreche ich Ihnen. Und jetzt drehen Sie sich bitte ein wenig zur Seite. Nein, so etwa ..."

„Oh!"

„Sie haben eine sehr weiche Haut, Celia."

Alec ballte die Fäuste. Nichts, was geschah, konnte schlimmer sein als seine Fantasie. Er hätte Giles mit bloßen Händen erwürgen können.

„Es sicher sehr heiß unter den Scheinwerfern, nicht wahr? Sie müssen schwitzen."

Alec spürte Celias Nervosität, als sie zögernd erwiderte: „Ja, es ist ziemlich warm."

„Nun, zu Ihrem großen Glück möchte die Zeitschrift viel

nackte Haut sehen. Manchmal müssen wir Aufnahmen für Pelzmäntel machen, stellen Sie sich das vor! Glücklicherweise geht es diesmal um Werbung für eine Körperlotion, und ich finde, Sie eignen sich wunderbar dafür. Ich muss Aufnahmen verschiedener Modelle abliefern, aber ich bin sicher, Sie werden das Rennen machen. So, bitte nehmen Sie das hier."

„Was ist das?"

Giles lachte. „Ihr Kostüm, gewissermaßen. Sie ziehen sich aus und posieren auf dem Stuhl, und mit dem Samtschal können Sie sich ... nun ja, züchtig bedecken. Mit Ihrem hellen Haar und den braunen Augen wird der rote Samt vor dem weißen Hintergrund einen herrlichen Kontrast abgeben. Sie haben wirklich eine wunderbare Haut, die müssen wir unbedingt zeigen."

„Ich ... äh ..."

Sag Nein, flehte Alec stumm, während sich sein ganzer Körper anspannte. Sag Nein und mach, dass du da auf der Stelle wegkommst!

Es herrschte einen Moment bedrückendes Schweigen, dann hörte er Celia leise fragen: „Wo kann ich mich denn umziehen?"

Alec sprang auf, und während ihm bereits diverse Rettungsmöglichkeiten durch den Kopf schossen, fluchte er leise vor sich. „Warte, wenn du nach Hause kommst, Schätzchen. Dann kannst du etwas erleben."

Doch er würde sich später überlegen, was er mit ihr anstellte. Zuerst musste er ihren süßen kleinen Hintern retten.

Celias Herz klopfte so laut, dass sie dachte, Alec müsse es ebenfalls hören. Sie umklammerte den roten Samtschal und widerstand nur mühsam dem Drang, einfach davonzulaufen.

Dies war der Test. Giles stellte sie auf die Probe, vermutlich auf Jacobs' Anweisung hin, um zu sehen, ob sie wirklich fest entschlossen war, Model zu werden. Ein echtes Mädchen vom Land, das von einer Model-Karriere träumte, würde alles tun, um ihr Ziel zu erreichen.

Und eine echte Detektivin, die um jeden Preis ein hilfloses Mädchen aus den Klauen dieser Verbrecher befreien wollte, würde nicht zögern, diesen verdammten Test hinter sich zu bringen.

Celia wusste, dass ihr keine andere Wahl blieb, wenn sie Hannah wiedersehen wollte. Heute Abend würde sie die junge Frau zur Flucht überreden. Und Jade vielleicht ebenfalls. Sie würde gern Jacobs' gesamten Betrieb auffliegen lassen und den Kerl hinter Gittern sehen, wo er niemandem mehr schaden konnte. Bitte, Alec, versteh das, bat sie insgeheim. Ich muss es tun, um Hannah zu retten.

Sie wurde in ihren Gedanken unterbrochen, als sie Giles' Hand auf ihrem Po spürte.

„Beeilen Sie sich bitte. Wir haben nicht den ganzen Tag Zeit. Sie können Ihre Kleider dort an den Haken hängen."

Celia holte tief Luft. Der Paravent, hinter den Giles sie geschoben hatte, war nicht besonders groß, sodass ihr Körper nur so eben vom Ansatz ihrer Brüste bis zu den Knien verdeckt war. Noch nie war sie sich so ausgeliefert und erniedrigt vorgekommen.

Und das genau musste sein Plan sein. Sie dachte an Hannahs Warnung und Giles' überraschenden Kuss auf ihren Mund am Vorabend, nach dem sie ihm am liebsten ins Gesicht gespuckt hätte. Doch Giles hatte es sicher genossen, dass diese intime Geste sie aufs Unangenehmste berührt hatte.

Aber sie würde ihm nicht noch einmal die Genugtuung verschaffen, ihm zu zeigen, wie irritiert sie war. Lächelnd legte sie den roten Samtschal über den Wandschirm und begann ihre Bluse aufzuknöpfen. „Wie lange wird es wohl dauern, bis wir von der Zeitschrift Bescheid bekommen?"

Giles rieb sich die Hände. „Oh, bestimmt nicht lange."

Sie stieg aus den Schuhen, was sie um acht Zentimeter kleiner machte, sodass ihre Brüste Giles' lüsternen Blicken zum größten Teil entzogen wurden. Sie schob die Bluse von den Schultern und hängte sie an den Haken. Dann öffnete sie ihren BH. „Ich bin schrecklich aufgeregt." Sie lächelte wieder.

Giles leckte sich die Lippen, trat einen Schritt auf sie zu – und plötzlich gingen im ganzen Gebäude die Alarmglocken los. Lautes Hupen und Sirenengeheul hallte durch alle leeren Gänge und Räume.

Celia riss die Augen auf und rief: „Was ist denn hier los?"

Giles stand die Panik im Gesicht geschrieben – und dann setzte die Sprinkleranlage ein. Das Wasser sprühte von den hohen Decken auf sie beide herab. Celia griff schreiend nach ihrer Bluse und hielt sie sich schützend über den Kopf.

Laut fluchend rannte Giles zwischen seiner Fotoausrüstung und dem papierbedeckten Schreibtisch hin und her und versuchte, alles auf einmal zu schützen. Celia blickte sich unsicher um.

„Machen Sie bloß, dass Sie hier rauskommen, ehe die Feuerwehr anrückt!" schrie Giles sie an.

Binnen weniger Sekunden kamen andere Männer in das Studio gerannt und gehorchten Giles' rüden Befehlen. Celia zögerte noch einen Moment, dann schnappte sie sich ihre Handtasche, stieg wieder in ihre Pumps und lief zu der Tür, durch die sie hereingekommen war.

„Nicht da!" brüllte Giles und packte sie grob am Arm, um sie durch einen anderen Ausgang zu schieben. „Den Korridor runter. Am Ende ist eine Tür zum hinteren Parkplatz. Und ziehen Sie sich an, um Himmels willen!"

Durch den eiskalten Wasserregen lief Celia ins Freie. Doch während sie erleichtert ins grelle Sonnenlicht trat, wurde sie von Neugier gepackt. Dies war vielleicht ihre einzige Chance, hier ein bisschen herumzuspionieren.

Sie entdeckte eine beschädigte Transportkiste und zog sie näher an das Gebäude, um in eines der vielen dunklen Fenster zu spähen. Sie hatte immer noch die zerknüllte Bluse in der Hand, die Handtasche hing über der Schulter, und das Wasser, das ihr aus dem Haar troff und den Rücken hinunterlief, ließ sie trotz der Hitze frösteln.

Gerade als sie auf die Kiste klettern wollte, packte jemand sie energisch um die Taille und riss sie zurück. Celia wollte schreien, doch eine Hand legte sich auf ihren Mund, und sie hörte eine vertraute Stimme an ihrem Ohr. „Keinen Laut, verdammt. Da kommt jemand."

Alec zog sie hinter die Kiste und schirmte sie mit seinem eigenen Körper ab, während zwei durchnässte Männer mit Kameras und Scheinwerfern an ihnen vorbeiliefen. Als sie außer Sicht waren, nahm Alec Celias Hand. „Hier entlang. Schnell."

Sie versuchte zu rennen, aber die hohen Absätze machten es fast unmöglich. Sie wollte schon die Schuhe abstreifen, da griff Alec ihr unter den Arm und stützte sie. Plötzlich standen sie vor einer Mauer, und während Celia noch überlegte, wie sie dieses Hindernis überwinden sollte, hob Alec sie hoch und warf sie praktisch darüber. Im nächsten Augenblick war er wieder neben ihr, und ein paar Schritte weiter stand auch sein Wagen am Straßenrand, verdeckt durch ein paar Büsche. Sie sprangen hinein, und Alec fuhr los.

„Halt den Kopf unten, falls uns jemand sieht", befahl er.

Als sie nicht schnell genug reagierte, legte er eine Hand auf ihren nassen Kopf und drückte ihn herunter, sodass ihre Wange auf seinem Oberschenkel lag. „Bleib so, bis die Luft rein ist."

Es dauerte gut zehn Minuten, bis er an einer Ampel hielt und Celia ansah. Offenbar war er sehr wütend.

Hastig streifte er sein T-Shirt ab. „Hier, zieh das über."

„Kann ich wieder hochkommen?"

Alec nickte nur. Er umklammerte das Lenkrad so fest, dass seine Fingerknöchel weiß wurden. Celia richtete sich auf, zog die

Schuhe aus und warf ihre Bluse auf den Boden. Dann erinnerte sie sich an seinen Befehl, sofort alles Neue zu berichten. „Ich muss heute Abend wieder auf eine Party."

„Ich hab's gehört."

Er sah sie nicht an. Vorsichtig frage Celia: „Was war mit der Sprinkleranlage?"

„Die schaltet sich automatisch ein, wenn es brennt."

„Warst du das?" Sie hätte sich nicht zu wundern brauchen. Alec hatte natürlich die prekäre Situation erkannt, in die Giles sie gebracht hatte. Als er sie weiter ignorierte, sagte Celia nur: „Danke."

Und dieses leise, aufrichtige Wort brachte ihn vollends aus der Fassung. „Verdammt nochmal, Celia! Hast du auch nur die geringste Ahnung, was Giles mit dir hätte anstellen können, wenn du nackt gewesen wärst? Ich bezweifle, dass irgendjemand deine Schreie gehört hätte. Du hättest ..."

„Ich weiß."

„Und warum, zum Teufel, hast du dann mitgemacht? Kannst du mir das mal erklären?"

„Weil ich es musste. Weil es der Test war, von dem ich dir erzählt hatte."

Die Ampel sprang auf Grün, und Alec gab wieder Gas. „Du glaubst, dass du der Welt etwas schuldest, nur weil du auf Raymond hereingefallen bist? Denkst du etwa, du könntest dadurch irgendetwas ungeschehen machen?"

Sie atmete tief durch. „Vielleicht hat es so angefangen. Zuerst wollte ich mich nur selbst besser fühlen, indem ich anderen Frauen helfe. Ich sah das irgendwie als Schuld, die ich abbezahlen musste." Sie legte ihre Hand auf seinen Arm, genau auf die Tätowierung. „Ich muss es einfach tun, Alec. Ich muss Hannah und die anderen Mädchen retten ..."

Sein Kopf fuhr herum. „Die anderen?"

„Ja, ich habe auch Jade kennen gelernt, ein sehr junges, sehr hübsches Mädchen, und da waren noch andere, die ich nur flüchtig gesehen habe." Ihr Griff wurde fester. „Alec, ich will Jacobs ein für alle Mal das Handwerk legen."

„Dafür wirst du nicht bezahlt." Er versuchte, vernünftig zu klingen, doch seine Stimme zitterte. „Mrs. Barrington will nur Hannah zurück. Die übrigen ..."

„Ja?" Ihr war klar, dass Alec den Gedanken, Jacobs weiter unbehelligt seine schmutzigen Geschäfte machen zu lassen, ebenso wenig ertragen konnte wie sie selbst.

Sie wartete, bis er schließlich seufzte und brummig, aber nicht mehr ganz so wütend, erwiderte: „So, du hast also einen tollen Plan, wie du Jacobs überführen willst, ohne all die Mädchen dem Skandal preiszugeben? Denn glaub mir, die Sensationsreporter werden sich wie die Geier auf diese Geschichte stürzen, und jede der Frauen wird am Ende berühmt sein für Dinge, die sie lieber vergessen möchte."

Entschlossen erwiderte Celia: „Ich werde diejenige sein, die gegen ihn aussagt. Giles hat mich fotografiert und mir falsche Versprechungen gemacht, du hast es ja selbst gehört."

„Ich habe es sogar aufgenommen. Der Sender war an einen kleinen Rekorder angeschlossen."

Celia registrierte erleichtert, dass sein Ärger etwas nachließ. „Du bist Klasse, Alec."

„Das wirst du nicht mehr denken, wenn ich dich erst übers Knie gelegt habe!"

Da Celia keinerlei Angst mehr vor ihm hatte, konnte sie beruhigt lächeln. „Die Sache ist nur, dass das kleine bisschen, das wir bis jetzt in der Hand haben, nicht ausreicht, um Jacobs oder Giles dranzukriegen. Und Hannah konnte ich noch nicht fragen, ob sie ebenfalls aussagen würde. Aber du hast Recht, es würde einen riesigen Skandal geben." Sie rückte ein wenig näher an Alec heran. „Ich muss die Sache heute Abend nur noch etwas weiter vorantreiben."

Alec fuhr auf den Parkplatz vor seinem Motel. „Komm mit rauf."

In seinem Zimmer verlangte er eine genaue Erklärung ihres Plans. „Wie willst du die Sache denn vorantreiben?"

„Na ja, zuerst werde ich natürlich Hannah fragen, ob sie nicht gleich heute noch mit mir fliehen will. Dann werde ich Jacobs und Giles gegenüber die Verzweifelte spielen und sagen, dass ich meinen Traum aufgeben und wieder zurück nach Hause muss, falls nicht etwas Außergewöhnliches passiert, was mir in kürzester Zeit genügend Geld einbringt. Sie sollen denken, dass ich alles tun würde, um berühmt zu werden."

„Nein."

„Alec ..."

„Ich habe darüber nachgedacht, und du hast Recht. Jacobs und seine Leute müssen gestoppt werden. Aber das werde ich erledigen und nicht du. Ich kann Jacobs' Haus durchsuchen – bestimmt hat er dort irgendwelche belastenden Dokumente herumliegen. Ich bin sicher, dass er die Mädchen irgendwie unter Druck setzt."

Celia sah ihn an, als sei er verrückt geworden. „Du willst in Jacobs' Haus einbrechen? Alec, das ist Wahnsinn! Lass mich auf die Party gehen, alles andere ist viel zu gefährlich. Ich will Hannah da rausholen, sobald es geht."

Alec packte sie an den Oberarmen und sah sie mit finsterem Blick an, während er sie anfuhr: „Ich will nicht, dass du verletzt wirst, verdammt!"

Celia hob vorsichtig die Hände, um ihn abzuwehren. „Alec, ich bin eine erwachsene Frau und weiß, was ich tue. Wenn ich dort hingehe, dann bin nur ich dafür verantwortlich und nicht du, verstehst du?"

Er ließ sie los und trat zwei Schritte zurück. „Natürlich verstehe ich dich, ich bin ja nicht blöd."

Doch trotz seiner Beteuerung wusste sie, dass er sich die

Schuld geben würde, wenn ihr etwas passierte. Und das durfte sie nicht zulassen. Alec war schon zu oft verletzt worden. Sie wollte ihm auf keinen Fall noch mehr Wunden zufügen.

„Alec, ich weiß, dass du dir die Schuld gibst für das, was Marissa passiert ist."

Er schnaubte kurz, sagte aber nichts.

„Sie war so alt wie du selbst, Alec, und kein Kind, auf das du aufpassen musstest."

„Sie war meine Frau."

„Sie war eine verwirrte junge Frau, die nicht wusste, was sie wollte. Sie hat dich nicht um Hilfe gebeten und hätte sie in jedem Fall abgelehnt. Du hättest nicht mehr für sie tun können, als du tatsächlich getan hast."

„Aber wenn ich sie an dem Tag nicht allein gelassen hätte ..."

„Und wenn ich nicht auf Raymond hereingefallen wäre ... Es ist doch sinnlos, über vergangene Möglichkeiten nachzudenken. Jeder Mensch macht mal einen Fehler. Das ist einfach so. Manchmal werden wir von unseren Gefühlen beherrscht, manchmal von unserem Stolz. Selbst der allmächtige Alec Sharpe ist davor nicht gefeit, und du darfst dir nicht dein Leben lang Vorwürfe machen."

Er seufzte und legte den Kopf zurück, um an die Decke zu starren.

Celia spürte seinen Kummer und seine Unentschlossenheit. Sie ging zu ihm und küsste ihn auf die Schulter. „Ich werde heute Abend da hingehen, Alec. Und ich weiß, du bist da, falls ich dich brauche. Aber wenn doch etwas passiert und die Dinge nicht so laufen, wie ich es geplant habe, darfst du dir keine Vorwürfe machen. Bitte versprich mir das."

Er sah sie eindringlich an. „Ich verspreche dir Folgendes: Ich werde draußen sein, alles genau beobachten und warten. Und wenn ich auch nur einen verdächtigen Laut höre oder einen Schatten sehe, der mir nicht gefällt, oder wenn ich ein komisches Gefühl bekomme, dann beende ich die Sache."

Celia vermutete, dass sie von einem Mann wie Alec kein größeres Zugeständnis erwarten konnte. Sie musste eben besonders vorsichtig sein.

„Also gut."

Er hob ihr Kinn. „Noch etwas. Wenn wir diese Sache hinter uns haben, ist endgültig Schluss, weil ich es nicht mehr aushalte."

Meint er unsere Beziehung? dachte Celia bestürzt und nickte stumm. Und damit sie erst gar nicht in Versuchung kam zu weinen, ging sie schnell zu Alecs Telefon und rief sich ein Taxi. Sie musste sich für die Party fertig machen, und Alec konnte das Risiko nicht eingehen, sie persönlich zu ihrem Motel zu fahren.

Und anscheinend ging er auch nicht mehr das Risiko ein, etwas für sie zu empfinden. Heute Nacht würde Celia ihr Ziel erreichen, Hannah Barrington zu retten. Aber durch ihre unerschütterliche Entschlossenheit hatte sie Alec in Wut gebracht und für immer alle Hoffnung verspielt, seine Liebe zu gewinnen.

Es war schwer, sich über ihren Erfolg zu freuen, wenn sie gerade das verloren hatte, was sie am meisten wollte.

12. KAPITEL

„Hannah, ich möchte mit dir reden."

Hannah sah Celia kaum an. „Nein, lass mich in Ruhe."

Celia packte sie am Arm. Es war die erste Gelegenheit, allein mit ihr zu sprechen, denn Jacobs und Giles waren anfangs nicht von Celias Seite gewichen. Giles hatte sich galant für seine groben Worte im Studio entschuldigt und erklärt, seine Ausrüstung bedeute ihm einfach alles, da er ohne sie ja nicht so reizende Frauen wie Celia fotografieren könne. Celia hätte beinahe laut aufgelacht.

Sie hatte keine Ahnung, wie Alec das Feuer gelegt hatte und was dabei alles zerstört worden war. Aber sie merkte Jacobs und Giles an, dass sie durch den Zwischenfall nervös geworden waren.

Dann hatte einer der Ober Jacobs etwas zugeflüstert, woraufhin dieser sich entschuldigte. Giles verabschiedete sich kurze Zeit später mit dem Versprechen, bald wiederzukommen.

Hannah hatte sich die ganze Zeit von ihnen fern gehalten und an der Bar herumgeflirtet, doch Celia hatte die dunklen Ringe unter ihren Augen entdeckt und machte sich Sorgen.

„Wenn du mir so auffällig aus dem Weg gehst, wird das Verdacht erregen." Sie zog Hannah zu einer kleine Sitzgruppe in der Ecke, von der aus sie alle Eingänge überblicken konnte. „Rede mit mir, Hannah, bitte."

Hannah schloss die Augen. „Es gibt nichts zu reden, Celia. Ich kann nicht nach Hause."

„Kannst du nicht, oder willst du nicht?"

„Beides. Bitte versteh das. Du verschwendest nur deine Zeit."

„Deine Mutter denkt nicht so, Hannah. Deine ganze Familie ist voller Sorge, weil du dich nicht mehr meldest. Deine Mutter denkt gar, du wirst erpresst."

Hannah lachte bitter. „Mein Mutter hat schon immer alles dramatisiert."

Celia nahm ihre Hand. Die Finger waren kalt. „Dramatisiert sie denn jetzt auch, Hannah?“

Hannah biss sich auf die Lippe und bekam Tränen in die Augen. Sie blickte stumm auf ihren Schoß, dann flüsterte sie kaum hörbar: „Nein.“

„Aha.“ Celia war froh über dieses erste Zugeständnis und versuchte es weiter. „Womit hält Jacobs dich hier fest?“

Hannah sah sie an. „Ich bin ja so dumm gewesen! Zuerst war Marc sehr nett. Er half mir, vermittelte mir Fototermine. Ich habe nie eine Anzeige gesehen, bekam aber Geld. Er streckte mir etwas vor für ein Apartment und für die Kleider, die ich ja brauchte, um andere Models auszustechen. Und plötzlich schuldete ich ihm mehr, als ich zurückzahlen konnte. Ich habe den Mietvertrag für das extravagante Apartment unterschrieben, weil Jacobs sagte, ich könne ihm ja bald alles zurückzahlen. Es gehört auch einem seiner Freunde.“

Celia begriff nun, wie eine ahnungslose Frau so schnell in Jacobs’ Falle tappen konnte.

„Er ... er bot mir Alternativen an, um das Geld zu verdienen. Und ich dachte, es sei nur ein bezahlter Begleitservice – so hat er es jedenfalls gesagt.“ Hannah schlug die Hände vor den Mund und kämpfte gegen ihre Tränen.

Celia klopfte ihr beruhigend auf den Rücken. „Ist schon gut. Ich verstehe das. Atme ein paar Mal tief durch, Hannah. Du musst dich wieder in den Griff kriegen, damit Jacobs oder Giles dich nicht weinen sehen. Sie können jeden Augenblick zurückkommen.“

„Tut mir Leid. Ich weine fast überhaupt nicht mehr. Es hat ja doch keinen Sinn. Aber alles ist so schnell in die falsche Richtung gegangen ...“

„Ich kann es mir denken. Der Begleitservice war keiner, oder?“

Hannah nickte. „Ich bin mit einem Mann ausgegangen, und

wir ... Ich dachte wirklich, das ist der Richtige. Er war nett und zuvorkommend und schien so ehrlich. Ich war damals sehr einsam und verzweifelt." Sie biss sich auf die Lippe. „Wir haben in der ersten Nacht zusammen geschlafen. Er sagte, ich sei schön und dass er mich ständig berühren wolle. Zum ersten Mal seit Monaten hatte ich das Gefühl, alles sei in Ordnung."

„Aber das war es nicht?"

„Als ich am nächsten Morgen aufwachte, war er weg, und neben meinem Bett lag Geld. Er hatte mich bezahlt. Wie eine Prostituierte." Sie holte tief Luft und fuhr fort: „Ich war verletzt und wollte ihm das Geld zurückgeben, aber ich wusste nicht, wo er wohnt, und hatte auch keine Telefonnummer. Marc lachte nur, als ich ihm davon erzählte, und meinte, das wäre doch der ideale Weg, um meine Schulden zu begleichen. Ich wollte nur noch weg. Aber dann erzählte er mir von den Fotos." Voller Verzweiflung sah sie Celia an. „Meiner Familie würde das furchtbar peinlich sein, und alles wäre meine Schuld."

Celia lief ein kalter Schauder über den Rücken. Ihr Verdacht hat sich als richtig erwiesen, aber dennoch war sie schockiert. Die Mädchen wurden durch Erpressung zur Prostitution gezwungen! Wilder Hass auf Jacobs stieg in ihr hoch. Sie ergriff Hannahs Hand. „Jacobs ist ein verdammter Dreckskerl! Aber wir werden ihn hinter Gitter bringen."

„Nein. Meine Mutter wird sterben, wenn die Fotos an die Öffentlichkeit geraten. Ich dachte, es wären Aufnahmen für normale Werbeanzeigen, aber Giles weiß genau, wie er sie bearbeiten muss, damit sie schlimmer aussehen, als sie wirklich sind. Er hat mir welche gezeigt ... Nein, das könnte ich meiner Familie niemals antun!"

Celia griff in ihre Tasche, holte ein Stück Papier heraus und schrieb hastig Alecs Handynummer darauf. „Hier, nimm das. Ich versuche, die Sache heute Nacht zu beenden. Mit etwas Glück werden Jacobs und Giles ins Gefängnis kommen, und auch alle anderen, die mit ihnen zusammenarbeiten. Aber wenn du in Schwierigkeiten kommst, ruf bitte diese Nummer an, dann wird dir geholfen."

Hannah blickte auf, und als Celia ihren erschrockenen Gesichtsausdruck sah, drehte auch sie sich um. Jacobs und Giles kamen auf sie zu, und während sie zur Begrüßung aufstand, sah sie erleichtert, wie Hannah sich rasch den Zettel mit der Telefonnummer ins Dekolletee schob.

„Ich habe mich schon gewundert, wohin Sie beide verschwunden sind! Ich wollte nach Ihnen suchen, aber Hannah meinte, ich sollte einfach warten. Sie hat sich sehr nett mit mir unterhalten."

Jacobs zog Hannah lächelnd an sich. „Tja, ich habe eine Überraschung für Sie, Celia."

„Eine Überraschung?"

Giles rieb sich die Hände. „Wir werden einen Filmproduzenten treffen. Ich habe ihm ein paar Ihrer Fotos gezeigt, und er war sehr beeindruckt. Er möchte Sie noch heute Nacht kennen lernen."

„Heute noch?" Celia überlegte fieberhaft, wie sie dieses Treffen verschieben könnte, da sie wusste, dass Alec entsetzt wäre.

Doch ehe ihr etwas einfiel, nahm Giles sie schon bei der Hand. „Kommen Sie, ich werde Ihnen alles erzählen. Aber wir müssen uns beeilen."

Celia blickte zum Sofa, auf dem ihre Handtasche lag. Unglücklicherweise hatte sie sie vorhin beim Aufstehen umgeworfen. „Oh, meine Handtasche."

Jacobs schob ihre Sachen zurück in die Tasche. „Hier, bitte sehr. Und jetzt ab mit Ihnen."

„Warten Sie, da liegt noch mein Kugelschreiber ..."

„Ich habe jede Menge Kugelschreiber, Celia", beruhigte sie Giles. „Machen Sie sich keine Sorgen."

„Aber ... ich hänge sehr daran."

„Ich werde Marc nachher anrufen, damit er ihn suchen lässt."

„Aber ..."

„Celia, wir müssen gehen. Keine Sorge. Marc und Hannah werden später nachkommen."

Sie hatte keine Ahnung, was sie jetzt noch anstellen sollte. Mit einem letzten verzweifelten Blick auf das Sofa gab sie auf und zwang sich, Giles anzulächeln. Mit gespieltem Enthusiasmus sagte sie: „Ein Produzent, sagen Sie?" Und sie dachte bei sich, dass das Treffen vermutlich ein Kinderspiel werden würde im Vergleich zu dem Vortrag, den Alec ihr später halten würde.

„Sind Sie sicher, dass wir hier richtig sind?" Es fiel Celia schwer, ihre Nervosität zu verbergen. Das luxuriös eingerichtete Ferienhaus, in das Giles sie gebracht hatte, war abgelegen und vollkommen menschenleer.

Während Giles gedämpftes Licht anstellte und Drinks mischte, sah Celia sich um. Durch das getönte Oberlicht konnte man den Mond und die Sterne sehen.

„Entspannen Sie sich, Celia. Der Produzent wird etwas später kommen."

Celia schluckte trocken. „Später?"

Giles grinste sie an und kam mit leuchtenden Augen auf sie zu. Celia verschränkte unsicher die Arme.

„Hier, trinken Sie das. Es wird Ihnen helfen, sich zu beruhigen."

Auf keinen Fall wollte Celia Alkohol zu sich nehmen, da sie einen klaren Kopf behalten musste. Zu Giles' Ärger stellte sie das Glas einfach ab. „Ich dachte, wir würden hier einige andere Leute treffen. Ich hatte keine Ahnung, dass Sie so ein ... so ein ..." Sie gestikulierte mit der Hand, um anzudeuten, wie beeindruckt sie von der Atmosphäre des Hauses war.

„Dass ich so ein Romantiker bin?" beendete er mit einschmeichelnder Stimme ihren Satz. „Entschuldigen Sie, Celia, aber ich musste Sie unbedingt allein sehen. Und ich verspreche Ihnen, dass Sie alle Produzenten treffen werden, die Ihnen von Nutzen sind. Ich sehe Ihren Erfolg bereits vor mir."

Er trat näher, und Celia wich verängstigt zurück. „Sie meinen, Sie haben sich das alles nur ausgedacht?" Während sie sprach, suchte sie nach einem möglichen Fluchtweg, aber es sah hoffnungslos aus. Die einzige Tür außer der schweren Eingangstür führte sicherlich ins Schlafzimmer.

Sie merkte, dass Giles sie erwartungsvoll beobachtete. Sicher wollte er, dass sie panisch herumlief, damit er hinter ihr her jagen konnte. Doch sie bekämpfte ihre Angst und sah ihn nur an, damit er ihre Frage beantwortete.

Sein Lächeln wurde etwas kühler. „Nein, natürlich nicht. Aber unsere Gäste werden später kommen. Viel später."

Celia spürte den Sofarand in ihren Kniekehlen. „Später? Aber es ist doch schon fast Mitternacht."

„Hatten Sie denn noch etwas vor?"

Fieberhaft überlegte Celia, was Alec in dieser Situation tun würde.

Sie zwang sich zu einem Lächeln und setzte sich abrupt in eine Sofaecke. Als sie die Arme auf der Lehne ausstreckte, berührte sie mit den Fingerspitzen einen der schweren Keramikaschenbecher. Doch sie konnte ihn nicht packen, ohne Verdacht zu erregen.

Um Zeit zu gewinnen, fragte sie: „Sie haben sich all diese Mühe nur für mich gemacht?"

Als sei er plötzlich von Leidenschaft überwältigt, packte Giles sie an den Armen und zog sie wieder auf die Füße. „Ich will dich so sehr, dass ich fast alles tun würde, um mein Ziel zu erreichen." Er wollte sie küssen, doch sie drehte den Kopf, sodass er nur ihre Wange traf. „Glaub mir, ich reagiere sonst nicht so auf Models. Aber du bist anders, so hübsch und unschuldig ..."

„Nein!"

Mit einer Hand hielt er ihren Nacken fest, damit sie ihren Kopf nicht mehr drehen konnte, die andere legte er auf ihren Po. Giles war kaum größer als sie selbst, und als er sie an sich presste, hatten sie direkten Körperkontakt von den Knien bis zur Brust. Celias Magen krampfte sich zusammen, und sie bekam vor Ekel eine Gänsehaut.

Celia schrie auf. Sie reagierte allein aus dem Instinkt heraus und wehrte sich. Doch obwohl er keinen besonders sportlichen Eindruck machte, war Giles ein kräftiger Mann und lachte nur über ihre Befreiungsversuche. Als er sie wieder küssen wollte, biss sie ihm in die Lippe.

Giles schien das zu gefallen. „Marc sagte schon, ich solle noch warten und dich nicht drängen. Aber ich wusste, dass du perfekt sein würdest."

Er packte ihre Haare und zog ihren Kopf zurück, damit er ihre Brüste anstarren konnte. Celias Kopfhaut brannte, aber das Schlimmste war, dass sie seine Lippen nun auf ihrem Dekolletee spürte.

Sie ging abrupt in die Knie, verlor dabei zwar ein paar Haare, riss Giles jedoch wie beabsichtigt mit sich auf den Teppich. Celia rappelte sich sofort wieder auf, während Giles nach ihren Beinen griff, und als sie den Tisch erreicht hatte, zögerte sie nicht, Giles einen der schweren Aschenbecher mit voller Wucht auf den Knopf zu knallen. Giles duckte sich, war aber nicht schnell genug. Ihr nächster Schlag traf ihn hart auf die Schläfe. Er starrte sie eine Sekunde lang benommen an, dann verdrehte er die Augen und sank auf den Boden.

Celia stand auf. Ihr Oberteil war zerrissen, sodass eine ihrer Brüste fast unbedeckt war. Aber im Moment war es wichtiger, dass sie überlegte, wie sie von hier verschwand. Zu Fuß würde sie nicht weit kommen, und wenn Giles wieder aufwachte, würde er ihr sicher folgen.

Die Schlüssel! Sie würde seine Autoschlüssel nehmen und wegfahren. Mit Widerwillig kniete sie sich neben ihn auf den Boden und wollte gerade seine Taschen durchsuchen, da ging die Haustür auf, und Jacobs stand mit Hannah im Raum.

Er blickte von Celia mit ihrem zerzausten Haar, dem verwischtem Make-up und zerrissenem Oberteil zu Giles, der reglos und mit blutbedeckter Schläfe auf dem Boden lag. Angewidert schüttelte er den Kopf. „Ich habe dem Idioten gesagt, er soll warten, aber er wollte ja nicht auf mich hören."

Grob schubste er Hannah vorwärts, sodass sie stolperte und beinah fiel, doch Celia stützte sie. Dann stellte sie sich vor das Mädchen und sah Jacobs an.

„Was wollen Sie hier?"

Mit zwei Fingern hielt Jacobs das Stück Papier hoch, dass Celia Hannah gegeben hatte. „Ihr habt wohl eine kleine Verschwörung gegen mich angezettelt, wie?"

„Hannah hat nichts damit zu tun. Ich wollte nur ..."

„Setzt euch und seid still!" Er zog eine Pistole aus dem Jackett und bedrohte die beiden Frauen damit. Celia führte Hannah zum Sofa. Die Arme zitterte am ganzen Körper und war leichenblass.

„Es tut mir Leid", flüsterte sie Celia zu. „Ich wusste, was Giles vorhatte, und wollte dir helfen. Ich ..."

„Pst. Ist schon gut."

Jacobs stieß Giles mit dem Fuß an und bekam ein Stöhnen zur Antwort. „Steh auf, oder ich erschieße dich, damit ich mich nicht weiter mit deiner Blödheit herumplagen muss."

Giles stöhnte erneut, setzte sich vorsichtig auf und hob die Hand an den Kopf. „Sieh dir das an, das kleine Biest hat mich geschlagen."

Jacobs grinste schadenfroh. „Das spricht ja nicht gerade für deine Verführungskünste, was?"

Giles kam mühsam auf die Füße und wollte sich mit hochrotem Kopf auf Celia stürzen, doch Jacobs hielt ihn zurück. „Nein, noch nicht. Ich muss dir erst etwas erzählen."

„Was denn?"

„Dein Studio hat wieder gebrannt."

„Was?"

„Ich kenne noch keine Einzelheiten. Aber anscheinend ist derjenige, der das erste Feuer gelegt hat, noch einmal zurückgekommen." Jacobs warf Celia einen schnellen Blick zu. „Gut für dich, Blair, dass ich meine Unterlagen bei mir aufbewahre, denn deine sind allesamt verschwunden."

„Mein Fotos ...", stammelte Giles verstört.

„Sie sind alle weg." Er richtete die Waffe direkt auf Celia. „Und ich denke, wir sollten unsere neue Freundin mal danach fragen. Es ist doch komisch, dass der Ärger ausgerechnet in dem Moment anfing, als sie kam, oder? Was ist, Celia? Willst du reden, oder soll ich zuerst Giles auf dich loslassen?"

Celia hob den Kopf; ihr blieb allein ihre Courage, und die musste sie schon um Hannahs willen einsetzen. „Wenn Sie mich anfassen, werden Sie das bereuen. Ich habe keine Angst vor Ihnen. Und wenn Sie uns nicht sofort gehen lassen, werde ich gegen Sie beide aussagen, und Sie werden den Rest Ihres Lebens im Gefängnis verbringen."

Giles starrte sie nur wütend an, doch Jacobs hielt ihre Drohung wohl für ausgesprochen lustig. „Hast du das gehört, Blair? Sie will gegen uns aussagen."

„Gib mir ein paar Stunden mit ihr, bevor du sie kaltmachst."

Hannah begann zu weinen, doch Celia beachtete sie im Moment nicht. Die beiden wollten sie nur einschüchtern. Doch sie hatte zu lange mit Alec zu tun gehabt, um sich von ein paar bedrohlichen Worten einschüchtern zu lassen. Sie sah die Männer verächtlich an und sagte: „Sie sind beide nur zu dumm, um zu begreifen, dass es vorbei ist. Glauben Sie denn wirklich, ich wäre allein hergekommen? Ohne Schutz?"

Jacob fluchte, kam blitzschnell auf sie zu und verpasste ihr einen Schlag. Es passierte so plötzlich, dass Celia sich nicht wehren konnte. Ehe sie wusste, wie ihr geschah, flog sie vom Sofa und schlug sich Knie und Handgelenke auf. In ihrem Kopf pochte es schmerzhaft, und sie betete inständig, dass sie Recht hatte, was Alec betraf – dass er tatsächlich irgendwie mitbekommen hatte, wo sie hinfuhr, und nicht mehr weit entfernt war.

Als hätte sie ihn mit ihrer Verzweiflung herbeigerufen, wählte Alec genau diesen Moment, um die Tür einzutreten. Holz splitterte, Glas zerschellte, und Celia war froh, diesen Mann auf ihrer Seite zu haben. Nachdem er mit schnellem Blick die Lage erfasst und Celia halb am Boden liegend entdeckt hatte, stieß er einen lauten Wutschrei aus.

Hannah kauerte neben Celia nieder und klammerte sich an ihr fest. Giles erstarrte.

Jacobs zielte mit der Waffe auf Alec, doch der war schneller, trat ihm erst die Pistole aus der Hand und verpasste ihm dann einen heftigen Tritt in seine Rippen. Jacobs schrie vor Schmerzen auf.

Celia beobachtete das Ganze gleichermaßen fasziniert wie erschrocken. Sie erlebte alles wie in Zeitlupe, doch waren seit Alecs Erscheinen erst wenige Sekunden vergangen.

Trotz ihrer Bewunderung für Alec registrierte sie, wie Giles sich plötzlich in Bewegung setzte und auf die Pistole zusteuerte. Rasch schob Celia Hannah beiseite und sprang los. Giles war gerade dabei, sich über die Waffe zu beugen, als sie auf seinem Rücken landete. Durch den Schwung kippte er vornüber, stieß mit dem Kopf gegen den steinernen Kamin und blieb reglos liegen. Celia überlegte nur kurz, ob sie ihn diesmal wohl umgebracht hatte.

In diesem Moment hörten sie herannahende Polizeisirenen. Celia griff nach dem Schürhaken, um Alec beizustehen, doch als sie sich umdrehte, sah sie, dass Jacobs sich nicht mehr zur Wehr setzte. Er hing schlaff in Alecs Umklammerung, das Gesicht geschwollen, die Haare blutbefleckt, und ließ benommen Alecs Schläge über sich ergehen.

Celia lief zu Alec und hängte sich an seinen Arm. „Nein, Alec, nicht!"

Doch er schien weder ihr Gewicht noch ihr Schreien wahrzunehmen. Er holte aus, um Jacobs erneut zu schlagen, und Celia brüllte ihm direkt ins Ohr: „Alec, ich liebe dich!"

Er erstarrte mit erhobener Faust und ließ den stöhnenden Jacobs zu Boden fallen. Celia stellte sich direkt vor Alec und sah ihn an. „Wenn du ihn umbringst, landest du im Gefängnis."

Alec sagte kein Wort, sondern starrte sie nur an. Sein Brustkorb hob und senkte sich unter seinen schweren Atemzügen.

Dann strich er ihr sanft über die verletzte Wange. „Ist bei dir alles in Ordnung?"

„Bis auf das Kopfweh, ja." Dann blickte sie zu Giles. „Ich denke, seine Kopfschmerzen sind schlimmer als meine." Trotz all der Aufregung musste sie schmunzeln. „Ich habe ihn zweimal k. o. geschlagen."

Alec lächelte nicht. Stattdessen ging er zum Kamin und brachte vorsichtig die Waffe außer Reichweite. Die Sirenen wurden immer lauter.

Celia drehte sich zu Hannah um, die sich verängstigt an die Wand drückte. „Hannah, dies ist ein guter Freund von mir, Alec Sharpe. Er hat mir dabei geholfen, dich bei Jacobs aufzuspüren."

Als Hannah nicht reagierte, zog Alec sein Baumwollhemd aus und legte es ihr um die Schultern. „Sie hat einen Schock. Sieh zu, ob du etwas Süßes zu trinken findest und eine Decke. Ich werde mich um die beiden hier kümmern." Er drehte sich um, kam dann aber noch einmal zurück. „Ach, Hannah? Alle Unterlagen, die Jacobs und Giles gegen Sie verwenden wollten, sind verschwunden."

Hannah sah von Alec zu Celia und wieder zu Alec. „Oh", sagte sie schwach.

Alec nickte. „Im Studio hat es gebrannt, und alle Fotos wurden vernichtet. Und gerade habe ich erfahren, dass jemand bei Jacobs eingebrochen und sein Büro ausgeräumt hat. Es sind genug Beweise übrig, um ihn vor Gericht zu bringen, aber nichts, was für Sie persönlich unangenehm wäre."

Celia ließ Hannah los und fiel Alec um den Hals. „Du bist fantastisch, Alec!"

Zu ihrer Überraschung befreite er sich aus ihrer Umarmung. „Geh mit Hannah in die Küche, ich werde mit der Polizei alles klären. Wir unterhalten uns später." Er klang so kalt, dass sie zusammenzuckte.

„Alec?"

Er sah sie finster an. „Du wärst beinahe getötet worden. Und Hannah auch. Hast du eine Vorstellung davon, was passiert wäre, wenn Hannah mich nicht angerufen hätte und ich nicht hergekommen wäre? Zum Glück warst du wenigstens so schlau, ihr meine Nummer zu geben, bevor du dich mit diesem Irren verdrückt hast – ohne den Minisender!"

Celia trat von einem Fuß auf den anderen. „Der Kugelschreiber ist in die Couch gerutscht, und ich ..."

„Spar dir deine Erklärungen für später", unterbrach Alec sie. „Ab jetzt werde ich die Sache in die Hand nehmen, und das hoffentlich besser als du."

Er wandte sich ab, um die Polizisten zu begrüßen, und Celia schloss verzweifelt die Augen. Verdammt, sie hatte alles vermasselt. Alec hatte sie gewarnt, und jetzt war er wütend. Aber er konnte unmöglich enttäuschter sein als sie selbst.

Er hatte Recht gehabt. Sie war für diese Arbeit nicht geschaffen. Und wie er gesagt hatte: Jetzt, wo Hannah befreit war, war endgültig Schluss.

Sie war ja so ein Dummkopf.

Alec beobachtete, wie Celia durch ihr Motelzimmer stolperte. Es dämmert schon, und er wusste, dass sie vollkommen fertig war, aber wie immer riss sie sich ohne Murren zusammen. Er wünschte, sie würde mit ihm reden. Seit der Befragung durch die Polizei hatte sie keine zwei Worte mehr an ihn gerichtet. Jacobs war in ein Krankenhaus eingeliefert worden, doch Alec wusste, dass es dem Dreckskerl gut ging.

Dank Celia.

Wenn sie ihn nicht aufgehalten hätte, wäre womöglich Schlimmeres passiert. Alec wollte nicht darüber nachdenken, ob er tatsächlich in der Lage wäre, einfach jemanden zu töten, aber als er vorhin durch das Fenster beobachtet hatte, wie Jacobs Celia schlug und er sie kurz darauf mit geschwollenem Gesicht am Boden entdeckte, war er ausgerastet. Noch nie im Leben hatte er eine so unbändige Wut gespürt. Dennoch hatte Celia ihn mit drei kleinen Worten besänftigt. „Ich liebe dich."

Im Moment allerdings machte sie keinen besonders liebevollen Eindruck. Sie wirkte niedergeschlagen und verletzt, und er wollte sie gerne trösten. Er wusste, er würde alles für sie tun. Wirklich alles. Wenn nötig, würde er sogar für sie sterben! Sie bedeutete ihm so viel, dass ihm immer noch fast das Herz stehen blieb bei der Vorstellung, sie beinahe verloren zu haben. Seine verletzenden Worte waren seiner eigenen Angst entsprungen und nicht wirklich so gemeint.

Mit verschränkten Armen beobachtete er, wie sie den Koffer auf das Bett legte und gedankenlos ihre Sachen zusammenpackte. Alec seufzte. „Hannah scheint sich wirklich zu freuen, dass sie nach Hause zu ihrer Mutter kann."

Er sah Celias erstes schwaches Lächeln seit Stunden. „Als sie erfuhr, dass Jacobs und Giles sie nicht mehr erpressen können, ging es ihr gleich wieder besser. Ich weiß, dass das dein Werk war, Alec. Warum hast du mir nichts von dem Einbruch erzählt?"

„Ich finde, man sollte immer noch ein Ass im Ärmel haben. Ich dachte mir, während du dich für die Party hübsch machst, könnte ich die Zeit anderweitig nutzen."

„Was bist du nur für ein Risiko eingegangen ..."

Alec winkte ab. „Im Lagerhaus habe ich nur die Sachen zerstört, die für die Mädchen kompromittierend gewesen sein könnten, ebenso bei Jacobs. Ich staune immer wieder, dass die Leute belastendes Beweismaterial so offen herumliegen lassen, weil sie arroganterweise nicht daran denken, dass ihnen jemand auf die Schliche kommen könnte."

Celia seufzte. „Du bist wirklich einmalig, Alec, weißt du das?"

Sein Herz schlug schneller. „Ist das der Grund, warum du wieder vor mir wegläufst?"

„Tu ich doch gar nicht."

„Aber du packst."

Sie sah verwirrt aus und schüttelte den Kopf. „Es ist Zeit, nach Hause zu fahren. Hier sind wie fertig. Das hast du selbst gesagt."

„Aber wir hatten eine Abmachung, Lady."

Sie ließ die Kleider fallen, die sie gerade in der Hand hielt. „Du machst Witze, oder?"

Alec schüttelte langsam den Kopf, dann ging er auf sie zu. Wenn er sie nicht bald berühren durfte, würde er durchdrehen. „Du hast mir versprochen, alles zu tun, was ich will, wenn ich dir helfe, und der Tag ist noch nicht vorbei. Ich finde, du schuldest mir noch einiges."

„Alec ..."

„Komm mit ins Bett." Er nahm ihren Koffer und kippte den Inhalt auf den Boden. Celia ging sofort auf ihn los. Er konnte sich ein Schmunzeln nicht verkneifen. Wütend war sie ihm hundert Mal lieber als stumm vor Enttäuschung.

Sie deutete mit einem Finger auf das Bett, ohne den Blick von

Alec zu wenden. „Nein, ich gehe nicht mit dir ins Bett, Alec. Okay, wir hatten eine Abmachung, aber das war, als ..." Sie brach ab und wandte sich um.

Alec hob sie hoch und warf sie allen Widerständen zum Trotz sanft auf die Matratze. „Als was, Schätzchen?" Er küsste ihre Stupsnase, ihren vollen Mund. „Sag's mir."

Celia blickte zur Seite. „Als ich dachte, ich könnte dich lieben und dann einfach wieder fortgehen." Alec brach fast das Herz. Er drehte ihren Kopf so, dass sie ihn ansehen musste. Zitternd holte Celia Luft. „Aber ich bin nicht so stark wie du", fuhr sie fort. „Und Jacobs' Schlag tat weniger weh als deine verletzenden Worte und dein Mangel an Respekt."

„Celia." Zu lange schon hatte er sich zurückgehalten, und sie zu küssen war ihm jetzt das Wichtigste auf der Welt.

Celia wehrte sich nicht. Alec küsste sie zärtlich und hungrig zugleich. Er wusste, selbst wenn er hundert Jahren mit ihr zusammen wäre, würde er von dieser Frau nicht genug bekommen.

Als er den Kuss schließlich beendete, unterdrückt sie ein Schluchzen und schleuderte ihm entgegen: „Du bist ein Dummkopf, Alec Sharpe! Und ein verdammter Feigling!" Mit zitternder Stimme fügte sie hinzu: „Denn nur ein Feigling würde vor der Liebe davonlaufen."

Alec lächelte. „Ich weiß."

„Und du bist ... Was meinst du damit?"

Nun war es wirklich an der Zeit, dass er ihr sagte, was er fühlte und wie viel sie ihm bedeutete. „Ich habe große Achtung vor dir, Celia. Mehr als vor jedem anderen Menschen, den ich kenne. Wenn du an etwas glaubst, dann tust du ohne Rücksicht auf dich selbst alles, um dein Ziel zu erreichen und anderen zu helfen. Nicht viele Menschen sind so überzeugt von ihren Idealen und so mutig."

„Findest du wirklich?"

Sie sah ihn skeptisch an, und er hätte sie am liebsten an sich gedrückt und vor allem Unheil bewahrt. „Ich vertraue dir und sorge mich um dich.“ Er küsste sie wieder. „Und ich liebe dich mehr als mein Leben.“

Sie war verblüfft. „Du liebst mich?“

Er streckte seine Hand aus, und sie sahen beide, wie er zitterte. „Sieh dir das an! Ich dachte, ich würde dich verlieren, und das konnte ich nicht ertragen. Du hast Recht, wenn du sagst, ich sei ein Feigling. Ich hatte Angst vor den Gefühlen, die du in mir geweckt hast. Jetzt habe ich nur noch Angst, ohne dich leben zu müssen.“

Dicke Freudentränen rollten ihr über die Wangen. „Oh, Alec, ich hatte auch solche Angst.“

Er nahm sie fest in die Arme. „Du warst so mutig und hast instinktiv richtig reagiert. Damit hast du bewiesen, dass du eine großartige Detektivin bist.“ Er räusperte sich. „Ich habe nur zwei Bitten. Erstens, dass du dich nie wieder so in Gefahr bringst. Mein Herz macht das nicht mehr mit. Und zweitens ...“

Celia legte ihm die Hand auf den Mund. „Alec, als ich sagte, dass ich Angst hatte, da meinte ich nicht die Sache mit Jacobs und Giles. Ich hatte Angst, du könntest mich niemals lieben.“

Er küsste ihre Handfläche und schob ihre Hand beiseite. „Keine Chance, Baby. Du wirst mich nie wieder los. Meine zweite Bitte ist nämlich, dass du mich heiratest.“

„Alec!“ Sie fiel ihm jubelnd um den Hals.

Alec lachte. Jetzt erst bemerkte er seine Anspannung, weil er sich ihrer Antwort nicht sicher gewesen war. Doch so, wie sie sich an ihn klammerte, musste die Antwort wohl Ja heißen. Dennoch wollte er es hören.

„Antworte mir, Celia.“

„Ja!“

„Und was die Arbeit betrifft?“

Celia lächelte glücklich. „Mit dir verheiratet zu sein wird

aufregend genug. Noch mehr Aufregung könnte ich nicht ertragen."

Doch während sie ihm das Hemd aufknöpfte, murmelte Alec: „Komisch, irgendwie kann ich das nicht so recht glauben."

– ENDE –

Lori Foster

Blind-Date um Mitternacht

Roman

Aus dem Amerikanischen von
Sarah Falk

MIRA®

1. KAPITEL

Den Saum ihres Minirocks zurechtzupfend, ging Josie Jackson noch tiefer in die verrauchte Bar hinein. Das andere Ende des Raums war wegen der spärlichen Beleuchtung fast nicht zu sehen. Aber dann entdeckte sie schließlich doch den Mann, der mit dem Rücken zu ihr am Ende des langen Tresens saß, so wie es ausgemacht gewesen war.

Nur keine falsche Bescheidenheit, ermunterte sie sich, um sich auf die Rolle einzustimmen, die sie jetzt zu spielen hatte. Gib dich selbstbewusst und sexy. Sie würde den armen Kerl zu Tode erschrecken, sodass er gar nicht schnell genug von hier verschwinden konnte.

Josie hatte diesen beliebten Single-Treffpunkt in der Hoffnung ausgewählt, dass die Angelegenheit mit diesem Vorschlag schon erledigt sein würde. Doch erstaunlicherweise hatte er ihm widerspruchslos zugestimmt. Zumindest war es das, was ihre Schwester sagte. Aber sie hatte ja auch behauptet, er sei genau der Richtige für sie, was für Josie buchstäblich schon so etwas wie eine Garantie dafür war, dass sie ihn nicht mögen würde. Verantwortungsbewusst sei er, hatte Susan behauptet. Reif. Und durch und durch solide.

Josie war der Verabredungen, die ihre Schwester für sie traf, allmählich überdrüssig, aber noch mehr grauste ihr vor den Männern, von denen ihre Schwester glaubte, sie wären die richtigen für sie: bieder, spießig und viel zu sehr um ihren guten Ruf besorgt. Männer, die weder eine Romanze suchten noch ein Abenteuer. Das Einzige, was sie wollten, war, eine Partnerin mit ähnlichen Vorstellungen zu finden, um zu heiraten und ihr langweiliges, ödes Leben fortzusetzen.

Josie war jetzt fünfundzwanzig und hatte viele Jahre hart gearbeitet, um ihre Lebensziele zu verwirklichen. Und die hatte sie erreicht, sodass es nun Zeit für andere Dinge wurde. Sie verdiente es wirklich, ein bisschen Spaß zu haben. Bob Morrison mochte sich ein nettes kleines Haus in einer netten Nachbarschaft und eine Familie wünschen, aber Josie hatte andere Pläne, und falls der Ort für dieses Treffen ihn nicht schon abgeschreckt hatte, würde es ein Blick auf sie ganz sicher tun.

Mit herausforderndem Hüftschwung ging sie auf ihn zu. Jemand hinter ihr pfiff anerkennend, und sie wurde rot. Das Nächste, was sie spürte – eine große Hand, die ihren Po berührte –, hätte sie beinahe dazu veranlasst, auf der Stelle wieder umzukehren. Stattdessen jedoch schaffte sie es, dem Übeltäter einen ärgerlichen Blick zuzuwerfen und auf ihren hohen Absätzen nicht zu stolpern. Was keine geringe Leistung war angesichts der Tatsache, dass sie normalerweise flache Schuhe trug. Du schaffst es schon, ermahnte sie sich, du brauchst nur …

Und da drehte sich der Mann am Tresen langsam zu ihr um.

Sie vergaß zu atmen und starrte ihn aus großen Augen an. Nicht zu fassen, dachte sie. Dieser Typ sah überhaupt nicht spießig aus in seiner engen Jeans und dem schwarzen Polohemd. Das konnte unmöglich der viel gepriesene Bob sein. Dafür war er viel zu männlich, attraktiv und sexy. Das Schicksal konnte doch nicht so grausam sein, ihr einen Spießer herzuschicken, der so unglaublich gut aussah. Oder doch?

Sie zwang sich, einen weiteren Schritt nach vorn zu tun, was gar nicht so einfach war mit ihrem engen Minirock, den aberwitzig hohen Absätzen und ihren Hemmungen. „Bob Morrison?“

Seine Augen waren fast so schwarz wie das glatte Haar, das ihm auf einer Seite über die Augenbraue fiel. Sie sah, wie sein Blick langsam über ihre langen Beine glitt und an ihrer Taille einen Moment verweilte, bevor er schließlich ihr Gesicht erreichte. Und dann atmete der Mann tief durch, offenbar ebenso verblüfft wie sie. Sie schwieg und wartete, ob er etwas tun oder etwas sagen würde, was bewies, dass sie sich nicht geirrt hatte und er nicht das war, was sie suchte, sondern nur ein weiterer typischer Kandidat von Susan, der ihr Leben in noch geordnetere Bahnen lenken sollte.

Aber dann erhob er sich, richtete sich zu seiner vollen Größe von mindestens einsfünfundachtzig auf und lächelte. Dieses Lächeln ist die absolute Gefahr für sämtliche Frauen, schoss es ihr durch den Kopf. Der Mann strahlte Charme und Wärme aus, und es war überhaupt nichts Biederes oder Spießiges an ihm. Ganz im Gegenteil.

Er reichte ihr seine Hand – eine große Hand, in der ihre eigene fast verschwand – und sagte mit tiefer, ein wenig heiserer Stimme: „Ich bin Bob. Freut mich, Sie kennen zu lernen, Josie."

Normalerweise war er kein Lügner.

Nick Harris betrachtete die bezaubernd schöne Frau vor ihm und verzieh sich diese kleine Lüge. Sie war notwendig gewesen, ja unumgänglich sogar, wenn man bedachte, dass die aufregendste Frau, die er je gesehen hatte, vor ihm stand – so nahe und dennoch nicht für ihn bestimmt. Er war bereit, ihr hundert Lügen zu erzählen, wenn er damit verhindern konnte, dass sie ging. Bob würde natürlich nicht begeistert sein, dass er sich für ihn ausgab, aber Bob wollte ja eigentlich auch gar nichts von ihr. Ihn interessierte ihre Schwester, diese spröde, zielstrebige Frau, die das Treffen arrangiert hatte. Was Bob in Susan Jackson sah, war Nick unverständlich, aber jetzt konnte er nur froh darüber sein. Denn Bobs Vorliebe für nüchterne Geschäftsfrauen hatte er es schließlich zu verdanken, dass er an einem Samstagabend hier in dieser Bar saß, um seinen Freund und Partner zu vertreten.

Gut, dass er sich darauf eingelassen hatte. Sonst wäre er ihr vielleicht nie begegnet, und sie war die Footballtickets wert, die er verfallen ließ. Für sie hätte er auf jeden Sport verzichtet.

Aus großen grünen Augen schaute sie ihn an, offensichtlich ebenso verblüfft wie er. Ihre vollen Lippen waren in einem hellen Rosaton geschminkt. Was für ein wunderbarer, verlockender Mund! Wie geschaffen zum …

Etwas verspätet erinnerte er sich an seine Manieren. „Möchten Sie sich nicht setzen?“ Eigentlich galt er als vernünftiger, intelligenter Mann, der ungemein charmant sein konnte. Aber jetzt er war wie vom Blitz getroffen. Und es wurde noch viel schlimmer, als Josie ihr langes rotes Haar zurückwarf und sich mit ihrem wohl geformten Po auf dem Hocker neben ihm niederließ. Ihr Po war derart faszinierend, dass es einen Moment dauerte, bis es Nick gelang, den Blick davon zu lösen. Ihr superkurzer schwarzer Rock, der jetzt noch höher rutschte, gab den Blick auf schlanke Schenkel frei. Sie schlug die Beine übereinander und wippte mit einem ihrer Füße, die in hochhackigen Schuhen steckten. Er schluckte und befahl sich energisch, sich zusammenzureißen, denn er durfte ihr nicht zeigen, wie sie auf ihn wirkte.

„Kann ich Ihnen einen Cocktail bestellen?“

Josie zögerte und schüttelte dann den Kopf. Der kokette Blick, den sie ihm aus ihren grünen Augen zuwarf, raubte ihm für einen Moment den Atem. „Es gibt sehr viele Dinge, die ich tue, aber Trinken gehört nicht dazu.“

Er brauchte eine Sekunde, um sich von diesem Blick und ihrer Bemerkung zu erholen. Er konnte nur hoffen, sie richtig interpretiert zu haben. „Oh! Aus religiösen Gründen oder aus gesundheitlichen?“

Sie lächelte und senkte die Lider, sodass er ihre langen Wimpern bewundern konnte. „Ich möchte wissen, was ich tue, wie ich es tue und mit wem ich es tue. Alkohol benebelt nur.“

Während sie sprach, breitete sich eine zarte Röte von ihren Wangen über ihren Hals bis zum Ansatz ihrer Brüste aus, der in ihrem Blusenausschnitt zu erkennen war. Nick entdeckte winzige helle Sommersprossen dort und fragte sich, wo sie sonst noch welche haben mochte. Er hatte gewisse Dinge über Rothaarige gehört, sie aber bisher immer als reine Fantasie verworfen. Jetzt musste er seine Meinung revidieren. Diese Rothaarige schien mit jedem Atemzug pure Sinnlichkeit auszustrahlen. Ihr bloßer Anblick genügte, um ihn zu erregen.

Er durfte ihr nicht die Kontrolle überlassen, wenn er überleben wollte. Noch nie hatte er sich von einer Frau beherrschen lassen – oder zumindest nicht mehr, seit er ein Teenager gewesen und unter die Fuchtel seiner Stiefmutter geraten war. Er dachte nicht im Traum daran, Josie die Oberhand gewinnen zu lassen, mochte sie auch noch so aufreizend sein.

Zugegeben, sie hatte ihn im ersten Moment überrumpelt, aber jetzt gewöhnte er sich daran, sie anzusehen, ihren Duft einzuatmen und ihre leise, kehlige Stimme zu vernehmen. Und sie hörte nicht auf, ihm verstohlene Blicke zuzuwerfen, als ob sie schüchtern wäre, was aber unmöglich war, so, wie sie aussah. Vielleicht fühlte sie sich einfach genauso stark zu ihm hingezogen wie er zu ihr?

Er bestellte zwei Colas und schob dann langsam, um Josie Zeit zu geben, sie zurückzuziehen, seine Hand unter ihre, die auf dem Tresen lag. Wieder wurden ihre Augen groß, aber sie zog die Hand nicht fort. Ihre Finger waren kalt, und er fragte sich, ob das auf die Kälte draußen oder auf Nervosität zurückzuführen war. Aber sie machte nicht den Eindruck, als wäre sie unsicher.

„Sie sind ganz anders, als ich erwartet hatte." Da er Bobs Geschmack in puncto Frauen kannte, hatte er damit gerechnet, eine konservative, selbstgerechte Moralistin anzutreffen, jemanden, der ihrer Schwester Susan ähnelte. Susan konnte einen Mann mit einem Blick gefrieren lassen – und genau das hatte sie bei ihm versucht, als sie das erste Mal wegen einer Werbekampagne zu ihm gekommen war. Sie hatte eine sofortige Abneigung gegen ihn gefasst, und daher hatte er die weiteren Verhandlungen seinem Partner Bob überlassen. Und als die Verabredung getroffen worden war, hatte er eine Frau erwartet, die kalt, reizlos und verklemmt war – die sprichwörtliche graue Maus, die sich nicht aus ihrem Loch traute.

Josie Jackson besaß nicht die geringste Ähnlichkeit mit ihrer Schwester. Es war verdammt gut, dass Bob nicht selbst gekommen war. Wahrscheinlich wäre er so schnell vor ihr davongerannt, dass er einen Herzanfall bekommen hätte. Der Gedanke veranlasste ihn zu einem Grinsen.

„Es belustigt Sie, dass Ihre Erwartungen sich nicht erfüllt haben?“

Das klang beinahe verwundert, und er lachte. „O ja. Sie sind eine sehr angenehme Überraschung für mich.“

Kleine weiße Zähne gruben sich in ihre Unterlippe. Er hätte sie jetzt gern auf seiner eigenen gespürt und …

„Sie sind auch nicht so, wie ich erwartet hatte. Sonst versucht meine Schwester immer, mich mit diesen furchtbar soliden, spießigen Männern in Schlips und dreiteiligen Anzügen zusammenzubringen. Ich meine Typen, die an nichts anderes denken können als an Dinge wie Verantwortung, Geschäft und Image.“ Wieder warf sie ihm einen herausfordernden Blick zu. „Aber zu der Sorte gehören Sie nicht, oder?“

Er verkniff sich ein Lachen. Sie glaubte ihn zu verspotten, das konnte er sehen. Aber es gab nichts, was ihm im Moment ferner lag als Verantwortung und Geschäfte, und er hoffte, dass sie nicht von ihm erwartete, sich um sein Image zu sorgen. Das hatte er noch nie getan.

Bob würde es ganz sicher, aber er war nicht Bob.

„Niemand kann mir Spießigkeit vorwerfen.“ Das stimmte, denn Bob beklagte sich häufig über seine übertriebene Gelassenheit. Wahrscheinlich war es gerade diese Nonchalance, die ihm ihrer Schwester so unsympathisch machte. Was ihm natürlich völlig schnuppe war. Förmlichkeit war die ausgeprägteste Charaktereigenschaft seiner Stiefmutter gewesen, und deshalb war sie ihm verhasst. Er hielt es für wichtig, sich für seine Firma einzusetzen, aber er dachte nicht daran, sein ganzes Leben darauf auszurichten.

Josie war offenbar der gleichen Meinung, obwohl sie schockiert von seiner Antwort schien. Interessant.

Es drängte ihn, sie zu berühren. Da er keine Minute länger warten wollte, stand er auf und zog sie vom Hocker. „Lassen Sie uns tanzen."

Sie sträubte sich, und ihr Gesichtsausdruck war beinahe komisch. Sie versuchte, ihm ihre Hand zu entziehen, aber er war nicht bereit, sie freizugeben.

„Was ist? Tanzen Sie auch nicht?"

„Wieso *auch* nicht?"

„Wie das Trinken, meine ich." Beruhigend strich er mit dem Daumen über ihre Handfläche. Er wollte sie nicht erschrecken, aber wenn er sie nicht bald in seinen Armen halten konnte, würde er den Verstand verlieren. Es hatte ihn noch nie so schlimm erwischt, aber er konnte sich nichts Schöneres vorstellen.

„Natürlich tanze ich", sagte sie und schaute dann auf ihre Füße. „Nur normalerweise nicht in solchen Schuhen."

Auch er richtete den Blick auf ihre Füße. Sexy kleine Füße in Pumps mit sündhaft hohen Absätzen. Während er Josies Hand ergriff, versprach er leise: „Ich lasse Sie nicht stolpern, das verspreche ich Ihnen."

Nick nutzte das Gedränge auf der überfüllten Tanzfläche, um Josie fest an sich zu ziehen. Sie fühlte sich wundervoll in seinen Armen an, ganz warm und weich, und er spürte, wie heftiges Verlangen ihn erfasste. Ein Ziehen ging durch seine Lenden, und pulsierende Hitze breitete sich in seinem Körper aus.

Selbst auf ihren hohen Absätzen war sie sehr klein und zierlich. Er legte das Kinn auf ihren Scheitel und atmete den Duft ihres seidigen langen Haares ein, das ihr offen auf die Schultern fiel und in weichen Locken ihre Brüste umrahmte. Unwillkürlich fragte er sich, wie es sein mochte, wenn ihre Locken über seine nackte Haut strichen, und er musste die Zähne zusammenbeißen, um sich zu beherrschen. Es war beinahe absurd, welch heftige Reaktion Josie in ihm auslöste. Aber ihm war, als wäre sie die Verkörperung seiner geheimsten Fantasien. Von ihrem wundervollen roten Haar bis hin zu ihren zierlichen Füßen war sie die aufregendste Frau, die ihm je begegnet war. Und er konnte sich auch keine verführerischere Stimme als ihre vorstellen oder ein bezaubernderes Erröten.

Unwillkürlich zog er sie noch fester an sich. Ihre kleinen festen Brüste pressten sich an seine Rippen, ihre schlanken Schenkel streiften seine. Sie seufzte, ein leiser Ton, der ihn über die laute Musik fast nicht erreichte. Aber die Art, wie die Steifheit aus ihrem Körper wich, war nicht zu übersehen.

Mit den Lippen berührte er ihr Ohr und atmete ihren Duft ein. „So ist es gut. Entspannen Sie sich. Ich halte Sie fest."

Und das war auch seine Absicht. Zumindest für den Augenblick.

Er fragte sich, wie er Bob und ihre Schwester umgehen könnte. Susan Jackson würde sicher nicht begeistert über seine Beziehung zu ihrer Schwester sein. Obwohl er sich die größte Mühe gegeben hatte, charmant zu dieser Frau zu sein, hatte sie bereits nach einer knapp fünfzehnminütigen Unterhaltung keinen Hehl aus ihrer Abneigung gegen ihn gemacht. Energische, despotische Frauen wie Susan irritierten ihn, denn sie erinnerten ihn an seine Stiefmutter, die die tyrannischste Frau gewesen war, die er kannte.

Wann sollte er Josie gestehen, wer er wirklich war? Bob hatte behauptet, sie werde sehr enttäuscht sein, wenn er nicht zu der Verabredung erschien; sie sei ein Mauerblümchen, das seiner Schüchternheit und seines anstrengenden Berufes wegen auf die Vermittlung der Schwester angewiesen war. Aber die Frau, die sich mit ihm über das Parkett bewegte, ohne wirklich auf die Musik zu achten, erinnerte weder an ein Mauerblümchen noch an eine von ihrem Beruf besessene Karrierefrau.

Es war gut möglich, dass Bob darauf bestehen würde, die Verabredung nachzuholen, sobald er merkte, was ihm entgangen war.

Aber das würde Nick jetzt natürlich nicht mehr erlauben. Die Umstände hatten bestimmt, dass er Josie zuerst begegnete. Und somit hatte er als Erster Anspruch auf sie. Sollte Bob sich doch auf die unsympathische Susan konzentrieren, wenn er eine Ehefrau suchte. Warum Bob sich überhaupt mit einem solch ermüdenden Hausfrauentyp beschäftigte, war Nick ein Rätsel. Vor allem, wenn es Frauen wie diese hier gab, die noch zu haben waren.

Indem er einen Fuß zwischen ihre schob, gelang es ihm, einen noch engeren Kontakt zu ihrem Körper herzustellen. Jetzt konnte er die Hitze zwischen ihren Schenkeln spüren, und mit einer kleinen Drehung gelang es ihm, sein Knie ganz zwischen ihre Beine zu schieben. Sie schnappte verblüfft nach Luft, ihre Brüste hoben und senkten sich, und ihre Finger krallten sich in sein Hemd. Was für eine heftige Reaktion, dachte er, und sein Herz schlug schneller.

„Ich bin froh, dass ich gekommen bin." Die Worte klangen heiser vor Erregung, aber er wollte, dass sie wusste, wie froh er war, für Bob eingesprungen zu sein. Die ganze Sache würde gewiss noch einige Komplikationen mit sich bringen, dessen war er sicher, aber er wollte vermeiden, dass sie seine Motive missverstand.

Das Lächeln, das sie ihm schenkte, elektrisierte ihn förmlich.

„Wissen Sie, ich dachte, Sie würden entsetzt sein über diesen Laden", sagte sie.

Verwundert schaute er sich um. „Wieso?"

Da sie schreien mussten, um sich zu verständigen, begann er auf eine Ecke zuzutanzen, fort von den anderen Tänzern. Er wollte mit Josie reden und so viel wie möglich über sie erfahren, um den Widerspruch zwischen ihrem unfassbar guten Aussehen und ihrem scheuen Lächeln zu verstehen. Aber vor allem wollte er sie küssen.

„Nach dem, was meine Schwester mir über Sie sagte, glaubte ich, Sie wären ein bisschen … gesetzter."

Bob war gesetzt. So gesetzt, dass er beinahe schon tot war. „Was hat Ihre Schwester sonst noch über mich gesagt?" wollte Nick wissen.

„Dass Sie verlässlich seien."

Sie hatten das Ende der Tanzfläche erreicht, und er schnaubte spöttisch. „Verlässlich? Das klingt, als wäre ich ein Hund."

Als sie leise lachte, überlegte er es sich anders mit der Ecke und führte sie stattdessen zur Terrassentür. Es war für Anfang September schon ziemlich kalt, vor allem hier am Flussufer, sodass sie keine anderen Gäste auf der Terrasse antrafen. Als sie hinaustraten, ließ Nick Josie los, und sie schlang die Arme um den Oberkörper, um sich zu wärmen.

Die abendliche Brise bewegte ihr langes Haar, und Nick streckte die Hand aus und nahm eine lange Strähne zwischen seine Finger.

„Sind Sie enttäuscht, dass ich nicht verlässlich bin?"

„Sind Sie es denn tatsächlich nicht?"

„Nein." Sie verdiente eine aufrichtige Antwort, und seine Einstellung zum Leben war etwas, was er vor keiner Frau verbarg. Nicht einmal vor einer, die er so ungestüm begehrte wie diese hier. „Ich bin ungefährlich. Vertrauenswürdig. Sie brauchen keine Angst vor mir zu haben." Sie lächelte, und er zog an ihrem Haar, bis sie näher trat, dann ließ er sie los und schaute über ihren Kopf zum Himmel. „Ich bin nett. Korrekt. Aber nicht der Typ, auf den Sie sich verlassen sollten, Josie."

Sie hob die Hand, um sich das Haar aus dem Gesicht zu streichen, und musterte ihn prüfend. „Sind Sie unterhaltsam?"

Die personifizierte Verführung, stand sie so dicht vor ihm, dass sie sich fast berührten, und schaute mit großen Augen zu ihm auf. Lächelnd berührte er ihre Wange. „Möchten Sie, dass ich es bin?"

Josie ging über die Terrasse und legte die Hände auf die Balustrade. Mit geschlossenen Augen lehnte sie sich zurück und ließ den Wind ihr Haar zerzausen. „Ja. Ich denke, ich habe ein bisschen Vergnügen verdient. Ich möchte Dinge tun, die ich noch nie getan habe, und aus dem gewohnten Trott ausbrechen. Ich möchte die Arbeit ruhen lassen und mir zur Abwechslung einmal ein bisschen Spaß gönnen."

Als er sie betrachtete, wie sie da stand und sehnsüchtig zum Mond aufschaute, da konnte er einfach nicht mehr anders. Er trat hinter sie und zog sie an sich, bis seine Schenkel ihren Po berührten. Ihm war klar, dass sie seine Erregung spüren musste, aber das kümmerte ihn jetzt nicht.

Als er sie an sich drückte, spürte er ihr Erschrecken, ihre Überraschung und auch, dass es ihr gefiel. Sich vorbeugend, küsste er ihren Nacken und ihr Ohrläppchen.

„Ich könnte Ihnen sehr viele Wege zeigen, Spaß zu haben, Josie", flüsterte er ihr zu.

Einen flüchtigen Augenblick lang glaubte er, sie werde sich ihm jetzt entziehen, aber dann legte sie den Kopf an seine Brust und neigte ihn zur Seite, um seinen Lippen besseren Zugang zu verschaffen. Er küsste ihren Nacken, strich mit der Zungenspitze über ihre zarte Haut und hinterließ eine feuchte Spur darauf, die sie erschauern ließ. Dann legte er eine Hand auf ihren Bauch und streichelte sie. Sein Herz hämmerte so sehr, als hätte er gerade einen anstrengenden Dauerlauf hinter sich.

„Ja."

Das Wort klang wie ein Stöhnen, und Nick schloss die Augen, weil er nicht sicher war, richtig gehört zu haben. „Josie?"

Langsam drehte sie sich in seinen Armen um, schaute mit einem nervösen, unsicheren Lächeln zu ihm auf und sagte noch einmal: „Ja. Zeigen Sie es mir."

Seine Erregung wuchs ins Unerträgliche. Sein Körper pulsierte vor Verlangen. Langsam beugte Nick sich vor und schaute ihr fragend in die Augen. Sie atmete schnell und flach, und er erkannte, dass sie ebenso aufgewühlt war wie er. Als seine Lippen ihren

Mund berührten, gab sie einen leisen Laut der Zustimmung von sich, und ihre Hände schlossen sich um seine Schultern.

Ihr Lippenstift schmeckte nach Kirschen, und er leckte ihn ab, langsam, um jeden Atemzug, jeden Seufzer von ihr auszukosten. Sie versuchte, ihn zu küssen, aber er zog ihre Unterlippe zwischen seine Zähne und knabberte daran, bis ihre Lippen geschwollen waren von seinen Zärtlichkeiten und nach seinen Küssen lechzten.

Ihre Zunge berührte seine, und außer Stande, noch einen Moment länger zu warten, nahm er ihre Lippen in Besitz. Sie war so bezaubernd, so unglaublich verführerisch.

Und er brauchte etwa dreißig Sekunden, um festzustellen, dass sie auch verdammt unschuldig war.

Sie erwiderte weder seine Küsse noch seine Zärtlichkeiten. Sie ließ ihn nur gewähren und hielt sich an seinen Schultern fest, als schwindele ihr vor Staunen und Verwunderung. Er führte, aber obwohl sie willig war, folgte sie ihm nicht. Es war fast so, als ob sie gar nicht wüsste, wie.

Aufstöhnend löste er sich von ihr, trat zurück und ließ den Blick über ihren Körper gleiten, der umwerfend sexy wirkte in diesem kurzen Rock und der tief ausgeschnittenen Bluse, betrachtete ihr aufgelöstes rotes Haar und ihr Lächeln, das scheu und einladend zugleich war. Einladend wozu? Sein Herz drohte ihm fast die Brust zu sprengen, und im Stillen fluchte er vor Frustration.

Josie Jackson war eine kleine Schwindlerin. Trotz ihres provokanten Outfits und ihren verführerischen Worten und Gesten passte sie vermutlich besser zu Bob. Aber die Idee machte Nick halb krank vor Ärger, und er schwor sich, dass sein Partner sie nie berühren würde. Das würde er nicht zulassen.

Er kannte die Frauen, er hatte sie studiert, seit er ein Teenager gewesen war. Er kannte das Gute in ihnen und wusste, wie viel Freude sie bereiten konnten. Und durch die weiblichen Mitglieder seiner Familie, insbesondere durch seine Stiefmutter und seine

Mutter, kannte er auch die schlechten Seiten der Frauen, ihre Manipulationen und ihre Intrigen.

Dieses Schätzchen hier heckte irgendetwas aus. Niemand konnte Nick Harris vorwerfen, je einer Herausforderung ausgewichen zu sein – vor allem keiner so verführerischen. Er zwang sich zu einem Lächeln und berührte sanft Josies Stirn und ihre Wange. „Wir beide wissen, was wir wollen, Süße. Warum verschwinden wir also nicht von hier und suchen uns ein ruhigeres Plätzchen?“

Er erwartete, dass sie seinen Bluff durchschauen und sich weigern würde. Dann würde sie ihm erklären, was hier lief, und er konnte es ihr auch erklären, und sie würden noch einmal ganz von vorn beginnen und einander kennen lernen. Und eine Sekunde lang sah es tatsächlich so aus, als würde sie seinen Vorschlag ablehnen.

Doch dann überraschte sie ihn, indem sie nickte und leise sagte: „Sie können vorangehen.“

O ja. Und ob er vorangehen würde. Auf direktem Wege in den Wahnsinn! Er war es nicht gewöhnt, so kurz nach dem Kennenlernen mit einer Frau ins Bett zu steigen. Er war schließlich kein Idiot. Trotzdem nahm er ihre ausgestreckte Hand und führte Josie zum Ausgang. Seine Erregung wuchs mit jeder Sekunde.

Erregung und die sichere Gewissheit, dass er im Begriff war, einen riesigen taktischen Fehler zu begehen, den er vermutlich sein Leben lang bereuen würde, aber einfach nicht verhindern konnte.

2. KAPITEL

„Sind Sie mit dem Wagen hergekommen?“ fragte Nick.

„Nein, mit einem Taxi.“ Weil ihr Wagen so unauffällig und solide wie sie selbst war und sie verraten hätte. Dann hätte sie ihren Plan, den langweiligen Bob abzuschrecken, gleich vergessen können.

„Dann fahre ich.“

„Gut.“ Josie konnte kaum sprechen, so nervös war sie. Sie hatte sich für eine bestimmte Rolle entschieden und würde die Sache jetzt auch durchziehen. Mit diesem attraktiven, sexy Mann, den ihre Schwester gefunden hatte. Kaum zu fassen, dass sie gerade auf ihn verfallen war. Vielleicht begann Susan sie jetzt endlich besser zu verstehen. Sie würde sich bei Susan bedanken müssen ... Nein, das würde sie nicht tun. Nach wie vor hasste sie Susans Einmischungen in ihr Leben, und es wurde höchste Zeit, dass sie einen Schlussstrich unter diese üble Angewohnheit zog. Wenn ihre Schwester erfuhr, wie unwiderstehlich dieser Bob Morrison tatsächlich war, würde sie nicht wollen, dass Josie ihn noch einmal sah. Und sie wäre ganz gewiss nicht damit einverstanden, dass sie jetzt zusammen das Lokal verließen, um ... um all die wundervollen Dinge zu tun, von denen Josie bisher nicht einmal zu träumen gewagt hatte.

Josie war nicht einmal sicher, ob sie selbst damit einverstanden war. So etwas passierte ihr sonst einfach nicht. Sie hatte sich schon beinahe damit abgefunden, dass die Männer sie nicht bemerkten. Aber jetzt kam es ihr irgendwie richtig vor, nach ihrem Instinkt zu handeln. Sie hatte sich nie für impulsiv gehalten, aber natürlich hatte sich auch noch nie ein Mann wie Bob für sie interessiert. Und es war nicht nur sein gutes Aussehen, das ihr gefiel. Es war sein Lächeln, was ihr das Gefühl gab, etwas Besonderes zu sein, und die Tatsache, dass er, seit sie sich begegnet waren, nicht aufhörte, sie anzusehen. Er hatte sie zärtlich in den Armen gehalten, und sie hatte in seinen Händen ein Zittern gespürt, das bewies, dass auch er von diesem seltsamen Fieber angesteckt war. Wenn er sprach, klang seine Stimme tief und heiser, was ein weiterer Beweis dafür war, dass er sie begehrte.

Sie brauchte ihn nur anzusehen, und ihr Herz schlug schneller. Ihr ganzes Leben war sie vernünftig und vorsichtig gewesen, zuerst, um ihren Eltern zu gefallen, und nach deren Tod, um ihrer Schwester zu imponieren. Susan nahm Josies Misserfolge persönlich, und daher hatte Josie stets darauf geachtet, sie nicht zu enttäuschen.

Aber jetzt hatte sie eine Chance, andere Seiten des Lebens zu erforschen, was sie als ungeheuer aufregend empfand. Die Natur forderte ihr Recht, und ihre Hormone begannen verrückt zu spielen. Und diesmal – zum ersten Mal in ihrem Leben – würde sie ihrem Gefühl folgen.

„Wollen Sie nicht einmal wissen, wohin ich Sie bringe?“

Josie schaute auf, verletzt von seinem aufgebrachten Ton. Von einer Sekunde zur anderen war er still und mürrisch geworden. Eine steile Falte stand zwischen seinen Brauen, und sein Mund war eine schmale, dünne Linie. Bisher hatte dieser Mund nichts anderes getan, als sie anzulächeln und zu küssen, aber jetzt lag ein harter Zug darum. Misstrauisch trat Josie einen Schritt zurück.

„Was ist?“

Er fuhr fort, sie anzuschauen, und strich sich dann mit einer ärgerlichen Geste durch das schwarze Haar. „Nichts. Tut mir leid.“ Er reichte ihr entschuldigend die Hand und wartete.

Josie biss sich unsicher auf die Lippen. Es war etwas ganz Neues und Wunderbares, einen Mann wie diesen zu begehren und zu wissen, dass auch er sie wollte. Nach dem Tod ihrer Eltern hatte sie sehr viel von ihrer Sicherheit verloren und es Susan überlassen, ihr Leben zu bestimmen. Und als ältere Schwester war Susan fest entschlossen, Josie jeden Vorteil zu verschaffen und sie vor allem Unheil zu beschützen. Sie hatte Josie die High School beenden lassen und ihr dann das College finanziert und dafür sogar ihre eigene Ausbildung abgebrochen. Sie hatte Josie geholfen, sich in ihrem Beruf zu etablieren, und nun schien es ihr erklärtes Ziel zu sein, ihrer Schwester einen passenden Ehemann zu verschaffen.

Josie war durchaus bewusst, was sie Susan zu verdanken hatte, aber das hieß noch lange nicht, dass sie deshalb irgendeinen biederen Geschäftsmann heiraten und eine Familie mit ihm gründen würde. Sie wollte nicht mehr als andere Frauen auch – ein bisschen Romantik, Aufregung und Spaß in ihrem Leben –, das Problem war nur, dass sie etwas spät mit der Verwirklichung dieser Wünsche begonnen hatte.

Er hatte gesagt, er sei ungefährlich und sie könne ihm vertrauen. Und das musste sie ihm glauben, weil Susan sie nie mit einem Mann zusammengebracht hätte, der nicht vertrauenswürdig war. Susan setzte hohe Maßstäbe, die fast unerreichbar waren, und deshalb musste er sehr zuverlässig sein, obwohl er das Gegenteil von sich behauptet hatte. Lächelnd legte sie ihre Hand in seine.

Seine warmen Finger schlossen sich um ihre, dann hob er ihre Hand an seinen Mund und küsste ihre Fingerknöchel. Allein diese flüchtige Liebkosung löste ein Gefühl in ihrem Bauch aus, als ob dort Schmetterlinge flatterten. Seine Zunge berührte ihre Haut, glitt für einen winzigen Moment zwischen ihren Mittel- und Ringfinger, und Josie war, als berührte er ihre intimste Stelle. Nur mit Mühe unterdrückte sie ein Stöhnen.

Der Blick, den er ihr zuwarf, war wissend und verheißungsvoll. „Kommen Sie."

Josie befeuchtete ihre Lippen. „Sie haben mir noch nicht gesagt, wohin wir fahren."

„An einen ruhigen, stillen Ort, wo ich Sie ganz für mich allein habe, Josie."

Vorsicht ließ sie wieder innehalten. Er wollte die Kontrolle übernehmen, aber dies war ihre Nacht und die einzige Eskapade, die sie sich vermutlich je erlauben würde. „Ich wüsste gern, wohin wir fahren."

Er schaute sie an und legte sanft die Hände um ihr Gesicht. Er schien fast erleichtert über ihre Fragen, als ob er sie erwartet und mit Widerspruch gerechnet hätte. „Hast du Angst?"

„Sollte ich?" Sie fürchtete sich nicht wirklich, aber das hieß nicht, dass sie überhaupt keine Bedenken hatte.

Sein Daumen glitt zu ihrem Mundwinkel, strich über ihre Unterlippe und dann über ihr Kinn. Ein heißer Schauer durchzuckte sie, als er sie an sich zog und ihren Kopf ein wenig nach hinten schob. „Öffne deinen Mund für mich, Josie."

Sie tat es und stieß einen leisen Seufzer aus, als seine Lippen ihre streiften und seine Zunge einen winzigen Moment lang zwischen ihre Zähne glitt. „Hab keine Angst vor mir."

„Nein." Sie schmiegte sich an ihn und wünschte, er zöge sie noch fester an sich, wie vorhin beim Tanzen, als er sie sein drängendes Verlangen hatte spüren lassen. „Ich habe keine Angst vor dir."

Er lächelte. „Schon möglich, aber ich fühle, wie sehr du zitterst."

Das stimmte. Ihre Beine drohten ihr den Dienst zu versagen. Da er jedoch nicht wissen konnte, wie neu das alles für sie war, gestand sie leise: „Das tue ich nur, weil ich so erregt bin."

„Von mir."

Zwei simple Worte, die wie eine Frage und eine Feststellung zugleich klangen. „Ja. Ich … ich begehre dich." Es auszusprechen brachte ihr Blut noch mehr in Wallung, und sie versuchte, den Kopf zu senken, damit er nicht ihr Erröten sah. Aber das ließ er nicht zu. Er musterte sie prüfend, als versuchte er, sich über irgendetwas klar zu werden. Josie fragte sich, wie viel deutlicher sie es ihm noch zeigen konnte.

Der kalte Wind zerzauste sein dichtes, glattes Haar. Als sie fröstelte, hörte Nick auf, sie anzustarren, und umschlang sie mit seinen starken Armen. Von diesem Mann umarmt zu werden war eine einzigartige Erfahrung. Sie hätte nie gedacht, dass sie sich jemals bei einem Mann so sicher und geborgen fühlen könnte. Und dass es so schön sein würde.

„Du hast vielleicht keine Angst, Josie, aber ich habe sie."

Das überraschte sie, und sie entzog sich ihm. „Das ergibt doch keinen Sinn, was du da sagst, Bob!" Er fuhr zusammen, und sie trat aus Vorsicht einen Schritt zurück. „Wenn du mich nicht willst, dann sag es einfach", murmelte sie in einer Mischung aus Beschämung und Verlegenheit.

Und da schloss er sie zu einem weiteren leidenschaftlichen Kuss in seine Arme. Eine heiße Woge durchströmte sie, und sie erschauerte und schmiegte sich noch fester an ihn. Er hielt sie fest umarmt, vertiefte den Kuss und begann zärtlich ihren Mund zu erforschen. Dabei konnte sie seine starke körperliche Erregung spüren, was ihre Vermutung, dass er sie vielleicht nicht begehrte, Lügen strafte.

Als wüsste er genau, wie sie reagierte, schob er sein Bein wieder zwischen ihre Schenkel und übte leichten Druck auf die Stelle ihres Körpers aus, wo die süße Qual am größten war. Mit einer Hand umfasste er ihre Hüfte und hinderte Josie daran, zurückzutreten, während er mit der anderen liebkosend über ihre Brüste glitt und mit dem Daumen ihre steifen kleinen Spitzen streichelte. Er murmelte beruhigende Worte, als sie zusammenzuckte, weil die Gefühle, die er in ihr hervorrief, so intensiv waren, dass sie in Flammen zu stehen glaubte. Aufstöhnend umklammerte Josie seine Schultern.

„Verdammt." Er schloss die Augen. „Lass uns von hier verschwinden, bevor ich ganz den Kopf verliere", sagte er und zog sie so rasch mit sich, dass Josie Mühe hatte, auf ihren hohen Absätzen mit ihm Schritt zu halten.

Er führte sie zu einem schwarzen Jeep und öffnete die Tür.

Doch als sie einsteigen wollte, erkannte sie, dass sie ein Problem hatte. „Bob …“

„Ja?“

„Ich kann nicht einsteigen.“

Zärtlich strich er ihr das Haar hinter die Ohren und streichelte ihre Wange. „Ich habe dir doch versprochen, dir nicht wehzutun, Josie. Du kannst mir vertrauen.“

Sie brach in nervöses Kichern aus, was sie beschämte. Sie kicherte sonst nie. „Das ist es nicht. Das Problem ist, dass mein Rock zu eng ist und der Sitz zu hoch.“

Nick lachte leise. „Ja, jetzt verstehe ich, was du meinst. Das haben wir gleich.“ Mühelos hob er sie hoch, zögerte dann aber, sie wieder abzusetzen. „Weißt du, dass du leicht wie eine Feder bist?“ Einen Moment zog er sie an sich und küsste ihren Hals, ihr Ohr und ihren Mund, bevor er sie widerstrebend in den Wagen setzte und die Tür zumachte.

Als er einstieg, entschloss Josie sich zu einer gewagten Frage. „Du magst also kleine Frauen?“

„Früher nie.“ Ohne weiter auf das Thema einzugehen, ließ er den Motor an und lenkte den Wagen auf die Straße. „Wie wäre es, wenn wir zu dir gingen? Wir könnten einen Kaffee trinken und uns unterhalten.“

O nein, bloß das nicht! durchzuckte es Josie. Sie konnte ihn nicht mit in ihr Apartment nehmen, wo ihr funktioneller Lebensstil und ihre langweilige Persönlichkeit in sämtlichen Details erkennbar waren. In ihren Möbeln, ihren Bildern, ihren CDs und ihren Büchern. Und vor allem in den Erinnerungsfotos, die auf dem Kaminsims standen und ihre verstorbenen Eltern und sie und Susan zeigten. Dort würde er sie mit ihren Zöpfen, ihren Rollkragenpullovern und ihren Faltenröcken sehen …

Das war nicht die Frau, die er begehrte, und Josie hätte es nicht ertragen, wenn er jetzt noch einen Rückzieher machte.

„Das ist keine gute Idee, fürchte ich.“

Er warf ihr einen neugierigen Blick zu. „Warum nicht?“

Warum nicht? „Nun ja … meine Wohnungsnachbarin hat für heute eine große Party geplant, und ich habe abgesagt. Wenn sie mich sieht, dann wäre sie gekränkt oder würde darauf bestehen, dass ich doch noch zu der Party komme.“ Es war nur zum Teil gelogen. Die meisten ihrer Nachbarn in dem großen Apartmenthaus waren nette, ruhige alte Leute, die von ihren Pensionen und ihren Renten lebten. Sie waren ihre Freunde und die einzigen Menschen, in deren Gesellschaft sie sich vollkommen ungezwungen fühlte. Sie mochten sie und waren ihr dankbar für ihre Unterstützung, ganz gleich, wie unbedeutend sie auch war. Ihnen brauchte sie nichts zu beweisen, bei ihnen konnte sie ganz sie selbst sein.

Früher hatte es nie Partys in dem großen Haus gegeben. Doch mit Josies Hilfe und Ermutigung hatte Mrs. Wiley begonnen, lustige Feten für ihre Mitbewohner zu veranstalten – wenn auch keine von der Art, zu der Josie Bob gern mitgenommen hätte. Man konnte Mrs. Wiley mit Fug und Recht als eine Art „moderne“ Großmutter bezeichnen.

Bob nickte verständnisvoll und runzelte dann nachdenklich die Stirn.

„Warum gehen wir nicht zu dir?“ schlug Josie vor.

„Nein.“ Er schüttelte den Kopf und warf ihr einen raschen Blick zu. „Das ist auch keine gute Idee.“

„Warum?“

„Weil ich … Ich wage es kaum vorzuschlagen, weil ich dich auf keinen Fall beleidigen möchte.“

„Was?“ Ihre Neugier war geweckt.

„Mein Vater hat ein kleines Hausboot am Fluss, nicht weit von hier. Es ist sehr friedlich dort. Und still. Wie zu Hause, nur kleiner. Und auf dem Wasser.“

Wie romantisch – und wie lieb von ihm, dass er befürchtete, sie mit dem Vorschlag zu beleidigen. „Das klingt wunderbar, aber … Ich dachte, Susan hätte gesagt, deine Eltern wären tot.“

„Meine ..." Er wandte das Gesicht ab und starrte auf die Straße vor ihnen.

„Bob?"

Jetzt stöhnte er. Als er sie endlich ansah, lag ein harter Zug um seinen Mund. „Das sind sie. Gestorben, meine ich. Aber sie haben mir das Boot hinterlassen, und irgendwie betrachte ich es wohl noch immer als ihr Eigentum."

Er ließ es wie eine Frage klingen, als sei er sich selbst nicht sicher, was keinen Sinn ergab. Aber vielleicht hatte er den Verlust noch nicht verwunden. Josie wusste aus eigener Erfahrung, wie schwer das war. Sie hatte Monate gebraucht, um den Schock über den Tod ihrer Eltern zu verarbeiten. „Meine Eltern starben, als ich fünfzehn war. Danach übernahm Susan die Verantwortung für mich. Es schmerzt, sich daran zu erinnern, nicht?"

Sein Blick war unergründlich. „Schmerzt es dich?"

„Ja. Sie fehlen mir noch immer sehr, obwohl ihr Tod schon zehn Jahre zurückliegt. Und ... ich habe ein schlechtes Gewissen, wenn ich daran denke, was Susan alles für mich aufgegeben hat. Wir haben keine anderen Verwandten, und da sie schon neunzehn war und somit volljährig, überließ man ihr die Vormundschaft für mich." Ganz so einfach war es nicht gewesen, aber Josie wollte jetzt nicht darüber sprechen, wie hart Susan damals um sie gekämpft hatte.

Er griff nach ihrer Hand. „Ich bezweifle, dass Susan es anders hätte haben wollen. Sie scheint sehr resolut zu sein in allem, was sie tut."

„Das stimmt. Sie ist sehr willensstark." Josie lächelte und wechselte das Thema. „Erzähl mir von dem Boot."

Er drückte ihre Hand. „Nein. Wenn ich darüber rede, kann ich mich nicht auf das Fahren konzentrieren."

Er sagte nie, was sie erwartete. „Warum?"

„Weil ich wünschte, wir wären bereits da." Er warf ihr einen raschen, erwartungsvollen Blick zu. „Ich will mit dir allein sein, Josie. Ich möchte dich anfassen und dich küssen. Ich möchte …“

Sie schnappte nach Luft und murmelte dann rasch: „Vielleicht sollten wir wirklich nicht darüber reden.“ Er lachte leise, als sie sich mit zitternder Hand Luft zufächelte.

Nachdem ein oder zwei Minuten in angespanntem Schweigen verstrichen waren, sagte er: „Gut. Dann lass uns über etwas Unverfänglicheres reden.“

Josie lächelte erleichtert. „Einverstanden.“

„Erzähl mir von deiner Arbeit.“

„Na schön. Eigentlich dachte ich, Susan hätte dir schon alles darüber gesagt.“

Er zuckte mit den Schultern. „Ich möchte es lieber von dir selbst hören.“

„Ich arbeite als private Kranken- und Altenpflegerin. Ich begann bei einer Agentur, aber die unpersönliche Arbeitsweise dort gefiel mir nicht. Ich entwickelte immer eine Beziehung zu den Leuten, mit denen ich arbeitete, doch sobald sie aus der Pflege entlassen wurden, sollte ich sie nicht mehr wiedersehen. Aus diesem Grund beschloss ich, mich selbstständig zu machen. Susan wusste, wie man ein Geschäft gründet, da sie bereits ihren eigenen Blumenladen aufgemacht hatte, und sie hat mir sehr beim Start geholfen.“

„Gefällt dir deine Arbeit?“

„Sie war bisher das Einzige, worin ich wirklich gut war, und stets ein großer Trost für mich.“

Sie erkannte ihren Fehler, als Bob ihr stirnrunzelnd einen Blick zuwarf. „Was willst du damit sagen?“

Diesmal wählte sie ihre Worte mit Bedacht. „Was ich meine, ist, dass ich etwas ändern will in meinem Leben. Ich bin jetzt fünfundzwanzig Jahre alt und habe in beruflicher Hinsicht fast alles erreicht, was ich mir vorgenommen hatte. Und deshalb habe ich mir nun private Ziele gesetzt. Dinge, die ich noch erleben möchte, bevor ich zu alt bin, um sie zu genießen.“

Er schluckte. „Fünfundzwanzig?“

„Überrascht dich das? Hat Susan das nicht erwähnt?“

Er strich sich in einer nervösen Geste mit der Hand über das Gesicht. „Ja, ja, das hat sie.“ Seine Stimme wurde leiser, sanfter. „Aber du bist viel attraktiver, als ich dachte. Und du wirkst ... reifer als fünfundzwanzig.“

„Danke.“ Josie fragte sich, ob das nicht vielleicht daran liegen mochte, dass sie so viel mit alten Menschen zusammen war.

„Du sprachst von privaten Zielen. Erzähl mir davon.“

Es fiel ihr schwer, vom Thema abzulenken, da es ihn wirklich zu interessieren schien. Aber er brauchte nicht zu wissen, dass er selbst auch auf der Liste ihrer Ziele stand. Wenn er entdeckte, was für ein zurückgezogenes Leben sie führte und wie behütet sie bei ihrer Schwester aufgewachsen war, würde er dann nicht lieber darauf verzichten, sie zum Hausboot mitzunehmen? Das Risiko wollte sie nicht eingehen.

„Jeder hat private Ziele. Du nicht? Ich glaube, Susan sagte, du hättest vor, dein Firmenkapital in den nächsten fünf Jahren zu verdoppeln. Das nenne ich ein Ziel.“

Er murmelte etwas, was sie nicht verstand.

„Was sagtest du?“

„Nichts.“

Er bog auf einen schmalen Weg ein, der zu den Anlegestellen führte. „Es ist mein Partner, der die Agentur vergrößern will. Ich bin zufrieden mit dem, was wir schon haben. Die Firma läuft sehr gut, und um das Auftragsvolumen zu verdoppeln, müssten wir entweder einen Großteil unserer Freizeit opfern oder einen weiteren Partner aufnehmen. Ich will weder das eine noch das andere. Arbeit ist nicht das Einzige in meinem Leben. Ich möchte Zeit für meinen Großvater haben, andere Leute sehen und mich anderen Interessen widmen. Die Arbeit ist wichtig, aber sie kommt für mich nicht an erster Stelle.“

Erstaunt über diese Gefühle, die ihre eigenen widerspiegelten, sagte sie: „Ich kann es fast nicht glauben. Meine Schwester erwähnte deinen Partner, aber sie sagte nur, er sei arrogant und sie möge ihn nicht. Sie hält ihn für seicht und oberflächlich. Ich glaube, sie hat sich sogar geweigert, mit ihm zusammenzuarbeiten, nicht?“

Selbst in der Dunkelheit konnte sie sehen, wie er errötete. „Ja, Nick war ihr vom ersten Augenblick an unsympathisch. Mir war nicht ganz klar, warum …“

„Susan meint, er habe auf Teufel komm raus versucht, mit ihr zu flirten. Sie hat einen sechsten Sinn für Weiberhelden, und sie sagte, Nick sei der Typ, der Frauen anzieht wie der Honig die Bienen.“

Nick warf ihr einen ärgerlichen Blick zu. „Das stimmt nicht. Plumpe Anmache ist nicht sein Stil. Dazu ist er viel zu diskret.“

„Offensichtlich nicht diskret genug. Susan ist sehr emanzipiert und will nicht anders als ein Mann behandelt werden. Ihrer Beschreibung entnahm ich, dass dein Partner ein ziemlich übler Chauvi sein muss. Sie hat ihn als ‚arrogant und großspurig‘ bezeichnet.“

Er fluchte leise. „Nun ja, Nick hat auch nicht viel für tyrannische Frauen übrig, und ein Tyrann ist deine Schwester.“

Das konnte Josie nicht abstreiten; sie lachte sogar. „Das stimmt. Ich betrachte es als Teil ihres ganz speziellen Charmes.“

Ein skeptischer Blick ersetzte sein Stirnrunzeln. „Wenn du meinst. Auf jeden Fall war es leichter für sie, mit mir zu arbeiten.“

Josie lachte. „Susan sagte, ihr hättet die beste Werbeagentur der Stadt. Und sie zeigte mir die Anzeigen für ihren Blumenladen. Sie sind fantastisch.“ Josie legte einen Moment die Hand auf seinen Arm. „Susan sagt, du wärst das Hirn der Agentur, während Nick bloß ein bisschen Talent beisteuert. Aber ich glaube, dass auch du recht talentiert bist. Und überhaupt nicht so, wie ich erwartet hatte.“

„Ach?“ Das klang zerstreut, als ob er nur mit halbem Ohr hinhörte.

„Ich habe allmählich das Gefühl, Susans einziges Hobby ist es, Verabredungen für mich zu treffen, und ich wäre jede Wette eingegangen, dass du bloß wieder so ein Typ warst wie der letzte.“

Das weckte sein Interesse. „Was gab es denn auszusetzen an dem letzten?“

„Nichts, wenn man Männer mag, die nur über sich selbst reden und sich endlos über ihre Zukunftsaussichten und die Lauterkeit ihrer Motive auslassen. Nach einer Stunde schon beschrieb er mir detailgetreu, wie er sich alles vorstellte. Er meinte, falls ich ihm gefiele, würde er nach etwa einem Monat mit mir schlafen, um sicherzugehen, dass wir zusammenpassten, und danach könnten wir dann das Datum für die Hochzeit festsetzen. Natürlich erwartete er, dass ich einen Ehevertrag unterschrieb und auf alle Ansprüche am Familienvermögen verzichtete, da er in der Firma seines Vaters beschäftigt war.“ Wieder lachte sie. „Wo Susan so viele heiratswillige Männer findet, ist mir schleierhaft.“

Nach einer gemurmelten Bemerkung, die Josie nicht verstehen konnte, wandte er sich ihr zu. „Ich hoffe, an diesem Punkt hast du ihn sitzen lassen.“

„Allerdings. Und dann musste ich mir einen Vortrag von Susan anhören, ich hätte ihm keine Chance gegeben. Sie meinte, er sei nur nervös gewesen, weil es unsere erste Verabredung war.“

„Das klingt, als wäre er ein eingebildeter Affe“, entgegnete Nick. Mit schief gelegtem Kopf betrachtete er sie einen Moment. „Weißt du, ich glaube, deine Schwester kennt dich nicht sehr gut.“

Josie zuckte mit den Schultern. „Wahrscheinlich sieht Susan mich nach wie vor als schüchterne, unsichere Fünfzehnjährige, die den Tod ihrer Eltern nicht verwindet und sich vor dem Leben fürchtet. Susan hat ihr eigenes Leben geopfert, damit meins sich nicht allzu sehr veränderte. Sie hat mich immer wie eine arme Prinzessin behandelt, die nur darauf wartet, dass ein gut aussehender Prinz erscheint und sie in sein hypothekenfreies Schloss entführt. Heute hält sie es für ihre Pflicht, mich zu verheiraten, und ich fürchte, bis ihr das nicht gelungen ist, wird sie ihr eigenes Leben auch weiterhin zurückstellen."

„Du läufst wohl kaum Gefahr, als alte Jungfer zu enden. Du bist noch verdammt jung mit fünfundzwanzig."

„Ich weiß das, aber Susan ist sehr altmodisch. Ihr klar zu machen, dass sie ihre Verkuppelungsversuche aufgeben soll, wird nicht einfach sein."

„Du bist sehr nachsichtig mit ihr, nicht wahr? Eigentlich bist du überhaupt nicht so, wie sie dich beschrieben hat."

„Ich kann mir gut vorstellen, wie sie mich beschrieben hat." Josie konnte sich ein Grinsen nicht verkneifen. „Wahrscheinlich wie eine weibliche Version von dir."

Er bewegte sich ein wenig unbehaglich, als er den Wagen am Ende eines langen Piers parkte und den Motor abstellte. „Wir sind da."

Sie schluckte, und ihr Magen begann vor Nervosität zu kribbeln, als ihr plötzlich zu Bewusstsein kam, dass sie nicht die geringste Ahnung hatte, wie sie sich verhalten sollte.

„Josie." Er legte eine warme Hand um ihren Nacken. „Ich möchte, dass du weißt, dass ich das sonst nicht tue."

„Was?" Der heisere Klang ihrer Stimme hätte sie verlegen stimmen müssen, aber sie war viel zu nervös und aufgeregt, um sich deswegen Sorgen zu machen.

„Ich bin zweiunddreißig, Josie, und kein grüner Junge mehr. Ich kenne die Risiken flüchtiger sexueller Abenteuer und bin sonst vorsichtiger. Aber du hast mich überrumpelt und … verdammt, ich weiß selbst nicht, was ich tue. Ich weiß nur, dass ich bei dir sein will. Ich möchte dich nackt in meinen Armen halten und dich sagen hören, dass du mich genauso sehr willst wie ich dich."

„Das tue ich", wisperte sie.

Er legte die Hände um ihre Wangen und schaute ihr prüfend in die Augen. „Ich kann mich nicht entsinnen, je eine Frau so sehr begehrt zu haben wie dich." Er küsste sie flüchtig, aber es genügte, um ihr den Atem zu rauben und sie die Augen schließen zu lassen. „Das kann keine flüchtige Affäre sein." Er schien selbst überrascht, dass er es sagte, fügte aber dann hinzu: „Versprich es mir."

Sie nickte stumm. Sie hätte ihm versprochen, was er wollte.

„Sag mir, dass du mich nicht dafür hassen wirst."

Darauf schaute sie ihn wieder an. „Wie meinst du das?"

Zärtlich legte er die Stirn an ihre. „Ich fürchte, dass ich es bereuen werde, weil du es bereuen wirst."

Mit einer Hand berührte sie sein Kinn und lächelte. „Das halte ich für ausgeschlossen." Sie war sich in ihrem ganzen Leben noch nie einer Sache so sicher gewesen.

Er zögerte noch einen winzigen Moment, bevor er ausstieg und zu ihr hinüberkam. Sie hatte ihre Tür bereits geöffnet, aber er war da, bevor sie aussteigen konnte. Aber er reichte ihr nicht nur die Hand, sondern hob sie auf seine Arme und trug sie zu dem schmalen Pier hinüber.

Seine Schritte auf den hölzernen Planken hallten laut durch die nächtliche Stille, als Nick zum Eingang des Hausboots hinüberging. Während er Josie mit einem Arm festhielt, suchte er in seiner Hosentasche nach dem Schlüssel, schloss auf und duckte sich, um zu vermeiden, dass Josie sich den Kopf stieß. Sie hatte kaum Gelegenheit, sich an Deck umzusehen, wo sie in einer Ecke einen Whirlpool sah, bevor Nick eine kurze, schmale Treppe hinunterstieg. Als er die letzte Stufe überschritten hatte, blieb er stehen, schloss Josie noch fester in die Arme und küsste sie.

Dann, ohne die geringste Eile, ließ er sie ganz langsam an seinem Körper hinuntergleiten, was ihr seine Kraft, seine Größe und das Ausmaß seiner Begierde noch deutlicher als vorher zu Bewusstsein brachte. Es war so dunkel, dass Josie nicht viel sehen konnte, aber das war auch nicht nötig. Er führte sie zu einer niedrigen Koje, und zusammen sanken sie auf die Matratze. Als er nach einem weiteren leidenschaftlichen Kuss den Kopf hob, geschah es nur, um eine Bitte auszusprechen.

„Nenn mich, wie du willst heute Nacht“, murmelte er rau, „aber sag bitte nicht Bob zu mir.“

3. KAPITEL

Offenbar hatte er den Verstand verloren. Nur das konnte die Erklärung für eine solch lächerliche Bemerkung sein. Aber Nick nahm sie trotzdem nicht zurück. Wenn Josie ihn noch einmal Bob nannte, würde er vor Widerwillen sterben – oder mit der Wahrheit herausplatzen und alles ruinieren.

Aber sie versteifte sich in seinen Armen, und er spürte, wie verwirrt sie plötzlich war. „Ich verstehe nicht …"

Ihre Augen waren kaum zu sehen im dunklen Inneren des Boots, als sie auf seine Antwort wartete. Aber in seinem erregten Zustand wollte ihm keine vernünftige Erklärung einfallen, und so tat er das Einzige, was ihm einfiel, um sie abzulenken: Er küsste sie wieder.

Ihre vollen weichen Lippen öffneten sich, um seiner Zunge Einlass zu gewähren. Er drang in die warme Höhlung ihres Mundes ein und spürte voller Freude, wie willig sie auf das erotische Spiel seiner Zunge einging. Es schien gerade so, als könne sie nicht genug von ihm bekommen.

Was diese Frau ihm antat, war nicht mit Worten zu beschreiben. Nick glaubte nicht an Liebe auf den ersten Blick; er war nicht einmal sicher, dass es Liebe überhaupt gab. Was ihn betraf, so hatte er sie jedenfalls noch nicht erlebt. Aber irgendetwas in ihm sagte ihm, dass Josie die Richtige für ihn war, die Frau, auf die er sein Leben lang gewartet hatte, ohne es zu wissen. Ihr Duft machte ihn trunken vor Lust, ihre Berührung – unschuldig, zaghaft und suchend – erregte ihn mehr, als er es für möglich gehalten hätte. Sie vereinte eine faszinierende Mischung aus verführerischer Sinnlichkeit und mädchenhafter Scheu in sich.

Himmel, wie sehr er sie begehrte!

Zärtlich ließ er seine Lippen über ihren Hals gleiten, ohne die geringste Eile, weil er sich Zeit für sie nehmen und sie die ganze Nacht lang lieben wollte.

Vorausgesetzt, sie ließ es zu.

Er lauschte ihren leisen Seufzern und achtete genau auf ihre Reaktionen. Es sollte auch für sie etwas ganz Besonderes werden. Wenn sie ihn später hasste, weil er sie belogen hatte, musste er sie daran erinnern können, wie unglaublich schön es zwischen ihnen gewesen war. Es würde vielleicht seine einzige Möglichkeit sein, sich eine zweite Chance zu sichern. Deshalb musste es für sie genauso überwältigend sein wie für ihn.

Während seine Lippen über ihre Bluse glitten, nahm er das aufgeregte Pochen ihres Herzens wahr und merkte, dass sie erwartungsvoll den Atem anhielt, als sein Mund sich den kleinen harten Knospen näherte, die sich unter der dünnen Bluse abzeichneten. Aber auch jetzt ließ er sich entnervend viel Zeit für seine Zärtlichkeiten.

Sanft legte er die Hände um ihre Brüste und hob sie an seine Lippen, küsste jede Sommersprosse und berührte sie mit seiner warmen Zunge. Josie bewegte sich ungeduldig und drängte ihn, sich zu beeilen, aber er wusste, dass er nicht eher nachgeben würde, bis sie beide außer Atem waren vor Verlangen.

„Bitte …" flehte sie, und bei dem rauen Tonfall ihrer Stimme durchzuckte es ihn heiß.

„Pst. Wir haben es nicht eilig", beruhigte er sie und strich ganz sachte mit dem Daumen über eine ihrer Brustspitzen. Unwillkürlich bäumte Josie sich auf und krallte die Finger in sein Haar. Er fuhr zusammen, aus Schmerz, aber auch aus Verblüffung über ihre ungestüme Reaktion. Seine Zungenspitze glitt noch tiefer, am Rand ihres spitzenbesetzten BHs entlang, ihren Brustspitzen schon ganz nahe, aber noch nicht nahe genug.

„Bob …"

„Nein!" Er hob den Kopf und küsste sie hart auf die Lippen. „Josie, du kannst stöhnen, mich verfluchen oder betteln. Aber ich will nicht, dass du sprichst."

„Aber …"

Durch den dünnen Stoff der Bluse und des BHs nahm er eine ihrer Brustspitzen zwischen Daumen und Zeigefinger und rieb sie. Wieder rief seine Berührung eine so heftige Reaktion in ihr hervor, wie er es noch nie zuvor bei einer Frau erlebt hatte. Er küsste die zarte Haut ihres Halses, zog sie behutsam zwischen seine Zähne und erreichte mit dieser doppelten Attacke, dass Josie aufschrie und die Worte rief, die er jetzt hören wollte.

„Oh, bitte …"

Es war ein Leichtes, sie zurückzudrängen, bis sie ausgestreckt vor ihm auf der schmalen Koje lag. Die Gewissheit, dass sie ihn mit fieberhafter Ungeduld erwartete, genügte fast, um ihn in eine peinliche Situation zu bringen. Sein erhitzter Körper forderte gebieterisch Erfüllung, und Nick musste seine ganze Willenskraft aufbieten, um nicht über Josie herzufallen wie ein Verhungernder über ein plötzlich entdecktes Festmahl.

„Warte einen Moment", bat er mit rauer Stimme und strich ihr über die Wange.

Mit einer Hand griff er nach der kleinen Petroleumlampe, die er abends beim Angeln benutzte. Er wollte Josie sehen, aber nicht durch zu grelles Licht die Intimität der Atmosphäre stören oder Hemmungen in Josie wecken, die sie bisher nicht gezeigt hatte. Als er die Lampe angezündet hatte, drehte er den Docht herunter, bis sie nur noch einen schwachen Schein verbreitete, der zwar nicht bis in alle Ecken der Kabine drang, aber Josies Körper an bestimmten Stellen sanft beleuchtete – die Wölbungen ihrer Brüste, ihre schlanken Schenkel, ihre hohen Wangenknochen und ihren geraden kleinen Nasenrücken. Und ihre großen Augen, die vor Verlangen glühten. Nick atmete noch einmal tief durch, um sich zu beruhigen, aber es nützte nichts.

Noch nie hatte er eine verlockendere Frau gesehen. Ihre Hände lagen neben ihrem Kopf, mit den Handflächen nach oben, und sie krümmte erwartungsvoll die Finger und beobachtete ihn unter halb geschlossenen Lidern. Eins ihrer Beine hatte sie ein wenig angezogen, wodurch der ohnehin schon kurze Rock noch höher hinaufgerutscht war, sodass Nick ihren hellen Satinslip erkennen konnte.

Nick stand auf und streifte hastig sein Hemd ab. Sein Blick wich nicht von Josie, und er lächelte, als er sah, dass auch sie ihn eindringlich betrachtete. Ihr Blick verriet so viel Leidenschaft, dass er ihn fast wie eine körperliche Berührung spürte, und sie begann sich unruhig zu bewegen.

Rasch zog er Schuhe und Socken aus, öffnete seine Jeans und zog den Reißverschluss ein Stück hinunter, um sich ein wenig Erleichterung zu verschaffen. Als der Druck nachließ, schloss er für einen Moment aufatmend die Augen.

„Was ist mit deiner Hose?"

Der kehlige Tonfall ihrer Stimme bewies, wie ungeduldig sie allmählich wurde.

„Was das Ausziehen angeht, hast du einiges nachzuholen", erwiderte er lächelnd und beugte sich vor, um ihre Bluse aufzuknöpfen. Wieder küsste er Josie und strich mit den Lippen über die zarte Haut, bis ihre Brüste vor Verlangen pulsierten und sie sich ihm aufstöhnend entgegenbog. Als sie die Hände nach ihm ausstreckte, ergriff er sie und hielt sie über ihrem Kopf. „Entspann dich, Josie."

Ein erstickter Laut entrang sich ihr. „Entspannen? Jetzt?"

Er lachte leise. „Du sagtest, du wolltest Spaß und Aufregung. Bist du bereit, mir zu vertrauen?"

„In welcher Hinsicht?" fragte sie, aber es klang eher erwartungsvoll als misstrauisch.

Ihre Bluse war inzwischen offen, und er konnte nicht den Blick von ihren kleinen, festen Brüsten abwenden. „Dass ich dir mehr Vergnügen verschaffen werde, als du ertragen kannst." Nacheinander küsste er die empfindsamen, hoch aufgerichteten Spitzen ihrer Brüste, liebkoste sie mit seiner Zunge und nahm sie zwischen seine Zähne. Ihr ganzer Körper spannte sich an, und sie konnte das Stöhnen, das in ihrer Kehle aufstieg, nicht mehr zurückhalten.

„Du hast sehr sensible Brüste“, murmelte er.

„Bitte …“

Indem er ihre Brüste küsste und liebkoste, bis ihr BH über den harten Spitzen feucht war, zeigte er ihr, wie viel Vergnügen sie erwarten konnte und wie geduldig er in diesen Dingen war. Er liebte es, einer Frau Lust zu schenken, aber noch nie war es ihm so wichtig wie bei Josie erschienen. Diesmal ging es ihm vor allem darum, sie durch die Lust, die er ihr schenkte, an sich zu ketten. Er musste ein Verlangen in ihr wecken, das nur er und niemand sonst zu befriedigen vermochte.

Sanft umfasste er ihre Schulter und drehte Josie auf den Bauch. Verwundert schaute sie sich nach ihm um, aber er lächelte nur und begann den Reißverschluss an ihrem Rock aufzuziehen. Der Rock straffte sich noch immer um ihren runden Po, was ein solch verführerischer Anblick war, dass Nick einen Moment lang innehielt, um beide Hände um diesen wohl geformten Po zu legen. Ein leises Stöhnen entrang sich ihren Lippen, und sie begann sich unruhig unter ihm zu winden, als er durch die Nylonstrümpfe ihre Kniekehlen küsste.

Langsam ließ er seine Lippen höher gleiten, was ihr ein weiteres Aufstöhnen entlockte. Sie barg das Gesicht im Kissen und umklammerte mit beiden Händen den Bezug.

Sie trug Strümpfe, die an schmalen Strapsen befestigt waren. Nick liebte Strümpfe.

So ein kleines Luder, dachte er und verbat sich jeden anderen Gedanken, weil er kein Gefangener seiner eigenen Emotionen werden wollte. Mit zwei Fingern löste er einen Strumpf und schob ihn ein wenig tiefer, um die weiche, heiße Haut darunter zu berühren. Ihre festen, schlanken Schenkel spreizten sich ganz unwillkürlich, als sie seine heißen, glatten Lippen auf sich spürte.

„Bob …“

Mit einer ungeduldigen Bewegung streifte er ihr den Rock ab. Sie stieß einen leisen Schrei aus und drückte das Gesicht noch tiefer in das Kissen. Der seidene Slip glitt wie von selbst herunter, als Nick ihren festen kleinen Po küsste und mit zwei Fingern zwischen ihre Schenkel fuhr, um ihre seidige Wärme zu erkunden. Sein Herz begann wie wild zu pochen, und rasch zog er die Hand zurück, aus Angst, die Kontrolle zu verlieren. Josie war bereit für ihn, das fühlte er.

Zärtlich strich er mit den Lippen über ihren Nacken, während er ihren BH öffnete und die Träger von den Schultern schob. Dann drehte er Josie wieder um.

Selbst im Halbdunkel konnte er sehen, dass sie errötete, und die Art, wie sie schützend den BH vor ihre Brüste hielt, ließ ihn einen Moment lang innehalten. Josie wusste offenbar gar nicht, wie sie ihren Körper einsetzen konnte, um ihre Ziele zu erreichen. Sie hatte keine Ahnung von der Macht, die Frauen über Männer ausübten; keine ihrer Emotionen war gespielt. Die Erkenntnis erschütterte ihn so sehr, dass seine Hände zitterten.

Da er sie auf keinen Fall bedrängen oder zu irgendetwas zwingen wollte, was sie nicht wünschte, nahm er sie nur zärtlich in die Arme und streichelte beruhigend ihr Haar und ihren Rücken. Er wollte ihr Zeit geben zu verstehen, was geschah, und es zu akzeptieren.

„Was hast du?“

Er seufzte. Aus welchem Grund auch immer, sie hatte das Ganze geplant. Eine andere Erklärung für die Art, wie sie sich ihm genähert und ihn dann auf das Boot begleitet hatte, gab es nicht. Aber sie war auch sehr verunsichert – was sehr verblüffend war angesichts ihrer natürlichen Sinnlichkeit und ihrer offenkundigen Sehnsucht nach ihm.

Er nahm ihre Hand und zog sie an seine Brust. „Bist du sicher, dass du es willst, Josie?“

Ruckartig hob sie den Kopf und schaute ihn betroffen an. „Du nicht?"

Er lachte auf, bevor er es verhindern konnte. Ihre Naivität entzückte ihn. „Ich würde ein ganzes Jahr meines Lebens dafür geben, eine Woche mit dir auf diesem Boot zu bleiben und dich Tag und Nacht zu lieben!" schwor er und berührte zärtlich ihre Wange und ihr Kinn. „Aber ich möchte nichts tun, was dir nicht gefällt. Wir haben keine Eile. Wenn du lieber ..."

Sie runzelte die Stirn und erwiderte mit leisem Groll: „Es wäre mir lieber, wenn du aufhören würdest, mich zu quälen." Dann, nach einem weiteren unsicheren Blick auf ihn, ließ sie den BH sinken und lehnte sich zurück.

Nick stockte der Atem. Sie hatte verdammt hübsche Brüste. Klein und fest und wohl geformt. Er regte sich nicht, löste nur den Blick von den verführerischen Rundungen und richtete ihn auf ihr Gesicht. „Was willst du, Josie?"

„Ich ..." Heiße Röte stieg ihr in die Wangen, und sie sagte leise: „Ich möchte, dass du mich wieder küsst."

Seine Stimme war kaum mehr als ein Flüstern, als er fragte: „Wo?"

Die zarten rosigen Knospen ihrer Brüste lockten ihn. Beinahe glaubte er sie mit seiner Zunge schon zu kosten. Als Josie die Hand hob, zögerte und sich dann dort berührte, wo er gern seine Lippen gehabt hätte, stöhnte er.

Auch jetzt regte er sich nicht und überließ es ihr, den nächsten Schritt zu machen. Aber er öffnete die Lippen ein wenig und richtete den Blick auf ihre Brust, und mit einem kleinen Seufzer beugte sie sich über ihn.

Ihre Brustspitze streifte seine Lippen, und er hob eine Hand, um sie zu führen und zu halten, während er sie mit dem Mund liebkoste und spielerisch darüber blies.

Josies Bewegungen waren ungeschickt, aber so ungemein erregend, dass er um seine Beherrschung fürchtete. Vor allem ihr hingerissener, verträumter Blick, der ihm alles verriet, was sie empfand, und ihm eine Nähe erlaubte wie noch keine andere Frau zuvor, steigerte seine Erregung bis ins Unermessliche.

Er ertrug es nicht. Begierig sog er ihren Duft ein und presste sein Gesicht an ihren Hals. Widerstrebend ließ sie ihn los, als er im Bett an ihr hinunterglitt und mit den Lippen einen sinnlichen Pfad über ihre Brust, ihre Rippen und flachen kleinen Bauch beschrieb. Schließlich gelangte er zu der aufreizenden Zone zwischen ihren Schenkeln und genoss den intimen Anblick, der sich ihm bot.

„Nein!"

„Ja." Noch nie hatte er sich irgendetwas so sehr gewünscht, wie alles von ihr zu erforschen. Ihr Duft, frisch und zart, wirkte wie ein zusätzliches Stimulans auf ihn. Sanft küsste er ihre empfindsamste Stelle und stöhnte vor Erregung, als er spürte, wie weich und einladend sie war. Mit einem leisen Aufschrei bäumte Josie sich auf und hob sich ihm entgegen. Sie erschauerte und flehte bei jeder weiteren Liebkosung seiner Lippen und seiner Zunge um mehr. Da er wusste, dass es um seine Beherrschung bald geschehen sein würde, steigerte er noch ihre Lust, indem er behutsam mit zwei Fingern in sie eindrang.

Er fühlte, wie Josies Spannung wuchs und wie die Schauer der Ekstase sie davontrugen. Noch nie hatte er eine solche Hingabe bei einer Frau erlebt. Das steigerte sein eigenes Verlangen ins Unerträgliche, und er presste sich fast schmerzhaft hart an die Matratze, um nicht die Kontrolle über sich zu verlieren. Als Josie schließlich still und ermattet dalag, die Beine noch immer weit gespreizt, wusste er, dass ihm nur noch Sekunden blieben, um ein Kondom überzustreifen und sie zu nehmen, denn er konnte sich nicht länger zügeln.

Ungestüm und machtvoll drang er in sie ein – und erstarrte. Mit einem schockierten Schrei versteifte sie sich, und er starrte sie betroffen an, nicht sicher, ob er das Unfassbare glauben sollte. Sie war fünfundzwanzig, schön und so sexy, dass sie jeden Mann um den Verstand bringen konnte. Sein Herz begann wie wild zu pochen.

„Josie?"

Ein Schauer durchzuckte sie, was er mit jeder Faser seines Körpers spürte. Er schloss die Augen.

Sie atmete mehrmals tief durch, bevor sie sagte: „Ich ... Es ist nicht schlimm."

Er legte seine Stirn an ihre. „Du bist noch Jungfrau?" fragte er in ungläubigem Ton.

„Ich ... war es."

Aber jetzt nicht mehr. Jetzt gehörte sie ihm. Sein Herz schlug noch schneller angesichts dieser Erkenntnis, und purer männlicher Stolz erfasste ihn. Aber sein Verstand begriff dies alles nicht und war nicht in der Lage, es einzuordnen. Diskussionen würden bis später warten müssen; sein Körper forderte sein Recht, ohne die Zustimmung seines Verstandes abzuwarten.

Sehr langsam, um ihr nicht wehzutun, drang Nick noch tiefer in sie ein. Wieder bog sich Josie ihm entgegen und stöhnte auf. Seine nächste Bewegung entlockte ihr einen leisen Schrei – der nach lustvoller Verblüffung klang. Ein dritter Stoß, und sie schlang ihm die Beine um die Hüften und hielt ihn fest an sich gepresst, während er noch tiefer in sie eindrang und einem schwindelerregenden Gipfel entgegentrieb. Als er erschöpft auf sie sank, umklammerte sie seinen Nacken und küsste sein Ohr und seine Schläfe. Ihr Atem kühlte seine erhitzte Haut, und ihn durchströmte ein bisher unbekanntes, ziemlich verwirrendes Gefühl, das Zärtlichkeit gefährlich nahe kam.

Nachdem einige Minuten verstrichen waren und sie beide wieder ruhiger atmeten, bewegte Josie sich und flüsterte an seinem Ohr: „Du bist der wunderbarste Mann, dem ich je begegnet bin."

Verwunderung lag in ihrer Stimme, und auch so etwas, was

wie Ehrfurcht klang. Er lächelte, um ihr das Kompliment zurückzugeben, sie wieder zu küssen und noch einmal ganz von vorne zu beginnen. Aber da strich sie ihm über das Haar, küsste seine Schulter und fügte scheu hinzu: „Danke, Bob“, und das versetzte ihn schlagartig wieder in die Wirklichkeit zurück.

Verdammt, vielleicht war dies jetzt der Moment, ihr alles zu erklären, denn er ertrug es einfach nicht mehr länger, dass sie ihn mit dem Namen eines anderen Mannes ansprach. Nicht nach allem, was zwischen ihnen gewesen war, und nachdem er beschlossen hatte, dass sie zusammengehörten – und das nicht nur für diese eine Nacht.

Er schaute auf und sah sie lächeln. „Josie ...“

Sie hob einladend die Hüften, was prompt von neuem Begierde in ihm weckte. Lächelnd umfasste sie seinen Po und zog Nick noch fester an sich. „Glaubst du, wir könnten noch einmal von vorn beginnen? Ich fürchte, ich habe einiges verpasst beim ersten Mal.“

Ihre offenherzige, unschuldige Art, sich auszudrücken, verblüffte ihn immer wieder neu. „Ach? Was denn beispielsweise?“

Sie schien ihn überall gleichzeitig zu berühren; ihre Finger strichen durch das Haar auf seinem Oberkörper und über seine Brustwarzen, bevor sie tiefer glitten, um seine Hüften und Schenkel zu liebkosen. „Diesmal möchte ich, dass du mir sagst, wo ich dich berühren soll. Und wo ich dich küssen ...“

Er brachte sie mit einem stürmischen Kuss zum Schweigen und dachte, morgen werde ich ihr alles beichten.

Josie wusste, dass die Sonne aufgegangen war, weil ihre blassen Strahlen durch die Ritzen der Jalousien drangen. Es würde vielleicht ein schöner Herbsttag werden, aber sie hätte nichts dagegen gehabt, hier auf dem Boot zu bleiben, in dieser Koje und mit diesem Mann, und das zu tun, was sie den größten Teil der Nacht getan hatten.

Der arme Bob. Er schlief wie ein Toter, was kein Wunder war nach all der Energie, die er in dieser Nacht verbraucht hatte. Das Bett war so schmal, dass sie die meiste Zeit auf ihm gelegen hatte, ihren Kopf an seiner Schulter, ihre Brüste an seinem muskulösen Oberkörper und ein Bein auf seinen Hüften. Er war so sexy, dieser Mann, dass sie die ganze Nacht und den ganzen Tag damit verbringen könnte, ihn nur anzusehen und sich jede Einzelheit für alle Zeiten einzuprägen.

Ihre einzige Sorge war, wie lange dieser Traum anhalten würde. Sie war nicht die Frau, die er gestern Nacht so ungestüm geliebt hatte, die Frau, die alle Vorsicht in den Wind geschlagen und nur für den Moment gelebt hatte.

Nein, diese wilde, hemmungslose Frau, die sich diese eine erotische Nacht gestattet hatte, würde früher oder später beichten müssen, dass sie in Wirklichkeit ganz anders war.

Vorsichtig, um ihn nicht aufzuwecken, strich sie mit der flachen Hand über seine Brust. Sie hätte ihn ewig weiter so betrachten können. Eigentlich hatte sie noch nie Gelegenheit gehabt, in aller Ruhe einen nackten Mann zu betrachten.

Ihr leises Lachen weckte ihn, und er bewegte sich. Zu ihrem Erstaunen dauerte es nur Sekunden, bis sie den unmissverständlich Beweis hatte, dass er in jeder Hinsicht hellwach war.

Beinahe ehrfürchtig richtete sie den Blick auf sein Gesicht und war verblüfft über den Ernst, der seine Miene prägte.

„Ich bin gestern Nacht gestorben und in den Himmel gekommen, nicht?"

Seine Stimme war noch rau vom Schlaf, sein schwarzes Haar zerzaust und sein Kinn von dunklen Bartstoppeln bedeckt. Er war ein unglaublich attraktiver Mann, und plötzlich fragte Josie sich, wie schrecklich sie nach dieser heißen Liebesnacht wohl aussehen mochte.

Er hob eine Hand und berührte ihre Nase, ihre Lippen, ihre Wimpern und ihre Augenbrauen. „Du musst ein Engel sein", wisperte er. „Keine Frau kann am Morgen danach so schön aussehen.“

Josie errötete. Sie war solch verschwenderische Komplimente nicht gewöhnt. Er strich mit den Fingern durch ihr langes Haar, zog es spielerisch über ihre Schultern und an seine Brust, hob eine Locke ans Gesicht, atmete den Duft ein und rieb sie dann an seiner Wange.

„Komm her.“

Oh, sie wusste jetzt, was dieser heisere Befehl bedeutete. Sie hatte ihn gestern Nacht so oft gehört. Mehrmals war sie an seiner Brust eingedöst, und dann hatten seine Lippen, die sie überall berührten, wo sie sie erreichen konnten, sie plötzlich wieder aufgeweckt. Auf diese Weise hatte er sie letzte Nacht immer wieder von neuem erregt. Und jedes Mal, wenn sie ihn angesehen hatte, hatte er gesagt: „Komm her.“

Sie wollte es ihn immer wieder sagen hören, ihr ganzes Leben lang.

Er zog sie auf sich und küsste sie so zärtlich, dass ihr beinahe die Tränen kamen. „Hm … Du bist die schönste Decke, die ich mir denken kann.“ Seine großen, rauen Hände hielten ihren Po umfangen und pressten sie an ihn. „Und du riechst gut genug, um dich zum Frühstück zu verspeisen“, murmelte er rau, während er mit den Lippen die zarte Haut an ihrem Kinn liebkoste.

Die Erinnerung an das, was er mit ihr getan hatte, an ihre schockierend hemmungslose Reaktion darauf, und seine sinnlich-raue Stimme trieben ihr die Röte in die Wangen. Bei dem Gedanken an die kühnen Dinge, die er gesagt hatte, und die Art, wie er sie gesagt hatte, durchströmte sie ein heißer Schauer.

Sie küsste seinen Nasenrücken und fragte sich, wie sie es anfangen sollte, ihm etwas zu erklären, das vielleicht das Ende des schönsten Erlebnisses, das sie sich je erträumt hatte, bedeuten würde. Aber bevor sie die richtigen Worte finden konnte, lenkten seine Hände, die suchend zwischen ihre Schenkel glitten, sie wieder von ihrem guten Vorsatz ab.

Eine süße Schwere breitete sich in ihren Gliedern aus, und die Art, wie seine Atemzüge sich beschleunigten, verriet, dass es ihm ebenso viel Vergnügen bereitete, sie zu berühren, wie ihr, berührt zu werden.

Mit der freien Hand umfasste Nick ihren Nacken und zog ihren Kopf zu sich, um sie zu küssen, sodass Worte ohnehin unmöglich waren. Und unerwünscht.

Als sie nach einem leidenschaftlichen Liebesakt erschöpft und glücklich auf seine Brust zurücksank, sagte er: „Wir müssen miteinander reden."

Allerdings. In der Nacht zuvor hatten sie wenig Gelegenheit dazu gehabt. Josie hob träge den Kopf und schaute auf. Er sah beunruhigt aus. Und sehr ernst.

Sie begann sich zu fragen, ob er vielleicht schon gemerkt hatte, was für eine Schwindlerin sie war, als das Geräusch von Schritten auf dem Pier sie ablenkte. Er hob stirnrunzelnd den Kopf. Eine männliche Stimme zerriss die morgendliche Stille, und beide erschraken.

„Nick!" Ein lautes Klopfen begleitete die Rufe. „Verdammt, Nick, bist du da drinnen?"

Josie starrte ihn entgeistert an. „Benutzt Nick auch das Boot deiner Eltern?"

Das Gesicht verziehend, sagte er: „Andauernd. Aber er bringt nie Frauen her. Vergiss das nicht, okay?" Er schob sie sanft beiseite. „Bleib, wo du bist, Liebling. Und verhalt dich ruhig. Ich bin gleich wieder da."

Sie schaute zu, wie er sich hastig anzog. Als er sich wieder zu ihr umdrehte, glitt sein Blick verlangend über ihren nackten Körper. Widerstrebend deckte er sie mit einem Laken zu.

Das Klopfen an der Tür wurde immer ungeduldiger. „Ich weiß, dass du da bist, Nick!"

„Mir scheint, dass unsere magische Nacht ein Ende hat, Liebling.“ Nick seufzte bedauernd und küsste Josie flüchtig auf die Lippen. „Versprich mir, dass du dich nicht von der Stelle rührst.“

„Ich verspreche es.“

„Nick!“

Er schloss für einen Moment die Augen, bevor er zurückrief: „Nicht so ungeduldig, ja?“

Er war draußen und hatte den Riegel vorgelegt, bevor Josie auch nur ein Wort erwidern konnte.

4. KAPITEL

Kaum streckte Nick den Kopf aus der Kabinentür, stürzte Bob sich auf ihn. „Ich habe dich überall gesucht!“ Er sah übernächtigt und ungekämmt aus, ganz und gar nicht wie der Bob, der sich mit seinem gepflegten Erscheinungsbild zu brüsten pflegte. Eine böse Vorahnung beschlich Nick.

„Pst! Sprich leiser, ja?“ Er nahm Bob am Arm und zog ihn den Pier hinunter auf den Parkplatz zu. Erst als sie außer Hörweite des Hausboots waren, blieb er stehen. „Und jetzt sag mir, was los ist.“

Bob starrte ihn sekundenlang ungläubig an. „Was los ist? Was soll das heißen, ‚was los ist‘? Ich will wissen, was du mit Josie Jackson gemacht hast!“

Tatsache war, dass Bob, obwohl er ein erwachsener Mann war, viel zu naiv war, um die ganze Wahrheit zu erfahren. Und abgesehen davon ging es ihn nichts an, was er, Nick, mit Josie tat. Diesmal störte es Nick nicht im Geringsten, seinen Partner zu belügen. „Mit Josie Jackson? Gar nichts.“

Ohne wirklich zuzuhören, begann Bob ungeduldig auf und ab zu schreiten. „Susan ist mit den Nerven am Ende. Nachdem sie die ganze Nacht versucht hat, ihre Schwester telefonisch zu erreichen, rief sie heute Morgen mich an, um zu fragen, wie unsere Verabredung war. Sie dachte, Josie wäre bei mir! Ich wusste nicht, was ich ihr sagen sollte.“

„Und was hast du ihr erzählt?“

Bob errötete und strich nervös sein braunes Haar zurück, das der Wind ihm in die Stirn trieb. „Ich hätte die Verabredung aus geschäftlichen Gründen im letzten Augenblick noch abgesagt.“

„Verdammt, Bob …“

„Etwas anderes fiel mir nicht ein! Und ich konnte ihr ja auch nicht sagen, dass ich viel lieber sie getroffen hätte und Josie nur ihretwegen versetzt habe."

„Warum denn nicht?" entgegnete Nick. „Ich habe dir schon ein Dutzend Mal gesagt, dass Susan sich geschmeichelt fühlen würde von deinem Interesse. Du solltest es wenigstens einmal versuchen."

„Ha! Ich kann froh sein, wenn sie überhaupt noch mit mir redet. Sie war wütend, weil ich das Date mit ihrer Schwester habe platzen lassen." Bob strich sich mit der Hand über das Gesicht. „Wenn Susan erfährt, dass Josie die ganze Nacht bei dir war ..."

„Wie kommst du darauf, dass sie hier ist?"

Bob griff sich betroffen an die Brust. „Aber das ist sie doch, nicht wahr? Denn wenn sie nicht bei dir ist, wo sollte sie dann sein? Susan wird mir nie verzeihen. Ich würde mir selbst niemals verzeihen, wenn ihr ..."

Nick packte Bob am Arm und schüttelte ihn. „Beruhige dich, ja? Natürlich ist sie hier. Und es geht ihr gut." Mehr als gut. Wenn er daran dachte, wie sie ausgesehen hatte, als er hinausgegangen war, hätte er Bob am liebsten vom Pier gestoßen. Hastig räusperte er sich und bemühte sich um Geduld. „Das Beste wäre jetzt, Susan dazu zu bringen, sich für dich zu interessieren."

Bob schüttelte abwehrend den Kopf. „Sie ist überzeugt, dass ich der ideale Mann für ihre kleine Schwester bin. Sie wird nicht eher ruhen, bis sie uns zusammenbringt."

„Glaub mir", sagte Nick sehr ruhig und mit Nachdruck, „zwischen dir und ihrer kleinen Schwester wird niemals etwas sein."

Bob blinzelte erstaunt, weil es beinahe wie eine Drohung klang. „Das ist mir klar." Er winkte ab und zeigte auf das Boot. „Dass sie jetzt hier ist, obwohl sie dich erst seit gestern Abend kennt, beweist mir, dass sie nicht die Richtige für mich ..."

Er brach ab, als Nick drohend auf ihn zutrat. „Vorsicht, Bob. Was du sagst, klingt verdammt nach einer Beleidigung."

„Nein, keineswegs." Bob trat zurück, strich mit der Hand über die Weste seines Dreiteilers und zupfte seinen Schlips zurecht. „Ich meinte nur ...", er schien verwirrt, „... dass du dich in dieser Sache ganz schön merkwürdig benimmst."

Nick klopfte Bob nur lächelnd auf die Schulter und schob ihn zu seinem Wagen. „Vergiss es." Als sie das Ende des kiesbestreuten Wegs erreichten, blieb er stehen. „Und noch ein guter Rat für dich. Gib Josie ein wenig Zeit, um ihre Schwester anzurufen. Sie kann mein Autotelefon benutzen. Dann fahr zu Susan. Sie braucht jetzt jemanden, mit dem sie offen reden kann, und du kannst den verständnisvollen Freund spielen. Verwöhn sie. Zeig ihr, was du für sie empfindest. Aber sag ihr um Himmels willen nicht, dass Josie bei mir war."

Obwohl Bob die ganze Zeit genickt hatte, schaute er jetzt betroffen auf. „Ich soll sie belügen?"

„Du hast sie bereits belogen."

„Wann?"

Nick schüttelte den Kopf über Bobs gekränkte Miene. „Als du ihr erklärtest, warum du dich mit Josie nicht getroffen hast. Was ist eine Lüge mehr?"

„Aber gestern Abend war sie so aufgeregt, dass ich sie einfach nur beruhigen wollte. Ich wollte sie nicht belügen. Jetzt würde ich es ganz bewusst tun."

Nick war mit seiner Geduld am Ende. „Willst du Susan, oder nicht?"

„Sie ist eine wunderbare Frau", erklärte Bob. „Zielstrebig, intelligent, ambitioniert, rational und mit sehr viel Sinn für das Geschäft."

Nick verzog das Gesicht. „Ja, das sind verführerische Eigenschaften, Bob. Sie wird dein Leben in die Hand nehmen."

Die Stirn über Nicks Zynismus runzelnd, protestierte Bob: „Wenn ich Glück habe, wird sie mein Leben teilen. Und das ist es, was ich will."

„Es ist dein Leben. Sag später bloß nicht, ich hätte dich nicht gewarnt."

„Verdammt, Nick ..."

„Also gut." Bob ist kein unattraktiver Mann, dachte Nick, als er versuchte, ihn mit den Augen einer Frau zu sehen. Er hatte eine gute Figur, auch wenn er nicht besonders groß war. Er litt nicht unter Gewichtsproblemen und trank und rauchte nicht. Er besaß noch all sein Haar, und obwohl er für sechsunddreißig vielleicht ein bisschen zu gesetzt war, wirkte er nicht spießig. Susan konnte sich glücklich schätzen, ihn zu kriegen. „Ich werde dir einen Handel vorschlagen."

Bob musterte ihn argwöhnisch. „Was für einen Handel?"

„Würdest du bitte aufhören, so zu tun, als wäre ich der Leibhaftige persönlich? Ich will dir doch bloß helfen."

„Wie?"

„Ich kann erreichen, dass du Susan kriegst. Durch Josie kann ich herausfinden, was ihre erotischen Fantasien ..."

„Susan hat keine solchen Fantasien!"

Nick kam sich vor wie ein Vater, der versucht, seinem Sohn die Sache mit den Bienen zu erklären. „Alle Frauen haben geheime Wünsche, Bob. Vergiss das nicht. Es könnte dir eines Tages nützlich sein. Und es wäre dir von Nutzen, zu wissen, wovon Susan träumt. Ich werde dir helfen. In spätestens einem Monat wird sie dir zu Füßen liegen." Und in der Zwischenzeit konnten er und Josie sich ungehindert treffen.

Bobs Interesse war geweckt. „Gut. Was muss ich dafür tun?"

„Das Wichtigste ist zunächst einmal, dass du ihr nichts von Josie und mir verrätst. Du weißt, dass Susan mich nicht leiden kann. Wenn sie erfährt, dass ich mich für ihre Schwester interessiere, wird sie mir den Krieg erklären. Sie würde alles tun, um uns auseinander zu bringen. Und ich glaube, dass sie großen Einfluss auf Josie hat."

Nach einem Blick zurück aufs Boot beschloss Nick, dass er

Bob genügend Zeit gewidmet hatte. „Fahr jetzt heim, Bob. Gib Josie etwa eine Stunde, um Susan anzurufen." Eine Stunde würde längst nicht ausreichen für das, was er im Sinn hatte, aber daran war leider nichts zu ändern. „Und danach fährst du zu ihr."

„Ich kann doch nicht einfach bei ihr klingeln."

„Vertrau mir." Nick schob Bob auf seinen Wagen zu. „Sag ihr, du hättest dir Sorgen um sie gemacht. Das wird ihr gefallen."

Bob schaute auf die Uhr. „Sie ist jetzt bestimmt in ihrem Blumenladen. Ich denke, dass ich dort vorbeifahren kann."

„Gute Idee." Wieder gab Nick ihm einen kleinen Schubs. „Ruf mich später an, um mir alles zu erzählen, ja? Aber bitte erst in ein paar Stunden."

Endlich stieg Bob in seinen Wagen und fuhr ab. Sein Wagen war schon lange nicht mehr zu sehen, als Nick noch immer vom Pier ins Wasser starrte. Der Moment der Beichte war gekommen, so unangenehm der Gedanke ihm auch sein mochte. Mit gemischten Gefühlen ging er zum Boot zurück. Josie würde ihn verstehen. Sie musste ihn verstehen. Er hatte noch nicht genügend Zeit mit ihr gehabt …

Josie hörte seine Schritte und erstarrte. Ihr Herz schlug schneller, und sie versuchte, das Häkchen des Strumpfgürtels zu schließen, aber ihre Finger schienen ihr einfach nicht gehorchen zu wollen. Dieses dumme Ding! Warum hatte sie auch so ein frivoles Kleidungsstück gewählt?

Sie würde diese ganze Scharade nie bereuen, aber die Nacht war jetzt vorbei, und sie wollte angezogen sein, wenn Bob zurückkam. So würde sie sich sicherer fühlen, wenn sie ihr Geständnis machte.

Und dann war er plötzlich da, stand in der schmalen Tür und betrachtete sie lächelnd.

Er war ein unglaublich gut aussehender Mann, und eine Weile starrte sie ihn nur bewundernd an. Seine Jeans saß tief auf seinen schmalen Hüften, sodass Josie seine Bauchmuskeln sehen konnte. Feines dunkles Haar bedeckte seine Brust und verschwand in einer schmalen Linie unter seinem Hosenbund. Als sie daran dachte, wo dieses Haar endete, errötete sie ganz unwillkürlich.

„Du bist aufgestanden."

Seine leisen Worte ließen sie zusammenfahren, und ihr Blick glitt verständnislos zu seinen Augen.

„Du hattest versprochen zu bleiben, wo du warst, und dich nicht vom Fleck zu rühren."

Es klang vorwurfsvoll, und sie zwang sich zu einem unsicheren Lächeln. Obwohl sie wirklich nicht gerade „angezogen" war mit ihren Strümpfen, dem BH und Slip, glaubte sie, sich dafür entschuldigen zu müssen. „Es tut mir Leid. Du warst so lange fort ..." Sie verstummte, als sein Blick über ihren Körper glitt, und bewegte sich nervös. „Bob?"

Er schluckte und spannte sich an. „Du hast einen sexy Bauch", sagte er.

„Oh." Sie schaute an sich herab, doch ihr kam ihr Bauch nicht besonders aufregend vor. Sie räusperte sich verlegen. „Ist alles in Ordnung, Bob?"

Er murmelte etwas Unverständliches.

„Darf ich das als ‚Ja' auffassen?"

„Was? Ach so, ja, alles ist in Ordnung. Nichts als ein Missverständnis. Vergiss es." Er trat ein und kniete sich vor sie hin, und ihr Herz schlug schneller vor Erregung, als er ihre Hände nahm und ihr lächelnd in die Augen schaute. „Ich bin nicht sicher, ob die letzte Nacht nicht nur ein schöner Traum war, Josie. Ich habe draußen gestanden und überlegt, was ich dir sagen soll, wie es jetzt weitergeht. Aber wenn ich ehrlich sein will, muss ich dir gestehen, dass ich nirgendwohin gehen will. Am liebsten würde ich die Zeit anhalten, um mit dir hier auf dem Boot zu bleiben. Zum Teufel mit der Welt, der Arbeit und den anderen Leuten."

Sie wollte schon entgegnen, dass sie, obwohl es Samstag war und auch sie sehr gern bei ihm geblieben wäre, unbedingt nach einigen Patienten sehen musste. Aber da beugte er sich vor, umfasste ihre Hüften und küsste ihren Nabel, und sie war zu keinem vernünftigen Gedanken mehr fähig. Eine heiße Woge durchströmte sie, als seine warme Zunge über ihren Nabel strich.

„Bist du hungrig?“ Geschickt streifte er ihr einen ihrer Strümpfe ab und presste seine Lippen auf die Innenseite ihres Schenkels. „In der Kombüse müsste etwas zu essen sein. Und Kaffee.“

Jedes geflüsterte Wort wurde von einem kleinen feuchten Kuss begleitet. Nein, sie wollte nichts essen.

Er drängte sie sanft zurück, bis sie auf dem Rücken lag und ihre Beine über den Rand der Koje hingen. Er kniete sich zwischen ihre weit gespreizten Schenkel, beugte sich vor, um sie zu küssen, und ließ seine Finger in einer aufreizenden Liebkosung über ihren Körper gleiten.

Dann legte er die Hände um ihr Gesicht und schob ihren Kopf nach hinten, sodass sie seinem Blick nicht ausweichen konnte. „Wieso warst du noch Jungfrau, Liebling?“

Sie wollte jetzt nicht darüber reden. Er sollte einfach weitermachen und nie wieder aufhören.

„Josie?“

Seufzend dachte sie, dass dies eigentlich der richtige Moment für ein Geständnis wäre. Aber sie wollte damit nicht den Zauber dieses Augenblicks zerstören, und so zuckte sie nur unsicher die Schultern. „Ich habe zwei Klassen übersprungen und konnte schon mit knapp siebzehn aufs College gehen.“ Sie atmete tief durch, weil ihr das Sprechen schwer fiel, wenn er ihr so nahe war. „Ich war immer eine Art Überfliegerin, was Susan ungeheuer stolz machte. Aber da ich jung war und sie sowohl Mutter wie auch Schwester für mich sein musste, passte sie natürlich höllisch auf mich auf. Was im Grunde genommen gar nicht nötig war.

Mein Studium nahm so viel Zeit in Anspruch, dass ich ohnehin kaum ausging."

„Und nach dem College?"

Wieder zuckte sie die Schultern. „Danach habe ich zwei Jahre in einem Krankenhaus gearbeitet und zwei weitere Jahre Erfahrungen auf dem Gebiet der privaten Krankenpflege gesammelt, bevor ich mein eigenes Geschäft eröffnete. Und auch das ließ mir wenig Zeit für ein Privatleben. Heute arbeite ich mit alten Menschen und habe daher kaum Gelegenheit, junge, unverheiratete Männer kennen zu lernen. Bei der Arbeit gibt es also keine Verabredungen. Und so wissen die Männer nicht, wie sie an mich herankommen können. Das heißt, falls überhaupt einer nach mir Ausschau halten sollte."

„Das tun sie, glaub mir."

Sie schenkte ihm ein Lächeln, das ihn zu faszinieren schien. Sanft strich er über ihre Lippen und zeichnete die Konturen ihres Mundes nach. Dann küsste er sie so zärtlich, dass sie Mühe hatte, nicht den Faden zu verlieren. „Vielleicht bin dann ich diejenige, die nicht weiß, wo sie sich umschauen muss."

Er erwiderte ihr Lächeln nicht. „Aber mich hast du gestern Nacht gefunden."

Nichts hätte sie dazu bringen können, zuzugeben, dass ihre „Verkleidung" ursprünglich den Zweck gehabt hatte, ihn zu entmutigen und abzustoßen. Nicht nach dem wundervollen Ausgang der Scharade. „Susan versucht ständig, irgendwelche Verabredungen für mich zu treffen. Die meisten dieser Männer sind völlig ungeeignet, um mit ihnen meine Zukunftsträume zu verwirklichen." Lächelnd strich sie über seinen Rücken. „Aber du warst perfekt."

„Ich bin froh, dass ich es war." Er presste sein Gesicht an ihren Nacken und zog sie an sich. „Und ich kann noch immer nicht verstehen, wie eine so aufregende Frau so lange Jungfrau bleiben konnte."

Sie lachte kurz. „Ich bin anspruchsvoll, sodass es ziemlich einfach war."

Er küsste sie. „Ich möchte mit dir schlafen, Josie. Ich möchte deine aufregenden kleinen Seufzer hören und deine Fingernägel auf meinem Rücken spüren."

Einen Moment verschlug es ihr die Sprache. Dann murmelte sie: „Ich möchte auch mit dir schlafen."

Er schüttelte den Kopf. „Zuerst muss ich mit dir reden."

Sein ernster Ton verursachte ihr Unbehagen. Eine steile Falte stand zwischen seinen dunklen Brauen, und er wirkte bedauernd, ja fast traurig. Panik stieg in ihr auf und schnürte ihr die Brust zusammen. Auf einmal schienen Schmetterlinge in ihrem Bauch zu tanzen.

Sie bemühte sich, ihren Vorschlag so nonchalant wie möglich vorzubringen. „Warum heben wir das Reden nicht für später auf?" Seine eigenen Worte gegen ihn verwendend, zog sie ihre Fingernägel langsam über seinen Rücken, schob die Hände in seine Jeans und umfasste seinen festen Po.

„Josie ..."

„Willst du mich wirklich wiedersehen?" Es klang beinahe wie eine Warnung.

„Allerdings."

Langsam begann er seine Hüften im gleichen aufreizenden Rhythmus wie in der Nacht zuvor zu bewegen. Selbst durch den Stoff seiner Jeans spürte sie seine Hitze, seine unbändige Erregung. Sie konnte es fast nicht glauben, dass er noch immer interessiert war – es war einfach nicht die Reaktion, die sie von Männern gewöhnt war. Und sie dachte nicht daran, sich eine derartige Gelegenheit entgehen zu lassen. „Wie wäre es mit Sonntag? Dann könnten wir reden. Im Moment bin ich mir nicht sicher, ob ich dir zuhören könnte."

„Sag mir, wann", flüsterte er dicht an ihrem Ohr.

„Mittags?"

„Ich glaube, bis dahin kann ich warten." Er richtete sich auf, um sie anzusehen, und legte seine Hände um ihre Brüste. Sie erschauerte und rang nach Atem, als seine Daumen über ihre kleinen, harten Brustspitzen strichen und er ihr in die Augen schaute, um ihre Reaktion zu prüfen. „Aber eins darfst du nicht vergessen, Josie." Er kniff sie leicht, und sie fuhr zusammen. „Es war deine Idee, bis morgen mit dem Reden zu warten. Versprich mir, dass du es nicht vergessen wirst."

Während sie noch versuchte zu verstehen, was er ihr damit sagen wollte, nickte sie bereits. „Versprochen."

Und da küsste er sie, und beide wussten, dass sie keine Ahnung hatte, was sie gerade versprochen hatte. Aber sie wussten auch, dass das im Augenblick nicht wichtig war.

„Vielleicht solltest du deine Schwester anrufen." Nick wandte den Blick für einen Moment von der Straße und schaute Josie an. Sie wirkte schläfrig und zufrieden, und am liebsten wäre er wieder umgekehrt, um sie zum Boot zurückzubringen. Verdammt, noch nie war er einer Frau begegnet, die so intensive Gefühle in ihm auslöste. Aber er hatte Bob sein Wort gegeben.

„Hier." Er deutete auf sein Autotelefon. „Warum rufst du sie nicht an?"

Sie lächelte, dieses hinreißende Lächeln, das ihre ganze Unschuld und die bisher unterdrückte Sinnlichkeit verriet. Bevor sie Susans Nummer wählen konnte, ergriff Nick ihre Hand. „Ich habe nachgedacht, Josie."

Höflich wartete sie darauf, dass er weitersprach, und er räusperte sich und hoffte, dass das, was er zu sagen hatte, halbwegs vernünftig klang. „Die Nacht mit dir hat mich sehr überrascht."

„Mich auch."

„Ich weiß, dass das, was wir getan haben, etwas Ungewohntes für dich war, aber du sollst wissen, dass meine Verabredungen normalerweise auch nicht so auf diese Weise enden. Es ist nicht meine Art, mit Frauen ins Bett zu gehen, die ich nur flüchtig kenne.“ Er schaute sie an, um ihre Reaktion zu prüfen, aber sie hielt den Blick gesenkt und starrte auf den Telefonhörer in ihrer Hand. „Du bist bezaubernd, Josie. Ich möchte dich wiedersehen und dich wieder lieben, aber andere Leute würden das vielleicht nicht verstehen.“

Überrascht hob sie den Kopf. „Susan sagte, du wärst konservativ, aber … Du willst mir den Laufpass geben wegen dem, was andere Leute denken könnten?“

Der Wagen schleuderte so heftig, dass er beinahe im Straßengraben landete. „Nein! Das habe ich nicht damit gemeint. Ich will bloß nicht … sprechen über das, was vorgefallen ist. Ich will nicht, dass die anderen mit ihren engstirnigen Ansichten sich in unsere Beziehung einmischen.“

Sie runzelte die Stirn und schien darüber nachzudenken. „Du möchtest unsere Beziehung geheim halten?“

Verdammt, warum konnte er es nicht genauso einfach ausdrücken? Er erinnerte sich nicht, je so herumgedruckst zu haben. „Würde es dich stören? Für eine Zeit lang, meine ich?“

Ein scheues Lächeln spielte um ihre Mundwinkel. „Nein, ganz im Gegenteil sogar. Ich hatte mich schon gefragt, was ich Susan sagen soll. Sie wollte uns zusammenbringen, aber ich glaube nicht, dass es … das war, was sie dabei im Sinn hatte.“

Er nickte zustimmend. Susan würde ihm den Kopf dafür abreißen wollen, dessen war er sich ganz sicher. „Wahrscheinlich hast du Recht.“

„Ich schäme mich nicht, dass ich mit dir geschlafen habe, aber sie würde es nie verstehen oder akzeptieren.“

Er versteifte sich. „Brauchst du ihre Zustimmung?“

„Natürlich nicht. Aber Susan ist mir wichtig. Wenn sie wüsste, wo ich gestern Nacht war, wäre sie sehr beunruhigt und würde mir ständig damit in den Ohren liegen. Das möchte ich vermeiden.“

Nick auch. Zumindest, bis sich alles aufgeklärt hatte. „Warum sagst du ihr nicht einfach, es hätte nicht gefunkt zwischen uns beiden und du seist gleich wieder gegangen?"

Josie lachte und gab die Nummer ihrer Schwester ein. „Das würde sie bestimmt nicht überraschen, weil es genau das ist, was ich meistens tue. Aber ich möchte sie nicht direkt belügen. Das wäre nicht richtig."

Bevor Nick noch irgendetwas sagen konnte, meldete sich Susan, und selbst durch das Telefon konnte er ihre aufgeregte Stimme hören. Aber Josie schmunzelte nur und warf ihm einen verschwörerischen Blick zu, als sie Susan erklärte, sie habe am Abend zuvor ihre Pläne geändert. „Ich habe dir schon tausendmal gesagt, du sollst dir keine Sorgen machen, wenn ich einmal später heimkomme oder nicht ans Telefon gehe. Du kannst nicht jedes Mal in Panik geraten, wenn ich mich einmal nicht melde. Aber lass uns später weiterreden. Ich kaufe etwas zum Essen ein und komme nach meiner Runde zu dir in den Laden. Dann können wir reden." Josie schwieg einen Moment, dann verzog sie das Gesicht. „Es tut mir Leid. Ich wollte dich wirklich nicht beunruhigen, Susan ... Ja, ja, ich glaube dir, dass er ein netter Mann ist ... Aber lass uns darüber später reden, ja? Ich muss jetzt wirklich los."

Sie beendete das Gespräch und lachte leise.

„Was ist so komisch?" fragte Nick.

„Sie kam von selbst auf die Idee, ich hätte dich versetzt. Du hättest sie hören sollen. Sie redet, als wäre sie selbst in dich verliebt. Du bist intelligent, verantwortungsbewusst und ein guter Geschäftsmann."

Nick dachte an das Versprechen, das er Bob gegeben hatte. So, wie die beiden voneinander redeten, dürfte es nicht allzu schwierig sein, ihn mit Susan zusammenzubringen. „Ist es das, was Susan mag? Ich meine, sind das die wichtigsten Eigenschaften für sie?"

„Nun ja, das sagt sie jedenfalls, aber ich glaube, tief in ihrem Innersten ist sie eine Romantikerin, die auch einen Kasten Pralinen oder einen hübschen Blumenstrauß zu schätzen weiß. Wahrscheinlich wartet sie insgeheim darauf, dass jemand kommt, um sie vor sich selbst zu retten."

Nick fuhr langsamer und schaute Josie an. „Wie meinst du das?"

„Obwohl sie es nie zugeben würde, sieht sie für ihr Leben gern Seifenopern, und ich habe Dutzende von Liebesromanen unter den Sofakissen und neben ihrem Bett gefunden. Natürlich habe ich es nie erwähnt, um sie nicht in Verlegenheit zu bringen. Aber ich glaube, sie wäre wirklich froh, wenn ein Mann daherkäme und ihr ihre Last etwas erleichtern würde. Sie hat schon in so jungen Jahren so viel Verantwortung getragen."

„Du glaubst also, Susan wäre froh über einen Mann, der sie verwöhnt?" versetzte Nick. „Das war nicht der Eindruck, den ich von ihr hatte. Wenn ich mich recht entsinne, habe ich … hat Nick versucht, sie mit altmodischer Galanterie zu behandeln, woraufhin sie ihre Stacheln aufstellte wie ein Igel."

„Um Susan zu verstehen, musst du wissen, was sie durchgemacht hat. Sie war erst neunzehn, als unsere Eltern starben, und hatte ihr eigenes Studium gerade erst begonnen. Das Jugendamt wollte mich ihr wegnehmen und bei einer Pflegefamilie unterbringen. Sie musste einen harten Kampf ausfechten, um mich bei sich zu behalten. Ich glaube, sie übertreibt ein wenig, um ihre Unabhängigkeit und ihren Wert unter Beweis zu stellen, aber andererseits kann ich sie gut verstehen. Sie will mit Respekt behandelt werden und hasst Bevormundung."

Nicks Achtung vor Susan wuchs, während er Josie zuhörte, und er beschloss, Bob zu überreden, ihr ein kleines Präsent zu schicken. Sie verdiente es.

Sie blieben an einer roten Ampel stehen, und Nick zog Josies Hand an seine Lippen. „Und du?" fragte er und dachte, dass er nichts dagegen hätte, diese Frau mit einem romantischen Wochenende zu verwöhnen. „Liest du auch Liebesromane?"

Josie schüttelte den Kopf, und dabei glitt ihr rotes Haar nach vorn auf ihre Brust. Nick lächelte und strich so über ihre langen Strähnen, dass sein Handrücken ihre Brustspitzen berührte.

Sie atmete tief ein. „Nein."

„Nein was?"

„Ich lese keine Liebesromane, sondern Horrorstorys."

Sie sprach schnell, und ihre Stimme klang ein wenig rauer, als sie seine Hände auf ihrem Körper spürte. Es gefiel ihm, dass sie so schnell auf ihn reagierte. Aber jetzt war nicht der richtige Moment für Zärtlichkeiten, und so zog er die Hand zurück und fuhr beim Umschalten der Ampel weiter. „Horrorstorys?"

„Hmm. Je gruseliger, desto besser. Ich habe alle Klassiker – Frankenstein, Werwolf, Dracula. Und auch alle modernen Autoren wie King und Koontz. Ich sammle sie."

Ihre Augen funkelten vor Begeisterung, als sie von ihrer Vorliebe für das Makabre sprach. Trotzdem fand Nick, dass die Art von Literatur nicht zu ihr passte. „Du willst mich wohl auf den Arm nehmen?"

Sie lachte über seinen ungläubigen Blick. „Ich finde diese Bücher sehr aufregend und unterhaltsam. Beim Lesen habe ich solche Angst, dass ich bei jedem Geräusch zusammenzucke, aber wenn ich die Geschichte ausgelesen habe, muss ich über mich selber lachen. Ich meine, es ist doch eigentlich ziemlich unglaubwürdig, was diese Autoren schreiben. Trotzdem wünschte ich, ich besäße das Talent, mir derartige Geschichten auszudenken. Wäre es nicht wunderbar, ein Buch wie eins von Stephen King zu schreiben und es verfilmt zu sehen?"

Nick konnte nicht anders, er musste lachen. „Du bist unglaublich, weißt du das?"

Wieder senkte sie den Kopf, um das Gesicht vor ihm zu verbergen. „Entschuldige. Ich rede zu viel."

„Und ich höre dir gern zu."

Kurz darauf schon hielten sie vor Josies Apartmenthaus. Die

Fahrt war kürzer gewesen, als er gehofft hatte. Als er Anstalten machte auszusteigen, hielt Josie ihn zurück.

„Wenn wir es geheim halten wollen, sollten meine Nachbarn dich nicht sehen. Du weißt, wie schnell Gerüchte entstehen."

Sie wirkte plötzlich sehr nervös, und er fragte sich, warum. „Wenn ich dich morgen abhole, sehen sie mich ohnehin."

„Ich dachte, wir könnten uns woanders treffen."

Nick überlegte kurz. Obwohl er Josies Wohnung gern gesehen hätte, um mehr über sie herauszufinden, konnte er ihr unmöglich widersprechen, solange er selbst noch Geheimnisse vor ihr hatte. In seine Wohnung konnte er sie nicht bitten, bis er ihr alles erklärt hatte. Und auch das Boot schied als Treffpunkt aus, weil sie dort niemals zum Reden kommen würden. Und dann kam ihm plötzlich die Erleuchtung.

„Morgen Abend findet in dem kleinen Kino in der Nähe meines Büros eine Horror-Nacht statt. Direkt daneben ist ein kleines Restaurant. Komm dorthin. Wir essen etwas, reden und schauen uns danach ein paar der Filme an."

Ihr Gesicht hellte sich schon bei seinen Worten auf. „Ich habe davon gelesen. Ich hatte mir geschworen hinzugehen, und wenn ich ganz allein gehen müsste."

Seine Worte versetzten ihm einen ganz ungewohnten Stich, und er zog sie zu einem raschen Kuss an sich. „Jetzt brauchen wir beide nicht allein zu gehen."

Sie umarmte ihn ganz unerwartet, und er zog sie an sich und fragte sich, warum sie so deprimiert sein mochte. Er war schließlich derjenige mit den Geheimnissen; er war es, der das unangenehme Gefühl hatte, dass alles herauskommen würde, sobald er Josie aus den Augen ließ.

„Morgen", sagte sie leise. „Morgen muss ich dir etwas erklären."

Das war sein Stichwort. Wieder küsste er sie rasch, auf Nase, Kinn und Brauen. „Dann werden wir uns gegenseitig einiges erklären. Aber ich schwöre dir, dass alles gut wird, Josie. Glaubst du mir?“

„Ich möchte es. Aber morgen scheint noch weit entfernt.“

„Viel zu weit.“

Sie starrte ihn einen Moment lang an, dann öffnete sie die Tür. „Ich muss jetzt gehen. Wenn ich es nicht tue, werde ich über dich herfallen, fürchte ich, hier in deinem Wagen und in aller Öffentlichkeit.“ Sie lachte, als sie ausstieg, aber Nick konnte ihren Worten keinen Humor abgewinnen, weil sein drängendes Verlangen ihm viel zu sehr zu schaffen machte.

Bevor sie die Tür schloss, drehte Josie sich noch einmal zu ihm um, und er sah, wie sie errötete. „Die Nacht mit dir war die schönste meines ganzen Lebens.“

Er lächelte.

„Danke, Bob.“

Sie schlug die Tür zu und hastete den Weg zum Haus hinauf.

Nick lehnte für einen Moment die Stirn ans Steuerrad. Sie war die wunderbarste Frau, der er je begegnet war, schön, sexy und offen. Sie brachte ihn zum Lachen und erregte ihn. Sie reizte ihn mit diesem Spielchen, das sie mit ihm trieb, wenn sie sich als Vamp gab und in Wirklichkeit noch Jungfrau war. Sie war der geheime Traum eines jeden Mannes, nicht nur sein eigener.

Und sie glaubte, er sei Bob …

5. KAPITEL

„Sag mir die Wahrheit! Hat er abgesagt, oder warst du es?“ Susan ließ ihre Schwester nicht zu Worte kommen. „Wenn er es war, wird er was von mir zu hören kriegen! Denn das war es, was er zuerst behauptete. Dass er abgesagt hat, meine ich. Dabei ist er sonst so zuverlässig, und er hatte es mir fest versprochen.“

„Ich habe abgesagt.“

Susan runzelte die Stirn. „Die ganze Wahrheit werde ich wohl nie erfahren, was? Ihr erzählt mir beide etwas anderes. Aber das macht nichts.“ Sie setzte sich Josie gegenüber und starrte sie entschlossen an. Josie fühlte sich äußerst unbehaglich. Sie kannte diesen Blick. „Du musst ihm eine Chance geben. Er ist anders als die anderen. Er ist einfach wunderbar.“

Josie richtete den Blick auf den Salat auf ihrem Teller. Sie hatte keinen Appetit, den ganzen Tag schon nicht. Sie tat nichts anderes, als an Bob zu denken, ihn zu vermissen und sich zu fragen, was er wohl gerade tat und was er morgen sagen würde, wenn er erfuhr, dass sie nicht die Frau war, für die er sie hielt. Sie war weder aufregend noch sexy oder abenteuerlustig. Sie war langweilig, respektabel und grundsolide; das genaue Gegenteil von dem, was sie zu sein behauptet hatte.

Sie war so ein Feigling gewesen, der jedes Risiko gescheut hatte, verletzt zu werden – und jede Chance, das Leben zu genießen. Aber all das wollte sie jetzt ändern.

Und gestern Nacht war ein ausgezeichneter Beginn gewesen.

Aber Susan würde anders darüber denken. „Ich brauche deine Hilfe nicht, um mir jemanden zum Ausgehen zu suchen.“

„Ausgehen? Du gehst doch nie aus!“

Das Outfit, das sie bei ihrem Treffen mit Bob getragen hatte, war das einzige in der Art, das sie besaß, und sie hatte es gekauft, um ihn abzuschrecken, und nicht, um ihm zu gefallen. Was würde er wohl dazu sagen? Was würde er denken, wenn er sie in ihrer normalen, alltäglichen Kleidung sah?

Sie musste ein Mittelmaß finden zwischen der Frau, die sie war, und der Frau, für die er sie hielt. Und sie hatte nur noch Zeit bis morgen Mittag, um das zu erreichen.

„Hörst du mir überhaupt zu?"

Josie zwang sich, aufzusehen und ihre Schwester anzulächeln. „Natürlich, Susan. Du findest, dass Bob ein wunderbarer Mann ist." Im Stillen musste sie ihr zustimmen. Er war mehr als wunderbar. Attraktiv, sexy und … Sie seufzte. Ein in jeder Hinsicht idealer Mann – der glaubte, sie sei eine völlig andere Frau.

„Das ist er. Und dir würde er auch gefallen, wenn du nicht so furchtbar eigensinnig wärst. Er ist der ideale Mann für dich."

Das ist er, stimmte Josie ihr im Stillen zu. Wenn es mir bloß gelingen würde zu erreichen, dass er auch so denkt.

„Und er sieht gut aus – obwohl das auf lange Sicht bei einem Mann unwichtig ist. Wichtiger sind seine Integrität und sein Verantwortungsbewusstsein. Aber er ist ein wirklich attraktiver Mann. Stolz, intelligent und kultiviert. Und ein ausgezeichneter Geschäftsmann. Seit ich die Anzeigen geschaltet habe, die er für mich entwickelt hat, kann ich mich vor Aufträgen kaum noch retten."

Etwas in Susans Ton riss Josie aus ihrer Versunkenheit, und sie schob ihren Salat beiseite und schaute ihre Schwester prüfend an. Auch Susan schien ihren Lunch vergessen zu haben. Das Kinn auf beide Hände gestützt, lehnte sie an der Theke und schaute sich mit einem verträumten Blick in ihrem Laden um.

Als sie einen tiefen Seufzer ausstieß, war Josie beunruhigt über die Wehmut, die darin mitklang. „Woran denkst du?"

Susan fuhr erschrocken auf. „Ich dachte nur gerade, wie nett sich Bob entschuldigt hat, dass aus eurer Verabredung nichts geworden ist. Es tat ihm scheinbar furchtbar Leid, mich so beunruhigt zu haben."

Josie war verblüfft. „Du hast mit ihm gesprochen?“

„Natürlich habe ich mit ihm gesprochen! Hörst du mir denn eigentlich nie zu? Bob kam vorhin vorbei und entschuldigte sich dafür, mir Grund zur Unruhe gegeben zu haben. Er gab zu, dass es besser gewesen wäre, wenn er gestern Abend selbst angerufen hätte, um mich über die Änderung seiner Pläne zu informieren. Er versprach mir, dass es nicht mehr vorkommen wird. Für wann, glaubst du, könntest du einen neuen Termin mit ihm ausmachen?“

Josie musterte sie irritiert. Bob war hier im Laden gewesen? Warum hätte er sie, Josie, bitten sollen, Susan nichts zu sagen, aber dann riskieren sollen, selbst mit ihr zu sprechen? Das ergab doch keinen Sinn. „Er hat dir gesagt, er wolle eine neue Verabredung mit mir?“

„Ja. Wir … wir haben uns eine ganze Weile unterhalten. Weißt du, er hat große Pläne mit der Werbeagentur. Eines Tages wird er ein reicher, angesehener Mann sein. Du könntest bestimmt aufhören zu arbeiten, wenn zwischen euch alles klappen würde.“

Josie knirschte unwillkürlich mit den Zähnen. Bob hatte ihr erzählt, er sei nicht an einer Vergrößerung der Agentur interessiert. Hatte er gelogen, oder hatte Susan ihn bloß falsch verstanden? Verwundert schüttelte sie den Kopf. „Ich liebe meine Arbeit und werde sie nie aufgeben.“

„Josie, du weißt, wie stolz ich auf dich bin. Es ist unglaublich, was du alles erreicht hast. Und ich finde es bewundernswert, wie hart du arbeitest.“ Susan tätschelte ihre Hand. „Aber es ist keine angenehme Arbeit für eine allein stehende junge Frau. Du hast nie ein ganzes Wochenende frei, und ich kann mich nicht entsinnen, wann du zum letzten Mal verreist warst. Kein Wunder, dass du keine netten Männer triffst.“

„Wie Bob?“ wisperte Josie.

„Genau!“ Susan errötete und wandte rasch den Blick ab. „Wir haben über deine schwierigen Arbeitszeiten gesprochen, und Bob meinte, er habe nichts dagegen, wenn seine Frau einen Beruf wie meinen hätte. Einen netten, nicht zu anstrengenden Achtstundenjob, der ihr erlaubt, abends und an den Wochenenden daheim zu sein. Vielleicht könnte er dir helfen, eine Aushilfe zu finden, damit du nicht die ganze Arbeit allein …"

Susan brach ab, als Josie aufsprang und mit dem Ellbogen fast einen Philodendron umstieß. Ihr wütender Fluch überraschte sie selbst genauso sehr wie Susan.

Was fiel Bob ein, ihr Leben mit ihrer Schwester zu besprechen? Er hatte kein Recht, hinter ihrem Rücken Pläne für sie zu machen oder zu versuchen, ihr Leben zu verändern! Sie kam sich verraten und betrogen vor, und das tat weh. „Ich bin dir dankbar für deine Fürsorge", sagte sie kühl zu Susan. „Aber du mischst dich in mein Leben ein, und das kann ich nicht mehr dulden. Ich bin eine erwachsene Frau. Ich liebe meine Arbeit, sie ist mir wichtig, und ich würde sie für niemanden aufgeben – nicht einmal für Bob."

„Nun …" Susan wirkte entmutigt, aber nur für einen Moment. „Wir dachten nur an die Zukunft und fragten uns, wie deine hektischen Arbeitszeiten mit einer Familie zu vereinbaren wären."

Josie war entsetzt über Bobs Arroganz. Nur weil sie mit ihm geschlafen hatte, glaubte er, das Recht zu haben, ihr Leben zu verändern? „Familie! Ich habe eben erst damit begonnen auszugehen."

„Aber nicht aus Mangel an Bemühungen meinerseits!"

„Susan", sagte Josie warnend.

„Na schön. Ich verstehe schon." Susan verzog beleidigt das Gesicht. „Aber du wirst mir doch hoffentlich zustimmen, dass es eine lohnende Verbindung wäre."

„Beziehung. Was einen Mann und eine Frau auf privater Ebene verbindet, nennt man eine Beziehung und nicht eine Verbindung."

Susan winkte ab. „Tatsache ist, dass du ein bisschen kompromissbereiter werden musst, falls du hoffst, jemals einen so perfekten Mann wie Bob zu heiraten. Er hat sein Leben bis in die kleinste Einzelheit geplant. Glaub mir, er ist es wert, sich um ihn zu bemühen."

Josie straffte die Schultern und starrte Susan betroffen an. Erst ganz allmählich dämmerte es ihr. Zum ersten Mal, seit Josie sich erinnern konnte, schien Susan sich aufrichtig für einen Mann zu interessieren. Vielleicht war sie sogar verliebt in ihn. „Bist du noch nie auf die Idee gekommen, Susan, dass Bob es möglicherweise sogar wert sein könnte, dass du dich selbst um ihn bemühst?"

Blinzelnd, als habe sie noch nie etwas Absurderes gehört, stand Susan auf und begann, die halb aufgegessenen Salate wegzuräumen. „Das ist doch lächerlich."

„Wieso?" gelang es Josie zu erwidern, obwohl sich ein schmerzhaft dicker Kloß in ihrer Kehle formte. „Mir scheint, dass du ihn sehr bewunderst. Gib ruhig zu, dass du ihn selbst willst, Susan." Sie wollte nicht an Bob und an die Nacht mit ihm denken. Sie konnte es einfach nicht. „Da ich … ihn nicht haben will, sehe ich keinen Grund, warum du dich nicht um ihn bemühen solltest." Sie ging zu ihrer Schwester und nahm ihre Hände. „Du weißt, dass ich dich liebe, Susan. Aber du hast die lästige Angewohnheit dir einzureden, ich verdiente von allem immer nur das Beste – selbst wenn es etwas ist, was du dir selbst wünschst. Seit dem Tag, an dem Mom und Dad gestorben sind, stellst du meine Bedürfnisse vor deine eigenen. Du hast das Haus verkauft, um mir mit dem Geld das College zu finanzieren, während du selbst dein Studium abgebrochen hast. Du hast mir zum Examen ein Auto geschenkt, obwohl du selbst mit dem Bus gefahren bist."

Susan senkte verlegen den Blick, aber Josie ließ sich nicht beirren. „Du warst die beste aller Schwestern, und ich kann dir gar nicht sagen, wie sehr ich zu schätzen weiß, was du für mich getan hast. Dass du immer für mich da warst, dass du mir nicht nur eine Schwester, sondern auch eine Mutter und eine Freundin warst." Josie schluckte und drückte Susans Hand. „Doch heute kann ich für mich selbst sorgen. Wenn du dich also zu einem Mann hingezogen fühlst, zu ..." Wieder schluckte sie und zwang sich auszusprechen. „Falls du dich für Bob interessierst, dann sag es mir. Du verdienst die beste Chance bei ihm."

Bevor Susan antworten konnte, ertönte die Ladenglocke über der Tür, und ein Mann brachte ein hübsch eingepacktes Geschenkpaket herein. „Für Miss Susan Jackson."

Susan trat verwundert vor. „Für mich? Du liebe Güte, von wem kann das bloß sein?"

Josie gab dem Mann ein Trinkgeld und schaute neugierig über Susans Schulter, als sie das Geschenkpapier entfernte.

„Pralinen!" Susan starrte den Karton an und hielt ihn auf Armeslänge von sich ab. „Ich kann mir nicht vorstellen, von wem sie sind."

Eine böse Vorahnung beschlich Josie, denn sie glaubte zu wissen, wer dieses extravagante Präsent geschickt hatte. Ihre Knie versagten ihr den Dienst, und sie hockte sich auf einen Stuhl. „Lies das beiliegende Kärtchen."

Wie ein Kind am Weihnachtsabend riss Susan mit zitternden Fingern das Kuvert auf und las die Karte. Als sie sich zu Josie umdrehte, biss sie sich unentschlossen auf die Lippen.

„Nun?"

„Hier steht ..." Susan räusperte sich und errötete. „‚Hochachtungsvoll, Bob'."

Wie ... prosaisch. Josie hätte gedacht, dass Bob ein wenig mehr zu Stande bringen würde.

Susan schüttelte den Kopf. „Es hat nichts zu bedeuten."

Sehr sanft entgegnete Josie: „Natürlich hat es das."

„Nein. Er weiß, wie beunruhigt ich deinetwegen gestern Nacht war, und will mir damit zeigen, dass er es versteht."

„Ich glaube eher, dass er dir damit zu verstehen geben will, dass er genauso interessiert an dir ist wie du an ihm."

„Nein! Sei nicht albern. Er ist nur ein rücksichtsvoller, netter Mann. Er denkt immer an die anderen, sogar an diesen zwielichtigen Partner, den er hat. Also, da hast du einen Mann, dem man nicht vertrauen kann! Schon beim ersten Blick auf ihn sah ich, dass er es gewöhnt ist, seinen Willen zu bekommen. Aber Bob ist anders. Er ist korrekt und …"

Während Susan redete und redete und gleichzeitig die silberne Schleife um den Karton mit dem Konfekt entfernte, focht Josie einen harten inneren Kampf mit sich aus. Ihr war eigenartig flau im Magen, und ihre Schläfen pochten. Sie hatte einen kolossalen Narren aus sich gemacht und dabei etwas gefährdet, das für ihre Schwester sehr kostbar war. Ihr größtes Problem war nun, wie sie die Angelegenheit in Ordnung bringen konnte.

Als Susan die Pralinen ins Hinterzimmer brachte, tat Josie das, was sie für unumgänglich hielt: Sie nahm eins der Kärtchen aus der Kasse und schrieb für Bob rasch ein paar Zeilen. Es war einfacher, ihm zu schreiben, als es ihm persönlich mitzuteilen.

Nachdem sie das Kuvert beschriftet hatte, steckte sie es in einen Korb, der mit Dieffenbachia, Efeu und farbenfrohen Tigridias bepflanzt war, und stellte ihn zu einer Reihe anderer Pflanzen, die in Kürze ausgeliefert werden würden.

Es erleichterte nicht wirklich ihr Gewissen, dass sie mit Bob gebrochen hatte, aber zumindest war es jetzt vorbei. Es würde nicht leicht sein, zu vergessen, wie schön es mit ihm gewesen war, aber die Gefühle ihrer Schwester waren wichtiger. Und dass sie in Bob verliebt war, hätte selbst ein Blinder sehen können.

„Ich bin froh, dass du für ein paar Stunden hergekommen bist."

„Für ein paar Minuten, keine Stunden." Nick ging an Bob vorbei in sein Büro. „Sehe ich so aus, als wäre ich fürs Büro gekleidet?"

Bob betrachtete Nicks Leinenhose und das Polohemd. „Nein, aber daran bin ich ja bei dir gewöhnt."

Nick lag schon eine scharfe Entgegnung auf der Zunge, da er im Büro stets einen Anzug trug, aber dann verzichtete er darauf. Im Moment hatte er wichtigere Dinge zu bedenken. „Ich wollte nur die Ferguson-Akte holen. Da ich heute Abend nichts vorhabe, wollte ich sie mir in Ruhe zu Hause ansehen."

Bob folgte ihm mit einer Tasse Kaffee in der Hand. „Du gehst nicht aus an einem Samstagabend?" fragte er verwundert.

Nick zuckte nur die Schultern. Er hatte nicht die Absicht, Bob etwas zu erklären, was er selbst nicht ganz verstand. Er fragte sich schon seit Stunden, warum Josie sich geweigert haben mochte, heute Abend mit ihm auszugehen. Was konnte sie so Dringendes bis Sonntagmorgen zu erledigen haben? Und warum beunruhigte es ihn? Wann hatte er sich je über eine Frau derart den Kopf zerbrochen?

Er war ins Büro gekommen, weil er es zu Hause nicht mehr ausgehalten hatte. Seit heute Morgen konnte er an nichts anderes denken als an sie – an ihren Duft, ihre zarte Haut, ihr leises Stöhnen, wenn er …

Zähneknirschend öffnete er eine weitere Schublade. Er war es leid, sich mit Erinnerungen zu quälen. Er musste sich irgendwie ablenken, und der schwierige Ferguson-Etat war dafür genau das Richtige.

Während er noch die Unterlagen suchte, hörte er ein Klopfen an der Eingangstür zu den Büroräumen, worauf Bob öffnete und mit jemandem sprach.

Nick verrenkte sich fast den Hals, um zu sehen, wer gekommen war, sah aber nur einen großen Korb mit verschiedenen Grünpflanzen und Blumen.

„Was ist das?" fragte er neugierig, als er ins angrenzende Büro hinüberging.

Bob hielt lächelnd einen kleinen Umschlag hoch. „Ich habe

Susan Pralinen geschickt. Wahrscheinlich schickt sie mir jetzt Blumen, um sich zu bedanken."

„Blumen, hm?" Interessiert betrachtete er den Korb. Keine Frau hatte ihm je Blumen geschenkt. Ein bisschen neidisch fast berührte er eins der grünen Blätter. „Hey, das sind ja echte Pflanzen. Wie findest du das?"

„Hm …" Bob steckte das Kärtchen rasch in das Kuvert zurück. „Ich glaube, sie sind für dich."

„Für mich?"

„Ja. Auf der Karte steht ‚Bob', aber die Blumen sind von Josie. Darf ich daraus schließen, dass du ihr immer noch nicht erklärt hast, wie es wirklich war?"

Nick zuckte mit den Schultern. „Ich habe es versucht. Aber sie wollte nicht. Es war nicht der richtige Moment, und so beschlossen wir, alles morgen Nachmittag zu klären. Wir werden zusammen essen und danach ins Kino gehen."

„Aber morgen ist unser Pokernachmittag! Den hast du doch noch nie verpasst!"

„Es gibt für alles ein erstes Mal in diesem Leben."

„Aber … das ist ja unerhört! Du änderst deine Pläne nie für eine Frau!"

Nick gestand sich zähneknirschend ein, dass das die reine Wahrheit war. Aber er bereute es nicht. „Wie bereits gesagt – es gibt für alles ein erstes Mal in diesem Leben."

Bob, der plötzlich fast verlegen wirkte, murmelte: „Oder doch nicht. Hier, vielleicht solltest du das lesen." Rasch gab er Nick den Umschlag, bevor er hinausging und rücksichtsvoll die Tür hinter sich zuzog.

Nick öffnete das Kuvert und begann zu lesen.

Lieber Bob!
Gestern war ich nicht ich selbst. Falls du jemals meinem wahren Ich begegnest, wirst du verstehen, was ich dir sagen will. Ich kann

dich nicht wieder sehen. Falls du dir ernsthaft eine Beziehung wünschst, solltest du dich an Susan halten.
Alles Gute, Josie

Nick las die kurze Nachricht zweimal, weil er es einfach nicht glauben konnte, und stürmte dann fluchend aus dem Raum, um Bob zu suchen. „Du hast Susan heute Pralinen geschickt, nicht wahr?" fuhr er ihn an.

„Nun ..."

„Und du hast sie in ihren Laden bringen lassen, nicht?"

„Nun ..."

„Und du hast deinen verdammten Namen angegeben, anstatt dich als anonymen Verehrer auszugeben, wie ich dir geraten hatte."

„Nun ja ..."

„Verdammt, Bob, weißt du, was du getan hast? Weißt du, was diese Pflanzen sind? Ein verdammter Abschiedsgruß sind sie! Josie schickt mich in die Wüste, weil sie mich für dich hält und offensichtlich glaubt, ich wollte Susan!"

Bob sprang auf. „Und wessen brillante Idee war das? Meine nicht. Ich habe dir von Anfang an gesagt, du sollst sie nicht belügen."

„Und du hast mir auch versprochen, mir ein bisschen Zeit zu lassen. Wenn du dich an unseren ursprünglichen Plan gehalten und den heimlichen Bewunderer gespielt hättest, wäre all das nie passiert."

„Ich bin nicht gut in diesen Dingen, und das weißt du. Susan hätte mich nur anzusehen brauchen, um zu wissen, dass das Konfekt von mir war. Und dann hätte ich dagestanden wie ein Vollidiot."

„Eher wohl wie ein Romantiker."

„Der ich nicht bin. Und damit wäre ich dann da, wo du jetzt bist."

Da hatte er wohl nicht ganz Unrecht. Aber diese Einsicht half Nick auch nicht weiter. Ein Gefühl der Panik begann ihn zu beschleichen. Er musste etwas unternehmen. „Ich sollte zu ihr gehen."

„Zu Susan?"

Sein Unmut wuchs. „Natürlich nicht zu Susan!" In einer nervösen Geste strich er sich durchs Haar. „Sie hasst mich schließlich, nicht? Ich meinte Josie."

„Weißt du, wo sie wohnt?"

„Ich kenne das Gebäude, aber ich weiß nicht, welches ihr Apartment ist. Ich durfte nicht mit hinaufkommen." Er warf Bob einen hoffnungsvollen Blick zu. „Könntest du mir nicht die genaue Adresse besorgen?"

„Vergiss es. Susan denkt sowieso schon, ich interessierte mich für Josie und nicht für sie. Wenn ich sie jetzt nach Josies Adresse frage, wird sie sich in ihrer Intuition bestätigt fühlen und mich nicht einmal mehr grüßen, wenn ich Pech habe."

„Was für ein Durcheinander!" Nick ließ seine geballte Faust auf Bobs Schreibtischplatte prallen. „Susan will, dass du mit Josie ausgehst, aber du willst Susan. Ich will Josie, aber sie glaubt, ich wäre Bob und bemühte mich um ihre Schwester." Er stöhnte bei dem Gedanken, wie verletzt und benutzt sich Josie fühlen musste. Wahrscheinlich hasste sie ihn sogar, was er ihr nicht einmal verübeln konnte. In ihren Augen hatte er sich wie ein kompletter Schuft benommen.

„Was sollen wir also tun?"

Nick schloss für einen Moment die Augen. „Du kannst Susan nicht nach Josies Adresse fragen, weil sie sonst glaubt, du interessiertest dich für ihre Schwester. Ich kann sie nicht darum bitten, weil sie sie mir niemals geben würde. Wahrscheinlich bleibt mir gar nichts anderes übrig, als von Tür zu Tür zu gehen, um festzustellen, wo sie wohnt."

„Soll das ein Scherz sein?"

Nick warf ihm einen ärgerlichen Blick zu. „Hast du eine bessere Idee?"

„Möglicherweise schon. Ich erinnere mich, dass Susan eine Frau erwähnte, die im selben Haus wie Josie wohnt. Sie wollte sich wegen einer preiswerten Anzeigenkampagne für ein kleines Geschäft, das sie erst kürzlich eröffnet hat, beraten lassen. Sie könnte dir wahrscheinlich sagen, welches Apartment Josies ist."

Nick rieb sich die Hände und spürte, wie diese merkwürdige Panik endlich ein wenig nachließ. Jetzt würde sich alles aufklären. Keine Frau hatte ihn je so aus dem Gleichgewicht gebracht, er wusste bloß nicht, wie er darauf reagieren sollte, das war alles. Er brauchte nur ein bisschen Zeit. „Gib mir ihre Telefonnummer."

„Ich habe etwas Besseres." Lächelnd überreichte Bob ihm eine pinkfarbene Visitenkarte. „Das ist ihre Adresse. Soviel ich hörte, kennt sie Josie ziemlich gut. Sie wird dir sicher helfen können."

Sämtliche Bewohner des Apartmenthauses waren im Laufe des Tages irgendwann vorbeigekommen, um ihn anzustarren. Aber Nick hatte ihre Blicke unbeirrt erwidert. Die Leute waren jedoch im Vorteil, weil die meisten von ihnen ohnehin nicht viel sehen konnten, sodass es nicht halb so unangenehm für sie war, angestarrt zu werden, wie für ihn. Vorausgesetzt, dass sie ihn überhaupt wahrnahmen. Einige von Josies Nachbarn trugen sehr dicke Brillengläser, und die meisten von ihnen hatten wässrige, müde wirkende Augen.

Und kein einziger von ihnen war unter siebzig.

Eine Zeit lang hatte er vor Josies Tür gewartet und war dann in den Garten hinausgegangen. Aber da er dort noch viel mehr Aufmerksamkeit erregte, setzte er sich schließlich in den Wagen.

Wo, zum Teufel, steckte Josie nur? Mrs. Wiley, die weißhaarige alte Dame, die ihre „Golden Goodies"-Hauspartys für Senioren annoncieren wollte, hätte nichts dagegen gehabt, wenn er bei ihr gewartet hätte. Aber er hatte mit einer gemurmelten Entschuldigung die Flucht ergriffen, weil er momentan gar nicht in der Lage war, über irgendein geschäftliches Projekt zu reden. Mrs. Wiley hatte es sogar geschafft, ihm noch einen ihrer Kataloge in die Hand zu drücken, bevor er ging, doch bisher hatte er noch nicht den Nerv gehabt, einen Blick hineinzuwerfen. Mit ihrer sanften Art hatte die alte Dame ihn dazu gebracht, den Werbeauftrag anzunehmen. Aber wie, zum Teufel, pries man erotische Neuheiten für Senioren an?

Inzwischen saß er auf der Eingangsstufe, betrachtete den Sonnenuntergang und dachte noch immer über Mrs. Wileys Wünsche nach, als Josie endlich in den Parkplatz einbog. Zuerst erkannte er sie nicht in ihrem kleinen dunkelbraunen Wagen, mit aufgestecktem Haar und ungeschminkt. Sie sah wie ein Teenager aus, jung und unverdorben und überhaupt nicht aufreizend und sexy. Sie erinnerte in keinster Weise an die Femme fatale, die ihn gestern Nacht fast um den Verstand gebracht hatte.

Nachdenklich zog er eine Braue hoch. In gewisser Weise, musste er sich eingestehen, sah sie jetzt sogar noch sehr viel besser aus.

Er räusperte sich und stand auf. Sie hatte ihn noch nicht bemerkt. In ihren Jeans und Turnschuhen, die Arme voller Einkaufstüten, sah sie wie eine typische Hausfrau aus und gar nicht wie eine Verführerin, deren Sex-Appeal die Fantasien der Männer anregte.

„Josie?“

Sie blieb stehen und drehte sich um. Augenblicklich veränderte sich ihr Gesichtsausdruck, und ein ärgerlicher Blick erschien in ihren Augen. „Was machst du denn hier?“

„Ich bin gekommen, um mit dir zu reden.“

Sie errötete und musterte ihn skeptisch. „Hast du meine Nachricht nicht bekommen?“

Er nickte kurz. „Doch. Aber ich lasse mich nicht mit einer verdammten Pflanze in die Wüste schicken."

Die Tüten drohten ihr aus den Armen zu rutschen, und er griff nach ihnen. „Gib sie mir. Wir müssen miteinander reden."

„Es gibt nichts zu bereden."

Er nahm ihr die Tüten trotzdem ab. „O doch, Josie. Und vielleicht sollten wir das lieber drinnen tun anstatt hier draußen vor unserem Publikum."

„Publikum" bezog sich auf drei alte Damen, die sich hinter einem Strauch verbargen, und zwei Männer, die vorgaben, sich zu unterhalten, während sie in Wahrheit lauschten.

Josie versteifte sich. „Du … du hast mich überrascht."

Er grinste. „Ja." Unwillkürlich senkte er die Stimme. „Ich habe dich vermisst, Liebling. Du siehst bezaubernd aus."

Darauf schnaubte sie nur ärgerlich und begann mit großen Schritten auf das Wohnhaus zuzugehen. Nick blieb hinter ihr und genoss den Anblick ihres hübschen Pos, der in ihrer engen Jeans wunderbar zur Geltung kam. Als sie ihre Apartmenttür erreichte, die Nick inzwischen kannte, blieb Josie wortlos und ohne sich nach ihm umzuschauen stehen.

„Schließ die Tür auf, Josie."

Ihm noch immer den Rücken zukehrend, murmelte sie: „Das Problem ist, dass ich dich nicht in meiner Wohnung haben will."

Sanft strich er mit den Lippen über ihren Nacken und fühlte, wie sie erschauerte. „Ich mag deine neue Frisur. Sie ist sexy." Er sprach leise und beherrscht, um sie nicht zu beunruhigen. „Aber andererseits fände ich dich bestimmt auch mit einer Skimütze noch sexy."

Ein erstickter Ton entrang sich ihr, und sie versteifte sich noch mehr. „Rede keinen Unsinn. Ich sehe aus wie …"

„Wie eine viel beschäftigte Frau? Das bist du ja auch. Was ist so schlimm daran?"

Sie straffte die Schultern und atmete tief ein. „Ich will dich nicht mehr sehen."

Sein Magen drehte sich fast um bei ihren Worten, aber er ließ sich dennoch nicht beirren. „Ich glaube, ich kann dich umstimmen. Gib mir nur eine Chance, dir alles zu erklären."

„Du würdest sowieso nicht gehen, nicht?"

Diesmal schnaubte er.

„Ach, was soll's." Sie schob den Schlüssel in das Schloss. „Aber sag nicht, ich hätte nicht versucht, dich zu entmutigen."

Er blieb dicht hinter ihr, für den Fall, dass sie es sich doch noch anders überlegen sollte, und prallte gegen ihren hübschen kleinen Po, als sie sich bückte, um ihre Tasche abzustellen. Er erinnerte sich nur allzu gut daran, wie er diesen Po gestreichelt, geküsst und ihn mit seinen Händen umfasst hatte. Mit einem unterdrückten Aufstöhnen folgte Nick ihr in die Küche, wo sie mit über der Brust verschränkten Armen stehen blieb und ihn herausfordernd ansah.

Er schaute sich in der Wohnung um und nickte. „Du wartest wohl auf meine Reaktion?"

Sie schob das Kinn vor und presste die Lippen zusammen.

Ihr Apartment war … interessant. Gemütlich. Sauber, aufgeräumt und hübsch. Alles schien in Miniaturformat gehalten. Das Wohnzimmer hatte ein zweisitziges Sofa und einen kleinen Sessel. Der Esstisch war gerade groß genug für einen einzigen Teller, und die zwei zierlichen Kaffeehausstühle, die dazugehörten, sahen aus, als ob sie unter seinem Gewicht zusammenbrechen würden.

„Ich finde, deine Wohnung passt zu dir."

Josie verdrehte die Augen. „Du weißt nicht einmal, wer ich bin, wie kannst du da ein Urteil fällen?"

Er trat näher, bis er ganz dicht vor ihr stand. Langsam strich er mit dem Handrücken über ihren Bauch. „Ich kenne dich besser als jeder andere Mann."

Sie schloss die Augen und begann zu zittern. Seine Finger glitten höher, unter ihre Brüste. Er spürte, dass er die Kontrolle über sich zu verlieren drohte, aber er konnte es nicht ändern. „Josie?"

Sie biss sich auf die Lippen und ergriff dann seine Hand. „Du musst mir zuhören, Bob. Gestern, das war ein Fehler."

„Nein."

„Doch." Sie machte eine weit ausholende Handbewegung. „Du siehst all das und denkst, ich wäre genauso häuslich, konservativ und anspruchslos wie Susan. Aber das bin ich nicht. Ich will …"

Sie brach ab, als er sie an sich zog und trotz ihres Widerstandes küsste. Als seine Zunge in die warme Höhlung ihres Mundes eindrang, stöhnte er im selben Moment auf wie Josie, schloss seine großen Hände um ihren Po und presste sie fest an seinen Körper, um sie seine zunehmende Erregung spüren zu lassen.

„Du fühlst dich gut an, Josie." Bevor sie widersprechen konnte, küsste er sie von neuem, aber diesmal mit viel mehr Zärtlichkeit als Leidenschaft. Als er den Kuss beendete, schlang sie ihm die Arme um den Hals. „Und du schmeckst noch besser. Süß und heiß."

Langsam öffnete sie die Augen und schüttelte den Kopf. „Mit uns wird es niemals funktionieren."

Er sah den Puls an ihrer Kehle pochen. „Es funktioniert bereits."

„Nein." Sie versuchte sich ihm zu entziehen, aber er ließ es nicht zu. „Ich will frei sein, Bob. Keine feste Bindung. Ich will weder heiraten noch eine Familie zu gründen. Ich …"

„Ich auch nicht." Sie runzelte die Stirn und wollte etwas sagen, aber er ließ sie nicht zu Wort kommen. „Und ich bin nicht Bob, also hör auf, mich so zu nennen. Ich hasse es."

Ihr Gesicht war für Sekunden wie versteinert, dann riss sie sich von ihm los und trat hinter den kleinen Tisch. „Was redest du da? Was soll das heißen?" fragte sie bestürzt.

Vorsichtig ließ er sich auf einem der zierlichen Kaffeehausstühle nieder. „Ich habe gelogen. Ich bin nicht Bob, sondern sein Partner, Nick."

Sie blinzelte verwirrt. „Du bist nicht Bob?"

„Nein. Bob ist in deine Schwester verliebt. Deshalb war er heute Nachmittag bei ihr. Ich bin sein nichtsnutziger Partner, der untalentierte, hirnlose Wüstling, der deiner Schwester von Anfang an so unsympathisch war."

„Du hast mich ganz bewusst belogen?" Josies Hände zitterten. „Du hast mir gestern die ganze Nacht lang vorgespielt, du wärst jemand anders?"

„Das war nicht meine Absicht." Er beobachtete fasziniert, wie ihre Augen sich veränderten, wie sie sich vor Zorn verengten und das Grün in ihnen intensiver wurde. Ihre Wangen waren nicht mehr blass, sondern glühten vor Empörung, was ihre Sommersprossen noch stärker hervortreten ließ. Sie sah so unglaublich verführerisch aus, dass er sie am liebsten wieder in die Arme gezogen und geküsst hätte.

„Ich bin nur in die Bar gegangen, um die Verabredung für Bob abzusagen. Aber als du erschienst, so wahnsinnig aufreizend und sexy, war jeder vernünftige Gedanke in mir wie ausgelöscht, und ich konnte gar nicht anders. Eine typisch männliche Reaktion, fürchte ich. Es tut mir Leid, Josie. Aber du hast mich vom ersten Moment an um den Verstand gebracht."

Drohend trat sie einen Schritt vor. „Du hast mich ganz bewusst belogen."

„Ich dachte, das hätten wir schon geklärt. Ich würde jetzt gern zu dem Teil mit deinem kleinen Schwindel kommen."

Sie blieb stehen. „Meinem Schwindel?"

„Richtig. Du hast mir vorgemacht, du wärst erfahren, obwohl du in Wirklichkeit noch Jungfrau warst."

„Das habe ich nicht getan!"

„So, wie du aussahst, wie du redetest? Niemand wäre auf die Idee gekommen, dass du noch unberührt sein könntest. Dann wolltest du mich glauben machen, du hättest bisher wegen deines Studiums und deines Geschäfts für Männer noch keine Zeit gehabt.“ Viel sagend schaute er sich noch einmal in der Wohnung um. „Aber mir scheint, du bist so eine Art Hausmütterchen. Ich möchte wetten, dass all deine Handtücher zusammenpassen und deine Schuhe ordentlich geputzt und aufgereiht im Schrank stehen. So ist es doch, nicht wahr?“

Die Röte auf ihren Wangen war verblasst. Jetzt sah Josie einfach nur noch wütend aus und bedachte ihn mit einem Lächeln, das ihm Angst einjagte. „Ich habe dir im Grunde genommen gar nichts vorgemacht. Bisher war ich zu beschäftigt, um mich mit Männern abzugeben. Aber jetzt habe ich beschlossen, mich ein bisschen auszutoben. Ich will frei sein, frei, um mich mit so vielen Männern zu treffen, wie ich will, und all die erotischen Bereiche zu erforschen, die wir gestern Nacht berührt haben. Es stimmt, früher habe ich ein sehr zurückgezogenes Leben geführt, aber das ist jetzt vorbei. Ich will jetzt Spaß, aber ohne Bindungen.“

Großzügig breitete er die Arme aus. „Na, wunderbar. Genau das will ich auch.“

Aber Josie schüttelte den Kopf und lächelte. „Du warst nur der Erste. Die Spitze des Eisbergs sozusagen. Ich habe vor, mich auch noch anderweitig umzusehen.“

Nick wusste nicht, ob sie es ernst meinte oder ihn für seine Lügen nur bestrafen wollte. Frauen konnten verdammt erfinderisch sein, wenn es darum ging, einen Mann zu quälen. Und es schien ihnen großes Vergnügen zu bereiten. Das hatte er schon in früher Jugend gelernt.

Als sie nicht aufhörte, ihn mit diesem spöttischen Lächeln zu betrachten, stand er auf. Er hatte vorgehabt, die Kontrolle zu übernehmen, und es wurde höchste Zeit, dass er damit begann. „Den Teufel wirst du tun.“

„Das geht dich nichts an, Nick.“

„Das werden wir ja sehen.“ Sie war wütend und wollte es ihm

heimzahlen, und das gelang ihr auch. Die Vorstellung, ein anderer könne sie berühren, löste ein Pochen in seinem Schädel aus, das so heftig war, dass seine Ohren dröhnten. Noch nie war er eifersüchtig gewesen, und der bloße Gedanke erfüllte ihn mit wildem Zorn.

Dann, endlich, kam ihm der erlösende Gedanke, und er begann einen Plan zu schmieden. Nachdenklich schaute Nick sie an und nickte schließlich. „Ich werde dir einen Vorschlag machen."

„Ach, wirklich?" Sie lehnte an der Anrichte, die personifizierte Nonchalance – bis er anfing, auf sie zuzugehen.

Ihr unablässig in die Augen schauend, trat er näher, bis nicht einmal Millimeter sie noch trennten. Er spürte ihren Atem und die Hitze ihres Körpers. Sie mochte wütend auf ihn sein, aber ihr Körper reagierte alles andere als ablehnend auf ihn.

Mit den Fingerspitzen streichelte er ihr Gesicht, während er mit den Lippen über ihre Stirn und ihre Augenbrauen strich. „Und jetzt mein Vorschlag", flüsterte er ihr zu. „Willst du ihn hören?"

Sie nickte stumm.

„Ich werde dir mehr Leidenschaft und Lust verschaffen, als dein entzückender kleiner Körper überhaupt vertragen kann. Du wirst alle erotischen Varianten bei mir kennen lernen, die es gibt, bis du nicht mehr weißt, wo dir der Kopf steht und um Gnade flehst, mein Liebling."

Seine Finger glitten über ihren Po und zwischen ihre Schenkel, streichelten, reizten und liebkosten, bevor er ihre Beine spreizte und sich dazwischenschob. In einem langsamen, ungemein aufreizenden Rhythmus rieb er sich an ihr und ließ sie seine männliche Erregung spüren. „Ich kann das, das weißt du, Josie. Ich kann dir Dinge zeigen, die du dir bisher nicht einmal vorstellen konntest, Dinge, von denen wir beide wissen, dass sie dir gefallen werden." Er machte eine kurze Pause. „Aber es muss ein Exklusivvertrag sein, Josie. Nur für mich. Solange wir zusammen sind, solange wir beide Interesse füreinander haben, darf es keine anderen Männer geben. Wenn du Sex willst, wenn du etwas ausprobieren oder lernen willst, kommst du zu mir." Mit angehaltenem Atem wartete er auf ihre Antwort.

Sie berührte seine Brust, dann glitten ihre Hände zu seinem Nacken hinauf. Mit einem erstickten Ton, der wie ein Stöhnen klang, sagte sie: „Ich glaube, ich bin mit deinem Vorschlag einverstanden."

6. KAPITEL

Mühelos hob Nick sie auf die Anrichte. Josie spürte, wie seine Hände unter ihr T-Shirt glitten, und erschauerte. Es war verrückt, der reinste Wahnsinn, aber sie dachte nicht daran, ihn aufzuhalten.

„Nick?"

„Endlich." Ein raues Stöhnen entrang sich ihm, und er presste sie hart an sich. „Du ahnst ja nicht, wie sehr ich es hasste, wenn du mich mit dem Namen eines anderen Mannes ansprachst." Er nahm eine ihrer Brustspitzen zwischen seine Lippen, und aufstöhnend legte sie den Kopf zurück. Die sanften Berührungen seines Mundes sandten Wellen pulsierender Hitze durch ihren Körper, und zwischen den Schenkeln verspürte sie ein verräterisches Kribbeln. Als er ihren BH öffnete, wusste sie, dass sie Nick aufhalten musste, bevor sie zu keinem vernünftigen Gedanken mehr fähig war.

„Es gibt eine Bedingung, die ich dir stellen muss", murmelte sie schwer atmend.

„Okay", erwiderte er zu ihrer Überraschung. „Aber sag es mir schnell, sonst sterbe ich."

Als er den Kopf hob, stockte ihr bei seinem glutvollen, begehrlichen Blick der Atem. Nick sah so aufregend aus, dass sie fast vergaß, was sie ihm sagen wollte. Aber es war wichtig. Er hatte sie belogen und zum Narren gehalten. Wenn sie auf seinen Vorschlag einging, dann nur, wenn sie bei ihrem Spielchen den Ton angab. Er durfte nie wieder die Möglichkeit bekommen, sie zu beschwindeln. Sie würde nehmen, was er zu geben bereit war – aber zu ihren Bedingungen, nicht zu seinen.

Nick spielte mit dem Reißverschluss an ihren Jeans. „Ist es das, was du dir unter einem Vorspiel vorstellst, Liebling? Mich warten zu lassen, bis ich den Verstand verliere? Glaub mir, so, wie ich mich fühle, wird es nicht mehr lange dauern."

Seine scherzhaften Worte rissen sie aus ihrer Versunkenheit. „Ich will bestimmen können."

Er zog eine dunkle Braue hoch. „Bestimmen? Was?"

„Nun ja ... du weißt schon. Was wir tun."

„Ist es das, worüber du bestimmen willst?" entgegnete er und legte besitzergreifend seine Hände um ihren Po. „Willst du entscheiden, was wir tun und was wir nicht tun, wann und wo es stattfindet ... und wie?"

Sie schluckte und wusste nicht, was sie erwidern sollte. Seine Hände lagen um ihren Po, heiß und fest und völlig reglos, was sie vor Erwartung innerlich erbeben ließ. Und dieses Beben schien sich jetzt auf eine ganz besonders empfindsame Stelle zu konzentrieren.

„Nein? Habe ich dich falsch verstanden?" Er schaute sie an, und sie sah das übermütige Aufblitzen in seinen dunklen Augen und das belustigte Lächeln, das um seine Lippen spielte. Mit einer Hand ergriff er ihre und küsste einen nach dem anderen ihre Finger, bevor er ihre Hand zwischen seine Schenkel zog. Sein Lächeln war verblasst. Er war jetzt ungewöhnlich ernst. „Ist es das, womit du mich beherrschen willst, Josie?"

Er fühlte sich groß und hart an, und kühn umschloss sie ihn mit der Hand.

„Die Frauen haben schon immer versucht, die Männer zu beherrschen. Dies ist die üblichste und erprobteste Methode."

Ihre Finger verkrampften sich ganz unbewusst bei seinen spöttischen Worten. Sie fühlte die Bewegung unter ihrer Hand, und es durchzuckte sie so heiß, dass sie zu verbrennen glaubte.

„Ist es das, was du willst, Josie?" Er atmete jetzt schnell und flach. „Im Augenblick hätte ich nichts dagegen. Also tu es ruhig."

Josie versteifte sich und schaute auf ihre Hand herab, die ihn umfangen hielt. Nervös befeuchtete sie die Lippen und fragte sich, was sie mit diesem albernen kleinen Spiel bezweckte.

„Josie?"

Sie schüttelte den Kopf und begann ihn zaghaft zu liebkosen. „Ich gestehe dir die größere Erfahrung zu."

Der Ton, den er von sich gab, klang halb wie ein Lachen, halb wie ein Stöhnen.

„Aber ich möchte alles ausprobieren."

Er lachte rau. „Ich auch. Schön, dass wir uns darin einig sind."

Sie schüttelte den Kopf. „Du sagtest vorhin, wir hätten eine ... Beziehung. Aber das ist es für mich nicht."

Sein Blick war einschüchternd direkt. „Nein?"

Verlegen wandte sie den Kopf ab. „Ich würde es eine ... eine zwanglose Affäre nennen. Die uns zu nichts verpflichtet." Denn wenn er ihrer überdrüssig wurde und sie verließ, sollte er wissen, dass er ihren Segen dazu hatte. „Ich möchte die Freiheit haben, zu kommen und zu gehen, wann ich will. Ohne mich zu binden." Er war der einzige Mensch, bei dem sie je versucht wäre, genau das zu tun, aber für ihn galt leider nicht das Gleiche. Er hatte in seinem Leben schon viele Frauen gehabt und würde noch viel mehr haben. Es wäre dumm gewesen, etwas anderes zu erwarten. „Ich kann dir nicht versprechen, dass ich nur für dich da bin", betonte sie noch einmal. „Ich muss mich darauf verlassen können, dass du keine Einwände erhebst, falls ich beschließen sollte, mich anderweitig umzusehen."

„Das würde ich niemals zulassen", erklärte er und erstickte ihren Protest mit einem Kuss, der jetzt viel fordernder und ungestümer war. Ganz unvermittelt hob Nick sie von der Anrichte und streifte ihr das T-Shirt ab.

„Nick ..."

„Ich mag es, wenn du meinen Namen sagst." Ihr BH glitt über ihre Schultern, und Nicks heiße Lippen schlossen sich um eine ihrer Brustspitzen.

Ihr war, als wiche alle Kraft aus ihren Beinen. „Nick ..."

Er wandte sich ihrer anderen Brust zu, während er ihre Jeans aufknöpfte. „Sag mir, dass du mich begehrst, Josie."

Sie gab nur einen leisen zustimmenden Laut von sich, weil sie zu keinem Wort mehr fähig war.

Er ließ sich auf ein Knie nieder und küsste sie durch ihren Slip – kleine, verspielte Küsse, die Josie vor Verlangen erschauern ließen. Aufstöhnend umklammerte sie seine Schultern, als er ihren Slip herunterzog, mit beiden Händen ihre Beine spreizte und den Kopf senkte, um sie dort zu küssen, wo die süße Qual am größten war.

Es war zu viel für sie, aber noch lange nicht genug, und sie schluchzte auf und bog sich ihm in einer stummen Einladung entgegen. Brennendes Verlangen durchzuckte sie, als er ihren empfindsamsten Punkt sanft mit der Zunge umspielte, und mit einem leisen Aufschrei bäumte sie sich auf und fühlte, wie die ersten Wellen der Ekstase sie davontrugen, als er mit einem Finger in sie eindrang.

Die Kante der Anrichte bohrte sich in ihren Rücken, als sie kraftlos an dem Schrank hinunterglitt. Sie konnte sich nicht mehr auf den Beinen halten; sie zitterte am ganzen Körper.

Nick hielt sie fest und küsste ihre Schläfe. „Das war fantastisch, Josie." Seine Stimme klang rau und sexy. „Ich kann es immer noch nicht glauben, dass du noch unberührt warst."

Kraftlos ließ sie sich eine Weile von ihm halten, bis er sie sanft mit dem Gesicht zur Anrichte umdrehte. Sie verstand nicht, was er tat. Als sie ihm über die Schulter einen Blick zuwarf, sah sie ihn lächeln. Er nahm ihre Hände und legte sie rechts und links von ihrem Körper auf die Arbeitsplatte.

„Spreiz die Beine, Josie, so weit du es mit der Hose kannst."

Hitze stieg ihr in die Wangen, und in ihrem Kopf drehte sich alles. Nick betrachtete ihren Po, streichelte ihn und schob ihre Beine behutsam noch ein wenig mehr auseinander. Sie kämpfte mit ihrer Verlegenheit und den Jeans, die ihre Bewegungen einschränkten.

„Sehr gut, mein Liebling. Und jetzt beweg dich nicht", befahl er, bevor er seine Jeans aufknöpfte und sie rasch bis zu den Knien heruntерzog. Mit beiden Händen umfasste er Josies Hüften und presste sich an ihren Po. „Oh", murmelte er heiser. „Das ist gut."

Josie blickte über die Schulter, um sehen zu können, was er tat. Obwohl ihre Knie zitterten und sie Mühe hatte, sich auf den Beinen zu halten, verfolgte sie fasziniert, wie er ein Kondom aus seiner Hosentasche nahm und es sich überstreifte. Doch als er in sie eindrang und die Leere in ihr ausfüllte, vergaß sie zuzuschauen, und schloss verzückt die Augen.

„Du bist so feucht, so heiß. Du willst mich auch, mein Liebling, nicht? Nur mich."

Sie legte die Wange auf die kühle Arbeitsplatte und hielt sich mit beiden Händen an der Kante fest. Nick strich sanft mit einer Hand über ihren Bauch, bevor seine Finger zwischen ihre Schenkel glitten.

„Nein ..." stöhnte sie, weil die Lust, die er in ihr entfachte, nach ihrem Höhepunkt zu intensiv war, aber er blieb unerbittlich und trieb sie erbarmungslos auf einen weiteren Schwindel erregenden Gipfel zu. Und dann ging ein Beben durch seinen Körper, und für einen Moment hielt Nick den Atem an. Josie spürte die Hitze, die von ihm ausging, die unbeschreibliche Anspannung, die kurz vor der Erfüllung kam.

Er zog Josie an sich, und sein Herz pochte jetzt so schnell und hart, dass sie es in ihrem eigenen Körper spüren konnte. „Josie", wisperte er rau, während die Schauer der Ekstase ihn davontrugen, und zu ihrer eigenen Verblüffung folgte sie ihm und schrie auf vor Überraschung, als sie von neuem die Spirale der Lust erklomm.

Lange Zeit verging, und keiner rührte sich.

„Du bist unglaublich, Josie", murmelte Nick, den Mund an ihrem Nacken. „Ich könnte ewig so stehen bleiben."

Josie lächelte. „Aber nur, weil du nicht derjenige bist, der gegen einen kalten Schrank gedrückt wird."

Er lachte, als er sich aufrichtete und vorsichtig zurücktrat. „Hey, du hast doch das Kommando! Du hättest etwas sagen können, wenn es dir nicht gefiel."

Ihr Seufzer klang zutiefst befriedigt. „Es gefiel mir aber."

„Ich weiß."

Sie lächelte und richtete sich langsam auf. „Das ist eine ganz schön entwürdigende Position, in der ich mich befinde."

Sie hörte, wie er sich anzog, fand aber nicht den Mut, ihn anzusehen.

„Ich finde, du siehst entzückend aus. Und ungemein verführerisch." Er gab ihr einen Klaps auf den nackten Po und half ihr, die Jeans hinaufzuziehen. „Alles in Ordnung, Josie?"

Das veranlasste sie, ihn anzuschauen. „Ja." Wieder spürte sie, wie ihr die Röte in die Wangen stieg. Immerhin war sie noch halb nackt, und ihr Haar war mehr aufgelöst als aufgesteckt. Bevor sie jedoch ihr T-Shirt anziehen konnte, legte Nick seine großen, warmen Hände auf ihre Brüste.

„Ich wünschte, ich hätte besser vorgesorgt. Aber ich hatte nur dieses eine Kondom bei mir."

„Oh." Ihre Wangen pochten vor Verlegenheit. Er war so taktvoll, als wäre Sex in der Küche etwas, was er schon ein Dutzend Mal getan hatte. Und vielleicht hat er das ja auch, ermahnte sie sich und hasste den Gedanken.

Nick grinste amüsiert. „Natürlich könnte ich dir noch mehr Vergnügen bereiten, falls es das ist, was du willst. Wir haben schließlich eine Abmachung, nicht wahr? Ich opfere meine Bedürfnisse gerne deinen, falls du noch immer Lust verspürst. Auf ein bisschen Spaß, meine ich."

Sie wusste nicht, wie sie mit ihm umgehen sollte. Er war all das, was Susan ihm zum Vorwurf machte: arrogant und großspurig und an weibliche Bewunderung gewöhnt. Sie entzog sich ihm und streifte rasch ihr T-Shirt über, bevor sie Wasser für Kaffee aufsetzte.

Dann drehte sie sich langsam zu ihm um. „Da du gerade hier bist, sollten wir vielleicht die Gelegenheit nutzen, einiges klarzustellen, Nick."

„Hm." Er gab ihr einen raschen Kuss und trat zurück. „Lass uns mit dem Kaffee ins Wohnzimmer gehen. Ich traue diesen Küchenstühlen nicht. Ich habe Angst, dass sie unter mir zusammenbrechen."

Josie betrachtete die zierlichen Stühle und stimmte ihm im Stillen zu.

Es erforderte eine Kanne Kaffee und sehr viel Reden, bevor sie das ganze Durcheinander aufgeklärt hatten. Gegen Ende des Gesprächs saß Josie auf dem Sofa auf Nicks Schoß.

„Ich möchte dich morgen sehen", sagte er. „Gehst du mit mir ins Kino?"

Sie schüttelte den Kopf. „Ich habe schon andere Pläne, Nick." Sie brauchte Zeit, um nachzudenken. Er spielte nur mit ihr, während sie bereits dabei war, sich in ihn zu verlieben.

Prüfend schaute er ihr in die Augen. „Und am Montag?"

Sie zuckte hilflos mit den Schultern. „Ausgeschlossen. Montags arbeite ich abends immer länger."

Er schien über ihre Antwort verstimmt. Josie hatte das Gefühl, dass nur wenige Frauen ihm bisher einen Korb gegeben hatten. „Wie lange?"

„Das weiß ich vorher nie. Für viele meiner Patienten bin ich der einzige Besuch, den sie bekommen."

Er seufzte, legte eine Hand an ihre Wange und schaute nachdenklich auf sie herab. „Du bist unglaublich, weißt du das?"

„Ach was. Ich bin gern mit den alten Leuten zusammen, und sie freuen sich, wenn ich zu ihnen komme."

„Ist es mit sehr viel Fahrerei verbunden?"

„Es geht. Viele meiner Patienten leben in diesem Block, was der Grund ist, warum ich diese Wohnung hier gekauft habe. Es erleichtert mir die Arbeit."

„Ich hatte mich schon über all die alten Leute gewundert, die mich anstarrten, als wäre ich ein Eindringling. Ich verstand es zuerst nicht."

„Junge Leute sind eine Seltenheit in diesem Block. Ich bin überrascht, dass Mrs. Wiley nicht herausgekommen ist, um dich auszufragen."

„Das war nicht nötig. Ich war bei ihr, um sie zu fragen, welches dein Apartment ist." Er zog den zusammengerollten Katalog aus seiner Hosentasche. „Sie gab mir das hier, und ich musste ihr versprechen, mir eine preiswerte Werbung dazu einfallen zu lassen."

Josie starrte auf den Katalog der „Golden Goodies", der sich auf einer Seite mit merkwürdig geformten Kerzen und erotischen Brettspielen geöffnet hatte. „Ein Lieferant gibt ihr die Kataloge und füllt die Bestellungen aus, und der Verkauf ist ihre Sache. Sie ist übrigens ziemlich gut darin. Aber wahrscheinlich braucht sie einen größeren Kundenkreis als die Leute hier im Block."

Nick blätterte die Seite um und betrachtete die angebotenen Gegenstände. „Diese alte Schwindlerin!" rief er dann überrascht. „Das ist ja gar nichts Pornographisches. Nach allem, was sie mir erzählte, dachte ich, sie verkauft etwas richtig Heißes."

Josie lächelte. „Für die meisten alten Leute sind parfümierte Badeöle und Federboas bereits recht gewagt. Sie lieben Mrs. Wileys Verkaufspartys. Sie geben ihnen das Gefühl, wieder jung zu sein und abenteuerlustig."

„Warst du schon einmal bei einer?"

Ohne ihn anzusehen, nickte Josie. „Ein- oder zweimal."

„Hast du je etwas von ihr gekauft?"

„Ein paar Sachen."

Seine Augen glitzerten. „Zeig sie mir."

„Nein."

Er lachte. „Bevor ich mit dir fertig bin, wirst du deine Hemmungen überwunden haben." Seine Stimme klang leise und verführerisch, und dann küsste er sie leidenschaftlich.

Bevor ich mit dir fertig bin … Josie fragte sich, wie viel – oder wie wenig – Zeit sie mit ihm haben würde. Als er den Kuss beendete, dauerte es einen Moment, bis sie die Augen öffnete, weil sie nicht wollte, dass er ihre Tränen sah.

„Falls es dir nichts ausmacht, würde ich dich gern einmal bei einem deiner Besuche begleiten."

Das überraschte sie, aber obwohl sie erfreut war über sein Interesse, hielt sie es nicht für ratsam, Nick zu vielen Leuten vorzustellen. Je mehr er an ihrem Leben Anteil nahm, desto schwerer würde es sie treffen, wenn er wieder daraus verschwand, womit sie früher oder später rechnen musste. „Wir werden sehen", murmelte sie nur.

Er nickte. „Gut. Was ist mit dem Rest der Woche? Wann wärst du frei für mich?"

„Woran hattest du gedacht?"

„Wir könnten zum Boot hinausfahren, und diesmal verspreche ich, dir den Fluss bei Nacht zu zeigen. Es ist wundervoll, all die Lichter auf dem Wasser zu beobachten und die nächtliche Stille zu genießen." Er näherte sich ihrem Ohr und flüsterte ihr zu: „Wir könnten uns an Deck unter den Sternen lieben. Wenn der Nebel vom Fluss aufsteigt und alles mit seinem Tau bedeckt. Deine Haut wäre ganz feucht und schlüpfrig …"

Sie erschauerte, bevor sie es verhindern konnte, und erinnerte sich dann, dass er ihr erzählt hatte, seine Eltern seien tot. Das verärgerte sie wieder, aber nicht mehr ganz so stark wie vorher. Nicht, wenn er ihr so nahe war. „Ist es dein Boot?"

„Ich rede davon, dich dort zu lieben, und du willst wissen, wer der verdammte Eigentümer ist?"

Josie ließ sich nicht beirren. „Ich versuche nur, herauszufinden, was Wahrheit ist und was Erfindung."

Nicks Miene verriet Verärgerung, als er eine kurze Erklärung abgab. „Offiziell gehört es noch immer meinem Vater. Aber seit der Scheidung meiner Eltern bin ich der Einzige, der es benutzt …

Aber glaubst du wirklich, dass wir darüber reden müssen?" entfuhr es ihm.

Sie blinzelte erschrocken. „Natürlich nicht. Ich wollte nicht indiskret sein."

Er griff nach ihrer Hand. „Du bist nicht indiskret. Es ist nur ... Deine Eltern sind gestorben, als du fünfzehn warst, und meine haben sich scheiden lassen. Die Folgen waren ungefähr die Gleichen. Sie hatten sich jahrelang um materielle Dinge gestritten, und schließlich überließen sie mir das Boot, weil ihnen keine bessere Lösung dazu einfiel. Meine Mutter wollte nicht, dass mein Vater es bekam, weil er es mit Myra geteilt hätte, die er drei Monate nach der Scheidung heiratete. Und mein Vater wollte es nicht meiner Mutter überlassen, weil er ihr noch immer verübelte, dass sie ihn gezwungen hatte, mich zu nehmen."

„Was ... Wie meinst du das?"

Nick seufzte, legte dann den Kopf zurück und schloss die Augen. „Meine Mutter dachte, es wäre ein guter Trick, mich meinem Vater aufzuhalsen, als er versuchte, mit einer neuen Frau ein neues Leben zu beginnen. Er durchschaute sie natürlich und versuchte auch, mich heimzuschicken, aber das erlaubte meine Mutter nicht."

Fassungslos starrte Josie ihn an. „Das muss ja schrecklich gewesen sein."

Er zog die Schultern hoch. „Es war erträglich. Schlimmer war, mit Myra auszukommen. Mom und Dad ignorierten mich die meiste Zeit, nachdem alles geregelt und beschlossen war. Aber aus irgendeinem absurden Grund sah Myra mich als Konkurrenz. Und es gab nichts, was sie nicht an mir hasste. Sie versuchte, meinen Freundeskreis zu ändern, meine Kleider und sogar die Schule, die ich besuchte. Und vor allem sorgte sie dafür, dass ich zu beschäftigt war, um meinen Großvater zu besuchen."

„Aus welchem Grund? Warum störte es sie?"

„Mein Großvater mochte sie nicht. Und das ärgerte sie sehr.

Früher verbrachte ich jeden Sommer zwei Wochen bei ihm, aber nachdem mein Vater Myra geheiratet hatte, bestand sie darauf, dass ich stattdessen einen Ferienjob annahm. Die Arbeit an sich störte mich nicht, aber ich vermisste Granddad."

„Das klingt, als sei sie ein Biest."

Er lachte, öffnete die Augen und lächelte sie an. „Myra war nicht die Einzige. Ich habe bisher noch keine Frau gekannt, die nicht versucht hätte, mich zu verändern."

Josie versteifte sich. „Mir gefällst du so, wie du bist."

Nick strich ihr das Haar aus dem Gesicht und küsste ihre Augenbrauen. „Dann beweis es mir, indem du mir sagst, dass du diese Woche mit mir zum Boot hinausfahren wirst."

Als Josie an all die Frauen dachte, die er im Laufe der Jahre dorthin mitgenommen hatte, empfand sie Eifersucht. Den Blick abwendend, fragte sie sich, wie viele Frauen die Sterne vom Deck aus betrachtet haben mochten und den Nebel, der aus dem Fluss aufstieg.

„Josie." Als hätte er ihre Gedanken erraten, zog Nick sie wieder an sich und legte besitzergreifend eine Hand um eine ihrer Brüste. „Erinnerst du dich, dass ich dir sagte, ich nähme niemals Frauen auf das Boot mit?"

„Mich hast du aber mitgenommen."

„Und du warst die Einzige. Das war nicht gelogen."

Sie hätte ihm so gern geglaubt, aber es kam ihr ziemlich unwahrscheinlich vor.

Bevor sie etwas entgegnen konnte, sprach Nick weiter. „Ich behaupte nicht, ein Mönch zu sein – ganz und gar nicht. Aber das Boot habe ich immer nur dazu benutzt, allein zu sein. Es ist so still und friedlich dort, und diesen Frieden wollte ich nie mit anderen teilen, vor allem nicht mit einer Frau. Durch all den Streit, den dieses verdammte Boot verursachte, ist es für mich mit vielen Erinnerungen verbunden, von denen die meisten nicht sehr angenehm sind. Ich habe es nie als geeigneten Platz für romantische

Begegnungen empfunden." Seine nächsten Worte kamen nur zögernd, als widerstrebte es ihm, sie auszusprechen. „Bis ich dir begegnete. Ich glaube, jetzt könnte ich es gar nicht mehr so wie früher sehen."

Josie schwieg und dachte, dass es nur allzu leicht sein würde, sich in ihn zu verlieben.

„Was denkst du?" fragte er und strich ihr zärtlich übers Haar.

„Dass du ein bemerkenswerter Mann bist, Nick."

Er lachte nur und begann sie wieder zu küssen, aber Josie kannte diese Taktik schon. Jedes Mal, wenn er ein Thema meiden wollte, lenkte er sie mit seinen Küssen oder Zärtlichkeiten ab.

„Ich bin ein Schuft und ein Mann ohne Prinzipien", scherzte er. „Und wenn du mir nicht glaubst, frag deine Schwester."

„Aber Susan kennt dich eigentlich gar nicht, oder?" Er erhob den Blick zu ihr, und Josie strich ihm übers Haar. „Ich glaube, du bist nicht halb so rücksichtslos und egoistisch, wie sie versucht, mir einzureden."

Er versteifte sich ganz plötzlich, und ein harter Zug erschien um seinen Mund. Dann, bevor Josie seinen Stimmungswechsel richtig deuten konnte, hatte er ihr schon das T-Shirt abgestreift und hielt ihre Hände fest, sodass sie sich nicht bewegen konnte. Mit seltsam eindringlichem Blick betrachtete er ihre halb entblößten Brüste. Als er sprach, waren seine Worte kaum mehr als ein Flüstern.

„Du begehst einen schweren Fehler, falls du glaubst, nur weil ich eine harte Kindheit hatte, sehne ich mich nach Heim und Familie und wartete nur darauf, dass die richtige Frau kommt, um mich zu erlösen." Er legte seine flache Hand auf ihren Bauch, und Josie begann zu zittern. „Ich will nichts anderes als du, mein Schatz. Spaß, Freiheit und ein bisschen Aufregung. Ohne Verpflichtungen. Es wird die ideale Beziehung zwischen uns, das verspreche ich dir. Du wirst nicht enttäuscht sein."

Am liebsten hätte sie ihn angeschrien, dass sie es bereits war.

Denn trotz allem, was sie behauptet hatte, wünschte sie sich mehr vom Leben als ein bisschen Spaß. Erheblich mehr. Aber Nick hatte ihre Gedanken erraten und sie ohne Zögern korrigiert. Mit ihren Lügen und Schwindeleien hatte sie sich ihr eigenes Grab geschaufelt und war nicht sicher, wie sie sich daraus befreien sollte. Sie konnte nicht auf eine feste Beziehung drängen, weil es ihn vertrieben hätte – und das war das Allerletzte, was sie wollte.

Als Nick sich über sie beugte und eine ihrer empfindsamen Brustspitzen zwischen seine warmen Lippen nahm, beschloss Josie, dass solch wichtige Entscheidungen bis später warten konnten. Er schien fest entschlossen, ihr zu zeigen, wie er sie ohne Vorsichtsmaßnahmen lieben konnte, und im Augenblick besaß sie nicht die Willenskraft, ihn davon abzuhalten.

Pfeifend ging Nick über den Parkplatz auf das Bürogebäude zu. Er hatte sich schon lange nicht mehr so gut gefühlt. Heute Abend würde er Josie sehen, und der bloße Gedanke daran genügte, um ein lustvolles Ziehen in seinen Lenden auszulösen. Es war schon viel zu lange her, seit sie sich zum letzten Mal geliebt hatten …

Als er sich dem Gebäude näherte, unterbrachen laute Stimmen seine erotischen Gedanken. Da die Stimmen aus Bobs Büro zu kommen schienen, ging er darauf zu, blieb aber in der Tür stehen, als er sah, dass der Besucher Susan war. „Störe ich?"

Zwei Augenpaare wandten sich in seine Richtung.

Bob vorübergehend ignorierend, richtete Nick den Blick auf Susan. „Miss Jackson! Wie geht es Ihnen?"

„Wie es mir geht?" Sie kam auf ihn zu, und Bob hastete ihr nach, als ob er Nick beschützen wolle. Die bloße Vorstellung entlockte Nick ein Lächeln. „Es ging mir gut, bis Bob mir den gemeinen Streich gestand, den Sie meiner Schwester spielten!"

Nick schaute Bob an, der aussah, als fühlte er sich höchst unbehaglich in seiner Haut. „Du hast ihr wohl dein Herz ausgeschüttet, was?"

„Ganz im Gegenteil", warf Susan ein. „Er tat sogar sein Bestes, um Sie zu verteidigen, nachdem ich ihn gezwungen hatte, mir zu bestätigen, dass Sie sich mit Josie treffen. Er behauptet, Sie seien ein Wüstling, der endlich zur Vernunft gekommen ist, und seien ernsthaft an meiner Schwester interessiert. Aber das glaube ich ihm natürlich nicht." Anklagend deutete sie auf Nicks Brust. „Ich kenne Typen Ihres Schlags. Sie sind nach wie vor ein eingefleischter Junggeselle, der nichts anderes als sein Vergnügen will, und das ist nicht das, was Josie momentan in ihrem Leben braucht."

„Aus Ihrem Munde klingt ‚Vergnügen' wie ein Schimpfwort", murmelte Nick, aber es lag kein Groll in seiner Stimme. Dazu war er viel zu unaufmerksam. Glaubte Bob wirklich, er sei „vernünftig" geworden? Die bloße Vorstellung war erschreckend. Fast sein ganzes Leben lang, oder wenigstens, seit Bob ihn kannte, hatte Nick ernsthafte Beziehungen vermieden. Nicht, weil die Scheidung seiner Eltern noch immer ein Trauma für ihn darstellte, sondern weil er bisher noch keiner Frau begegnet war, die nichts an ihm verändern wollte. Seine Stiefmutter war die Schlimmste von allen gewesen, aber wenigstens hatte sie nicht versucht, ihre wahren Absichten hinter vorgetäuschter Liebe zu verbergen.

Nein, er hatte genug von dominanten Frauen, und sein Leben war so, wie er es haben wollte. Er war nicht bereit, etwas daran zu ändern. Für niemanden. Aber er wollte Josie, und er würde sie auch haben – zu seinen eigenen Bedingungen.

„Ich glaube, Sie kennen Josie gar nicht richtig", sagte er zu Susan.

„Sie ist meine Schwester!"

„Ja, aber Sie hätten sie mit Bob verkuppelt." Er begann sich für das Thema zu erwärmen, als er Susan erröten sah. Seit Bob ihr auf seinen Rat hin Blumen schickte und sie fast täglich anrief, schien sie schneller dahinzuschmelzen als ein Eisberg in der Sonne, obwohl sie es natürlich niemals zugegeben hätte. Laut Bob war Susan noch immer darauf aus, Josie „unter die Haube zu bringen". Wie konnte sie nur so blind sein? Josie wollte nicht „unter die Haube", und das war Nick ganz recht so.

Er grinste selbstzufrieden, als er sah, wie Susan und Bob sich ansahen. „Ich bin sicher, dass Sie inzwischen eingesehen haben, was für ein Fehler das gewesen wäre – sowohl für Josie wie für Bob."

„Na und? Dann hätte es mit ihnen eben nicht geklappt. Deswegen möchte ich aber noch lange nicht, dass Sie sich mit ihr treffen."

Ruhig wandte er ein: „Aber das ist es, was Josie will."

Susan winkte ab. „Josie macht bloß gerade so eine Phase durch."

Das kann man wohl sagen, dachte er. Eine sensationelle Phase sexueller Selbstverwirklichung, und er hatte Glück gehabt, da gewesen zu sein, als sie beschlossen hatte, ihren Horizont zu erweitern. „Sie hat mit mir darüber gesprochen. Josie und ich verstehen uns, Miss Jackson."

Ruhelos entfernte Susan sich ein paar Schritte. Als sie Nick wieder ansah, war ihr Blick mehr ernst als angriffslustig. „Sie glauben, Sie verstehen sie, aber Sie wissen nicht, was Josie durchgemacht hat. Als unsere Eltern starben, änderte sich alles. Wir verloren unser Haus und unseren Wagen. Es war nie genug Geld für sie da, um zu tun, was alle anderen Mädchen ihres Alters taten. Sie kaufte sich keine schicken Kleider und ging auch nicht zu Partys oder Verabredungen. Und als sie aufs College überwechselte, kannte sie nichts anderes als ihr Studium. Sie hat immer nur ihre Pflicht getan, und jetzt, wo sie ihr Leben endlich genießen könnte, verdient sie nur das Beste."

„Und für Sie wäre das jemand anderer als ich?"

„Josie braucht einen einfühlsameren Mann, jemand, der seriös und zuverlässig ist."

Nicks Schläfen pochten. Susan war fest entschlossen, ihn aus

Josies Leben zu verdrängen. Aber das würde er nicht zulassen. „Ich werde sie nicht verletzen, das verspreche ich."

„Aus Ihrem Munde beruhigt mich das nicht!"

Nick seufzte. „So schlimm bin ich gar nicht, Miss Jackson. Fragen Sie doch Bob."

Bob nickte eifrig, aber Susan ignorierte ihn. „Bob ist ein ehrlicher, rechtschaffener Mann. Aber ich fürchte, dass er, was Sie betrifft, nicht ganz objektiv ist."

In diesem Augenblick hätte Nick nichts lieber getan, als Susans prüfenden Blicken zu entgehen. Aber er hatte nicht die Absicht, Josie aufzugeben, und die Anerkennung ihrer Schwester zu gewinnen war vielleicht gar nicht schlecht. „Bob ist der anständigste und aufrichtigste Mann, der mir bekannt ist", entgegnete Nick ruhig. „Und dennoch behält er mich als Partner und seinen besten Freund. Sollte Ihnen das nicht zu denken geben? Es muss doch etwas über meinen Charakter aussagen, dass Bob mir vertraut. Oder glauben Sie etwa, er ist ein Idiot?"

Susan war immer noch nicht überzeugt. „Es könnte auch bedeuten, dass Bob zu vertrauensselig ist."

Fast hätte Nick gelacht. Susan war keine Frau, die ihr Opfer so leicht vom Haken ließ.

Schließlich seufzte sie. „Obwohl ich nach wie vor der Meinung bin, dass Sie nicht zu Josie passen, will ich Ihnen zugestehen, dass Sie vielleicht doch einige wenige positive Eigenschaften haben."

„Sie schmeicheln mir, Miss Jackson", erwiderte er trocken.

Susan räusperte sich. „Bevor Sie gehen, Mr. Harris, möchte ich Ihnen noch eine Frage stellen."

Nick sah, dass Bob an seinem Kragen zupfte. Nick zog eine Braue hoch und fuhr zusammen, als Susan den verflixten Katalog aufhob, den Josies Nachbarin ihm gegeben hatte. Sie hielt ihn mit zwei Fingern, als widerstrebe es ihr, ihn auch nur zu berühren, und bedachte Nick mit einem anklagenden Blick. „Wenn Sie sich wirklich gebessert haben, wie Sie behaupten, warum haben Sie dann dieses Ding hier im Büro?"

Sie blickte ihn so triumphierend an, als hätte sie ihn mit einer Ausgabe eines Herrenmagazins ertappt. Offenbar hatte sie sich den Katalog nicht angesehen, weil sie sonst gemerkt hätte, wie harmlos die darin angebotenen Sachen waren.

Einen flüchtigen Moment lang dachte Nick, er müsste lachen. Aber dann schaute er zu Bob hinüber und sah, wie rot sein Freund geworden war. Und da grinste er. „Bobs Geburtstag ist im nächsten Monat. Ich suchte etwas Ausgefallenes für ihn. Falls Sie noch nicht wissen, was Sie ihm schenken sollen, können Sie sich den Katalog gern ansehen. Ich glaube, Bob hat einige Seiten oben umgeknickt."

Zu beider Männer Überraschung schlug Susan tatsächlich den Katalog auf einer der Seiten auf, die Nick umgeknickt hatte, als er nach einem Ansatzpunkt für eine Annonce suchte.

Obwohl auf den Seiten gar nichts Anstößiges zu sehen war, wurden Susans Augen groß, und errötend legte sie den Katalog auf den Tisch zurück.

„Haben Sie irgendetwas entdeckt, was Sie interessiert?" erkundigte Nick sich schmunzelnd.

„Hm." Susan zog die Schultern hoch. „Schon möglich." Mit einem schwachen Lächeln und einem raschen Abschiedsgruß verließ sie hastig das Büro.

„Ich bringe dich um."

Nick klopfte Bob auf die Schulter. „Hast du ihr Gesicht gesehen, Bob? Sie wird die ganze Nacht über diesen Katalog und deine romantischen Tendenzen nachdenken. Es wird sie nicht zur Ruhe kommen lassen."

Bob hob den Katalog auf und betrachtete die Seite, die Susan sich angesehen hatte. „Seidene Boxershorts mit Leopardenmuster?"

Nick lachte. „Echte Seide übrigens. Ich hatte schon überlegt, ob ich mir welche kaufen soll.“ Er wandte sich ab, um in sein eigenes Büro zu gehen. „Aber an dir würden sie viel hübscher aussehen.“

Er duckte sich rasch, als der Katalog durch die Luft geflogen kam. Sekunden später hörte er Bob den Raum durchqueren, um ihn wieder aufzuheben.

7. KAPITEL

„Sag, dass es nicht stimmt!“

Josie hatte kaum die Tür geöffnet, als Susan sie schon bestürmte.

„Was …“

Susan drängte sich an ihr vorbei und zog die Tür hinter sich zu. „Er ist nicht wie Bob, Josie. Er ist kein Mann für eine Frau wie dich!“

„Ich nehme an, du sprichst von Nick?“

„Ja!“ Susan folgte ihrer Schwester in die Küche. „Warum hast du mir nicht erzählt, dass du dich mit ihm triffst? Das ist alles nur Bobs Schuld! Wenn er dich nicht versetzt hätte, wäre das alles nie geschehen.“

„Dann bin ich froh, dass er mich versetzt hat!“

Beide schrien jetzt beinahe, und das kam ausgesprochen selten vor. Susan blinzelte bestürzt und setzte sich. „Du bist in ihn verliebt, nicht wahr?“

Josie schaute auf die Uhr und sah, dass ihr nur noch wenig Zeit blieb, bis Nick sie abholen würde. „Susan …“, erwiderte sie ungeduldig, „… ich weiß, dass du es gut meinst. Aber ich werde nicht aufhören, Nick zu treffen. Zumindest nicht, solange er mich sehen will.“ Als Susan protestieren wollte, winkte sie rasch ab. „Spar dir die Warnungen. Ich weiß sehr gut, worauf ich mich da einlasse. Nick hat keinen Hehl daraus gemacht, dass er nicht die Absicht hat zu heiraten. Aber damit kann ich leben.“

„Bist du sicher?“ fragte Susan ernst. „Weißt du, wie du dich fühlen wirst, wenn er dich verlässt?“

Und ob Josie das wusste. Trotzdem zwang sie sich zu einem Lächeln. „Er ist es wert. Selbst du musst zugeben, dass Nick ein Mann ist, den jede Frau sich wünschen würde, ob mit oder ohne Ehering. Er ist der charmanteste Mann, dem ich je begegnet bin. Er hört zu, wenn ich rede, und interessiert sich für meine Arbeit.

Er bedrängt mich nicht, sondern ist rücksichtsvoll und aufmerksam und behandelt mich, als wäre ich die einzige Frau auf Erden. Er ist ein wunderbarer Mann. Und wenn du ihn erst besser kennst, wirst du es vielleicht verstehen."

Susan seufzte. „Ich verstehe es ja, Josie. Vielleicht hätte ich es nicht verstanden, bevor ich Bob begegnete, aber jetzt weiß ich, wie es ist, sich zu verlieben. Bob bedeutet mir sehr viel." Sie grinste plötzlich. „Ich muss gestehen, ich bin froh, dass du dich nicht für ihn entschieden hast."

Josie lachte. „Ihr zwei versteht euch also?"

Susan schüttelte den Kopf. „Nein, im Moment bin ich ziemlich böse auf ihn. Wenn er nicht gelogen hätte, wäre dies alles nicht passiert, und ich bräuchte jetzt nicht so beunruhigt zu sein."

Josie schüttelte den Kopf. „Weißt du eigentlich, warum Bob dich belogen hat?"

Susan zog fragend eine Augenbraue hoch.

„Weil er du ihm sehr wichtig bist. Bob hat getan, was er konnte, um an dich heranzukommen. Er hat sogar …" Sie zögerte und fragte sich, ob Susans Bobs Motive wohl verstehen würde.

„Er hat was?"

„Er hat dir sogar erzählt, er habe deine Annoncen selbst entworfen, weil er wusste, dass du Nick nicht magst."

Susans Nasenflügel bebten. „Soll das etwa heißen, dass Nick Harris sie entworfen hat? Und dass er derjenige ist, bei dem ich mich bedanken müsste?"

„Ja, genau das ist es, was ich dir sagen will. Bob hat dich nur belogen, um dich nicht aus den Augen zu verlieren. Und Nick, den du für einen arroganten Schuft zu halten scheinst, hat sich schlecht von dir behandeln lassen, obwohl er die ganze Zeit dein Lob für sich in Anspruch hätte nehmen können!"

„Du machst wohl Witze."

„Nein. Frag Bob – obwohl ich mir vorstellen könnte, dass es ihm furchtbar peinlich wäre."

Susan sprang auf. „Ich werde ihn fragen. Aber ich bin sicher, dass sein Partner hinter dieser ganzen Sache steckt! Dieser Mann bringt nichts als Ärger."

Damit stürmte sie hinaus, und Josie konnte dem armen Bob nur wünschen, dass Susan nicht zu hart mit ihm ins Gericht gehen würde.

Eine gute Stunde später, als Josie gerade vor dem Spiegel stand, klingelte es wieder. Da sie wusste, dass es Nick war, musterte sie sich rasch noch einmal kritisch. Es war das erste Mal, dass sie sich angezogen hatte, um Nick zu gefallen. Obwohl er nicht gesagt hatte, dass sie irgendwo anders hinfahren würden als zum Boot, hatte sie Pläne für diesen Abend, in denen ihre Kleidung eine wichtige Rolle spielte.

Das geblümte Kleid, das sie extra für heute Abend gekauft hatte, war sehr kurz und sehr gewagt. Es war eine Art Wickelkleid, das innen an der Taille von einem einzigen Knopf zusammengehalten wurde, den niemand sehen konnte. Dazu trug sie einen Gürtel aus dem gleichen Material, den sie lose umgebunden hatte. Das Kleid auszuziehen würde eine Sache von Sekunden sein.

Sie trug ihr Haar offen, so wie Nick es liebte. Und diesmal hatte sie rote Sandaletten mit halb hohen Absätzen gewählt, um beim Gehen nicht zu stolpern. Sie hatte sogar ihre Zehennägel rot lackiert.

Bis auf einen winzigen Slip war sie nackt unter dem Kleid. Sie trug weder einen BH noch Strümpfe oder eine Strumpfhose, denn bei dem, was sie vorhatte, wären sie nur hinderlich gewesen.

Nach einem allerletzten Blick in ihren Spiegel ging sie, um Nick hereinzulassen.

Er lehnte am Türrahmen, aber als er sie sah, richtete er sich langsam auf und ließ seinen Blick in unverhohlener Bewunderung über ihren Körper gleiten. Wortlos trat er vor, zwang Josie zurückzutreten und schob mit dem Fuß die Tür hinter sich zu.

„Du siehst fantastisch aus!"

Ihre Lippen öffneten sich, und Hitze stieg ihr ins Gesicht. Nick hob eine Hand und strich über ihre nackten Schultern und über ihre Wangen. „Du glühst ja richtig, Josie. Woran denkst du?"

Er schien keine Antwort zu erwarten, weil er Josie an sich zog und küsste. Sie umklammerte seine Schultern und vergaß beinahe, was sie sich für heute Abend vorgenommen hatte. Aber sie musste die Kontrolle übernehmen und das Spiel zu ihren eigenen Bedingungen spielen, bevor sie ganz ihr Herz an ihn verlor. Was sie für ihn empfand, war jetzt schon viel zu kompliziert. Und Nick, der seine Wirkung auf Frauen kannte, würde sofort erkennen, was sie wirklich für ihn fühlte, wenn sie ihre Emotionen nicht hinter sexueller Neugier verbarg.

Falls er auf die Idee kam, sie habe sich in ihn verliebt, würde er sie fallen lassen. Und sie war keineswegs bereit, ihn zu verlieren. Noch nicht.

Er küsste sie noch intensiver, schob dann eine Hand in ihren Ausschnitt und unterbrach den Kuss, als er nur nackte Haut unter den Fingern spürte. „Verdammt." Verlangend glitt sein Blick über ihren Mund, ihre Kehle und die Brust, die er so liebevoll umfangen hielt. „Du bist nackt unter dem Kleid, nicht wahr?"

„Nicht ganz." Verlegen räusperte sie sich und bemühte sich, ihrer Stimme einen selbstsichereren, provokativeren Tonfall zu verleihen. „Aber zu viel Unterwäsche hätte den Sitz des Kleides ruiniert." Sie lächelte und senkte kokett die Lider. „Ich trage nur einen Slip."

„Das möchte ich sehen." Kaum hatte er die Worte ausgesprochen, trat er einen Schritt zurück und schüttelte den Kopf. „Nein, das geht nicht. Dazu bleibt uns keine Zeit. Wenn ich dich das Kleid hochheben lasse, kommen wir nie hier weg."

Josie bemühte sich, ihr Erröten zu verbergen. Was fiel ihm ein! Als ob sie auf seinen bloßen Wunsch hin das Kleid hochheben würde. Aber natürlich würde sie es tun. Nick schaffte es, sie zu Dingen zu überreden, an die sie früher nicht mal im Traum gedacht hätte. Es war entnervend und zugleich erregend, wie viel Macht er über sie zu besitzen schien. Jetzt wollte sie die gleiche Macht über ihn haben.

„Bist du so weit? Ich habe einiges mit dir vor."

Wie leicht er aufgab! Damit hatte sie nicht gerechnet. „Was?" Sie ging zur Couch, um ihre Tasche und ihre Jacke aufzuheben. Die Septembernächte wurden langsam kühler.

„Das ist eine Überraschung." Mit hochgezogenen Brauen betrachtete Nick sie noch einmal anerkennend. „Wenn auch nicht so toll wie deine, die mir übrigens beinahe einen Herzinfarkt verursacht hätte."

Josie zupfte den kurzen Rock des Kleids zurecht und schaute lächelnd zu Nick auf. „Dann gefällt es dir?"

„Nur einem Blinden könnte es nicht gefallen. Und ich schwöre dir, dass ich deine Bemühungen zu schätzen weiß. Wie sehr, werde ich dir später auf dem Boot beweisen." Er griff nach ihrer Hand und zog sie zur Tür. „Aber jetzt haben wir keine Zeit dazu."

Sie hatte gehofft, sie führen nur zum Boot. „Wo willst du hin?"

Er wirkte unsicher und wich ihren Blicken aus. „Ich habe dir doch gesagt, dass es eine Überraschung ist. Vertrau mir."

Ihr blieb nichts anderes übrig, als ihm hinauszufolgen. Als sie in seinem Wagen saßen, schlug sie die Beine übereinander und drehte sich ein wenig auf dem Sitz, sodass ihr Rock sich an der Seite teilte. „Möchtest du nicht wissen, wie meine Pläne für heute Abend aussahen?"

„Ich glaube, du kannst es kaum erwarten, es mir zu sagen."

Sein Lächeln verriet Belustigung, und Josie dachte, dass er nicht mehr lange über sie lachen würde. „Ich möchte mit dir tun können, was ich will."

Er zögerte, bevor er ihr einen Blick zuwarf. „Würdest du mir das erklären?"

Mit dem Zeigefinger strich sie über seinen Oberschenkel. „Wenn du es für nötig hältst."

„Ich denke schon." Seine Stimme klang ein wenig heiser, und das ermutigte sie; es war so leicht, Verlangen nach ihr in ihm zu wecken.

„Heute Nacht möchte ich herausfinden, was dir gefällt und worauf du besonders stark ansprichst. Ich möchte dich genauso zum Wahnsinn treiben, wie du es bei mir getan hast."

Er lachte. „Männer sind beschämend leicht durchschaubar, was ihre Wünsche und Bedürfnisse betrifft. Im Gegensatz zu Frauen, die anders gebaut sind, brauchen Männer sehr wenig Stimulierung, um bereit zu sein."

Da sie an seine freimütige Art, die Dinge auszusprechen, gewöhnt war, störten seine Worte Josie nicht. Aber sie verspannte sich, als er an einer roten Ampel hielt und sich ihr zuwandte. Sein Blick war heiß und begehrlich; seine Hand glitt über ihr Knie und dann noch höher. „Und du treibst mich auch so schon zum Wahnsinn." Seine Worte waren nur noch ein raues Wispern. „Du bist unglaublich sinnlich. Ich kenne keine andere Frau, die so leidenschaftlich reagiert wie du. Zwischen uns herrscht eine ganz spezielle Chemie, und das gilt für beide Seiten. Auch ich bin bei dir anders, wenn du die Wahrheit wissen willst."

„Die Wahrheit wäre zur Abwechslung schön."

„Sei nicht so frech." Aber er lachte und entspannte sich. „Wir sind irrsinnig gut zusammen, Josie. Glaub mir, du stellst meine Selbstbeherrschung ganz schön auf die Probe."

Davon hatte sie bisher noch nichts gemerkt, doch heute Abend wollte sie es austesten. Ihr Ziel für heute Nacht war, Nick vollkommen die Kontrolle über sich zu rauben. Wie genau sie dazu vorgehen sollte, wusste sie noch nicht, aber im Moment hatte sie auch andere Sorgen. Die gegenwärtige Unterhaltung hatte den von ihm vorausgesagten Effekt gehabt. Ihr Puls raste, und ihre Wangen glühten. Sie begehrte Nick, jetzt auf der Stelle, und dies alles war noch viel zu neu für sie, um sich in Geduld zu üben. „Müssen wir noch viel weiter fahren?"

„Wir sind in zwei Minuten da." Er lachte leise. „Aber so, wie ich auf dich reagiere, brauche ich mindestens noch fünf weitere, bevor ich mich irgendwo sehen lassen kann."

Sie warf einen Blick auf seinen Schoß, weil sie wusste, was er meinte. Er war stark erregt, was nicht zu übersehen war. Und dieser sichtbare Beweis seines Verlangens verdoppelte ihr eigenes. Sie beugte sich zu ihm vor und ließ die schmalen Träger ihres Kleids über ihre nackten Schultern rutschen. „Lass uns vergessen, was du vorhattest", sagte sie in leisem und, wie sie hoffte, auch verführerischem Ton. „Lass uns direkt zum Boot fahren." Sie griff nach ihm, aber er nahm ihre Hand und küsste sie.

Sein Blick glitt zum Ansatz ihrer Brüste, der jetzt noch deutlicher zu erkennen war, und ein leiser Fluch entrang sich ihm. „Tut mir Leid. Aber das geht nicht."

Zu ihrer eigenen Verblüffung bemerkte sie winzige Schweißperlen auf seiner Stirn und sah, wie er die Lippen zusammenpresste, als er in eine lange, kiesbestreute Einfahrt bog, die zu einem stattlichen alten Farmhaus führte. Es war ein großes, weitläufiges, beeindruckendes Haus, das aussah, als sei es schon immer da gewesen und seit Jahrhunderten von Menschen bewohnt, die es sehr liebten. Josie hatte bisher nicht darauf geachtet, wohin sie fuhren, aber jetzt sah sie, dass sie sich in einer ländlichen Umgebung befanden und dass Nick anscheinend vorhatte, einen Besuch in diesem Haus zu machen.

„Wir werden Leute treffen?" Sie dachte daran, wie sie gekleidet war, und wäre am liebsten im Erdboden versunken.

Nick parkte den Wagen im Schatten einer großen alten Eiche. „Beruhige dich, Josie. Es ist in Ordnung." Aber auch er klang ein wenig unsicher.

Sie stieß seine Hände fort, als er versuchte, die Träger ihres Kleids zu richten. „Hör auf! Fass mich nicht an", sagte sie und schaute sich rasch um, ob jemand sie gesehen hatte.

Ihre Worte hatten einen verblüffenden Effekt auf ihn. Er packte sie an den Schultern und zog sie an sich, und als sie ihn aus großen Augen anschaute, stöhnte er: „Und ob ich dich berühren werde! Überall dort, wo du es willst, und so, wie du es am liebsten hast. Mit meinen Händen und meinem Mund. Heute Nacht ..."

Auf einmal tanzten Schmetterlinge in ihrem Bauch. „Nick ..."

Im nächsten Augenblick küsste er sie schon – hart, fordernd und fast ein bisschen grob sogar –, und sie erwiderte den Kuss und vergaß ihre Verlegenheit und wo sie waren.

Er streckte die Hand nach ihrer Brust aus und fasste Josies leises Stöhnen als Ermutigung auf. Doch bevor er sie berühren konnte, ertönte ein lautes Klopfen an der Fahrertür, die Sekunden später aufgerissen wurde.

Ein großer, grauhaariger Mann in einem Flanellhemd, dunklen Hosen und Hosenträgern stand draußen vor dem Wagen. Seine Miene war finsterer als die Gewitterwolken, die sich am Himmel über ihnen zusammenballten, und seine grimmige Stimme schallte durch den ganzen Wagen. „Wenn es das ist, wozu du hergekommen bist, hättest du zu Hause bleiben können. Wirst du nun aussteigen und uns einander vorstellen, oder nicht?"

Nick wandte sich zu Josie, die noch immer sprachlos war vor Schock. Mit einem entschuldigenden Lächeln sagte er: „Josie, das ist mein Großvater, Jeb Harris. Großvater, das ist Josie Jackson."

Mit kritischen Blicken musterte der alte Mann sie, von ihrem zerzausten Haar bis zu den Füßen, die in den roten Sandaletten steckten. Josie tat ihr Bestes, um nicht zu erröten. „Du kannst manchmal wirklich ein verdammter Narr sein, Nick." Dann lachte er. „Also sieh zu, dass du die junge Dame aus dem Wagen schaffst, bevor du ganz vergisst, dass ihr hier nicht allein seid."

Und damit wandte er sich ab und ging zur Veranda, wobei er

sich schwer auf seinen Spazierstock stützte, um eine Hüfte zu entlasten. Josie sah, dass er vor Schmerz die Schultern krümmte, und fragte sich, worunter er wohl leiden mochte.

Nick räusperte sich, und langsam richtete sie den Blick auf ihn. „Das ist deine Überraschung?"

Er hielt den Blick auf einen Punkt hinter ihrer linken Schulter gerichtet. „Ja. Großvater rief an und bat mich, ihn heute Abend zu besuchen." In einer fast trotzig wirkenden Geste schob er das Kinn vor. „Ich dachte, es könnte nicht schaden, vorher kurz bei ihm vorbeizufahren."

Josie öffnete die Tür und stieg aus. Nick war so ein Schwindler. Er wollte nicht, dass sie ihn für einen Softie hielt, aber die Tatsache, dass er es nicht über sich gebracht hatte, seinem Großvater die Bitte abzuschlagen, machte ihn ihr höchstens noch sympathischer. „Eine kleine Warnung wäre nett gewesen", sagte sie, als Nick zu ihr herüberkam. „Dann hätte ich mich wenigstens entsprechend kleiden können, anstatt mich lächerlich zu machen."

„Granddad wird alt, aber er ist noch nicht tot. Er weiß, wer hier der Narr ist, und er hat es auch bereits gesagt. Dich findet er entzückend."

„Woher weißt du das?"

„Weil ich ihn kenne." Nick sah, wie ihre Stirn sich glättete, und beugte sich vor, um ihr zuzuflüstern: „Du siehst bezaubernd aus. Und ich glaube, du wirst Großvater mögen. Er ist derjenige, der mir alles beigebracht hat, was ich weiß."

Josie verdrehte die Augen. Irgendwie empfand sie das nicht gerade als beruhigend.

Er trägt ein bisschen zu dick auf, dachte Nick, als sein Großvater wieder einmal lautstark „Hä?" sagte. Er besaß ein so ausgezeichnetes Gehör, dass nicht einmal ein Flüstern ihm entgangen wäre. Aber aus irgendeinem Grund spielte er den armen alten Mann, so dass Nick sich fragen musste, was seine Motive waren.

Aber wenigstens gab Josie sich jetzt ungezwungener. Sie zupfte zwar noch immer an diesem skandalösen Kleid herum – dessen Anblick ihm im ersten Augenblick fast einen Herzinfarkt beschert hatte –, aber abgesehen davon war sie entspannt genug, um über die Anekdoten seines Großvaters zu lachen.

Der alte Knabe schien Nicks Unbehagen zu genießen. Sein Lächeln bewies, dass die unbequeme Situation seines Enkels ihm nicht entgangen war, und es gab nichts, was Nick dagegen hätte unternehmen können. Nicht solange Josie ihm gegenüber auf der Sofakante saß, die Beine brav zusammengepresst und den Ausschnitt ihres Kleids so weit hochgezogen, wie es nur möglich war. Ihr Anblick verursachte eine seltsame Mischung aus leidenschaftlichem Verlangen und Zärtlichkeit in Nick, was ihn entnervte und zugleich erregte.

Im Moment war ihm, als ob heiße Lava ihn durchströmte und der Vulkan kurz vor dem Ausbruch stünde.

Er sprang auf, worauf zwei neugierige Augenpaare sich in seine Richtung wandten. Sein Großvater lachte, und Josie runzelte die Stirn.

„Ich … ich dachte, ich hole uns etwas zu trinken."

„Soll ich dir helfen?" bot sich Josie an.

Bevor Nick antworten konnte, sagte Mr. Harris: „Das schafft er schon allein, nicht wahr?"

„Ja, Sir."

„Gut, dann geh jetzt. Josie und ich haben etwas zu besprechen."

Mochte der Himmel wissen, was das war! In der Küche schenkte Nick Eistee ein, bevor er an die Tür trat, um zu lauschen.

„Ich fürchte, Sie haben einen falschen Eindruck von mir, Sir."

„Nennen Sie mich Jeb oder Granddad. Ich mag dieses ‚Sir-Getue' nicht."

Eine kurze Pause. „Wirklich, Jeb, Nick und ich sind nichts weiter als gute Freunde."

„Ha!" Nicks Großvater stieß seinen Stock auf den Boden, um seinen Worten mehr Nachdruck zu verleihen. „Meine alten Augen mögen war nicht mehr die besten sein, aber ich kann noch immer sehen, was gesehen werden muss. Und ich bin noch nicht senil. Der Junge leidet, und Sie sind der Anlass. Und wahrscheinlich auch die Kur."

Nick stöhnte. Wenn das so weiterging, würde sein Großvater Josie in die Flucht schlagen, noch bevor Susan das schaffte. Josie wollte nicht die Verantwortung für einen anderen Menschen tragen. Dies war ihre erste Chance, frei zu sein, und sie sehnte sich danach, endlich ihre eigene Sinnlichkeit zu erforschen.

„Ich hörte, Sie sind Krankenschwester. Nick sagte, Sie führen einen eigenen ambulanten Pflegeservice. Ich könnte hier jemanden wie Sie gebrauchen."

„Haben Sie Probleme, Jeb?"

„Eine gebrochene Hüfte, wussten Sie das nicht? Es ist schon Monate her, aber sie schmerzt noch immer. Die Veranda war nass vom Regen, und ich bin ausgerutscht und gestürzt. Der arme Nick hat sich furchtbar aufgeregt – er erinnerte mich an ein altes Weib mit all diesem Getue. Er wich nicht von meiner Seite, obwohl ich mir die größte Mühe gab, ihn fortzuschicken."

„Er hat das Richtige getan."

„Sehen Sie? Er kann Recht und Unrecht voneinander unterscheiden, wenn es darauf ankommt. Es sind bloß die Frauen, mit denen er Probleme hat."

Nick schloss die Augen, als er Josies ungläubiges Lachen hörte.

Jeb ignorierte ihren Heiterkeitsausbruch. „Wenn ich ehrlich sein will, muss ich zugeben, dass die Hüfte gut verheilt ist, aber ich bin nicht mehr so beweglich, wie ich früher war. Ich könnte wirklich jemanden gebrauchen, der ab und zu mal nach mir sieht, ohne dass ich den ganzen Weg bis in die Stadt fahren muss."

Nick nutzte es als Stichwort einzutreten. „Das ist eine großartige Idee, Granddad. Vielleicht kann Josie dir behilflich sein.“

Sie schien nicht begeistert über die Idee. „Aber haben Sie nicht schon jemanden aus dem Ort? Man sollte meinen ...“

Granddad winkte ab. „Die Frau, die sie mir schickten, gefiel mir nicht. Sie war zu steif. Ich hab sie wieder fortgeschickt.“

Nick erinnerte sich an den Zwischenfall. Die arme Frau war froh gewesen, von ihrer Aufgabe erlöst zu werden.

„Ich könnte jemand anderen für Sie finden, Jeb.“

Mr. Harris winkte ab. „Ach, lassen Sie nur. Ich will niemandem zur Last fallen.“

Nick schnaubte, weil er die List seines Großvaters durchschaute, aber Josie fiel natürlich darauf herein. „Das würden Sie doch nicht!“

„Ich weiß, dass sie gesagt haben, ich sei wieder gesund und brauche keine Pflege mehr. Und ich lebe so weit draußen, dass niemand herkommen will. Ich hätte dieses alte Haus schon längst verkaufen sollen.“

Josie schaute sich um. Als sie antwortete, klang Melancholie in ihrer Stimme mit. „Aber es ist so ein schönes Haus! Es hat Charme und kommt mir wie ein richtiges Zuhause vor. Als ob schon Generationen hier gelebt hätten und glücklich darin gewesen wären. Heutzutage werden keine Häuser mehr wie dieses gebaut.“

Nick fragte sich, ob sie dabei an ihr eigenes Zuhause dachte, das sie nach dem Tod ihrer Eltern verloren hatte. Die Trauer, die er in ihren Augen sah, gefiel ihm ganz und gar nicht.

Jeb nickte. „Es ist stabil. Aber es wird zu groß für mich. Außerdem ist es für eine Familie und nicht für einen alten Mann gedacht.“

„Wissen Sie“, sagte Josie und setzte ihr Glas mit einem Klirren ab, „ich glaube, Sie brauchen gar keine private Pflegerin, sondern einfach nur ein bisschen Unterhaltung. Und ich habe auch schon eine gute Idee dazu. Warum kommen Sie nicht zu der Party, die meine Nachbarin nächste Woche gibt? Sie ist eine gute Freundin, und ich habe das Gefühl, dass Sie sie mögen werden."

O nein, bloß das nicht! dachte Nick. Josie versuchte, die Ehestifterin zu spielen, und das war etwas, was sein Großvater nicht tolerieren würde. Seit dem Tod seiner Frau verteidigte Jeb seine Freiheit genauso hartnäckig wie Nick seine.

Doch erstaunlicherweise war Jeb mit ihrem Vorschlag sofort einverstanden. „Sehr gern. Ich war schon lange nicht mehr auf einer Party."

Nick hüstelte, um seine Überraschung zu verbergen, und fragte sich, ob Josie wohl auch ihn einladen würde. Aber sie sagte nichts, und das ärgerte ihn. Hatte sie einen Grund, ihn auszuschließen? Hatte ihre Schwester sie bereits umgestimmt?

Da es langsam dunkel wurde und sein Großvater schon ziemlich müde aussah, bereitete Nick ihm das Bett im Nebenzimmer vor. Jeb erzählte Josie, er habe früher, bevor er sich die Hüfte brach, im ersten Stock geschlafen, aber jetzt würden die Räume dort nicht mehr benutzt. „Es ist die reinste Verschwendung", erklärte er. „Das Beste wäre wirklich, das Haus zu verkaufen."

Nick winkte ab, als Josie wieder protestierte. „Damit droht er immer. Aber er würde dieses Haus nie aufgeben."

Als sie hinausgingen, war der Himmel fast schwarz, und es wehte ein starker Wind. Das Gewitter hatte sich noch nicht verzogen.

Nick sah zu, wie Josie seinen Großvater umarmte und sich dann diskret entfernte, damit auch er sich von dem alten Mann verabschieden konnte. Nick musste lachen, als sein Großvater ihm zuflüsterte: „Beweis mir, dass du ein kluger Junge bist, und lass dieses süße Mädchen nicht wieder gehen!"

„Sie kann dich nicht hören, Granddad. Du kannst dir das Getue sparen."

„Ich war ziemlich gut als klappriger Großvater, nicht wahr?

Ich hätte nie gedacht, dass ich so viel schauspielerisches Talent besitze."

„Und ich hätte nie gedacht, dass du so langatmig sein kannst!"

„Mach dir keine Sorgen, Nick. Ich weiß schon, was ich tue."

Josie schaute zu ihnen herüber, und Nick murmelte: „Ja? Ich wünschte, ich wüsste es auch."

Er nahm Josie bei der Hand, als er sie zum Wagen führte. „Bist du müde?"

Sie lächelte. „Hm. Aber nicht *zu* müde."

Ihre Antwort ließ sein Herz ganz unwillkürlich schneller schlagen. Mit beiden Händen umfasste er ihre Taille, hob Josie in den Wagen und ließ eine Hand auf ihrem Schenkel liegen. „Was soll das heißen?"

„Dass wir eine Abmachung hatten und ich erwarte, dass du sie auch einhältst."

Er fuhr beinahe zusammen, so heiß und heftig durchzuckte ihn die Lust. Auf einmal schien es ihm eine Ewigkeit her zu sein, seit er Josie geliebt hatte. „Es wird mir ein Vergnügen sein."

Sie schüttelte den Kopf. „Du irrst dich, Nick, diesmal wird es *mein* Vergnügen sein. Heute Nacht musst du mir versprechen, dich nicht zu bewegen. Keinen einzigen Muskel, solange ich dir nicht die Erlaubnis dazu gebe."

Er hatte nicht die Absicht, ihr irgendetwas zu versprechen. Er würde sich von keiner Frau Vorschriften machen lassen. Es fing mit einer kleinen Bitte an, und dann würde sie sein ganzes Leben ändern wollen. Das kam nicht in Frage.

Josie lächelte und strich mit einer Hand über seine Brust. „Versprich es, Nick."

„Also gut, ich verspreche es."

8. KAPITEL

„Bleib hier stehen."

Josie betrachtete ihr Werk und war sehr zufrieden mit dem Bild, das Nick abgab. Sie hatte ihm das Hemd über die Schultern gestreift und seine Jeans geöffnet. Er sah fast zu verlockend aus, um ihm zu widerstehen. Vor ihm kniend, hatte sie ihm die Schuhe und die Socken ausgezogen. Er hatte sogar schöne Füße. Schmal und kräftig. Diese Füße waren nun leicht gespreizt, während seine Hände, wie von ihr befohlen, das Bord über der Schlafkoje umklammerten, auf der sie saß. Ihr Gesicht befand sich auf einer Höhe mit seinem flachen Bauch, und sie konnte sehen, wie er nach Atem rang.

Das Spiel gefiel ihr – sehr sogar.

Er schaute auf sie herab, und sein düsterer Blick verriet die Ungeduld und Anspannung, die ihn beherrschten. Entschlossen, sich nicht von ihrem Kurs abbringen zu lassen, blies Josie leicht auf seinen Bauch, woraufhin sich seine Muskeln zusammenzogen.

„Ich muss das richtig machen, weißt du." Sie strich über die harten Muskeln seines Bauchs. „Ich möchte dich schließlich nicht enttäuschen."

Nick gab einen rauen Ton von sich, aber ansonsten blieb er still und schaute sie nur an, als glaubte er nicht, dass sie es wagen würde fortzufahren. Sie lächelte im Stillen, als sie mit der Fingerspitze über die Wölbung in seiner Jeans strich und Nick nach Luft schnappen hörte.

„Du siehst nervös aus, Nick. Vielleicht sollte ich es dir etwas bequemer machen und deinen Reißverschluss herunterziehen. Aber zuerst möchte ich es mir selbst bequemer machen."

Ohne den Blickkontakt mit ihm zu unterbrechen, schob sie die Finger in den Ausschnitt ihres Kleids und zog das Oberteil langsam herunter, bis ihre Brüste entblößt waren. „So, das ist schon besser."

Nicks Brust hob und senkte sich unter seinen raschen, flachen Atemzügen, und Josie sah, wie schwer es ihm fiel, die Kontrolle zu bewahren. Durch seine Reaktion ermutigt, umfasste sie mit beiden Händen ihre Brüste und hob sie lächelnd an, strich mit den Daumen über die harten kleinen Spitzen und hörte das leise Stöhnen, das Nick ausstieß.

„Und vorhin in meiner Wohnung, wolltest du da nicht, dass ich den Rock hochhebe?“ Sie schob ihr Kleid hoch, bis ihr Slip zu sehen war. „Ist es das, woran du dachtest?“

Nicks Wangen glühten vor Erregung, und seine Augen waren so dunkel, dass sie fast schwarz aussahen. „Du bist unwiderstehlich.“

„Hm. Lass sehen, ob wir dich in einen ähnlichen Zustand bringen können.“ Sie zog den Reißverschluss seiner Jeans hinunter und lächelte, als Nick vor Erleichterung stöhnte. „Besser? Du wirkst so … angespannt.“ Als sie genüsslich die Fingerspitze über den unübersehbaren Beweis seiner Erregung gleiten ließ, erschauerte Nick und fluchte leise. Lächelnd blickte sie zu Nick auf. „Magst du das nicht?“

Er schaute an sich herab und lachte rau. „Das ist vielleicht nicht der beste Ort, um anzufangen.“ Dann grinste er plötzlich. „Du bemühst dich wirklich, nicht?“

„Dich verrückt zu machen? Ja, das hoffe ich.“

„Ich meinte, deine Hemmungen zu überwinden. Aber bitte.“ Obwohl seine Stimme leise und heiser vor Erregung klang, glitzerten seine Augen gebieterisch. „Es ist deine Vorstellung. Ich halte es aus, solange du es kannst.“

„Schön, dass du so denkst.“ Und damit beugte sie sich vor und begann, ihn unterhalb des Nabels mit der Zunge zu liebkosen, was ihr ein gutes Dutzend Flüche eintrug – aber auch, dass Nick sich ihr verlangend entgegendrängte.

Er hatte die Augen geschlossen, sein Atem ging flach und stoßweise. Josie dachte, dass er der aufregendste Mann war, den sie je gesehen hatte. „Entspann dich“, befahl sie mit samtweicher Stimme und strich sehr sanft über seinen Bauch und seine Rippen, worauf er noch viel heftiger erschauerte. „Ich glaube, ich sollte dich jetzt von deiner Jeans befreien. Ich möchte alles von dir sehen.“

Er leistete keinen Widerstand, als sie die engen Jeans über seine langen Beine zog. Dann kniete sie sich hinter ihn und befahl ihm, die Füße anzuheben, um ihm die Hose abzustreifen. Als das erledigt war, legte sie ihr Gesicht an seinen Po und schlang die Arme um ihn. Mit beiden Händen streichelte sie ihn durch den weichen Stoff seiner Boxershorts und küsste gleichzeitig seinen Rücken.

„Du bist so verkrampft, Nick. Versuch dich gehen zu lassen.“ Ihr Tonfall verriet, dass sie nicht weniger erregt war als er. Sie streichelte und liebkoste Nick, bis er aufstöhnend den Kopf zurückwarf. Und da richtete sie sich langsam auf und rieb ihre Brustspitzen an seinem Rücken. „Ich liebe deinen Körper.“

„Josie ...“

„Pst. Ich habe gerade erst begonnen.“ Sie trat vor ihn, aber diesmal setzte sie sich nicht, sondern schmiegte sich in ganzer Länge eng an ihn und begnügte sich damit, ihn nur zu fühlen. Seine kräftigen Arme, die breiten Schultern, die schmalen Hüften, die sehnigen Schenkel. „Weißt du noch, was du in meiner Küche mit mir gemacht hast, Nick?“ flüsterte sie, als sie ihm die Boxershorts abstreifte.

„Verdammt, Josie ...“

„Pst. Du sagtest, es sei meine Vorstellung, nicht wahr?“ Sie küsste eine seiner harten kleinen Brustspitzen, strich mit der Zunge darüber und hörte ihn geräuschvoll nach Luft schnappen. Dann presste sie die Lippen auf seinen Hals. „Ich liebe deinen Duft, Nick. Er berauscht mich geradezu. Und er weckt in mir den Wunsch, dich tief in mir zu spüren.“ Ihre Lippen glitten von seinen Rippen zu seinem Bauchnabel. Sie hörte ihn schlucken, als sie ihn mit der Zungenspitze dort berührte, während ihre Hände seinen festen Po umfingen und ihn daran hinderten zurückzuweichen.

„Spreiz deine Beine noch weiter."

Er lachte erstickt. „Du hast etwas Sadistisches in dir, nicht wahr? Es ist beängstigend. Damit hatte ich nicht gerechnet."

„Sei still." Aber sie errötete, genau wie er erwartet hatte. Sie ließ sich wieder auf der Koje nieder und setzte sich bewusst so hin, dass er zwischen ihren Beinen stand, denn in dieser Pose wirkte sie besonders aufreizend. „Ich versuche nur, etwas von dem zu tun, was du mit mir getan hast. Warum solltest du immer derjenige sein, der den Ton angibt?"

„Weil ich der Mann bin", stöhnte er, als sie ihre erregenden Zärtlichkeiten fortsetzte.

„Das bist du ganz gewiss. Magst du das, Nick?"

„Ja", zischte er.

Sie rieb ihre nackten Brüste an ihm. „Und das?"

„Josie, Liebling ..."

„Und das?" Langsam schloss sie ihre Lippen um den sensibelsten Teil seines Körpers, und mit einem gequälten Aufstöhnen warf Nick den Kopf zurück. Sie war entzückt über seine Reaktion, über die Art, wie er erschauerte und stöhnte, wie er zitterte und fluchte, während sie ihr Bestes tat, um ihm den Verstand zu rauben. Sie hätte nie gedacht, dass es so aufregend sein konnte, einen Mann auf diese Weise zu liebkosen. Vor Nick war ihr die bloße Vorstellung, so etwas zu tun, nicht nur unglaublich, sondern sogar abstoßend erschienen.

Bei Nick war es, als ob sie nicht genug von ihm bekommen könne – und sie sorgte auch dafür, dass er es merkte.

Seine Atemzüge wurden immer flacher, keuchend bäumte er sich auf und bog sich ihr entgegen, als sei er im Begriff, gänzlich die Kontrolle über sich zu verlieren. Noch nie in ihrem Leben hatte Josie ein so überwältigendes Triumphgefühl verspürt oder sich als Frau bestätigter gefühlt. Sie setzte ihre sinnlichen Liebkosungen unerbittlich fort, reizte ihn mit ihren Lippen und mit ihrer Zunge und stöhnte leise auf vor Freude und Entzücken, als er die Regeln brach und das Regal losließ, um seine Hände um ihren Kopf zu legen und ihre Bewegungen zu dirigieren.

Aber Sekunden später entfernte er sich abrupt von ihr. Josie wollte protestieren und nach ihm greifen, aber Nick gab ihr keine Gelegenheit mehr dazu. Er schob sie auf die Koje, streifte ihr den Slip ab und schob ihr Kleid hoch. Dann zog er ihre Beine auf seine Schultern und drang mit einer einzigen Bewegung so tief in Josie ein, dass sie im ersten Moment erschrak. Doch nun durchflutete sie ein solch überwältigendes Lustgefühl, dass sie ihm die Arme um die Schultern schlang und sich ihm aufstöhnend entgegenhob. Sekunden später schon fühlte sie die bereits vertraute Spannung, die sich in ihr aufbaute, bis sie vor Lust ohnmächtig zu werden glaubte. Auf dem Gipfel der Ekstase biss sie verhalten in Nicks Schulter, um ihren entzückten Aufschrei zu ersticken.

Nick, der im selben Augenblick wie sie den Höhepunkt erreicht hatte, sank erschöpft in ihre Arme und schmiegte das Gesicht an ihre Schulter.

Beide rangen nach Atem und warteten, bis ihr Herzschlag sich wieder normalisiert hatte.

„Josie …“

Mühsam hob er den Kopf, schluckte und strich ihr mit zitternder Hand das feuchte Haar aus dem Gesicht. „Alles in Ordnung, Josie?“ Er küsste ihren Mund, ihre Augenlider, ihren Nasenrücken. „Sieh mich an, Liebling.“

Es gelang ihr, die Augen zu öffnen, aber die Anstrengung war zu groß, und sie schloss sie wieder. Nick lachte und küsste zärtlich ihre Lippen, bevor er sich mit ihr herumrollte, bis sie auf ihm lag.

„Du bist ein Luder, Josie Jackson.“

Sie lächelte, küsste ihn auf die Schulter und seufzte glücklich.

„Ich habe kein Kondom benutzt."

Sie riss verblüfft die Augen auf.

„Es tut mir Leid, Schatz. Ich kann zu meiner Entschuldigung nur sagen, dass ich vollkommen den Überblick verloren habe und mir so etwas noch nie zuvor passiert ist. Dass ich den Überblick verloren habe, meine ich."

Kein Kondom. O Gott. Das hatte sie nicht bedacht, als sie ihre Verführung plante. „Meine Schuld", murmelte sie beschämt.

Nick zog sie fest an sich und küsste ihr weiches Haar. „Das können wir morgen besprechen. Ich glaube nicht, dass wir beunruhigt sein müssen. Nicht bei diesem einen Mal."

Sie schmiegte sich in seine Arme und fragte sich, wie sie ihn je gehen lassen konnte. Für sie wäre ein Baby kein Problem. Es wäre ein Geschenk, ein Teil von Nick. Aber sie wusste, wie falsch es wäre. Er wollte keine Verpflichtungen, keine Bindung, nur eine kurze Affäre. Sie schluckte, und ihr Magen krampfte sich zusammen.

„Es tut mir so Leid, Nick, dass ich ... es vergessen habe. Ich hätte verantwortungsbewusster sein müssen."

Er stieß einen tiefen Seufzer aus. „Ich glaube nicht, dass es Folgen haben wird, Josie. Aber falls es so sein sollte, werden wir gemeinsam eine Lösung finden."

„Ich möchte nicht, dass du dich unter Druck gesetzt fühlst. Oder dass du glaubst, ich hätte es absichtlich getan."

„Hey ..." Er zog ihr Gesicht zu sich heran und küsste sie. „Das ist alles noch sehr neu für dich. Ich bin derjenige, der es besser hätte wissen sollen. Ich habe es bisher noch nie vergessen. Aber wie gesagt – ich habe auch noch nie so die Kontrolle über mich verloren."

„Bist du mir wirklich nicht böse?"

Er lächelte. „Nein. Ich bin nicht einmal beunruhigt, wenn du die Wahrheit wissen willst." Er drehte sich mit ihr auf die Seite, sodass sie neben ihm zu liegen kam, und gähnte. „Willst du nicht dein Kleid ausziehen, Schatz? Das muss doch unbequem sein."

In ihrer wundervollen Trägheit war ihr gar nicht aufgefallen, dass sie immer noch ihr Kleid trug. Jetzt streifte sie es rasch ab und warf es auf den Boden.

„Viel besser." Nick zog sie an sich und schloss die Augen. „Und jetzt lass mich ein bisschen schlafen, um mich auszuruhen. Denn schließlich habe ich dir noch etwas heimzuzahlen, für das ich Kraft benötige, wenn ich es richtig machen will ..."

Nick schaute sich in dem überfüllten Raum um und fragte sich, was er hier wollte. Überall im Zimmer saßen alte Leute herum, es gab kaum noch Platz zum Stehen. Heute Abend würde er keine Minute allein mit Josie sein. Und dabei hatte er sie seit einer Woche nicht gesehen. Er wollte mir ihr reden, aber wie sollte er das bei dem Gedränge?

Er wandte sich zur Küche, in der Hoffnung, Josie dort zu finden, und prallte gegen Susan. Als er die Hand ausstreckte, um sie zu stützen, runzelte sie die Stirn. „Hallo, Susan."

„Was machen Sie denn hier?" entgegnete sie unfreundlich.

Er verschränkte die Arme und lehnte sich an die Wand. „Das wollte ich gerade Sie fragen."

„Ich bin eingeladen!"

„Und Sie glauben, ich sei durchs Badezimmerfenster eingestiegen?"

Sie errötete, schaute sich um und zog ihn dann rasch in die Diele. „Sie treffen sich seit einiger Zeit mit meiner Schwester."

„Und?"

„Und Sie hatten Zeit genug, sich zu entscheiden, ob es Ihnen Ernst mit ihr ist. Ich will nicht, dass Sie Ihre Spielchen mit ihr treiben."

Nick konnte ein Grinsen nicht unterdrücken, als er an das Spielchen dachte, das Josie auf dem Boot mit ihm getrieben hatte.

Um eine direkte Antwort zu vermeiden, fragte er: „Wie geht es Bob?“

Susan errötete. „Er … Gut, denke ich.“

„Sie haben ihn in letzter Zeit nicht gesehen?“

„Ich bin noch immer sehr verärgert, weil er mich belogen hat und Sie die Kampagne entwickeln ließ, obwohl er wusste, was ich davon hielt.“

„Ja, Sie haben kein Blatt vor den Mund genommen.“ Bevor sie protestieren konnte, fügte er hinzu: „Er hat Sie gern. Er wollte Sie nicht enttäuschen.“

„Er hat mich belogen.“

„Nur, damit Sie nicht zu einer anderen Agentur gehen. Aber ich glaube, vielleicht wäre es besser gewesen, wenn Sie es getan hätten. Wenn Ihnen nichts an ihm liegt …“

Sie runzelte die Stirn. „Das habe ich nicht gesagt.“

„Ah, dann wollen Sie ihn also nur leiden sehen? Um sich etwas damit zu beweisen?“

Ihr Erröten bewies ihm, dass er einen wunden Punkt getroffen hatte. „Nicht, dass es Sie etwas anginge, aber ich hatte vor, heute Abend mit ihm darüber zu sprechen. Er ist hier auf der Party.“

Nick gab sich keine Mühe, seine Verblüffung zu verbergen. „Soll das ein Scherz sein?“

„Nein. Josie bestand darauf. Sie hat sich in den Kopf gesetzt, uns wieder zu versöhnen.“

„Und glauben Sie, es klappt?“

Sie biss sich auf die Lippe. „Ich denke schon. Josie hat mir bereits erklärt, warum Bob mich angelogen hat. Und obwohl ich es nicht gerne sage, muss ich doch zugeben, dass Sie sehr talentiert sind.“

Nick grinste, lachte dann und legte eine Hand aufs Herz. „Ich glaube, ich kriege einen Herzinfarkt.“

Susan sah aus, als würde sie ihn am liebsten ohrfeigen. „Tatsache ist, dass ich nicht mehr weiß, was ich von Ihnen halten soll.

Mrs. Wiley lobt Sie in den höchsten Tönen, seit ich hier bin. Sie arbeiten umsonst für sie, nicht wahr?"

„Unsere Abmachung geht niemanden etwas an."

„Unsinn. Mrs. Wiley erzählt jedem, der es hören will, was für ein lieber Junge Sie sind." Susan trat noch näher. „Und jetzt, mein lieber Junge, werden Sie mir sagen, was Sie mit meiner Schwester vorhaben."

Nick wusste nicht, was er darauf erwidern sollte. Zum Glück sorgte die laute Stimme seines Großvaters im Wohnzimmer für Ablenkung. Als Nick in diese Richtung blickte, sah er seinen Großvater neben Mrs. Wiley stehen. Er sah richtig glücklich aus und flüsterte ihr etwas ins Ohr, woraufhin sie ihm einen spielerischen kleinen Schubs versetzte. Nick schüttelte verdutzt den Kopf.

„Ihr Großvater ist sehr charmant."

„Ja, das ist er, nicht?"

„Und er scheint meine Schwester sehr zu mögen. Er hat mir erzählt, sie sei in dieser Woche schon zweimal bei ihm gewesen."

Das überraschte Nick. Keiner hatte ein Wort davon zu ihm gesagt. Worüber mochten sie geredet haben? Über ihn vermutlich. Aber worüber genau? Und wo steckte Josie eigentlich? Er musste irgendwie Susans Verhör entkommen. Sie verlangte Antworten, aber er hatte keine Ahnung, was er ihr erzählen sollte. Seine Abmachung mit Josie war privat; es war ihre Sache, ihrer neugierigen Schwester alles zu erklären.

Er deutete mit dem Kopf auf seinen Großvater. „Ich sollte hinübergehen und ihn begrüßen."

„Nicht nötig. Er kommt gerade." Susan bedachte Nick mit einem durchdringenden Blick. „Wir beide reden später weiter." Mit dieser unverhohlenen Drohung verabschiedete sie sich.

„Na, mein Junge, da bist du ja endlich!"

„Ich hatte nicht damit gerechnet, dass du kommen würdest, Granddad." Nick sah, wie besitzergreifend Mrs. Wiley seinen

Arm hielt, und runzelte verwirrt die Stirn. Seit Jeb Witwer war, hatte er sich für keine Frau mehr interessiert.

„Josie hat mich abgeholt. Was mich daran erinnert, dass ich unbedingt mit dir über sie reden muss."

Mit einem resignierten Seufzer lehnte Nick sich an die Wand und wappnete sich für eine weitere Predigt. Aber sein Großvater machte es kurz und redete nicht lange um den heißen Brei herum. „Wenn du nur halb so clever bist, wie ich immer dachte, dann heiratest du das Mädchen und sorgst dafür, dass du sie nicht verlierst."

Nick bemühte sich, Mrs. Wiley zu ignorieren, die bei jedem von Granddads Worten eifrig nickte. „Darüber haben wir doch schon gesprochen, oder nicht?"

„Allerdings. Aber diesmal ist es etwas anderes." Jebs Augen wurden schmal. „Sie ist nicht wie andere Frauen. Ich mag Josie."

„Granddad …"

„Was hast du also vor, mein Junge?" Er hob die Hand, als Nick etwas einwenden wollte. „Ich frage nur, weil ich nicht möchte, dass du die Angelegenheit vermasselst."

Nick spürte, wie er vor Verlegenheit errötete. Wie hatte er sich bloß in diese peinliche Situation gebracht? Und wie konnte er seinem Großvater sagen, was er vorhatte, solange er nicht wusste, was Josie wollte? Sie hatte nur von einer vorübergehenden Affäre gesprochen, ohne weitere Verpflichtungen. Aber das konnte er natürlich seinem Großvater nicht erklären.

In einer nervösen Geste strich er sich durchs Haar. „Im Moment habe ich keine anderen Pläne, als Josie zu suchen und ihr Hallo zu sagen. Wenn ihr mich also bitte entschuldigen würdet …?"

Er ging und hörte Mrs. Wiley bemerken: „Junge Leute. Sie können so furchtbar eigensinnig sein."

Jeb lachte. „Er erinnert mich an mich selbst, als ich in seinem Alter war."

„Wirklich?“ erwiderte Mrs. Wiley, und es klang aufrichtig interessiert.

Nick fand Josie in der Küche, und wieder verblüffte ihn, wie sehr sie sich verändern konnte. Er hatte sie als sexy Femme fatale erlebt, als biedere Hausfrau und als hart arbeitende Karrierefrau … Jetzt war sie das nette Mädchen von nebenan. Sie trug einen langen karierten Rock, flache Schuhe und einen weiten, kurzärmeligen Pullover. Wie ein Schulmädchen sah sie aus.

Er grinste und fragte sich, welche Spielchen ihm zu diesem Thema einfallen würden. Sie hatte ihn nicht hereinkommen sehen. Sie stand vor der Anrichte und betrachtete die Gegenstände, die Mrs. Wiley dort ausgestellt hatte. Ohne Josie auf sich aufmerksam zu machen, betrachtete Nick sie auch. Eine Reihe hübscher Flakons mit Bodylotion und Parfüm, Duftkerzen in verschiedenen Größen und Farben, rosa Glühbirnen und romantische Musik zum Träumen. Er dachte an die Anzeige, die er entworfen hatte, und war zufrieden. Er hoffte nur, dass sie Josie auch gefallen würde.

Leise trat er hinter sie und schloss sie in die Arme. „Möchtest du etwas kaufen?“

Sie fuhr zusammen. „Himmel, Nick, wie kannst du mich bloß so erschrecken!“

Er spürte, wie sie sich versteifte, tat aber so, als hätte er es nicht bemerkt. „Was meinst du, was ich kaufen soll?“

„Du brauchst gar nichts zu kaufen. Du hättest nicht einmal zu kommen brauchen.“

Sie hatte so wenig Interesse daran gezeigt, ihn dabeizuhaben, dass er zu Mrs. Wiley gegangen war, um sich eine Einladung zu sichern. Josies emotionale Distanz gefiel ihm nicht; sie machte ihn fast wahnsinnig vor Sehnsucht und Verlangen.

„Natürlich werde ich etwas kaufen“, sagte er, während er Josie prüfend ansah, um ihre Stimmung einzuschätzen. „Außerdem musste ich kommen, um ein Gefühl für den Markt zu entwickeln, den ich erreichen will. Und ich glaube, ich habe auch schon eine Idee für die Annonce."

Langsam begann sie sich innerlich von ihm zurückzuziehen. Wieder tat er so, als merke er es nicht. „Josie?"

Sie lächelte ein wenig. „Erzähl mir davon."

Er küsste ihre Nase, ihre Wange. Er konnte nicht in ihrer Nähe sein, ohne sie zu berühren. „Nein, noch nicht. Ich möchte zuerst mit Mrs. Wiley darüber sprechen."

„Ich hasse es, wenn du so geheimnisvoll tust."

Sie klang so verstimmt, dass er sie wieder küsste. Er wollte nicht aufhören, sie zu küssen, aber er hörte die Partygeräusche aus dem Nebenraum und zwang sich, Josie loszulassen. „Wie lange müssen wir noch bleiben?"

Sie zog die Schultern hoch. „Ich bleibe bis zum Schluss. Ich möchte Mrs. Wiley beim Aufräumen helfen."

„Ich kann auch mithelfen."

„Nein!" Sie schaute ihn an und trat zurück. „Du solltest heimfahren. Ich weiß nicht, wie lange es noch dauert, und ich sehe nicht ein, warum du die ganze Nacht vergeuden sollst."

Die ganze Nacht vergeuden? Er knirschte mit den Zähnen, als er sie wieder an sich zog. „Versuchst du, mich loszuwerden?"

„Nein." Ihr Kopf lag an seiner Brust, sodass er ihr Gesicht nicht sehen konnte. „Das Problem ist, dass ich heute … unpässlich bin."

„Unpässlich?" War das etwa schon der Anfang vom Ende? Hatte sie bereits einen anderen Mann gefunden, mit dem sie ihre Sinnlichkeit erproben wollte? Zorn und auch eine leise Furcht beschlichen ihn. „Was, zum Teufel, soll das heißen?"

Sie schwieg, und das irritierte ihn.

„Verdammt, Josie, sieh mich an!" Sein Blut geriet in Wallung, und er begriff plötzlich, dass er sie niemals einem anderen überlassen würde. Nicht, dass er irgendeine Macht über sie besäße, aber …

„Ich kann heute Nacht keinen Spaß mit dir haben!“ sagte sie und starrte ihn dann an, als müsse er verstehen, was sie meinte. Aber er hatte keine Ahnung, wovon sie redete.

Josie verdrehte die Augen, kehrte ihm den Rücken zu und begann, die Sachen auf der Anrichte neu anzuordnen. Nick kam sich ausgesprochen albern vor.

„Liebling, ich hätte wirklich gern eine Erklä…“

„Ich bin nicht schwanger, klar?“

Er schwieg und versuchte, ihre Worte mit dem bisher Gesagten in Verbindung zu bringen. Und da dämmerte es ihm plötzlich – und eine leise Enttäuschung erfasste ihn, die er jedoch schnell unterdrückte. „Du hast deine Periode?“

Sie warf ihm einen Blick zu, der einen Steppenbrand verursacht haben könnte.

„Meine Güte, Josie, ich bin zweiunddreißig Jahre alt! Ich weiß Bescheid über diese Dinge. Du brauchst nicht so zu tun, als wäre es etwas Peinliches.“ Er wusste, dass es barsch klang, aber im Unterbewusstsein hatte er bereits mit der Möglichkeit gespielt, sie könne durch eine Schwangerschaft an ihn gebunden sein. Und dass es nicht so war, enttäuschte ihn.

„Nun, wenn du so erfahren bist, wirst du sicher auch verstehen, dass es zwecklos wäre, wenn wir zwei uns heute Abend sähen.“ Sie wollte sich abwenden, aber er packte ihren Arm und drehte sie zu sich herum.

Diese überwältigenden Emotionen waren neu für ihn, und er hielt Josie so fest in seinen Armen, dass sie ihm nicht mehr entkommen konnte. „Ich würde dich heute Nacht sehr gerne sehen.“

Sie bog den Kopf zurück, um ihn anzusehen. „Soll das ein Scherz sein?“

„Natürlich nicht, verdammt.“ Er hatte noch nie um eine Verabredung betteln müssen, und das gefiel ihm ganz und gar nicht. „Ich kann mich auch mit einem späten Film begnügen, wenn du es auch kannst.“

Sie wirkte unentschlossen, und sein Ärger wuchs. Nach einer Weile, die ihm viel zu lang erschien, nickte sie. „Na gut."

Das klang alles andere als begeistert. Entrüstet stützte er die Hände in die Hüften. „Fein. Und sei in Zukunft bitte offener zu mir. Ich hasse es, erraten zu müssen, was du denkst."

Er wartete, um zu sehen, wie sie auf seinen Hinweis auf die Zukunft reagierte. Ihre gemeinsame Zeit war ihrem eigenen verrückten Plan zufolge begrenzt. Zuerst war Nick froh darüber gewesen, aber jetzt lehnte sich alles in ihm dagegen auf, sie zu verlieren. Denn jeden Tag begehrte er sie heftiger.

„Ich werde daran denken", war alles, was sie sagte. Dann nahm sie ein Tablett mit Getränken auf und wandte sich damit zur Tür. Nick warf einen letzten Blick auf die ausgestellten Gegenstände, beschloss, dass seine Werbestrategie perfekt war, und machte sich auf die Suche nach Mrs. Wiley. Wenn alles klappte, wie erhofft, würde nicht nur Mrs. Wiley ihren Kundenkreis erweitern können, sondern Josie würde auch ein bisschen mehr Freizeit haben.

Er fand sie im Wohnzimmer, wo sie Getränke herumreichte, und als zwei ältere Herren auf der Couch zusammenrückten, um ihr Platz zu machen, setzte Nick sich blitzschnell neben sie. Die Männer bedachten ihn mit ärgerlichen Blicken, die er lächelnd erwiderte, und legte dann einen Arm um Josie, um ihre Aufmerksamkeit zu gewinnen und seinen Anspruch auf sie anzumelden. Was ziemlich lächerlich war angesichts der Tatsache, dass er der einzige Mann hier unter fünfundsechzig war – außer Bob, der ohnehin nicht zählte.

„Dein Großvater ist offenbar sehr angetan von Mrs. Wiley", flüsterte Josie Nick zu.

„Angetan?"

„Der Ausdruck stammt von ihm." Sie nahm Nicks Hand in ihre. „Mrs. Wiley hat mich vor ein paar Tagen zu ihm begleitet, und als ich bereit war aufzubrechen, bat er sie zu bleiben.

Er sagte, er werde ihr ein Taxi rufen, wenn sie heimfahren wolle."

„Dieser gerissene Schlawiner!"

Josie lachte. „Er ist reizend. Und ein unverschämter Schwindler. Weißt du, es ist überhaupt nichts mit seiner Hüfte. Er stützte sich auf seinen Stock und hinkte, bis er Mrs. Wiley sah, und dann begann er plötzlich ganz normal zu gehen."

Nick lachte. „Seine Hüfte plagt ihn manchmal bei schlechtem Wetter, aber er kann sich ziemlich gut bewegen. Solange er nicht zu oft die Treppe in den ersten Stock hinaufsteigt."

„Mrs. Wiley sagte ihm, er brauche ein Apartment wie ihres statt dieses großen Hauses. Er sagte mir, er werde es sich überlegen."

Schockiert drehte Nick sich zu seinem Großvater um. Nicht nur Mrs. Wiley hatte ihn bemerkt. Er war umringt von Frauen, die ihn alle zu hofieren schienen. Aber er behielt den Arm um Mrs. Wiley. Nick schnaubte. Er hätte es nicht geglaubt, wenn er es nicht selbst gesehen hätte. „Er scheint sich tatsächlich in sie verliebt zu haben. In all den Jahren, seit meine Großmutter gestorben ist, habe ich Granddad nie den Arm um eine Frau legen sehen."

„Mrs. Wiley akzeptiert kein Nein als Antwort."

Nick schaute Josie an und dachte, dass es gut wäre, wenn auch er sich diese Regel angewöhnte.

Gegen Ende des Abends hatte er Boxershorts für Bob bestellt und ein parfümiertes Schaumbad, das er Josie schenken wollte. Was sie gekauft hatte, wusste er nicht. Sie hatte ihren Bestellschein vor ihm verborgen.

Er und sein Großvater halfen den beiden Frauen aufzuräumen, und dann beschrieb er Mrs. Wiley seine Werbestrategie. Sie war begeistert.

„Annoncen in den Zeitschriften, die hauptsächlich von Rentnern und Pensionären gelesen werden! Das ist eine großartige

Idee. Ich könnte zu den Altersheimen fahren und dort die Waren ausstellen, oder sie können auch direkt bei mir bestellen."

„Ich habe mich erkundigt. Fast alle Altersheime verfügen über einen Saal oder Raum für besondere Anlässe. Dort könnten Sie vielleicht einmal im Monat eine Party veranstalten, um Ihre Produkte vorzustellen."

Mrs. Wiley klatschte in die Hände. „Das ist wunderbar, Nick! Die Idee gefällt mir."

„Ich glaube, nächste Woche hätte ich Zeit, um die Anzeigen zu entwerfen."

Mrs. Wiley setzte eine strenge Miene auf. „Ich bin beeindruckt. Und ich bestehe darauf, Ihnen etwas zu bezahlen. Ich kann nicht zulassen, dass Sie all die Mühe gratis auf sich nehmen."

„Natürlich kannst du das", warf Granddad ein. „Lass den Jungen tun, was er will. Das tut er sowieso immer."

„Das stimmt. Eigensinn liegt bei uns in der Familie", bemerkte Nick mit einem viel sagenden Blick auf seinen Großvater. „Ich werde mich am Montag gleich erkundigen, bei welchen Zeitschriften die Kosten für ein Inserat nicht allzu hoch sind."

Granddad nahm ihn am Arm und zog ihn in die Diele. Josie folgte schmunzelnd. „Tu das, Nick. Fang gleich am Montag damit an."

Mrs. Wiley dankte ihm noch immer, als Jeb Nick bereits aus der Tür schob. Josie nahm seinen Arm. „Ich glaube, es wird Zeit zu gehen, Nick."

„Ich glaube, du hast Recht." Er hatte den Satz noch nicht ganz beendet, als die Apartmenttür schon zufiel und er Jebs Lachen hörte – gefolgt von Mrs. Wileys entzücktem Kichern.

9. KAPITEL

Kaum waren sie in Josies Wohnung, bot Nick sich an, noch einmal hinunterzugehen, um einen Film zu holen. „Es war ein langer Tag. Warum duschst du nicht und machst es dir bequem, während ich zum Videoladen hinuntergehe?"

Josie schaute fragend zu ihm auf. „Woher soll ich wissen, dass du einen Film auswählst, der mir gefällt?"

„Vertrau mir." Er strich eine lose Strähne hinter ihr Ohr und lächelte sie an. „Gib mir deinen Schlüssel, dann brauchst du nicht zu öffnen."

Zu seiner Überraschung gab sie ihm den Schlüssel ohne das geringste Zögern. „Bis gleich, Nick."

Er lieh zwei Filme aus, kaufte Popcorn und Cola und kam zurück, als Josie gerade ihr Haar im Badezimmer fönte. Sie hatte sich so weit vorgebeugt, dass ihr langes Haar fast bis zu ihren Knien reichte. Nick war wie verzaubert von dem Anblick, den sie bot. Sie sah so jung aus mit ihrem frisch gewaschenen Gesicht und dem weiten Pyjama, in dem ihr zierlicher Körper fast verschwand.

Und sie sah sündhaft sexy aus.

Bemerkenswert. Egal, was sie anzog, er fand sie stets unwiderstehlich. Er beobachtete sie gute fünf Minuten lang, obwohl er sich danach sehnte, sie zu berühren und mit den Fingern durch ihr wundervolles Haar zu streichen. Ihre Bewegungen waren unglaublich feminin, und es gefiel ihm, wie die Spitzen ihrer kleinen Füße aus den weiten Hosenbeinen herausschauten.

In solch kurzer Zeit war es ihr gelungen, buchstäblich sein gesamtes Denken zu beanspruchen! Wenn er nicht mit Zuneigung und Zärtlichkeit an sie dachte, dann mit leidenschaftlichem Verlangen – aber es gab kaum einen Moment, in dem er nicht an sie dachte.

Sie stellte den Fön ab und richtete sich auf. Als sie Nick bemerkte, errötete sie. „Oh … Ich wusste nicht, dass du schon zurück bist.“ Sie begann ihr Haar zu glätten, das jetzt in großen, weichen Wellen ihr Gesicht umrahmte.

Nick lächelte, weil das Gefühl, das ihn beherrschte, zu kostbar war, um es zu verbergen. „Du siehst fantastisch aus.“

„Hm.“

Er legte eine Hand aufs Herz und hielt zwei Finger hoch. „Großes Pfadfinderehrenwort, dass ich dich nie belügen werde.“

Sie legte die Bürste fort und drängte sich an ihm vorbei zur Tür. „Du warst nie bei den Pfadfindern. Jeb hätte es mir bestimmt erzählt.“

Nick folgte ihr ins Wohnzimmer. „Schon möglich. Aber in der Theorie ist es das Gleiche.“ Er konnte den angenehmen Duft ihres Körpers wahrnehmen. Sie roch nach Seife und nach Bodylotion. Und nach Josie.

Sie ging zur Couch, doch als sie sich setzen wollte, zog er sie auf seinen Schoß und genoss es, ihren festen kleinen Po an sich zu spüren, auch wenn er sich damit selbst quälte.

Er umfasste ihr Kinn und drehte ihr Gesicht zu sich herum. Bevor er wusste, was er sagte, hörte er sich fragen: „Bist du froh, dass du nicht schwanger bist?“

Josie atmete tief durch und biss sich auf die weiche Unterlippe. Ihr Blick war auf sein Kinn gerichtet. Nach einer Weile sagte sie sehr leise: „Komisch, aber ich hatte bisher nie richtig darüber nachgedacht, ob ich mir Kinder wünsche. Es gab immer andere Dinge in meinem Leben, die mich beschäftigten. Wie den Tod meiner Eltern zu überwinden, die Schule zu schaffen, einen Job zu finden und mich dann selbstständig zu machen. Ich bin ziemlich zielstrebig.“

„Aber?“

Sie schaute ihn flüchtig an und wandte den Blick dann wieder ab. „Momentan ist eigentlich kein Platz in meinem Leben für ein

Kind. Und dennoch hatte ich versucht mir vorzustellen, wie es aussehen würde, ob es ein Junge oder ein Mädchen wäre …"

Nick stellte sich ein kleines Mädchen vor, das Josie ähnelte, und eine unsichtbare Faust umklammerte sein Herz.

„Aber was soll's?" Sie winkte ab und lächelte erzwungen. „Zum Glück bin ich nicht schwanger. Wir können ganz beruhigt sein", sagte sie. Aber es klang irgendwie nicht überzeugend.

Sie war immer so offen und ehrlich zu ihm und versuchte niemals, ihn in irgendeiner Form zu manipulieren. Sie war nicht wie Myra, die versucht hatte, ihn zu verändern, oder wie seine Mutter, die ihn abgelehnt hatte, oder irgendeine der anderen Frauen, die er kannte, die versucht hatten, ihn zu einer Heirat zu bewegen. Nein, Josie hatte nie versucht, sein Leben zu verändern, und er war viel zu versessen darauf gewesen, ihr Leben zu verändern, um es zu bemerken.

Was für ein Narr er doch gewesen war!

Er hatte sie von Anfang an belogen, um seinen Willen durchzusetzen. Dann hatte er weitergelogen, um ihr Interesse wach zu halten, und so getan, als wäre er mit ihrer Vorstellung von einer flüchtigen Affäre einverstanden, obwohl er von Anfang an gewusst hatte, dass sie etwas ganz Besonderes war. Er hatte sogar versucht, sich in ihre Arbeit einzumischen, damit sie mehr Zeit für ihn hatte. Er hatte sich in ihren Freundeskreis gedrängt, sie aber nie in seinen eigenen aufgenommen. Er verdiente sie gar nicht – aber er wollte verdammt sein, wenn er sie je wieder gehen ließ.

Sie an sich ziehend, fragte er: „Darf ich heute Nacht bei dir bleiben?"

Sie versteifte sich, und er drückte sie noch fester an sich. „Nur zum Schlafen. Es ist spät, und ich möchte dich in den Armen halten."

Fast ein wenig schüchtern sagte sie: „Ich würde gern einmal deine Wohnung sehen."

Bisher hatte er es vermieden, sie mitzunehmen, weil er nicht wollte, dass sie sah, wie er dort lebte. Die Hemden schafften es normalerweise nicht einmal in den Schrank, sondern landeten meistens auf dem Tisch im Esszimmer. Seine Socken lagen in der Schublade des Geschirrschranks, was sehr bequem für ihn war. Er machte nie das Bett, und er räumte auch nicht sein Rasierzeug und seine Zahnbürste weg, sondern ließ sie griffbereit auf dem Becken liegen. In seinem kleinen Wohnzimmer standen Fitnessgeräte, und er war noch nicht dazu gekommen, einheitliches Geschirr zu kaufen. Er hatte sich durch und durch als Junggeselle eingerichtet.

Einmal in der Woche räumte er die Wohnung auf. Er erinnerte sich jetzt, warum er so zu leben begonnen hatte – um Myra zu ärgern und, bei ihren seltenen Besuchen, seine Mutter. Im Stillen musste er über sich und seine unreifen Beweggründe lachen. Für Josie würde er sogar die Zahnpasta wegräumen.

„Nick?"

„Ich versuchte nur gerade, mir deine Reaktion vorzustellen, wenn du siehst, wie ich lebe."

Zärtlich streichelte sie seinen Nacken. „Wie lebst du denn?" Sie war warmherzig und sanft, und dafür liebte er sie – wie praktisch alles andere an ihr. Die Vorstellung von etwas so Machtvollem wie Liebe hätte ihn erschrecken müssen, doch sie bestärkte sie ihn nur in seiner Entschiedenheit.

„Mein Haus ist ziemlich klein, und ich habe es eigentlich nur gekauft, weil es von dort nicht weit bis zum Büro ist. Du wärst schockiert, wenn du die Unordnung darin sehen würdest. Ich könnte mir vorstellen, dass du sofort anfangen würdest, alles wegzuräumen, damit es so ordentlich und gemütlich wird wie hier bei dir."

Sie lehnte sich zurück, um ihn anzusehen. „Du scherzt wohl, was? Ich habe kaum Zeit, meine eigene Wohnung aufzuräumen. Ich werde für niemanden die Putzfrau spielen." Sie küsste ihn aufs Kinn. „Nicht einmal für dich, mein Schatz."

Er lachte. „Es würde dich also nicht stören, über all die Sachen hinwegzusteigen, die bei mir herumstehen?"

Sie starrte ihn mit plötzlich ausdrucksloser Miene an. „Ich glaube nicht, dass das sehr häufig ein Problem wäre. Du etwa?"

Er wollte das Thema jetzt nicht anschneiden. Er wusste, dass sein Haus ihr nicht gefallen würde, weil nicht einmal er es mochte. Es würde sie bestimmt nicht dazu verleiten, sehr viel Zeit dort zu verbringen.

Er küsste sie und sagte dann: „Einer der Filme, die ich ausgeliehen habe, ist ein neuer Thriller. Was meinst du, sollen wir ihn zuerst ansehen?"

Mit leuchtenden Augen nickte sie. „Auf jeden Fall!"

Der Film war tatsächlich gruselig genug, um beide mehrmals zusammenfahren zu lassen, was jedes Mal sehr viel Gelächter auslöste, und einmal verbarg Josie sogar ihr Gesicht an seiner Schulter. Sie aßen zwei große Schachteln Popcorn und tranken ihre Colas, und als der Film endete, waren beide bereit, ins Bett zu gehen.

Josie wirkte etwas unsicher, als sie zwischen die Laken glitt. Als Nick sich auszog, um sich neben sie zu legen, stöhnte sie und beschuldigte ihn, sie ganz bewusst zu quälen.

Es war ein eigenartiges Gefühl, das Bett mit einer Frau zu teilen, ohne sie zu lieben. Es war aber auch erstaunlich angenehm. Lächelnd zog er sie in seine Arme und spannte sich an, als ihre kleine Hand sich um den Beweis seiner Begierde schloss. „Josie?"

Sie schmiegte sich an ihn. „Ich bin nicht egoistisch, Nick. Warum solltest du leiden, nur weil ich unpässlich bin?"

Ihm fiel kein Gegenargument ein, solange ihre schlanken Finger ihn umfangen hielten. „Mit dir das Bett zu teilen genügt mir, Liebling."

„Unsinn." Sie küsste seine Schulter und stützte sich auf einen Ellbogen, um ihn anzusehen, während sie ihn streichelte. Mit leiser, heiserer Stimme kündigte sie ihm an, was sie mit ihm zu tun gedachte. „Wirst du für mich stöhnen, Nick?"

Er stöhnte.

Sie küsste sein Ohr und seine Mundwinkel. „Weißt du, ich brauche noch mehr Daten für meine Experimente."

Er dachte nicht daran, darauf zu antworten. Wenn sie jetzt auch nur eine Andeutung darüber machte, zu einem anderen Mann zu gehen, würde er sie am Bett festbinden.

„Du kannst nicht mit mir machen, was du willst, ohne die Rechnung zu bezahlen, Lady."

Ihr Lächeln war sinnlich und sehr, sehr selbstbewusst. „Ach? Und wie hoch ist die Rechnung?"

Er biss die Zähne zusammen und kam sich plötzlich wie eine Marionette vor. „Ich will einen Schlüssel zu deiner Wohnung."

Josie hielt einen Moment lang inne, und Nick dachte schon, dass sie sich weigern würde. Aber dann beugte sie sich über ihn, küsste ihn und wisperte an seinen Lippen. „Behalte den, den ich dir vorhin gab. Ich habe noch einen anderen."

„Josie …" Wieder stöhnte er und wollte sie fragen, warum sie so rasch nachgegeben hatte. Aber Josie hatte andere Ideen.

Und wieder einmal überließ Nick ihr die Kontrolle.

Fast zwei Wochen später hatte Nick noch immer ihren Schlüssel – und war praktisch auch schon bei ihr eingezogen.

„Du liebe Güte, Josie, du solltest dich anziehen, bevor du aufmachst!"

Josie hätte vielleicht über die Bemerkung ihrer Schwester gelacht, wenn sie nicht so nervös gewesen wäre. Flüchtig schaute sie auf den kurzen, engen Rock herab, den sie in jener ersten Nacht mit Nick getragen hatte, und nickte dann zufrieden. Sie hatte einen neuen Plan gefasst, ihr Leben zu verändern, und der Rock passte hervorragend dazu.

Während sie mit einer Hand die Tür festhielt, um Susan am Eintreten zu hindern, sagte sie: „Hi, Susan."

Susan musterte sie ein wenig spöttisch. „Willst du mich nicht hereinlassen?"

„Ich ... Es nicht der beste Augenblick."

Susan erstarrte. „Oh? Ist Nick hier?" Als Susan versuchte, an ihr vorbeizusehen, gab Josie auf.

„Nein. Komm ruhig herein", erwiderte sie und floh vor den kritischen Blicken ihrer Schwester in die Küche.

Susan folgte ihr. „Warum bist du so angezogen?"

Weil Nick es sexy findet, hätte sie am liebsten erwidert. „Was gefällt dir daran nicht? Ich mag diese Sachen."

Susan betrachtete den kurzen Rock und die enge Bluse mit ausgesprochenem Widerwillen. „Was ist los mit dir, Josie?"

„Nichts, worüber du dir Sorgen machen müsstest." Rasch schenkte sie Susan eine Tasse Kaffee ein. Nick würde bald erscheinen, und bis dahin musste Susan wieder draußen sein. Sie brauchte Ungestörtheit, um ihre Pläne zu verwirklichen, und nicht ihre Schwester als voreingenommenes Publikum. „Was bringt dich an einem Arbeitstag her? Ist irgendetwas nicht in Ordnung?"

Susan biss sich auf die Lippen, und Josie sah, dass sie errötete. „Bob will mich heiraten."

Josie starrte ihre Schwester an, zutiefst verblüfft zunächst, und dann so glücklich, dass sie mit einem Aufschrei die Arme um ihre Schwester warf und sie lachend an sich zog. Auch Susan lachte, obwohl in ihren Wimpern Tränen glitzerten, und die beiden Frauen umarmten sich und tanzten durch die Küche.

„Ich freue mich ja so für dich!"

„Ich auch, Josie! Bob ist der ideale Mann für mich. Er ist zwar nicht so, wie ich anfangs glaubte, aber es hat sich herausgestellt, dass er noch viel, viel besser ist. Und ich liebe ihn so sehr." Mit zitternder Hand wischte sie ihre Tränen ab und versuchte, sich zusammenzunehmen, aber sie war nicht in der Lage, ihre Aufregung zu bändigen. „Er behandelt mich, als ob ich etwas ganz Besonderes wäre."

Josie wusste, was sie meinte. Nick gab ihr das Gefühl, die einzige Frau auf der ganzen Welt zu sein – aber er würde sie niemals bitten, ihn zu heiraten. Es lag an ihr, die Initiative zu ergreifen. „Du bist ja auch etwas Besonderes. Bob kann sich glücklich schätzen, dich zu haben."

„Bob hat es Nick heute Morgen mitgeteilt." Susans Ton schien anzudeuten, dass Josie über diese Neuigkeit verärgert sein müsste.

Nick fühlte sich so wohl bei ihr, dass er von Tag zu Tag mehr Zeit bei ihr verbrachte, nachts bei ihr schlief und tagsüber häufig mit ihr telefonierte. Er sprach mit ihr und vertraute sich ihr an. Er hatte sie zu sich nach Hause mitgenommen, und zusammen hatten sie über die unkonventionellen Methoden gelacht, die er erfunden hatte, um sein Leben zu vereinfachen.

Aber tief in ihrem Innersten war Josie fast das Herz gebrochen. Nick hatte sich sein Leben auf eine Weise eingerichtet, die keinen Platz für eine dauerhafte Beziehung bot. Jeb hatte sie mehrfach darauf aufmerksam gemacht, welch verheerende Wirkung die Scheidung seiner Eltern und der Hass seiner Stiefmutter auf Nick gehabt hatten. Nicht, dass Jeb ihr etwa ausreden wollte, Nick zu lieben. Ganz im Gegenteil. Josie hatte sehr oft das Gefühl, dass Jeb sein Bestes tat, um ihr seinen Enkel nahe zu bringen und ihr Interesse an ihm wach zu halten.

„Willst du nicht wissen, was Nick dazu gesagt hat?"

„Er wird gleich nach Hause kommen. Ich bin sicher, dass wir dann darüber reden werden."

Susan zwang sich zu einem kurzen Lachen. „Das klingt ja, als ob Nick schon hier lebt."

Josie setzte sich, rührte ihren Kaffee um und legte dann den Löffel nieder. Sie war plötzlich so nervös, dass sie nicht wusste, was sie darauf erwidern sollte.

„Josie?" Auch Susan zog sich einen Stuhl heran und runzelte die Stirn, als sie sich setzte. Ein lähmendes Schweigen beherrschte jetzt den Raum. Josie zupfte am Saum ihres Minirocks und ahnte, was jetzt kommen würde. Ihre Beziehung zu Nick war eigentlich kein Geheimnis. Aber sie waren bisher sehr diskret gewesen.

Und wenn schon. Bald würde er ohnehin entscheiden, ob er bleiben würde oder ging. „Er ist ein paar Mal ... hier geblieben."

„Hier geblieben? Was soll das heißen?"

Susans Stimme war so schrill geworden, dass Josie seufzte. „Dass ich jetzt mein eigenes Leben führe, weiter nichts."

„Mit anderen Worten, du willst, dass ich nichts dazu sage, obwohl ich sehen kann, dass du einen Riesenfehler machst?"

Josie weigerte sich, Nick als Fehler zu betrachten. Er gab ihr das Gefühl, etwas ganz Besonderes zu sein. Selbst wenn er ihren Antrag ablehnte, würde sie die Zeit mit ihm nie bereuen.

Josie suchte noch immer nach den richtigen Worten, als der Ärger plötzlich mit Susan durchging.

Wütend sprang sie auf und begann in der Küche auf und ab zu marschieren. „Ich bringe ihn um! Himmel, wie dieser Mann so rücksichtsvoll und großzügig und gleichzeitig ein so gewissenloser Schuft sein kann, übersteigt mein Vorstellungsvermögen!"

Josie warf einen Blick zur Küchentür. Ihr blieb nicht mehr viel Zeit. „Susan, ich kann nicht dulden, dass du Nick beleidigst. Das ist nicht fair. Wir haben eine Abmachung getroffen, und die hält er ein. Ich bin diejenige, die die Bedingung stellte, dass wir keinerlei Verpflichtung eingehen."

Susan winkte ab. „Doch nur, weil du wusstest, dass alles andere bei einem Mann wie ihm unmöglich war." Wütend hieb sie mit der Faust auf die Anrichte. „Ich habe ihn gebeten, dich in Ruhe zu lassen, aber er wollte ja nicht auf mich hören."

„Du hast was getan?"

„Er versprach, dir niemals wehzutun."

„Und das hat er auch nicht! O Susan, du hattest kein Recht, dich einzumischen! Wie konntest du nur ..."

Aber Susan hörte gar nicht zu. „Und wenn ich bedenke, dass ich gerade anfing, diesen Schuft zu mögen!"

„Im Ernst?" Josie machte eine Pause. „Verdammt, Susan, wechsle nicht das Thema. Wann hast du mit Nick über mich gesprochen? Und was hat er gesagt?"

Im nächsten Augenblick stand Bob im Raum. „Ich habe angeklopft, aber ihr wart zu laut, um ..." Er brach ab und starrte Josie in ihrem sündig sexy Outfit an. Nach einem kurzen Schweigen pfiff er anerkennend durch die Zähne. „Wow!"

Susan fuhr zu ihm herum. Ein Blick auf ihre pikierte Miene, und Bob beherrschte sich und nahm sie in die Arme. Über Susans Kopf hinweg bedachte er Josie dann mit einem ärgerlichen Blick. „Was hast du getan, um sie so aufzuregen?"

Josie war sprachlos vor Verblüffung. Bob hatte noch nie in diesem Ton mit ihr geredet. Bevor sie auch nur an eine Antwort denken konnte, stieß Susan ihn zurück.

„Fahr meine Schwester nicht so an! Es ist nicht ihre Schuld. Es ist dieser degenerierte Freund von dir, der die Schuld an allem trägt!"

Resigniert hob Bob die Hände. „Was hat Nick diesmal verbrochen?"

Um diese absurde Komödie abzurunden, trat nun auch noch Nick ein. „Ja, was habe ich angestellt? Und wer hat vergessen, mich zu der Party einzuladen?" Er grinste, doch dann bemerkte er Josie und schien zu erstarren.

„Das ist keine Party", informierte sie ihn kühl und nahm noch zwei weitere Tassen aus dem Küchenschrank. „Ich versuche nur, meiner Schwester klar zu machen, dass ich weiß, was ich tue."

Nick ging langsam auf sie zu. „Ich verstehe. Und was willst du tun in diesem Aufzug? Erfahrungen sammeln? Zu neuen Horizonten aufbrechen?" Grimmig deutete er mit dem Zeigefinger auf sie. „Ich dachte, wir hätten eine Abmachung, Josie!"

„Was redest du das nur für wirres Zeug?"

Seine Wangen röteten sich vor Ärger, und ein harter Zug lag um seinen Mund, als er mit einer Hand anklagend auf ihren knappen Minirock und die enge Bluse deutete. „Wolltest du schon wieder in diese Bar? Langweile ich dich etwa schon?"

Ihr Plan war gescheitert, und Nick stand da und führte sich wie ein eifersüchtiger Spinner auf!

Jetzt vermochte auch sie ihren Zorn nicht mehr zu bändigen. „Genau genommen …", versetzte sie und reckte herausfordernd das Kinn vor, „… hatte ich vor, dich um deine Hand zu bitten – oder besser gesagt, um deinen ganzen Körper. Was sagst du dazu?"

Sie hörte, wie Susan verblüfft nach Luft schnappte, und dann Bobs amüsiertes Lachen, aber was sie wirklich überraschte, war Nicks Reaktion auf ihre Worte. Er packte sie an den Armen und zog sie beinahe grob, aber ohne ihr wehzutun, an seine Brust.

„Du wolltest was?"

„Du hast mich schon verstanden. Ich will dich heiraten."

Eine faszinierende Vielfalt von Gefühlen spiegelte sich auf Nicks Zügen wider, bevor er sich ganz plötzlich umdrehte und Josie buchstäblich aus dem Zimmer schleifte. Josie hatte keine Ahnung, was er dachte, weil sein Gesicht jetzt grimmig, düster und verschlossen war. In ihren hochhackigen Schuhen, die ihre Schritte sehr behinderten, blieb ihr nichts anderes übrig, als ihm nachzustolpern.

Susan begann zu protestieren, aber Bob bedeutete ihr, zu schweigen. Josie konnte sie miteinander flüstern hören.

Nick zog sie ins Schlafzimmer und schloss die Tür hinter ihnen ab. Josie wich vor ihm zurück, aber er hob sie einfach auf und legte sie aufs Bett und schob sich über sie, sodass sie gefangen war.

Josie zappelte und wehrte sich. „Wir müssen miteinander reden, Nick. Ich habe dir einiges zu sagen."

„Ich liebe dich, Josie."

Sie starrte ihn aus großen Augen an. Vielleicht war es besser, ihn erst mal fortfahren zu lassen. „Wirklich?“

„Allerdings.“

Sie biss sich auf die Lippe. „Liebst du mich genug, um mich zu heiraten?“ Bevor er antworten konnte, ließ sie ihre sorgfältig einstudierte Rede über eheliches Glück vom Stapel. „Denn ich liebe dich genug dafür. Ich wollte dich eigentlich nach einem ganz besonders schönen Abend fragen. Obwohl ich nicht die sexy Lady bin, der du an jenem ersten Abend in der Bar begegnet bist, kann ich sie dir gelegentlich vorspielen. Ich kann sie nur nicht dauernd sein. Das weiß ich jetzt. Ich wusste, dass etwas in meinem Leben fehlte, aber es war nicht das, was ich gedacht hatte.“ Zärtlich berührte sie sein Kinn. „Du warst es.“

Nick lächelte, und seine Augen leuchteten. „Du bist diese sexy Lady, Liebling, und ich brauche dich nur anzusehen, um unbändiges Verlangen nach dir zu verspüren. Du bist aber auch die reizende kleine Schwester, die Jahre damit verbracht hat, ihren Dank zu zeigen, und die fürsorgliche Pflegerin, die alten Leuten das Gefühl gibt, noch etwas zu bedeuten. Ich liebe alle deine Seiten, Josie.“ Er küsste sie rasch auf die Lippen. „War es dir ernst gemeint damit, dass du mir einen Antrag machen wolltest?“

Josie schlang nur die Arme um ihn und drückte ihn fest an sich.

Nick lachte. „Sag es, Liebling. Das war mein erster Versuch, meine Gefühle für dich auszudrücken, und ich muss zugeben, dass ich ganz schön leide.“

„Du machst das schon sehr gut.“

„Was? Das Leiden?“

„Deine Gefühle auszudrücken.“ Sie schob ihn ein bisschen von sich ab, um sein Gesicht zu sehen. „Ja, ich will dich heiraten. Und ich möchte ein Haus kaufen und Babys haben und …“

„Wow. Was das Haus angeht …“

Sie verstand sein Zögern und legte tröstend eine Hand an seine Wange. „Ein Haus ist etwas Dauerhaftes, Nick, das weiß ich. Aber das ist es, was ich will. Ich erwarte nicht, dass du dich änderst und jemand anderes wirst, weil ich dich so liebe, wie du bist. Aber du müsstest mir auf halbem Weg entgegenkommen."

„Keine Fitnessgeräte mehr im Wohnzimmer?"

„Und keine anderen Frauen. Nur mich. Ein ganzes Leben lang."

„Das klingt gut." Er beugte sich vor und küsste ihre Nasenspitze. „Aber weißt du, Liebling, wir brauchen gar kein Haus zu kaufen, weil wir bereits eins haben. Nein, sieh mich nicht so erschrocken an. Ich rede nicht von meinem Haus." Zärtlich strich er ihr das Haar zurück. „Granddad war heute bei mir. Er zieht zu Mrs. Wiley und möchte, dass wir sein Haus übernehmen – falls es mir gelingen sollte, dich zu überreden, mich zu heiraten."

Josie war so überwältigt von Jebs großzügiger Geste, dass sich ein Kloß in ihrer Kehle formte. „Oh."

„Granddad weiß, dass du dieses Haus beinahe genauso liebst wie er. Er will, dass es in der Familie bleibt, und sagte, es würde mir vielleicht dabei helfen, dich zu überreden. Warte, bis ich ihm erzähle, dass du mir zuerst einen Antrag gemacht hast und ich nur noch Ja zu sagen brauchte."

„Du sagst also Ja?"

„Wie könnte ich es nicht tun, wenn ich so verrückt nach dir bin?"

Josie stellte sich ein ganzes Leben mit Nick vor und war so glücklich, dass es beinahe schmerzte. „Ich kann es fast nicht glauben, dass ich Gelegenheit bekommen werde, all meine erotischen Fantasien mit dir zu verwirklichen!"

Nick schien einen Moment lang zu erstarren, dann presste er seinen Mund auf ihre Lippen und küsste sie leidenschaftlich und besitzergreifend. Josie hatte gerade beschlossen, dass es sie nicht kümmerte, ob Bob und Susan in der Küche waren, als Nick den Kuss beendete.

„Ich muss dir einiges gestehen."

Sie versuchte, ihn wieder zu sich herabzuziehen. „Nicht jetzt, Nick."

Er ergriff ihre Hände und hielt sie über ihren Kopf. „Es muss jetzt sein. Also sei still und hör mir zu."

Da er ihr ohnehin keine andere Wahl ließ, gehorchte sie.

„Es war mir anfangs nicht bewusst, aber ich nahm dich mit zu meinem Großvater, weil ich wusste, dass er mich dir näher bringen würde. Wahrscheinlich wollte ich damals schon erreichen, dass du mehr als eine flüchtige Affäre in mir siehst, und Granddad erschien mir da wie die ideale Hilfe."

Eine überwältigende Zärtlichkeit für ihn erfasste sie. „Dazu brauchtest du gar keine Hilfe. Ich habe dich von Anfang an gemocht."

„Ich dachte nicht an eine feste Beziehung, als ich es tat, Josie. Ich wollte nur mehr Zeit mit dir, und wusste, dass ich dich nicht mit einem anderen Mann Erfahrungen sammeln lassen konnte. Der Gedanke war mir unerträglich."

„Das hatte ich nie vor. Ich habe es dir nur gesagt, damit du bliebst. Denn ich wusste, dass es das war, was du hören wolltest."

Er starrte sie aus großen Augen an. „Du hast gelogen?"

„Hm." Sie streichelte seine Wange und sein Kinn. Sein Gewicht drückte sie in die Matratze. „Ich hätte alles getan, um dich noch eine Weile zu behalten."

„Verdammt, Josie, weißt du eigentlich, wie ich gelitten habe?"

„Auf dem Boot, meinst du?" Sie fuhr ihm mit dem Fuß über die Wade und schlang dann beide Beine um seine Hüften. „Ich erinnere mich sehr gut daran."

Sein Gesichtsausdruck wechselte von Empörung zu Interesse und dann zu widerstrebendem Respekt. „Du weißt verdammt gut, wovon ich rede! Du sagst es bloß, um mich vom Thema abzulenken. Du bist ein richtiges kleines Luder."

„Ich bin bei einem Meister in die Schule gegangen."

Ein mutwilliges Grinsen breitete sich langsam auf seinen Zügen aus. „Bei einem Meister, hm? Aber ich habe dir noch längst nicht alles gezeigt, was du bei mir lernen kannst."

Obwohl es sie bei seinen Worten heiß durchströmte, verbarg sie ihre Reaktion und lächelte. „Und ich habe bisher noch nicht einmal damit begonnen, die Grenzen deiner Selbstbeherrschung zu erproben. Weißt du, was ich gern als Nächstes mit dir machen würde?"

„Ich will es nicht wissen. Noch nicht."

Sie richtete sich auf und flüsterte es ihm trotzdem zu. Er stöhnte, presste sich noch fester an sie und fragte heiser: „Wann?"

EPILOG

„Nick …“

Josies Stöhnen hallte durch das große Schlafzimmer, und Nick bewegte sich noch langsamer, weil er es liebte, wenn sie bettelte und flehte. Seit sechs Monaten waren sie jetzt verheiratet und lebten in dem großen, alten Haus seines Großvaters. Nick wusste, dass er in seinem ganzen Leben noch nie glücklicher gewesen war.

„Sag mir, was du willst, Schatz.“

Statt ihm zu antworten, bohrte Josie die Fingernägel in seine Schultern und versuchte, sich unter ihm zu bewegen.

„O nein.“ Er drückte sie so fest auf die Matratze, dass sie nach Atem rang. „Du hast versprochen, stillzuhalten.“

„Ich kann es nicht, Nick.“

Mit den Lippen strich er über ihre Wange. „Das sagst du immer, Liebling. Und ich beweise dir stets das Gegenteil.“ Er lachte leise, als sie stöhnte. „Vertrau mir. Du wirst es genießen.“ Er schob die Hand zwischen ihre Körper und berührte Josie dort, wo sie es am meisten ersehnte. „Ganz ruhig …“

Aber diesmal nützten seine Worte nichts. Josie bäumte sich unter ihm auf, warf den Kopf zurück, und als sie mit einem heiseren Schrei den Gipfel der Ekstase erreichte, ließ auch er seiner Begierde freien Lauf.

Eine ganze Weile später, als sie wieder etwas Kraft gewonnen und ihr aufgeregter Herzschlag sich beruhigt hatte, schaute Nick ihr zärtlich in die Augen. „Ich liebe dich, Josie.“

Sie lächelte. „Ich dich auch. Und ich glaube, ich werde in Zukunft etwas weniger arbeiten. So wie Granddad und Grandmom die Sache in die Hand genommen haben, brauche ich meine Senioren nicht mehr so oft zu besuchen. Niemand ist mehr einsam mit diesen beiden, die ständig Partys geben.“

Es fiel Nick noch immer schwer, sich Mrs. Wiley – die jetzt

Mrs. Harris war – als Grandmom vorzustellen. Aber er nannte sie so, weil sie ihn darum gebeten hatte und weil er ihr dankbar dafür war, dass sie sich so rührend um seinen Großvater bemühte und den Glanz in seine Augen zurückgebracht hatte. Die beiden hatten vor etwa einem Monat geheiratet und waren glücklich wie zwei frisch verliebte Teenager.

Langsam ließ Nick die Hand über Josies Bauch gleiten, bis er ihre Hüfte berührte. Dort hielt er inne und beobachtete, wie Josie erschauerte. „Wenn du weniger arbeiten willst, werde ich mich nicht beklagen, das weißt du. Aber woher kommt dieser plötzliche Sinneswandel?"

Sie schaute ihn an, nahm seine Hand und zog sie an ihre Lippen. „Susan ist schwanger."

Er starrte sie lange an und lachte dann entzückt. „Na, so was! Bob hat mir nichts davon erzählt."

„Susan wird es ihm heute Abend sagen."

„Er wird entzückt sein. Und Susan wird eine wunderbare Mutter sein. Vielleicht hält es sie davon ab, so oft nach dir zu sehen."

Josie tat, als schlüge sie nach ihm. „Du musst zugeben, dass sie sich gebessert hat, seit wir verheiratet sind. Sie mag dich jetzt sogar."

„Ja, aber sie tut noch immer so, als würde sie mich hassen. Ich glaube, es macht ihr einfach Freude, mich zu quälen."

Josie schüttelte den Kopf. „Sie weiß, wie sehr du es genießt, mit ihr zu streiten." Dann biss sie sich auf die Lippe und schmiegte die Wange an seine Schulter. „Nick?"

„Hm?"

„Was würdest du davon halten, ein Kind zu haben?"

Sein Herz klopfte unwillkürlich schneller. „Bist du …?"

„Noch nicht. Aber ich glaube, ich wäre es gern."

Er ließ sich aufs Bett zurücksinken und stöhnte. „Tu mir das nicht an. Fast hätte ich einen Herzanfall bekommen."

Josie rührte sich nicht. „Du willst es also nicht?“

Er beugte sich wieder über sie und legte seine große Hand auf ihren flachen Bauch. „Ich liebe dich, Schatz. Ich hätte nie gedacht, dass ich so viel für eine Frau empfinden könnte, und jetzt kann ich nicht verstehen, wie ich jemals ohne dich zurechtgekommen bin.“

„Oh, Nick.“

„Und ich hätte sehr, sehr gern ein Baby.“ Seine rauen Fingerspitzen strichen liebevoll über ihre glatte Haut. „Drei oder vier vielleicht sogar. Dieses Haus ist groß genug für ein ganzes Bataillon, und nichts würde Granddad glücklicher machen.“

Sie lachte und griff zwischen seine Schenkel. „Lass uns zuerst mit einem anfangen. Ich verspreche dir, dass unsere Bemühungen ein angenehmer Zeitvertreib sein werden.“

„Na schön. Ich verlasse mich auf dich.“ Er seufzte theatralisch.

Josie lachte leise. „Du bist ein ganz Schlimmer.“

Mit einer einzigen Bewegung zog er sie unter sich und hielt sie fest. „Du hast mir eben erst gesagt, wie gut ich bin.“

Sie senkte den Blick und grinste viel versprechend. „Dann bin ich wohl an der Reihe, dir zu zeigen, wie gut ich sein kann.“

„Hast du denn immer noch nicht genug experimentiert?“

Lächelnd strich sie mit dem Zeigefinger über seine Schulter. „Ich habe eben erst damit begonnen, Nick.“

– ENDE –

Nora Roberts
Die Stanislaskis 4
Heißkalte Sehnsucht

Band-Nr. 25144
6,95 € (D)
ISBN 3-89941-183-8

Vorschau
Dieser Roman erscheint
im Oktober 2005

Nora Roberts
Die Stanislaskis 5
Der lange Traum vom Glück

Band-Nr. 25152
6,95 € (D)
ISBN 3-89941-191-9

Vorschau
Dieser Roman erscheint
im Dezember 2005

Nora Roberts
Die Stanislaskis 6
Tanz der Liebenden

Deutsche
Erstveröffent-
lichung

Band-Nr. 25160
6,95 € (D)
ISBN 3-89941-199-4

Nora Roberts

Nachtgeflüster 2
Der geheimnisvolle Fremde

Band-Nr. 25133
6,95 € (D)
ISBN 3-89941-172-2

Nora Roberts

Nachtgeflüster 3
Die tödliche Bedrohung

Band-Nr. 25146
6,95 € (D)
ISBN 3-89941-185-4

Vorschau
Dieser Roman erscheint im Oktober 2005

Nora Roberts

Nachtgeflüster 4
Das verhängnisvolle
Rendezvous

Band-Nr. 25153
6,95 € (D)
ISBN 3-89941-192-7

Carly Phillips
Verliebt, skandalös und sexy
Band-Nr. 25137
6,95 € (D)
ISBN 3-89941-176-5

Tess Gerritsen
Verrat in Paris
Band-Nr. 25135
6,95 € (D)
ISBN 3-89941-174-9

Nora Roberts
Das Geheimnis von
Orcas Island
Band-Nr. 25134
6,95 € (D)
ISBN 3-89941-173-0

Sandra Brown
Unbestechliche Herzen
Band-Nr. 25136
6,95 € (D)
ISBN 3-89941-175-7

Nora Roberts
Sommerträume

Band-Nr. 25059
6,95 € (D)
ISBN 3-89941-074-2

Nora Roberts
Sommerträume 2

Band-Nr. 25096
6,95 € (D)
ISBN 3-89941-129-3

Nora Roberts
Sommerträume 3

3 Romane
nur 7,95 € (D)

Band-Nr. 25143
7,95 € (D)
ISBN 3-89941-182-X